L'AMOUR POUR SEULE LOI

Barbara Taylor Bradford

L'AMOUR POUR SEULE LOI

Roman

Traduit de l'anglais (Etats-Unis)
par Florence Bertrand

PRESSES
DE LA CITÉ

Titre original : *Breaking the Rules*

© Barbara Taylor Bradford, 2009
Edition originale : HarperCollins Publishers Ltd

© Presses de la Cité, un département de place des éditeurs , 2010 pour la traduction française
ISBN 978-2-258-08162-8

A la mémoire de Patricia Parkin, mon éditrice britannique et amie de trente ans, disparue le 20 mars 2009. Tu m'as dit d'écouter, et je t'ai obéi. Je continue à t'écouter, Patricia, et jamais je ne cesserai.

Ce livre est aussi dédié à Bob, mon mari, pour de nombreuses raisons qu'il connaît. Avec tout mon amour.

PROLOGUE

Mars 2006

Il était âgé d'une trentaine d'années, plutôt trapu, avec un début d'embonpoint. Adossé à la fourgonnette, il tira longuement sur sa cigarette, l'air soucieux. Il ne comprenait pas pourquoi Bart tardait autant. Il aurait dû avoir terminé et être de retour.

Il jeta un coup d'œil à sa montre : quatre heures passées. Il fallait qu'ils rentrent à Londres. Qu'ils s'éloignent de la scène du crime au plus vite.

Devait-il aller le chercher ? Brusquement, il se raidit et se pencha en avant, yeux plissés face au soleil qui perçait à travers les arbres. Qu'avait-il entendu au juste ? Un frottement ? Des branches qui cèdent ? Oui, c'était cela. Et un cri étouffé ? Il n'était pas sûr qu'il y ait eu un cri... Mais peut-être que si.

Il espéra ardemment que Bart n'avait pas recommencé ses sottises. Ils seraient dans le pétrin si c'était le cas. Dans le pétrin jusqu'au cou. Quasi morts.

Son impatience grandit, accompagnée d'une soudaine appréhension. Sam prit alors une décision. Il laissa tomber sa cigarette sur le chemin de terre et l'écrasa d'un coup de talon. Puis il retira la clé de contact, ferma la portière de la fourgonnette et entra dans le sous-bois. Le ciel et le soleil disparurent, masqués par les frondaisons.

Il ne lui fallut que deux minutes pour atteindre la clairière. Les sons se firent plus distincts. Bart jurait et respirait fort... Un hurlement de femme s'éleva et s'arrêta net, suivi de bruits sourds.

Sam poussa un juron et se mit à courir.

— Bart ! Bart, pour l'amour du ciel, arrête !

Surpris, Bart se retourna vivement. La jeune femme qu'il avait plaquée au sol saisit sa chance. Elle leva le bras droit et, avec une force étonnante, abattit une pierre sur la tempe de Bart. Puis, laissant tomber son arme improvisée, elle le repoussa à deux mains. Assommé, le sang jaillissant de sa plaie, Bart bascula en arrière.

La fille se releva en hâte, remonta son jean et prit la fuite.

— Gypo ! Gypo ! Viens !

Sam resta figé sur place, atterré par l'ampleur de leur échec. Un cheval hennit, un bruit de sabots résonna sur le chemin. La fille avait disparu. Ils ne la rattraperaient jamais.

Il se secoua enfin et courut vers Bart. Ce dernier était étendu sur le dos, les yeux fermés, le crâne et le visage en sang. Sam se pencha sur lui. Son pouls était faible, sa respiration plus faible encore. Mais il était vivant. Pour le moment, tout au moins. Quel imbécile ! Pourquoi avait-il fallu qu'il fasse l'idiot avec la fille, qu'il essaie de la violer ? Il avait bien mérité ce qui lui arrivait.

Sam empoigna Bart sous les bras et le traîna le long du chemin, s'arrêtant de temps en temps pour reprendre son souffle. Il suait abondamment. La température était anormalement élevée pour un mois de mars. Arrivé à la fourgonnette, il ouvrit l'arrière et parvint tant bien que mal à hisser Bart à l'intérieur. Il le dissimula sous une couverture, referma les portes, se mit au volant puis recula jusqu'au pied du talus. Là, il fit demi-tour et partit vers la route principale, en direction du sud. Il ignorait si Bart était mort ou vivant. Tout ce qu'il savait, c'était qu'il devait s'éloigner de cet endroit aussi vite que possible, avant que la fille ait donné l'alarme.

Au bout d'un moment, il ralentit l'allure. Il ne manquerait plus qu'il se retrouve avec la police locale aux trousses.

Bon sang ! L'expédition avait viré au désastre. Sam grimaça. Le patron allait les étriper. Ils avaient tout gâché, et échoué à éliminer la fille. Ou plutôt, Bart avait échoué. Pas lui. Cependant, Sam connaissait les méthodes du patron et ne se faisait aucune illusion : ils finiraient l'un et l'autre six pieds sous terre.

— Pas si je peux l'éviter en ce qui me concerne, marmonna Sam.

Mais que faire de Bart, blessé, ou de son cadavre ? Comment s'en débarrasser ? Le balancer devant un hôpital dans une autre ville ? Le laisser au bord de la route ? Il ne savait pas. Il ne savait qu'une chose : il devait échapper à la furie du patron...

PREMIÈRE PARTIE

Le coup de foudre

Août-décembre 2006

« Viens vivre avec moi et sois mon amour
Et nous trouverons de nouveaux plaisirs :
Sables dorés et ruisseaux de cristal,
Lignes de soie et hameçons d'argent. »

John DONNE, *Poésie*

1

La jeune femme se hâtait sur la Cinquième Avenue, apparemment indifférente à l'attention qu'elle suscitait. Elle marchait avec détermination sous la pluie battante, trop absorbée dans ses pensées pour remarquer les passants.

Eux, en revanche, la remarquaient. Ils la dévisageaient avec un hochement de tête approbateur ou un sourire admiratif. Elle avait des traits plutôt exotiques, de grands yeux sombres, des pommettes hautes, des sourcils noirs superbement arqués et un front large. Ses cheveux de jais étaient rassemblés en une queue de cheval soyeuse qui lui arrivait presque à la taille. Sans être classique, sa beauté attirait le regard. Il y avait chez elle quelque chose d'unique. Grande, élancée, elle se mouvait avec grâce et possédait une élégance innée.

Elle était habillée d'une robe sans manches toute simple, en coton noir, et chaussée de ballerines. Une montre et de grosses perles à ses oreilles étaient ses seuls bijoux. Son sac noir Hermès avait visiblement connu des jours meilleurs, mais semblait parfait à son bras.

La pluie était torrentielle. La jeune femme était déjà trempée jusqu'aux os et elle avait renoncé à chercher un taxi. C'était inutile ; ils étaient tous pris. D'ailleurs, à son grand soulagement, elle n'était plus très loin de chez elle. Plus que deux pâtés de maisons et trois avenues à traverser, et elle serait à l'angle de la 22e Rue Ouest et de la Neuvième Avenue.

Un mois plus tôt, par l'intermédiaire de son seul ami à New York, elle avait déniché l'appartement idéal : une chambre confortable disposant de sa propre salle de bains et de deux grandes penderies dans une vieille rue pleine de charme de Chelsea. Le nom du quartier lui rappelait Londres et lui donnait l'impression d'être chez elle.

En quittant Londres, elle avait aussi laissé son nom derrière elle : désormais, on la connaissait sous le pseudonyme de M, et ce jour-là, M ne se souciait guère de la pluie. Un peu plus tôt, vers l'heure du déjeuner, la température avait atteint au moins quarante degrés à l'ombre.

« Je parie qu'on pourrait faire cuire des œufs au plat sur le trottoir, aujourd'hui, lui avait dit en souriant Leni, la jeune réceptionniste de l'agence de mannequins Blane. Que dirais-tu d'essayer ? »

M avait ri de sa plaisanterie. Leni avait fait de son mieux pour l'aider depuis qu'elle avait fait son entrée chez Blane, quelques jours après son arrivée à Manhattan, deux mois auparavant. Le personnel de l'agence ne lui avait pas encore trouvé de travail, mais il s'était montré encourageant. M savait qu'elle réussirait à faire carrière comme mannequin. Elle n'avait pas le choix. Elle avait quelque chose à prouver, non seulement à sa famille, mais aussi à elle-même, et rien ne l'arrêterait.

Elle jeta un coup d'œil à sa montre et esquissa une grimace. Il était déjà seize heures, autrement dit vingt et une heures à Londres, et le vendredi, elle avait pris l'habitude de téléphoner à sa sœur vers cette heure-là. Bien que M ait plus de vingt ans et s'estime parfaitement capable de se débrouiller, sa sœur aînée s'inquiétait de la savoir seule à New York. A vrai dire, elle s'inquiétait à propos de tout : c'était dans sa nature. M l'adorait. Sa sœur lui manquait, mais elle n'avait pu résister à l'envie de tenter sa chance et de devenir la nouvelle Kate Moss. Elle sourit intérieurement à cette pensée. Si seulement...

Elle accéléra encore l'allure, pressée d'arriver.

En s'approchant de la grande maison de grès brun, elle vit que quelqu'un était assis sur la marche la plus haute, recroquevillé contre la porte d'entrée. Elle reconnut aussitôt son ami Dax. Ils avaient fait connaissance chez Blane peu après son installation à New York. Vêtu d'un jean et d'un tee-shirt, il tenait un journal au-dessus de sa tête pour se protéger du déluge, ce qui ne l'empêchait pas d'être aussi trempé qu'elle. Comme elle se hâtait vers lui, elle s'aperçut qu'il frissonnait et que son visage était pâle et creusé.

— Dax, que fais-tu ici ? s'écria-t-elle en sortant la clé de son sac.

— Je me fais sérieusement rincer, répondit-il en souriant.

— C'est ce que je vois, entrons vite. Tu frissonnes... Tu es malade ?

— J'ai un léger rhume. Rien de grave.

Pendant quelques secondes, ils se tinrent dans l'entrée, dégoulinant sur le carrelage, puis M le prit par le bras et l'entraîna dans le petit vestiaire. Georgie, sa propriétaire, insistait toujours pour que la maison soit impeccable.

— Déshabille-toi là-dedans et sèche-toi, Dax. Il y a des serviettes dans le placard à côté du portemanteau. Je reviens tout de suite avec des vêtements secs.

— Merci.

Il lui lança un faible sourire, grelottant toujours.

M quitta la pièce, retira ses ballerines et monta en courant à sa chambre. Elle se dévêtit rapidement, lança ses affaires mouillées dans la baignoire, puis enfila un pantalon et un tee-shirt en coton. Enfin, elle prit un grand peignoir dans l'armoire, descendit et frappa à la porte du vestiaire. Quand Dax ouvrit, elle mit le vêtement sur le bras tendu du jeune homme.

— Ça devrait t'aller, Dax. Rejoins-moi à la cuisine. Je vais nous préparer du thé bien chaud.

— La solution anglaise à tous les maux, marmonna-t-il.

— Pas de critique, répondit M en s'éloignant.

Après avoir mis la bouilloire sur la gazinière, elle sortit son téléphone portable de sa poche et composa le numéro de sa sœur à Londres.

— Bonsoir, c'est moi ! s'écria-t-elle quand on décrocha. Tu vois, toujours en vie ! Comment vas-tu, Birdie ?

— Très bien, mon chou. Et tu sais que je déteste ce surnom ! Oublie-le, veux-tu ?

— Tout va bien au magasin ?

— Oui, et j'ai eu des nouvelles de papa et maman. Ils t'embrassent, et Mamie aussi.

— Elle va mieux, j'espère ?

— Beaucoup mieux, et je suis sûre que c'est grâce à la visite de papa et maman en Australie. Tu sais que notre mère remonte le moral à tout le monde ; on se sent tout de suite mieux en sa compagnie. Mamie n'est pas une exception : la présence de sa fille bien-aimée l'a vraiment aidée.

— Formidable. Je l'appellerai ce week-end. D'autres nouvelles ?

— Pas vraiment...

Les deux sœurs bavardèrent encore quelques minutes avant de se quitter. M posa l'appareil sur le plan de travail, ouvrit le placard et attrapa la grosse théière marron qu'elle avait achetée lors de son emménagement.

Elle y mit six sachets de thé puis versa l'eau bouillante, songeant toujours à sa sœur. M s'inquiétait souvent à son sujet. Son mari avait succombé à une crise cardiaque deux ans plus tôt, et M savait pertinemment qu'elle n'avait pas encore surmonté son chagrin. C'était compréhensible, bien sûr. Ils avaient été très proches, très amoureux, voire inséparables. Et la disparition de Julian avait été si brutale, si inattendue... Il n'avait que trente-trois ans. Il était bien trop jeune pour mourir.

A l'époque, son frère aîné avait observé que la vie vous réservait fréquemment des surprises, dont les trois quarts étaient mauvaises. Elle avait protesté, le traitant de cynique, mais, à présent, elle n'était plus si sûre qu'il ait eu tort.

Quant à son père, il s'était contenté de leur rappeler que ce qui arrivait devait arriver et qu'on ne pouvait rien y changer.

M soupira, la main sur la théière. Sa sœur lui manquait plus que jamais. Elles avaient toujours été très proches.

— Je t'ai blessée, M ? Au sujet du thé ?

Surprise, M tressaillit et pivota pour se trouver face à Dax.

— Je ne t'ai pas entendu entrer ! Tu m'as fait peur.

— Pardon.

M lui sourit.

— Bien sûr que non, tu ne m'as pas blessée, Dax. Je ne suis pas susceptible à ce point.

Elle fronça les sourcils.

— Tu as l'air frigorifié. Le thé te fera du bien.

Tout en parlant, elle tendit la main vers le placard et en sortit deux tasses qu'elle remplit de liquide fumant. Puis elle ajouta un peu de lait et les porta jusqu'à la petite table placée devant la fenêtre.

Dax resserra la ceinture de son peignoir, s'assit en face d'elle et se réchauffa les mains autour de la tasse.

— J'étais venu voir Georgie, avoua-t-il au bout de quelques instants, mais je suis content qu'elle ne soit pas là. Je me rends compte que c'est à toi que je voulais parler... Je suis plus à l'aise avec toi pour discuter de mes problèmes.

— Tu sais que je t'aiderai dans la mesure de mes moyens, murmura M en l'observant.

Peut-être était-ce justement de Georgie qu'il voulait parler. Elle s'interrogea sur la signification de sa dernière phrase. Jamais encore il n'avait évoqué avec elle ses problèmes. Sans doute était-ce sa manière à lui de dissimuler sa gêne.

— Vas-y, Dax. Dis-moi ce qui ne va pas.

— Rien ne va pour moi ici, répondit-il après un moment de silence. Par conséquent, j'envisage sérieusement de partir pour Los Angeles.

— Tu veux dire définitivement, ou seulement pour des vacances ?

— Définitivement. Tu sais que je veux être acteur, pas mannequin. Et je crois que, pour réussir, il faut que j'aille m'installer à Los Angeles, tenter ma chance là-bas.

M plissa le front.

— Mais, Dax, tu ne feras qu'échanger une grande ville contre une autre. Tes problèmes te suivront, où que tu ailles.

— Pas tous. Si je m'en vais, je laisserai Georgie derrière moi, et ça en fera déjà un de moins. Ma vie sentimentale sera moins compliquée.

— Elle l'est à ce point ?

M se cala sur sa chaise, but une gorgée de thé et regarda Dax par-dessus le rebord de sa tasse, attendant sa réponse.

— Je crois que oui. Pour être franc, ma relation avec Georgie est au point mort. Pourtant, quand nous nous sommes rencontrés, j'ai bien cru que j'avais trouvé la femme de ma vie. Mais ça ne va pas si bien que ça et je crois que je ne l'intéresse plus... Et puis, je t'avoue que ma passion pour elle a perdu de son intensité.

Il se tut et but un peu de thé, manifestement soulagé de se confier.

— C'est peut-être parce que tu penses qu'elle ne s'intéresse plus à toi, or je suis sûre que ce n'est pas le cas... Elle est toujours contente quand tu l'appelles, je t'assure. Souviens-toi que je vis ici.

— En fait, il y a un autre problème, reprit Dax avant de se pencher au-dessus de la table et de dire en baissant la voix : Je suis tombé amoureux de quelqu'un d'autre... Georgie a souvent été absente ces derniers temps, et... Enfin, bref, j'ai rencontré quelqu'un qui me plaît vraiment et qui est dingue de moi.

— Oh.

Prise au dépourvu, M resta sans voix.

— Il est génial, ajouta Dax. C'est quelqu'un d'exceptionnel.

— Oh. Je vois, marmonna M en reposant sa tasse de thé.

— Ne fais pas cette tête, fit Dax en s'approchant encore. Je marche à voile et à vapeur, ce n'est pas un secret. Et je me sens aussi à l'aise avec les filles qu'avec les garçons.

Son visage s'éclaira.

— Mais je ne veux pas trop m'attacher à lui, et je pense que je devrais partir pour L.A. Suivre mon rêve de toujours, essayer de devenir acteur, et mettre ma vie sentimentale et sexuelle entre parenthèses, si tu vois ce que je veux dire.

— Je vois très bien, et je vais me répéter : tes problèmes te suivront, où que tu ailles.

— Pas du tout. Je laisserai Georgie et Jason derrière moi. Deux problèmes résolus d'un coup ! Je n'aurai qu'à me préoccuper de ma carrière.

Il fut brusquement pris d'une quinte de toux, bondit sur ses pieds, s'excusa et sortit de la cuisine.

M le suivit des yeux, inquiète. Bien que surprise par son aveu, elle n'était ni choquée ni troublée qu'il soit bisexuel. En revanche, elle se faisait du souci pour sa santé. Il semblait réellement mal en point.

— Pardon, dit-il en revenant un moment plus tard.

— Tu as vraiment un vilain rhume.

Elle se leva et sortit d'un placard un flacon qu'elle lui tendit.

— Prends-en et bois ton thé.

— Bien, maman.

Il lui décocha un grand sourire avant d'ingurgiter trois comprimés.

— Dieu merci, il ne pleut plus, murmura-t-il en jetant un coup d'œil par la fenêtre. Donne-moi ton avis, M. Est-ce que je dois partir pour L.A. ou pas ?

— Je ne sais pas quoi te répondre, fit-elle tout bas. Il serait peut-être plus facile de percer là-bas. D'un autre côté, j'entends constamment dire que les acteurs pullulent à Hollywood, et qu'ils sont tous beaux et talentueux, les filles comme les garçons.

Elle lui lança un regard pénétrant.

— Tu ne crois pas que tu cherches juste à fuir Georgie et Jason ?

— Absolument pas. Je pense seulement à mon avenir... dans le cinéma. Tu sais que je me suis présenté à des tas de castings. J'avais commencé bien avant de te rencontrer.

— En ce cas, réfléchis encore un peu avant de te décider. Ne te précipite pas. Attends quelques semaines, essaie de trouver quelque chose ici, à New York, un rôle à la télévision ou peut-être au théâtre. Quant à Georgie, si c'est fini, dis-le-lui franchement. Elle comprendra. De toute façon, tu as le sentiment que tu ne l'intéresses plus. Pour ce qui est de Jason, tu as le choix : tu restes avec lui ou tu lui dis au revoir à lui aussi. Pour te concentrer sur ta carrière.

Dax la fixa bouche bée pendant un instant, puis se mit à rire, ce qui déclencha une nouvelle quinte de toux.

— Le moins que l'on puisse dire, c'est que tu ne tournes pas autour du pot ! s'écria-t-il quand il fut calmé. Tu dis exactement ce que tu penses !

— Ah oui ? Et qu'est-ce que je pense ?

— Que je suis un rigolo.

— Non, tu te trompes, Dax. Je n'ai pas une mauvaise opinion de toi, pas du tout. Mais ma sœur dit toujours que je vais droit au cœur du problème. Et c'est ce que je viens de faire...

A cet instant, la sonnerie du téléphone retentit, et M s'interrompit pour décrocher.

— Très bien, dit-elle au bout d'un moment. Et tu comptes rester là-bas tout le week-end ?

Elle articula en silence : « Georgie. Tu veux lui parler ? »

Dax secoua la tête avec vigueur.

— Entendu, Georgie, je m'en charge. A lundi !

Elle raccrocha et se tourna vers son ami.

— Elle est partie chez sa sœur dans le New Jersey. Pour le week-end, comme tu l'as sans doute compris.

— J'ai raison, elle prend ses distances avec moi.

— Et tu fais pareil. Tu as même un peu d'avance sur elle, il me semble.

Il acquiesça d'un hochement de tête.

— Je vais faire de la soupe, une bonne soupe rustique, annonça M. Tu veux rester dîner ?

— C'est quoi, une soupe rustique ?

— Eh bien, c'est fait avec des légumes, des morceaux de poulet, une de ces soupes qui mijotent des heures sur le fourneau, expliqua-t-elle avec un sourire espiègle. Je suis bonne cuisinière, tu sais.

— J'en suis sûr. Et je reste avec plaisir. On pourra parler encore un peu.

M émit un léger grognement.

— Ne me dis pas que tu as encore des problèmes !

— Non ! Tu les as résolus pour moi, M. Il n'y a rien de tel que d'appeler un chat un chat.

2

Il ne la connaissait que depuis quelques semaines à peine et cependant il lui faisait instinctivement confiance. Dax n'avait jamais éprouvé ce sentiment auparavant, mais il avait vite compris que M était quelqu'un d'inhabituel. Elle était entrée dans sa vie par hasard et avait produit sur lui un effet remarquable.

L'attraction n'était ni romantique ni sexuelle. M était belle, mais elle n'était pas son genre… Trop grande, trop brune, un visage trop exotique à son goût. Il avait toujours eu une préférence pour les petites blondes aux yeux bleus, et qu'elles ne soient pas très intelligentes ne l'ennuyait pas. A vrai dire, il les aimait un peu écervelées.

M, en revanche, était brillante, pragmatique et directe. Elle lui coupait le souffle par sa franchise, son honnêteté. Sur ce point, il trouvait qu'elle ressemblait plus à un homme qu'à une femme, tant elle allait droit au but. Elle ne prenait pas de gants : elle disait ce qu'elle avait à dire sans chercher à l'embellir. Exactement comme sa sœur l'avait affirmé.

Dax savait à quoi s'en tenir avec elle, et cela lui plaisait. Elle ne semblait pas avoir d'autre ambition que de devenir mannequin, et elle était la droiture personnifiée. Il connaissait trop de gens sournois et manipulateurs, prêts à jouer double jeu, à trahir n'importe qui pour réussir.

Il l'observa qui allait et venait dans la cuisine, songeant qu'elle se mouvait avec la légèreté, la grâce fluide d'une danseuse.

— Tu as fait de la danse, M ? laissa-t-il échapper.

Elle se tourna vers lui, un sourire dans ses yeux sombres.

— J'aime danser, Dax, mais je ne suis pas une professionnelle. J'ai reçu quelques leçons quand j'étais petite, et puis je me suis intéressée à d'autres sports. Mais je crois que j'ai l'âme d'une danseuse... J'adore ça. D'ailleurs, je danse tout le temps quand je suis seule.

Elle reporta son attention sur le plan de travail, et versa du bouillon de volaille dans une grande cocotte. Puis elle ajouta les morceaux de poulet, des carottes, des pommes de terre et des oignons émincés, ainsi qu'une poignée d'herbes de Provence et quelques feuilles de laurier.

— Voilà, c'est presque fait, murmura-t-elle en allumant la gazinière. Je n'ai plus qu'à y mettre un peu de céleri.

— Décidément, tu es bourrée de talents, commenta Dax qui ne l'avait pas quittée des yeux. C'est étonnant comme tu fais bien la cuisine. En tout cas, ça en a tout l'air !

Elle lui adressa un nouveau sourire espiègle.

— Je connais quelques recettes, mais mon répertoire est limité. Je peux faire ce plat les yeux fermés et je le réussis encore mieux depuis que je suis à New York. Je le prépare chaque vendredi, et il me dure tout le week-end.

— Tu es quelqu'un de pratique, n'est-ce pas ?

— Je suppose que oui, acquiesça-t-elle en jetant les branches de céleri dans la cocotte. Et toi, tu fais la cuisine ?

— Non, pas du tout.

Il se laissa aller contre le dossier de sa chaise, sirotant sa deuxième tasse de thé et la suivant du regard tandis qu'elle nettoyait le plan de travail, posait le couvercle sur le plat, baissait le gaz et mettait les ustensiles sales dans l'évier. Elle ne cessait de l'intriguer et, parfois, le rendait perplexe.

— Dax est un nom étrange, remarqua-t-elle, l'éponge à la main. D'où vient-il ?

— Derek Alan Kenneth Small, soupira-t-il d'un air dégoûté. A l'école, on m'a surnommé Daks, à ma demande, et par la suite j'ai changé l'orthographe. Dax me paraissait plus... sophistiqué.

Il sourit.

— On a tous nos moments de faiblesse, tu ne crois pas ?

— J'imagine que si. Mais j'aime bien ton nom. Dax, je veux dire. Il te convient, il reflète ta personnalité. Sans parler de tes cheveux blonds et de ton physique de jeune premier.

— Ma mère disait que je ressemblais à Leslie Howard, si ça te dit quelque chose.

— Tu me prends pour une ignare ? Moi aussi, j'ai vu *Autant en emporte le vent* ! Et devine quoi ? Parce que mon nom est Marie Marsden, on m'appelait M&M à l'école. Qu'est-ce que tu en dis ?

Dax se mit à rire et se leva.

— Mes vêtements doivent être secs à présent. Je vais m'habiller. A tout de suite !

En l'absence de Dax, M dressa le couvert, vérifia la cuisson du poulet, goûta l'assaisonnement et y ajouta un peu de poivre. Puis elle sortit dans l'entrée et emprunta le couloir qui menait à l'atelier de Georgie, à l'arrière de la maison.

Au téléphone, celle-ci lui avait demandé de vérifier que les stores étaient bien fermés et l'air conditionné réglé sur le minimum. M entra et vit aussitôt que tout était en ordre : les tableaux empilés ici et là contre les murs étaient protégés de la lumière du jour. Elle jeta un coup d'œil au thermostat. Georgie avait dû oublier qu'elle l'avait baissé avant de partir.

M s'avança jusqu'au centre de la pièce, un endroit idéal pour un atelier d'artiste avec ses trois grandes fenêtres et sa verrière côté jardin. Pas étonnant que Georgie passe le plus clair de son temps à peindre ici. M avait été captivée par ses tableaux au premier regard et admirait beaucoup son talent. La jeune femme avait l'art de saisir la lumière sur la toile comme peu de ses confrères en étaient capables.

En regardant son travail, M se rappela une extraordinaire peinture qu'elle connaissait bien puisqu'elle faisait partie de l'héritage familial. C'était un tableau de Turner d'une beauté à couper le souffle. La lumière était comme prise au piège, capturée d'une façon que nul autre artiste n'arriverait sans doute jamais à reproduire.

M ouvrit la porte du jardin et sortit. Un banc en fer forgé, deux chaises et une petite table occupaient la minuscule terrasse pavée, bordée par quelques arbustes et une pelouse grande comme un mouchoir de poche. M prit une profonde inspiration, emplissant ses poumons. La pluie avait cessé, et il faisait à présent plus frais. Elle s'assit sur le banc, songeant que ce petit coin verdoyant de Manhattan était une oasis miniature, pour le plus grand plaisir des sens.

Une soudaine bouffée de tristesse l'envahit alors qu'elle pensait au jardin de sa mère en Angleterre. Elle ferma les yeux, revoyant sa beauté spectaculaire, flânant dans son esprit le long des allées sinueuses. L'espace de quelques instants, elle fut transportée dans son lieu favori entre tous, celui qui était gravé dans son cœur à jamais, où elle avait été le plus heureuse. *Rentre à la maison*, lui soufflait une petite voix. *Rentre tout de suite. Tu n'as rien à craindre.*

Une seconde plus tard, M entendit les pas de Dax résonner sur le carrelage de l'atelier. Arrachée à sa rêverie, elle passa une main sur ses yeux, chassant les larmes inattendues.

Dax ne parut rien remarquer lorsqu'il s'arrêta devant elle.

— Mes vêtements étaient secs et j'ai pris une douche rapide dans la salle de bains de Georgie avant de me rhabiller. Je me sens beaucoup mieux et mon rhume semble avoir disparu.

— Tant mieux.

M était légèrement contrariée qu'il se soit servi de la douche de Georgie et résolut de la nettoyer plus tard. Elle ne tenait pas à avoir à fournir des tas d'explications sur la présence de Dax dans la maison cet après-midi. Qui savait quelle relation ces deux-là avaient à présent ?

— Georgie a de la chance d'avoir ce jardin, même s'il est tout petit. Et l'atelier est fantastique, n'est-ce pas ?

— En effet. Et toi, tu serais vraiment fantastique si tu retournais à la cuisine et que tu nous apportais un verre de vin. J'ai acheté une bouteille de sancerre l'autre jour. Elle est dans le réfrigérateur. Tu ne peux pas te tromper, il y a un grand M sur l'étiquette.

— A vos ordres, dit-il en souriant.

Il rentra dans la maison. M se laissa aller contre le siège en fer forgé, referma les yeux et revit sa chambre en Angleterre, avec ses bibelots chéris, puis traversa en pensée la demeure de ses parents, ouvrant des portes, jetant un coup d'œil dans les pièces. Elle sourit intérieurement. Elle adorait la maison de famille. Elle y retournerait un jour... Dans un an ou deux... Quand elle serait sûre de ne plus courir de danger... Quand elle saurait avec certitude que personne ne pourrait lui faire du mal...

— Et voilà !

Dax lui tendit le verre de vin tout en s'asseyant à côté d'elle.

— Merci, dit M en faisant tinter son verre contre le sien. Santé.

Il se mit à rire, la regarda, et rit de nouveau.

— Que me vaut ce rire ?

— C'est un toast si masculin ! Mon père dit toujours ça.

— Et alors ? demanda-t-elle en plissant les yeux. Où veux-tu en venir ?

— Nulle part. J'ai juste été frappé par le fait que c'est une chose que les hommes disent, c'est tout.

M finit par lui décocher un grand sourire.

— Je suppose que j'ai appris cela chez moi. Mon père le dit souvent, comme le tien.

Dax but une longue gorgée de vin.

— Je sais que tu n'as pas envie d'écouter mes problèmes, mais il y a quand même un point que je voudrais régler... D'accord ?

— Vas-y.

— J'aimerais savoir pourquoi tu es tellement opposée à ce que j'aille à L.A. ? Je veux dire, qu'est-ce que tu as contre Hollywood ?

— Rien. Je ne suis pas contre, en fait. J'essayais seulement de te dire que déménager dans une autre ville ne résout rien.

Pour personne. Parce que les problèmes sont à l'intérieur de soi… Une autre cité ne changera rien, Dax. D'ailleurs, j'ai toujours eu l'impression que Hollywood était un peu… disons… bondé. Spécialement de jeunes talents.

— Tu as raison, M. Mais je veux être acteur, et je n'ai pas trouvé de travail ici… Je joue depuis que je suis tout jeune, tu sais. Pourquoi ne pas aller tenter ma chance à Los Angeles ?

— Je comprends. Je suppose que si tu renonçais, tu finirais par le regretter un jour.

— Ça veut dire que tu me donnes ta bénédiction ?

— Pas vraiment, parce que je pense que tu devrais persévérer ici. Mais je comprends que tu sois tenté de partir.

— Merci de m'avoir dit ça. Et puis, cela me permettra de m'éloigner de cette maison. Je crois que ça vaudrait mieux, pour quelques mois tout au moins.

M acquiesça tout en esquissant une petite moue.

— Tu vas me manquer, Dax, dit-elle doucement.

Il était observateur et la lueur de tristesse qui brillait dans son regard ne lui échappa pas. Il passa un bras autour de ses épaules et la serra contre lui.

— Je te donnerai des nouvelles. Et tu sais quoi, tu vas me manquer aussi.

Il se tourna vers elle et déposa un baiser sur sa joue.

— Mais nous pourrons nous téléphoner, rester en contact.

— Oui, je sais.

Elle s'efforça de sourire.

— Nous ferions mieux de rentrer. La soupe doit être prête et je ne voudrais pas qu'elle brûle.

— Qu'est-ce qui ne va pas chez nous, Dax ? demanda M un peu plus tard, en regardant son ami installé en face d'elle.

Il fronça les sourcils et reposa sa cuiller, inclinant la tête d'un air perplexe.

— De quoi parles-tu ?

— Du fait que nous n'arrivons pas à trouver du travail. Toi, tu essaies de décrocher un rôle et moi, je voudrais être mannequin, mais personne ne semble s'intéresser à nous.

— C'est vrai, mais c'est sans doute en partie à cause de l'époque, tout au moins en ce qui te concerne. Et puis, n'oublie pas que tu n'es à New York que depuis deux mois. Les choses s'amélioreront à l'automne. Quant à moi, je viens de t'expliquer pourquoi j'envisage sérieusement de partir. J'ai envie de changer d'air, de rencontrer d'autres gens, et je suis convaincu qu'il y a des opportunités là-bas.

M opina du chef, reprit sa cuiller et termina sa soupe. Un instant, elle songea à son frère aîné, qui l'avait si souvent prise sous son aile et avait essayé de la guider de diverses manières. Il avait affirmé un jour que le physique et le talent ne suffisaient pas toujours, que d'autres facteurs entraient en jeu. Il fallait être au bon endroit au bon moment, et avoir la chance de son côté. M n'était pas toujours d'accord avec son frère, mais elle le savait sage et d'une honnêteté scrupuleuse. Il disait les choses sans fard, et elle le croyait.

— A quoi penses-tu ? s'enquit Dax.

— Je ne t'ai jamais vu jouer, répondit M après un bref silence, mais je suppose que tu es doué en plus d'être séduisant et photogénique. Cela dit, pour réussir, il faut que tu le veuilles vraiment. Il faut de la détermination, une discipline et une volonté de fer. Les jeunes talents ne manquent pas, tu le sais. Tu dois être le meilleur.

Il se pencha en avant.

— Mais c'est exactement ce que je ressens, M. Je suis déterminé, et prêt à tout sacrifier pour ma carrière. J'ai seulement besoin qu'on me donne l'occasion de le prouver.

— Je sais. Mais il y a un autre élément à prendre en compte...

— Lequel ?

— La chance. La chance doit te sourire.

Il fit une grimace.

— Jusqu'ici, elle n'a pas été au rendez-vous.

— Va à Hollywood, Dax ! Vas-y ! Ne m'écoute pas. Prends le risque, vas-y et fais tes preuves. Oublie ce que j'ai dit à propos des jeunes talents qui se bousculent là-bas... Vas-y, et bonne chance ! lança-t-elle en riant. Mais ne m'oublie pas, d'accord ? Tu es le seul ami que j'aie dans toute l'Amérique.

— Comment pourrais-je t'oublier, M ? Tu es unique !

3

M était sur le point de s'endormir quand un bruit la fit tres-saillir. Elle se redressa en sursaut, crispée, aux aguets. Une seconde plus tard, elle l'entendit de nouveau... Plus faible à présent, mais néanmoins distinct. On aurait dit du métal heur-tant une surface dure.

Effrayée, elle demeura immobile, réfléchissant à toute allure. Il ne pouvait s'agir de Georgie, puisqu'elle passait le week-end dans le New Jersey. Quant à Annette Lazenby, la journaliste qui louait le petit appartement au-dessus du sien, elle était partie en reportage en Afghanistan.

Pourtant, quelqu'un s'était introduit à l'intérieur. M était certaine d'avoir verrouillé la porte de l'atelier ainsi que celle de l'entrée après le départ de Dax. Mais le système d'alarme faisait des siennes et elle n'avait pas réussi à le mettre en marche.

Une fenêtre était-elle restée ouverte quelque part ?

Elle déglutit, soudain envahie par la peur. Un instant, elle fut totalement paralysée, ne sachant que faire. Puis, prenant une profonde inspiration, elle repoussa les couvertures, se glissa à bas du lit, retira sa chemise de nuit et se rhabilla en hâte. Ses mains tremblaient lorsqu'elle remonta la fermeture de son pantalon en toile.

Après avoir enfilé ses mocassins, elle chercha son vieux sac Louis Vuitton dans l'armoire, y laissa tomber son téléphone portable, son portefeuille et sa clé, puis le fit passer en bandoulière. Ainsi, il ne la gênerait pas si elle devait lutter avec l'individu qui se trouvait en bas.

Enfin, M s'approcha de la porte, tendant l'oreille ; le silence lui parut assourdissant. Elle attrapa son parapluie accroché derrière le battant. C'était la seule arme disponible.

Elle tourna la poignée sans faire de bruit, lança un regard furtif au-dehors. La maison était plongée dans la pénombre. Elle ne discernait aucun mouvement. Rassemblant son courage, elle sortit dans le couloir et avança vers le palier. Puis lentement, à pas prudents, elle se mit à descendre l'escalier, la main sur la rampe.

Elle avait presque atteint le bas des marches quand on la saisit par le bras et la tira en avant. Surprise et terrifiée, elle poussa un cri et abattit son parapluie sur la tête de l'intrus.

— Arrête ! Arrête ! cria Georgie en la lâchant aussitôt. C'est moi. Georgie ! Arrête de me taper dessus, M !

Tout en parlant, elle se hâta de traverser l'entrée et d'appuyer sur l'interrupteur.

Encore tremblante, bouleversée, M se laissa tomber sur la dernière marche et la fixa, bouche bée.

— Seigneur, mais où donc avais-tu la tête, Georgie ? Pourquoi entrer en catimini chez toi, en pleine nuit ? Tu m'as fait une peur bleue...

— J'étais un peu... émue. Je suis revenue en catastrophe.

Un profond soupir lui échappa, et elle secoua la tête.

M la dévisagea sans comprendre.

— En catastrophe ? Pourquoi ? Quelque chose ne va pas ?

— Je ne sais pas. A toi de me le dire.

M fronça les sourcils.

— Je ne vois pas...

Elle se tut et lança à Georgie un regard perplexe.

Sans un mot, celle-ci grimpa l'escalier en courant, se rua dans la chambre de M, jeta un coup d'œil et redescendit lentement.

La lumière se fit dans l'esprit de M.

— Tu croyais que Dax était ici, avec moi ? demanda-t-elle doucement. C'est ça ?

35

Georgie hocha la tête, subitement penaude.

— Ma voisine, Alice Foley, m'a appelée dans le New Jersey... Elle garde toujours un œil sur la maison et elle me téléphone souvent là-bas. Elle a vu Dax assis devant la porte cet après-midi et puis elle vous a remarqués tous les deux dans le jardin. Elle a dit qu'il avait son bras autour de tes épaules et qu'il t'embrassait. J'ai cru que... que tu sortais avec lui. Je sais qu'il a quelqu'un d'autre.

M resta silencieuse un moment.

— Ce n'est pas moi, et j'ignore s'il a quelqu'un d'autre ou pas, dit-elle enfin. Tout ce que je sais, c'est que lui et moi nous entendons bien, rien de plus. Quand je suis rentrée cet après-midi, il était sur les marches, trempé jusqu'aux os et blanc comme un linge. Je l'ai fait entrer et je nous ai préparé du thé.

— Mais elle vous a vus vous embrasser dans le jardin ! protesta Georgie.

M la foudroya du regard.

— Certainement pas ! riposta-t-elle, furieuse. Dax m'a embrassée sur la joue. Il n'y a rien entre nous. Nous sommes amis et c'est tout. Et à dire vrai, que tu suggères le contraire me déplaît fortement. Pour qui me prends-tu, enfin ? Je ne suis pas le genre de fille à piquer le petit ami des autres ! Ce n'est pas mon style. Il me semble que tu me dois des excuses.

Georgie parut honteuse. Elle traversa l'entrée, repoussant ses longs cheveux blonds en secouant la tête d'un air de regret.

— Je suis désolée, M. Vraiment. Je n'aurais pas dû t'accuser et je n'aurais pas dû écouter Alice. C'est une vieille commère, je suppose. Mais je m'inquiète au sujet de Dax et de notre relation. Je crois qu'il ne s'intéresse plus à moi, or je l'aime beaucoup.

— N'en parlons plus, Georgie. Tu es amoureuse de lui ? C'est ça que tu veux dire ?

— Oui. Et je pensais que c'était réciproque. Mais maintenant, je n'en suis plus aussi sûre. T'a-t-il dit quelque chose ? A propos de moi, ou de nous ?

M fit non de la tête et s'empressa de changer de sujet.

— As-tu renversé quelque chose en entrant dans la maison ? J'ai entendu un bruit...

Georgie désigna le portemanteau en fer forgé.

— Je suis rentrée là-dedans. C'est ça qui t'a réveillée ?

— Je suppose que oui.

— Et après, j'ai laissé échapper ma torche.

Georgie ne put s'empêcher de rire.

— Je suis une idiote ! Quelle idée d'entrer comme ça, en me demandant si j'allais te surprendre au lit avec Dax et comment je réagirais !

M se mit à rire à son tour, et se leva.

— Que dirais-tu d'une tasse de thé, ou quelque chose comme ça ?

— Je préférerais une vodka. Pas toi ?

— Bonne idée... Ça m'aidera à me calmer.

Georgie fronça les sourcils.

— Je t'ai fait franchement peur, n'est-ce pas ?

— Evidemment que tu m'as fait peur. Je pensais qu'il y avait un intrus dans l'entrée. J'étais prête à l'assommer et à prendre la fuite.

Elle tapota son sac.

— J'avais emporté l'essentiel, comme mon portable et mon portefeuille, et la clé de la maison au cas où.

— C'était bien vu, remarqua Georgie en se dirigeant vers la cuisine. Viens, M. Allons boire un verre. Je crois que tu en as plus besoin que moi. Tu es toute pâle.

Georgie s'affaira, sortit une bouteille de vodka du placard et remplit un seau de glaçons. Elle disposa le tout sur un plateau, puis revint prendre un citron vert, songeant à M. Elle aimait bien sa locataire, et elle s'en voulait d'avoir imaginé que celle-ci ait pu avoir une relation avec Dax.

Elle avait été idiote d'y penser, et encore plus d'être revenue chez elle en pleine nuit, en s'attendant à les prendre en flagrant délit. Elle se promit d'être plus sensée à l'avenir. Et de moins se fier aux dires d'Alice Foley. Sa voisine était pétrie de bonnes intentions, mais, ce soir, tout au moins, elle avait fait complètement fausse route.

Georgie prit deux verres, jetant un coup d'œil à M à la dérobée. Assise à la table de la cuisine, morose, elle semblait perdue dans ses pensées.

Elle était vraiment terrifiée quand elle était descendue au rez-de-chaussée, cramponnée à son parapluie. Son visage était encore blême – sa peau presque translucide – et l'appréhension persistait dans ses grands yeux sombres. La pauvre, songea Georgie. M avait assez de problèmes sans qu'elle vienne la terroriser dans son sommeil.

A vingt-huit ans, Georgiana Carlson avait déjà une expérience considérable de la vie : elle en avait vu assez pour acquérir une certaine intuition concernant autrui. Elle ignorait presque tout de Marie Marsden, mais elle avait très vite compris que cette jeune Anglaise polie et réservée n'était pas n'importe qui. Elle avait de la classe, des manières raffinées, une voix cultivée, et une inébranlable confiance en elle-même. Sans parler d'un physique de rêve.

M avait aussi un côté mystérieux qui intriguait Georgie. Celle-ci n'avait jamais rencontré personne qui lui ressemble et ne pouvait s'empêcher de s'interroger sur son passé.

— Allons nous installer au salon. Ce sera plus confortable.

M acquiesça et se leva aussitôt.

— Je passe devant.

Elle traversa l'entrée et gagna le salon, puis alluma une petite lampe et fit de l'espace sur la table basse, avant de laisser tomber son sac sur un fauteuil.

Elles s'assirent l'une en face de l'autre. Georgie remplit deux verres de vodka, ajouta des glaçons et une rondelle de citron vert.

— Merci, dit M avec un faible sourire.

Georgie se cala dans son fauteuil.

— De rien.

M but une gorgée de vodka, grimaça.

— C'est fort, dis donc !

Elle reposa son verre sur la table et regarda longuement Georgie.

— J'espère que je ne t'ai pas fait mal... Je ne savais pas que c'était toi.

Georgie sourit.

— Je l'ai bien mérité. Je me suis conduite comme une imbécile.

Elle secoua la tête, perplexe.

— Les hommes ! Franchement, ils peuvent nous rendre dingues, n'est-ce pas ?

M ne répondit pas. Sa peur et sa colère ne s'étaient pas tout à fait dissipées. Elle éprouvait encore un certain ressentiment envers Georgie. Comment celle-ci avait-elle pu la croire capable d'une telle duplicité ?

— Eh bien, je suppose qu'ils peuvent être énervants, dit-elle lentement. Mais je n'en ai pas fait l'expérience, parce que je n'ai pas eu beaucoup de petits amis. Et je n'ai pas eu à les voler à d'autres femmes.

La pique n'échappa pas à Georgie, qui comprit aussitôt que M était encore vexée.

— Je t'en prie, M, oublions tout cela... Je t'ai dit que j'étais désolée, et je le suis. J'aurai appris une leçon ce soir. Je ne dois pas tirer de conclusions hâtives et je dois me montrer plus circonspecte.

Elle but une gorgée de vodka.

— Comment va Dax, M ? Je ne l'ai pas vu depuis dix jours.

— Il a un mauvais rhume et rester assis sous la pluie n'a rien arrangé. A part ça, il est toujours en train d'essayer de décrocher un rôle ou une séance de photos. Question boulot, on ne peut pas dire que nous ayons de la chance, tous les deux.

M lança un regard à Georgie.

— A vrai dire, c'est toi qu'il attendait. Il n'était certainement pas venu me voir, moi.

— Il a laissé plusieurs messages sur mon portable, mais je ne l'ai pas encore rappelé, répondit Georgie en hochant la tête. Malheureusement, j'ai dû aller plusieurs fois dans le New Jersey à l'improviste pour donner un coup de main à ma sœur.

Elle vit avec notre tante Gerry, qui est souffrante en ce moment.

— Je suis désolée. C'est grave ?

— Elle a des problèmes de cœur et doit être surveillée de près. Elle a plus de quatre-vingts ans, et nous sommes ses seuls parents.

— J'espère qu'elle va se rétablir, dit M avec compassion.

— Moi aussi. Ma sœur Joanne est très affectueuse et prend soin d'elle depuis plusieurs années. Elle était photographe de mode mais elle a arrêté quand elle a perdu son mari. Cela lui a fait du bien de devoir s'occuper de quelqu'un. Cela l'a aidée à surmonter son chagrin.

— Je vois ce que tu veux dire. Ma sœur aussi est veuve.

La confidence avait échappé à M, et elle la regretta aussitôt. Pourquoi avait-elle confié à Georgie quelque chose d'aussi personnel ? Elle ne voulait pas qu'on sache quoi que ce soit à son sujet. Elle tenait à rester anonyme. A effacer son passé. Désormais, seul son avenir importait.

— Tu ne me l'avais jamais dit, observa Georgie, intéressée. De quoi est-il mort ?

— Crise cardiaque, répondit M d'un ton laconique.

— Comme le mari de Joanne. Il avait cinquante-neuf ans. Et ton beau-frère ?

— Il était jeune, marmonna M. Il avait une trentaine d'années.

Elle se hâta de changer de sujet.

— Je suis sûre que Dax ne voit pas d'autre femme. Il se concentre sur sa carrière. Il tient plus que tout à être acteur, comme tu dois le savoir.

— Oui, bien sûr. Mais j'ai l'impression qu'il est tenté de quitter New York pour la côte Ouest. Tu ne crois pas ?

— Peut-être. J'avoue qu'il a mentionné cette possibilité. Pourquoi ne pas aborder le sujet avec lui ? C'est ce que je ferais, à ta place. Toi et lui, vous devriez en parler, mettre les choses au point.

— J'irai le voir demain. J'espère qu'il n'est pas malade. Il ne fait pas suffisamment attention à sa santé. Et toi, M ? Puis-je t'aider en quoi que ce soit ? Je connais quelques photographes de mode. Je pourrais les appeler, te présenter.

M se redressa et hocha la tête.

— Ce serait merveilleux, Georgie ! C'est très gentil à toi de le proposer. Les recommandations personnelles sont toujours les meilleures.

— C'est comme si c'était fait, assura Georgie. J'appellerai Hank George et Frank Farantino lundi. Je sais qu'ils sont à New York en ce moment. Cela vaut la peine d'essayer.

4

Elle ne parvenait pas à s'endormir. Etendue dans le noir, immobile, elle écoutait la maison, écoutait toutes ses voix.

Elle avait grandi dans de vieilles demeures, et elle les connaissait intimement. Pour elle, c'étaient des êtres vivants... Elles respiraient et soupiraient, gémissaient parfois, en particulier en hiver. Son grand-père lui avait raconté autrefois que les fondations d'une maison étaient comme les pieds d'une personne, et elle ne l'avait jamais oublié. Elle sourit au souvenir de son aïeul. Popsi lui avait expliqué qu'elle ne devait pas avoir peur des bruits, qu'ils étaient seulement causés par le bois qui gonflait ou se contractait. « On est en sécurité dans une maison, avait-il ajouté. C'est comme un refuge. »

M savait pertinemment que ce n'étaient pas les craquements et grincements de la maison qui la tenaient éveillée, mais ses propres angoisses. Elle avait été terrifiée tout à l'heure en entendant des bruits suspects au rez-de-chaussée. Georgie avait été si inconsciente, si stupide ! Et tout cela à cause d'un homme. Dax.

M changea de position et contempla le plafond, songeant à la demeure où elle avait grandi et vécu avec ses parents jusqu'à récemment. On lui avait très tôt appris, ainsi qu'à ses frères et sœurs, à toujours brancher le système d'alarme, surtout la nuit. Ses parents avaient tellement insisté que ce geste était à jamais gravé dans son esprit.

Elle avait abordé la question de l'alarme avec Georgie avant de remonter se coucher. D'abord réticente, celle-ci avait fini par accepter de faire venir un électricien lorsque M avait offert de partager le coût d'une éventuelle réparation.

Cette décision avait dans une certaine mesure soulagé M et elle était bien résolue à faire en sorte qu'elle soit suivie d'effet. Elle n'avait aucune intention de laisser cette responsabilité à Georgie, qui, une fois absorbée par sa peinture, oubliait tout ce qui l'entourait.

M avait une nature plus pragmatique, sans doute héritée de sa mère, une femme travailleuse, disciplinée, intelligente, qui avait la tête sur les épaules et les pieds sur terre. M adorait ses parents et ils lui manquaient terriblement. Ils étaient partis en Australie pour six mois afin de rendre visite à sa grand-mère maternelle. Seule la sœur préférée de M était restée à Londres. Tous ses autres frères et sœurs étaient à l'étranger, vivant la belle vie, tout au moins le supposait-elle. Ce qui ne les empêchait pas de travailler dur. Elle n'avait aucun doute à ce sujet.

Leurs parents leur avaient très tôt inculqué l'éthique protestante du travail. Adolescente, M les accusait d'avoir une attitude digne des personnages de Dickens, mais ils se contentaient de rire et d'affirmer qu'elle apprécierait leurs efforts plus tard.

Et maintenant elle était là, à Manhattan, à ne rien faire et à s'ennuyer ferme. Elle n'était pas habituée à l'oisiveté. Dès le lendemain, elle chercherait un emploi comme serveuse. Ou vendeuse. Non, serveuse. C'était plus facile. D'ailleurs, elle avait remarqué une petite annonce dans un salon de thé, le Cheese Cake Café, près de la 22ᵉ Rue. Cela l'occuperait et lui apporterait un supplément d'argent. Oui, elle irait dès le lendemain. Elle parlerait au gérant. Il l'aimait bien. Il l'accueillait toujours avec un grand sourire.

Elle se retourna, se concentrant sur son ambition d'être mannequin. Elle y réussirait, elle en avait la certitude. Après tout, ne s'était-elle pas installée à New York pour se réinventer ? Pour devenir une autre ?

C'était une situation ridicule, songea-t-elle en réprimant un rire. Elle recherchait l'obscurité, l'anonymat. Elle ne voulait pas se faire remarquer, et pourtant elle était prête à défiler sur

43

une scène et à poser pour des photos de mode. N'était-ce pas une contradiction ?

Peut-être que non. Elle était différente à présent. Elle n'était plus la même que le jour de son arrivée à New York. Et puis, se réinventer ne signifiait-il pas adopter une nouvelle personnalité ? Et comme c'était simple ! Un nouveau nom, d'abord – c'était essentiel –, mais assez proche de l'ancien pour y répondre instantanément, sans hésiter. Un nouveau passé, mais aussi voisin de la réalité que possible, de façon à ne pas s'embrouiller.

Et puis inventer... Broder de nouvelles parties aux meilleures de la vie précédente. Voilà ce qu'elle avait fait ; elle avait même réussi à effacer les choses déplaisantes, dont la plus importante. M n'y pensait jamais ; le souvenir était enfoui profondément, très profondément. Elle n'en avait jamais parlé, n'en avait jamais rien dit à personne. C'était son grand secret. Un secret personnel, interdit. Personne ne saurait jamais. C'était fini. Fini. Ce n'était jamais arrivé... Elle le refoula. Un soupir lui échappa, puis elle se tourna sur le flanc et ferma les yeux.

L'imprévu l'effrayait toujours. Pourtant, elle avait été une enfant et une adolescente intrépide. Rien ne lui faisait jamais peur alors. Ses frères, qui n'étaient pas prodigues en compliments, disaient qu'elle avait du cran.

Et son courage lui revenait peu à peu, maintenant qu'elle était à New York. A sa grande surprise, elle se sentait tout à fait à l'aise, en sécurité dans cette métropole étincelante.

Il n'était pas difficile de se réinventer ici.

Personne ne se souciait de savoir quelle école elle avait fréquentée, quelle profession exerçaient ses parents, si elle avait ou non des origines nobles ou fortunées. C'était véritablement une société sans classes, et cela plaisait à M. L'intelligence, le talent, la ténacité, l'énergie, l'ambition et le succès : voilà ce qui comptait à Manhattan, et c'était précisément pourquoi elle s'y sentait bien.

Etendue dans son lit, envisageant son avenir, M songea soudain aux règles qu'elle s'était fixées et se rendit compte qu'elle avait négligé l'une des plus importantes. Loin d'occuper son temps utilement, elle avait passé des après-midi entiers à se prélasser avec Dax... Fréquentant les cafés, les cinémas, l'écoutant parler de sa vie, regardant la télévision en sa compagnie. Parce qu'il se sentait seul. Tout comme elle.

Elle avait été élevée dans une grande famille, constamment entourée de frères et sœurs. On l'avait taquinée, félicitée, parfois grondée, mais toujours aimée... et rares avaient été les moments de solitude.

Décidément, elle allait chercher un emploi, se promit-elle. Lorsqu'elle était arrivée à New York, elle avait assez d'argent pour survivre un an, à condition d'être économe. Elle avait ouvert un compte en banque et dépensé avec prudence, en majorité pour son loyer, sa nourriture et ses transports, bien qu'elle se déplaçât surtout à pied. Dans sa valise se trouvait une enveloppe pleine de chèques de voyage que sa sœur l'avait forcée à accepter avant son départ de Londres. M n'en avait pas voulu, mais savait pertinemment qu'elle ne gagnerait pas contre sa chère Birdie, qui avait qualifié les chèques de « filet de sécurité ». C'était donc ainsi que M les considérait. Elle était résolue à n'y avoir recours qu'en cas d'extrême urgence.

Elle continuerait à relancer les agences de casting. Avec un peu de chance, Georgie tiendrait sa promesse et contacterait les deux photographes qu'elle connaissait, de vieux amis qu'elle avait rencontrés par le biais de sa sœur.

Croisant les doigts, M ne tarda pas à sombrer dans un sommeil épuisé, sans rêves.

5

Débordante d'impatience et d'excitation, M descendait la 22ᵉ Rue Ouest d'un pas guilleret. Elle avait rendez-vous avec le photographe Frank Farantino, qui avait chargé Georgie de lui demander de venir à son studio ce jour-là.

En un sens, elle avait perdu un ami avec le départ de Dax pour Los Angeles. D'un autre côté, elle avait trouvé une nouvelle amie en la personne de Georgiana Carlson.

Après l'incident nocturne quelques semaines plus tôt, Georgie avait fait de son mieux pour se racheter. Tenant parole, elle avait appelé Hank George et Frank Farantino. Quelques jours auparavant, les deux photographes l'avaient enfin contactée.

Le studio de Frank Farantino n'était situé qu'à quelques centaines de mètres de la maison. Par cette belle journée de septembre, le trajet était une promenade agréable. Des nuages blancs et vaporeux traversaient le ciel bleu pâle, poussés par une petite brise venue de l'Hudson. Le soleil brillait et il faisait doux.

Depuis son installation à Manhattan, M avait beaucoup marché, prenant plaisir à explorer à pied les différents quartiers de la cité. En particulier, elle adorait West Chelsea, ses galeries d'art et ses cafés, ses rues bordées d'arbres.

Elle était aussi fascinée par le Meatpacking District, considéré comme l'endroit le plus à la mode de New York. Cent ans plus tôt, ce n'était qu'abattoirs et entrepôts. Aujourd'hui, la plupart de ces bâtiments avaient disparu, remplacés par des magasins élégants appartenant à des créateurs célèbres, des boîtes de nuit, des bars, des cafés, des restaurants et des spas. C'était devenu un lieu de rendez-vous pour les jeunes gens branchés et ambitieux, et on y croisait jour et nuit des people.

M sourit à cette pensée. Certains membres de sa famille étaient assez connus et elle ne tenait pas à fréquenter des célébrités, contrairement à Dax. Elle s'était toujours esquivée lorsqu'il faisait mine de s'intéresser de trop près aux gens en vue.

Dax était parti sur la côte Ouest en quête de gloire et de fortune et elle lui souhaitait de réussir. Au fond d'elle-même, un pressentiment la taraudait. Elle en savait suffisamment sur Hollywood pour comprendre que c'était un univers cruel, un monde où la douleur et la désillusion régnaient en maîtres.

Il était venu lui dire au revoir, son ami Dax au beau visage encadré de cheveux blonds, à la personnalité originale, au sourire dévastateur. A l'innocence désarmante. Il avait également dîné avec Georgie avant de s'envoler pour Hollywood. Plus tard, celle-ci avait confié à M que leur relation était terminée mais qu'ils étaient restés bons amis. Elle avait paru soulagée.

M savait que Dax était parti seul. Résolu à se concentrer sur sa carrière, il avait non seulement rompu avec Georgie mais aussi avec son nouvel amour, Jason.

« J'ai écouté tes conseils, M, lui avait-il soufflé à l'oreille. Je ne vais penser qu'à devenir une star de cinéma. Rien d'autre ne compte. »

Elle y songeait tout en marchant vers le studio de Frank Farantino, avec qui elle avait rendez-vous à midi précis. Star de cinéma. Si tel était le but de Dax, et qu'il le désirait plus que tout, il réussirait sans doute. Il avait un physique de jeune premier et du charme à revendre. Quant à savoir s'il était bon acteur, cela importait peu, au fond. Certaines stars jouaient comme des manches et cela ne les empêchait pas de décrocher des rôles. Dax avait de la volonté ; c'était un atout. Etait-il assez endurci ? Assez solide pour surmonter les déboires, les désillusions, la concurrence impitoyable ? Elle n'en était pas sûre mais ne pouvait que l'espérer.

Quelqu'un qu'elle connaissait très bien était allé un temps à Hollywood. A son retour, il avait expliqué qu'il fallait l'énergie d'un taureau, la carapace d'un rhinocéros, le cerveau de Machiavel et le corps d'un dieu grec pour réussir au Pays des Rêves, comme il l'avait surnommé. Son frère avait peut-être raison... Elle ferait donc une petite prière pour Dax. Il en aurait bien besoin. Et d'une bonne dose de chance.

Le studio de Frank Farantino se trouvait au deuxième étage d'un ancien entrepôt. On y accédait par une énorme porte en bois peinte en noir et ornée de clous en cuivre, sur laquelle le nom Farantino se détachait en grosses lettres rouge vif. M appuya sur la sonnette, indiquée par une flèche rouge.

Un instant plus tard, la porte fut ouverte par une très jolie jeune femme aux yeux bleus et aux cheveux roux coiffés à la punk. Elle était entièrement vêtue de rouge : tee-shirt, collant et bottes de cow-boy.

— Salut ! lança-t-elle en tendant le cou pour regarder M. Vous avez rendez-vous, c'est ça ? Vous êtes la copine de Georgie ?

— Oui, en effet.

— Entrez, ne restez pas là. Comment vous appelez-vous déjà ? J'ai oublié.

M se mit à rire.

— C'est on ne peut plus simple. Je m'appelle M, comme la lettre.

— Je vois. C'est l'abréviation de quel nom ?

— Marie.

— Pourquoi ne vous faites-vous pas appeler Marie ?

— Je préfère M.

— Beaucoup de filles se font appeler par une initiale de nos jours, commenta la jeune femme. Ce doit être la mode.

— A vrai dire, ce n'est pas particulièrement nouveau. La duchesse de Devonshire se faisait appeler G pour Georgiana.

— Qui ?

La jeune femme la dévisageait, une expression perplexe peinte sur ses traits délicats.

— Oh, ça n'a pas d'importance. Et puis-je savoir votre nom ?

— Caresse.

— C'est joli et très original. Je ne crois pas l'avoir déjà entendu.

— J'espère bien que non, parce que je l'ai inventé. Je n'aimais pas mon prénom !

— Lequel était-ce ?

— Hélène, répondit la jeune femme avec une moue. Beurk. Si fade !

— Hélène, répéta M doucement. Le visage qui a lancé mille navires. Un prénom très célèbre, en fait.

— Que voulez-vous dire ?

— Hélène de Troie... expliqua M. Elle était si belle que son mari et son amant se sont livré une terrible bataille pour elle.

— C'était quand ?

— En 1200 avant Jésus-Christ.

Caresse la regarda, bouche bée, secouant lentement la tête.

— Comment est-ce que vous savez ça ?

— Je l'ai appris à l'école.

M s'éclaircit la gorge.

— Enfin, je suis ici pour voir M. Farantino, reprit-elle en jetant un coup d'œil à sa montre. J'ai rendez-vous à midi.

— Je vais lui dire que vous êtes là.

6

Frank Farantino était un des photographes les plus connus et les plus prestigieux de New York. Voire du monde entier. En sortant de son vaste studio, il s'arrêta net à la vue de la jeune femme élancée qui s'était tournée vers lui.

Elle était vêtue d'un pantalon noir et d'un chemisier en coton blanc. Un instant, il retint son souffle, admirant sa beauté exotique, ses traits uniques. Il remercia Georgie intérieurement, aussitôt conscient que sa vieille amie lui avait fait un cadeau en lui envoyant cette extraordinaire jeune femme.

Un large sourire illumina son visage d'ordinaire taciturne. Il s'avança, la main tendue.

— Frankie Farantino.

— Je suis ravie de faire votre connaissance, monsieur Farantino, répondit M poliment en lui rendant son sourire. Merci d'avoir bien voulu me recevoir.

— Tout le plaisir est pour moi. Appelez-moi Frankie, je vous en prie. Et vous êtes… M ? C'est bien ça ?

— Oui. Je m'appelle Marie Marsden. Chez moi, en Angleterre, on me surnommait M&M, et j'ai pensé qu'il serait plus sage de laisser tomber un M en entamant ma carrière de mannequin, plaisanta-t-elle.

— Georgie ne m'avait pas dit que vous étiez anglaise. Depuis combien de temps êtes-vous à New York ?

— Je suis arrivée en juin, et depuis je cherche du travail. Je crains de ne pas avoir eu beaucoup de succès jusqu'ici.

— Comment avez-vous rencontré Georgiana ?

— Par le biais de Dax, un ami. Il est mannequin et acteur.

— Oh, bien sûr. Je connais Dax. Il m'est arrivé de le photographier. Le petit ami de Georgiana.

— C'est cela. Il est parti tenter sa chance sur la côte Ouest.

— Il est futé. Allons au studio, voulez-vous ? Quelle expérience avez-vous en tant que mannequin ?

— J'ai posé un peu. A Londres.

— Vous avez apporté des photos ?

— Oui. Elles sont dans mon sac.

Elle se hâta de le ramasser et le suivit dans le studio proprement dit.

— Mais je n'ai pas vraiment travaillé comme mannequin... Pas dans des défilés, admit-elle timidement.

— Jetons un coup d'œil à ces photos.

Frankie Farantino la regarda. Il devinait que M était une novice, mais cela ne l'ennuyait pas du tout. Il préférait avoir affaire à des jeunes femmes qui n'avaient pas été formées – souvent mal – par d'autres photographes. Il éprouvait une satisfaction particulière à modeler une mannequin, à lui donner un look créé par lui. Il prit la série de clichés que lui tendait M, les passa rapidement en revue et les lui rendit avec un demi-sourire.

— Elles ne sont pas mal, et cela me permet de constater que vous êtes photogénique. Mais elles ne vous rendent pas justice.

— Peut-être, répondit M d'une petite voix en les remettant dans son sac, résolue à ne plus les montrer à personne, et certainement pas à un photographe.

— Eh bien, commençons, lança Frankie. Allez vous mettre là-bas, sur cette plate-forme, et tournez-vous lentement, pour que je puisse vous voir sous tous les angles, vous étudier.

Elle s'exécuta docilement, obéissant à ses instructions.

Frankie l'observa avec attention, totalement concentré. Plusieurs conclusions s'imposèrent aussitôt à lui. Elle avait des mouvements fluides et gracieux de danseuse, et, bien qu'elle fût plutôt grande, compensait sa taille par une silhouette bien faite et une élégance innée. Son visage le fascinait... Elle lui rappelait quelqu'un, mais il n'aurait su dire qui. Une image fugace flotta dans son esprit, lui échappant au moment où il croyait la saisir.

— Vous pouvez descendre, dit-il en lui tendant la main pour l'aider. Vous avez apporté une jupe, n'est-ce pas ?

— Oui. Et une robe. Un fourreau noir tout simple. Des talons et une paire de chaussures plates.

— Parfait. Il y a une cabine là-bas, ajouta-t-il en désignant une porte encastrée dans un des murs. Changez-vous. Mettez ce que vous voudrez.

M acquiesça et se hâta vers la cabine. Elle opta pour une jupe évasée en coton rouge, qui allait bien avec son chemisier blanc immaculé, ajouta une large ceinture en cuir noir et enfila une paire de ballerines assorties. Jetant un coup d'œil à son reflet dans la glace, elle remonta ses cheveux en queue de cheval, compléta avec des boucles d'oreilles créoles et appliqua un rouge à lèvres rouge vif sur sa bouche.

Frankie était en train de mettre une pellicule dans son appareil. Il leva les yeux comme elle rentrait dans le studio et la lumière se fit aussitôt dans son esprit. Il savait à qui elle ressemblait. Audrey Hepburn toute jeune. Une bouffée d'excitation le parcourut. Il avait hâte de capturer son image. Alors, il saurait vraiment s'il avait fait une trouvaille, si elle possédait autant de potentiel qu'il l'espérait.

— Vous êtes superbe ! s'écria-t-il. Je voudrais que vous vous mettiez là, devant cette clôture en bois blanc avec le pré à l'arrière-plan.

Il la suivit et posa son appareil sur une petite table.

— Déplacez-vous un peu, mon chou. Bougez les bras, prenez des poses qui vous sont familières. Comme ceci.

Il lui fit une brève démonstration, reprit son appareil et s'éloigna.

— Bien. Entraînez-vous quelques secondes. N'ayez pas l'air si inquiet. Souriez, M, faites-moi un de vos fabuleux sourires !

Elle obéit et se montra si douée qu'il se mit à la mitrailler presque tout de suite, l'encourageant constamment.

— Super ! Parfait ! Maintenant, tournez-vous vers la gauche. Un peu plus. Vous avez un don, mon chou. Ouah ! Génial. Gardez cette pose. Vous êtes fantastique !

Il continua à la photographier pendant près d'une demi-heure, ne s'interrompant que pour mettre une nouvelle pellicule ou changer d'appareil. Enfin, il s'assit sur un tabouret et lui fit signe d'approcher.

— Tenez-vous ici, M, devant moi.

— Ça allait ? demanda-t-elle à voix basse. J'ai bougé comme vous vouliez ?

— Tout à fait. Et vous êtes fantastique. Mais il faut que je vous demande quelque chose… Vous avez déjà eu une frange ?

— Une frange ?

Elle passa un doigt sur son front.

— Non. Jamais.

— Et les cheveux courts ? Ou avez-vous toujours porté des cheveux longs ?

— Pour l'essentiel, oui. J'ai eu les cheveux courts quand j'étais plus jeune – quand j'étais petite, à vrai dire. Pourquoi ? Vous n'aimez pas mes cheveux ?

— Ils sont magnifiques. Très longs, soyeux, spectaculaires même. On peut faire beaucoup de choses avec des cheveux longs.

Frank fit la moue, inclina la tête, puis se détourna brusquement.

— Caresse ! Tu peux venir une minute, s'il te plaît ?

Quelques instants plus tard, la petite rousse arrivait en courant.

— Oui, Frankie ? Tu as besoin de quelque chose ?

— Agnes est ici ?

— Elle a dit qu'elle arriverait avant deux heures. Avec Luke Hendricks, tu te souviens ? Il fait la séance pour l'agence de publicité avec toi.

Frankie se tourna vers la grosse horloge murale. Il était presque une heure.

— Appelle Agnes, ordonna-t-il d'une voix pressante. Essaie son portable. Demande-lui si elle peut venir un peu plus tôt, dès que possible, en fait. Et trouve Marguerite Briguet, s'il te plaît. Dis-lui que je veux qu'elle fasse un maquillage très spécial.

— Tout de suite, Frankie.

Caresse s'éloigna en hâte. Frankie Farantino se pencha en avant et regarda M avec intensité.

— Je vais vous donner un look complètement différent, déclara-t-il. Ce sera superbe, mais il se peut qu'on vous coupe les cheveux.

M retint un cri, prise au dépourvu. Elle resta immobile, les yeux écarquillés, sans voix.

— Je vous promets que ça va changer votre vie, reprit Frankie d'un ton plus doux. Et ce sera vraiment un look unique...

— Une réinvention, coupa-t-elle. C'est cela que vous suggérez ?

Il hocha la tête, sans cesser de la fixer d'un air songeur.

— Exactement. Vous êtes partante ?

— Absolument. J'adore les réinventions, Frankie.

— Je n'ai aucune envie de couper de si beaux cheveux, murmura Agnes Manton, lissant d'une main la longue chevelure noire que M avait toujours considérée comme un de ses plus précieux atouts. Regarde, Frankie, on dirait... une cascade de soie noire et brillante. Ce serait criminel, franchement.

— Ne sois pas si mélodramatique, Agnes ! riposta Frankie, arquant un sourcil. Ce ne sont que des cheveux, pour l'amour du ciel ! Ils repousseront.

— Ça ne me fait rien, intervint M en tournant la tête vers la coiffeuse. Frankie a raison, je pourrai les laisser repousser si j'en ai envie.

Agnes acquiesça sans répondre, regardant la jeune femme avec attention.

— Je veux te montrer quelque chose, reprit Frankie. Attends une minute.

Il se dirigea vers la grande bibliothèque à l'autre bout du studio. Il en tira un album, le feuilleta, trouva les photos qu'il cherchait, puis revint vers les deux femmes.

— Regarde ça, Agnes, et tu comprendras mieux ce que je veux faire. Tiens.

Il le lui tendit, indiquant certaines pages.

Agnes saisit aussitôt son intention. Il voulait recréer une des coiffures à la garçonne d'Audrey Hepburn. Elle hocha la tête.

— Je peux obtenir ce style sans couper les cheveux de M.

A son tour, elle feuilleta l'album, lui montrant d'autres photos.

— Regarde celle-ci. Une frange, mais un chignon très serré à l'arrière. Je devrais essayer ça d'abord, tu ne crois pas ? C'est juste que je ne veux pas aller trop vite en besogne en coupant ces cheveux magnifiques.

Frank étudia le cliché en question et dut admettre qu'Agnes avait raison. Avec une frange et un chignon torsadé, Audrey avait un air plus élégant, plus sophistiqué, mais elle était toujours Audrey.

— Puis-je voir l'album, s'il vous plaît, Frankie ? demanda M. Pour savoir ce dont vous parlez tous les deux.

Il le lui tendit sans un mot.

— Oh, mon Dieu, Audrey Hepburn ! C'est ça que vous voulez ? Faire de moi une nouvelle Audrey ?

Frank éclata de rire.

— Vous avez tapé dans le mille, mon chou. Des objections ?

— Non, aucune. Au contraire !

— Vous m'avez dit que vous aviez apporté un fourreau noir et des talons ?

— Oui. Désirez-vous que j'aille me changer ?

— Non, pas pour le moment.

Il se retourna vers la styliste.

— Il faut que tu coupes le devant, ordonna-t-il fermement. Je veux que M ait une frange et les cheveux remontés en chignon, comme sur cette photo.

— Mais...

Face à l'expression résolue de Frankie, Agnes capitula. Elle travaillait pour lui depuis des années et savait quand toute discussion était inutile.

— C'est d'accord pour une frange, M ? demanda-t-il en lui montrant la photo.

— Tout à fait, répondit-elle en souriant. Allons-y.

Agnes lui entoura les épaules d'une serviette, prit ses ciseaux, inspira profondément et se mit à tailler les cheveux de M, créant la frange à laquelle Frankie tenait tant.

Assise immobile sur sa chaise, M observa Agnes sans rien dire, ravie à l'idée de se transformer en Audrey Hepburn. Cela au moins, c'était une vraie réinvention. Elle sourit intérieurement, se demandant pourquoi elle n'y avait pas pensé toute seule. Ses frères l'avaient pourtant souvent taquinée sur sa ressemblance avec la célèbre actrice.

— Je vous laisse, annonça Frankie. Je vous enverrai Marguerite dès qu'elle sera arrivée.

Il posa une main sur l'épaule de M.

— Marguerite est aussi un génie dans sa partie. A elles deux, elles vont faire de vous la femme qui est sur cette photo.

7

— Ouah !

L'auteur de cette exclamation admirative sortit de l'ombre, s'arrêtant à quelques pas de Frankie, occupé à photographier M assise sur un haut tabouret.

Frankie pivota aussitôt.

— Salut, Luke ! dit-il à son vieil ami. Tu as raison, elle est géniale.

Luke ne lui prêta aucune attention, s'adressant à M.

— Vous êtes extraordinaire ! s'écria-t-il. Exactement comme dans *Diamants sur canapé*.

Il secoua la tête, un grand sourire sur son beau visage.

— Vous pourriez être la sœur jumelle d'Audrey. Comment vous appelez-vous ?

M s'apprêtait à répondre quand Frankie la devança.

— Elle s'appelle M, Luke. M tout court. Et c'est ma nouvelle découverte. Je vais lancer sa carrière de mannequin et j'ai de grands projets pour elle. Je sais ce que je vois à travers mes lentilles. Et c'est sensationnel !

— Félicitations, Frankie.

Luke s'avança, la main tendue, captivé par cette jeune femme vêtue d'un fourreau noir. Elle arborait plusieurs rangs de perles et des boucles d'oreilles étincelantes. Quelques minutes plus tôt, Agnes et Marguerite lui avaient expliqué que Frankie leur avait demandé d'accentuer la ressemblance frappante de M avec la star. Elles avaient accompli un travail remarquable. La jeune femme était superbe. Cependant, Luke ne doutait pas qu'elle l'aurait été de toute façon.

— Enchantée, Luke, dit enfin M.

Luke s'éclaircit la gorge, prenant soudain conscience qu'il la dévisageait comme un écolier sous le charme.

— Moi aussi, balbutia-t-il. Vous êtes anglaise ?

— Oui, mais j'habite ici maintenant. Je suis arrivée il y a trois mois.

Tout en parlant, elle avait doucement dégagé sa main et le jaugeait du regard. Luke avait des yeux gris clair et un visage souriant encadré par des cheveux blonds. Avec sa carrure étroite, il faisait penser à un enfant de chœur, peut-être un tantinet espiègle.

— Si vous avez besoin de quelqu'un pour vous servir de guide à Manhattan, ou quoi que ce soit, je serai ravi de vous aider. Vous n'avez qu'à me téléphoner, répondit-il en lui tendant une carte de visite.

M lui sourit.

— Merci.

— Hé, pas si vite, Luke, mon garçon ! Pas question que tu me piques mon talent. C'est moi qui l'ai découverte, après tout. Et M va travailler exclusivement pour moi.

— Je lui proposais seulement mon amitié.

— Je sais, Luke, je sais.

Frankie fit un pas vers lui.

— Merci d'être venu me donner un coup de main pour cette séance, dit-il en baissant le ton. Les mannequins sont en train de se changer. Nous commencerons dans quarante minutes environ. Je veux terminer avec M d'abord, et il faut que je prenne encore quelques photos.

Luke acquiesça.

— On va travailler dans ce studio ?

— Non. Dans celui qui est à l'arrière. Le décor est déjà prêt pour la première pose et je suis sûr que Ted Langton est là en train de regarder les arrière-plans qu'on nous a livrés la semaine dernière. Si tu allais te présenter à lui ? Il est très sympa, et il m'a donné beaucoup de travail récemment.

— Entendu.

Luke adressa un signe d'adieu à M et s'éloigna. Il savait pertinemment que Frankie préférait faire son métier sans spectateurs, à moins qu'il ne s'agisse d'un « civil » comme Ted ou un représentant d'une agence de publicité. Lui-même n'était toléré que lorsqu'il travaillait comme assistant pour Frankie. Sinon, l'entrée lui était interdite, comme à tous les autres.

— Luke est un de mes protégés, expliqua Frankie à M lorsqu'ils furent seuls. Un jour ce sera un grand photographe. Il a déjà un studio et quelques clients réguliers, mais je lui donne du travail quand cela m'est possible. Je veux l'aider à s'établir.

— C'est gentil de votre part, Frankie, dit M avec une sincérité non feinte.

Ses parents lui avaient appris, ainsi qu'à ses frères et sœurs, à tendre la main aux autres. C'était une des règles d'or de la famille.

— J'ai toujours pensé que tout le monde méritait un coup de pouce de temps en temps, répondit-il, posant son appareil pour l'étudier un instant. Je crois que vous devriez retirer les perles et les boucles d'oreilles pour les prochaines photos. Vos cheveux sont parfaits, mais il faut que Marguerite vous repoudre un peu. Je vais la chercher.

Avant qu'elle ait eu le temps de proposer de s'y rendre elle-même, Frankie se dirigea vers le salon de coiffure et de maquillage aménagé à une extrémité du studio.

En son absence, M s'approcha d'une table, retira les rangs de perles qu'il avait glissés autour de son cou un peu plus tôt, ainsi que les boucles d'oreilles. Elle les remit dans le coffret à bijoux ; d'autres boîtes contenaient fleurs en tissu, mouchoirs, foulards et accessoires divers. Obéissant à une impulsion subite, elle prit une bande de velours noir, et la noua autour de son cou, puis recula devant la glace pour juger de l'effet.

Elle était ravie et électrisée d'avoir plu à Frankie Tarantino. Il avait dû voir en elle quelque chose de spécial pour passer si longtemps à la photographier. Peut-être était-ce là le moment qu'elle attendait ? Peut-être la chance était-elle de son côté aujourd'hui ? Elle songea brusquement à son frère aîné, qui accordait toujours un grand crédit à la chance. Il aurait été fier de la manière dont elle avait travaillé cet après-midi.

Comme M revenait au centre du studio, Frankie réapparut, suivi de Marguerite, munie de tous les instruments nécessaires à l'exercice de sa profession.

La maquilleuse s'approcha en souriant, la regardant avec attention.

— Votre peau brille moins que je ne m'y attendais, dit-elle en passant une petite éponge humide sur le visage de M, avant de le sécher à l'aide d'un mouchoir en papier.

Elle plongea un pinceau dans un pot de poudre et l'appliqua légèrement sur ses joues.

— Maintenant, un soupçon de blush, et ce sera parfait. Vos yeux sont très bien, ils n'ont besoin de rien.

Marguerite fit un pas en arrière afin de contempler son travail.

— Vous avez bien résisté aux projecteurs.

— Merci, Marguerite, répondit M en retournant s'asseoir sur le tabouret.

Frank acheva de remplacer sa pellicule et se tourna vers elle.

— Ce ruban est génial, mon chou. Vous n'avez besoin de rien de plus.

Il passa encore vingt minutes à la photographier, puis se redressa, visiblement satisfait.

— C'est tout, M. Pour aujourd'hui, tout au moins. Vous avez été un sujet idéal. Vous savez quoi ? Vous êtes douée pour ce métier.

— Merci, Frankie. A vrai dire, j'y ai pris beaucoup de plaisir.

Elle s'avança vers lui.

— Vous étiez sérieux quand vous avez dit à Luke que vous alliez lancer ma carrière ?

Il leva les yeux vers elle.

— Oui.

— Oh, je suis tellement contente ! Que va-t-il se passer à présent ? demanda-t-elle avec excitation.

— Eh bien, je vais très vite faire appel à vous pour mes photos de mode. C'est par ça que nous allons commencer.

— Et ce sera quand ?

— Dans quelques semaines, répondit Frankie tout en rangeant son appareil. Je dois partir pour le Maroc lundi faire une série de photos pour *Harper's Bazaar*.

M hocha la tête, l'interrogeant du regard.

— Je vais être absent plusieurs semaines, expliqua-t-il. C'est un gros contrat. Mais je vous contacterai dès mon retour.

— Et il n'y aurait pas moyen que je fasse partie du voyage ? demanda-t-elle, les yeux rivés aux siens.

Il secoua la tête.

— Non. Les mannequins ont toutes été sélectionnées. A vrai dire, certaines sont déjà en route.

— Je comprends, dit-elle, masquant sa déception derrière un sourire. Mieux vaut que j'avertisse l'agence Blane de vos intentions, n'est-ce pas ?

Surpris par son attitude efficace et son ton de femme d'affaires, Frankie plissa les yeux.

— Georgie m'a dit que vous étiez inscrite dans plusieurs agences. Pourquoi parlez-vous de Blane en particulier ?

— Parce que c'est la première agence que j'ai contactée en arrivant à New York, et que j'aime bien les femmes qui y travaillent. Elles me semblent sincères et elles se sont montrées obligeantes. De toute façon, c'est normal que j'aie un agent, non ?

— Oui. Vous avez raison et je comprends parfaitement. OK, vous pouvez les avertir.

— Et les photos que vous avez prises aujourd'hui ? Quand pourrai-je les voir ? Je meurs d'envie de savoir comment j'étais.

Il sourit.

— C'est compréhensible. Passez la semaine prochaine. Caresse aura un exemplaire de chacune à vous donner.

— Merci, dit-elle avant de s'éloigner, ramassant au passage la carte de visite de Luke qu'elle avait laissée sur la petite table. Que comptez-vous faire de ces photos ? demanda-t-elle encore en se retournant.

— Que voulez-vous dire ?

Il paraissait perplexe.

— Allez-vous les placer dans une revue ? Les utiliser d'une manière ou d'une autre ? Ou s'agissait-il seulement d'un... d'un entraînement, en quelque sorte ?

— C'est exactement ça, répondit-il. J'ai pour habitude de faire une séance de photos avec une nouvelle fille si j'estime qu'elle a du potentiel. Et vous connaissez déjà mon opinion à votre sujet. Je crois que vous avez un avenir brillant dans le métier, et j'ai bien l'intention de vous aider à arriver au sommet. Dès que je serai rentré du Maroc.

Il s'avança et passa un bras autour de ses épaules, l'étreignant avec chaleur.

— Merci encore, mon chou. Et à très bientôt.

8

Les semaines qui suivirent semblèrent filer à toute allure pour M. Bien organisée, comme à son habitude, elle s'était établi un emploi du temps et le respectait à la lettre.

Tous les deux jours, elle se rendait à l'agence Blane afin de voir Leni, la réceptionniste, puis dans deux autres agences, International et Famous, où elle était également inscrite. Trois après-midi par semaine, elle travaillait comme serveuse au Cheese Cake Café et le jeudi, elle était vendeuse dans une boutique chic.

Elle aimait être occupée. Qui plus est, son emploi du temps bien chargé l'aidait à oublier qu'elle n'avait pas encore eu de nouvelles de Frankie Farantino. Elle espérait qu'il tiendrait parole.

D'après Caresse, à qui M téléphonait plusieurs fois par semaine, il était toujours au Maroc et devait se rendre ensuite en France pour terminer les *shootings*. Il ne rentrerait à New York qu'après. Caresse avait tenté de la rassurer, affirmant qu'elle n'avait rien à craindre. Les employées de l'agence Blane, Leni et Marla Golding, qui s'occupait des contrats, lui avaient dit la même chose. Elles avaient été enchantées d'apprendre que Frankie Farantino s'intéressait à elle. Apparemment, il avait la réputation d'être digne de confiance et elles l'aimaient bien. De plus, elles avaient été impressionnées par ses clichés.

Seule Georgie semblait réticente à propos de la « transformation », comme elle disait. Elle insistait sur le fait que M possédait une beauté bien à elle, et qu'elle n'avait nul besoin d'être la réplique d'une star disparue.

« Si tu ne sais pas que tu es superbe, tu n'as qu'à regarder dans la glace, lui avait-elle dit à son retour du studio. Mais j'adore ta nouvelle coiffure et la frange te va très bien. »

Puis, fronçant les sourcils, Georgie avait scruté son visage, avant de secouer la tête.

« Tu sais, avait-elle ajouté gentiment, visiblement désireuse de ne pas se montrer blessante, je crois que tu te maquilles peut-être un peu trop. »

Toujours attentive aux commentaires des uns et des autres, M avait pesé le pour et le contre. Elle était plutôt d'accord avec Georgie, et elle finit par suivre les conseils de son amie. Elle ne voulait pas paraître ridicule en se maquillant à l'excès.

Pendant ses heures de loisir, elle ne restait pas inactive, faisant des courses pour ses besoins quotidiens, gardant sa chambre propre et rangée, lavant et repassant ses vêtements. Elle communiquait régulièrement avec ses parents par courrier électronique et appelait sa sœur à Londres, le vendredi ou le dimanche.

Et bien sûr, elle attendait avec impatience le retour de Frankie à New York. Elle avait annulé son rendez-vous avec Hank George, sur les conseils de Georgie, qui avait suggéré que Frankie serait sans doute irrité qu'elle aille voir un autre photographe. Après tout, il avait déclaré sans ambages qu'il voulait lancer sa carrière de modèle. Il avait même accepté qu'elle mette Blane au courant. En bref, il s'était conduit avec un grand professionnalisme.

« Il faut juste que tu sois patiente, avait dit Georgie récemment. Tout ira bien, je le sais. Et quand Frankie sera rentré, Blane te négociera un contrat avec lui. »

Comme souvent le week-end, M flânait dans une des nombreuses galeries d'art de Chelsea, songeant justement à Georgie, qu'elle jugeait infiniment plus talentueuse que les inconnus dont elle contemplait les œuvres. En ce moment, Georgie travaillait très dur pour terminer une série de paysages du Connecticut destinés à figurer dans une exposition. Le vernissage devait avoir lieu en décembre. M l'encourageait avec ferveur, lui remontant le moral chaque jour.

Après s'être attardée encore un peu devant les tableaux, M décida qu'il était l'heure de rentrer et prit la direction de la 22ᵉ Rue.

Elle appréciait ce temps de fin septembre. C'était une de ces splendides journées de l'été indien que sa mère et elle aimaient tant... Chaude et ensoleillée, avec une brise légère et un ciel d'un bleu sans nuages.

« Une journée à passer au jardin », aurait dit sa mère. Et elle serait sortie, encourageant ses enfants à la suivre.

M éprouva un pincement inattendu de tristesse, et son cœur se serra. Sa mère lui manquait... Elle aurait aimé être avec elle dans ce magnifique jardin, mais elle ne pouvait retourner là-bas... C'était trop dangereux...

De retour à la maison, M trouva Georgie dans la cuisine, en train de remplir la bouilloire.

— Oh, parfait. J'arrive juste à temps pour boire une tasse de thé, s'écria-t-elle en entrant.

— Exact, acquiesça Georgie en riant. Je suppose que je t'attendais.

Elle alluma le gaz avant de poursuivre.

— Viens dans mon atelier un moment, M. J'ai fini le tableau que tu aimes... J'aimerais beaucoup que tu me donnes ton avis.

— Allons-y.

Elle s'avança vers le chevalet et s'arrêta, captivée, devant une huile représentant un grand lac bordé par un bouquet d'arbres à flanc de colline. Toutes les couleurs de l'automne, d'infinies nuances de jaune, d'ocre et de roux, quelques touches d'or, illuminaient le paysage. La toile tout entière semblait baignée d'une lumière douce et dorée, reflétée par la surface chatoyante de l'eau.

M recula d'un pas, observa longuement le tableau. Enfin, elle se retourna vers Georgie.

— N'y touche plus. Il est terminé et il est magnifique. Tu as brillamment réussi à capturer la lumière sur la toile. J'ai déjà remarqué cela sur d'autres tableaux que tu as peints. C'est un talent merveilleux. Félicitations, Georgie, conclut-elle en pressant le bras de son amie. Tous tes efforts sont récompensés.

Georgie souriait jusqu'aux oreilles.

— Merci, dit-elle doucement. Je suis vraiment contente qu'il te plaise. J'attache beaucoup d'importance à ton opinion.

Le sifflement de la bouilloire les fit tressaillir. Georgie pivota et traversa l'atelier en hâte pour retourner dans la cuisine. M resta un moment devant le tableau, sans se lasser de l'étudier et de l'admirer. Elle était presque intimidée par le travail de Georgie, prenait brusquement conscience que celle-ci était une artiste de grand talent qui, tout comme elle, avait besoin qu'on lui donne sa chance.

M soupira et entra dans la cuisine, espérant que l'exposition de son amie serait un succès. Elle le méritait.

Elles s'assirent près de la fenêtre, et burent leur thé à petites gorgées tout en parlant de l'exposition, qui devait avoir lieu dans une galerie en vue. Puis Georgie changea brusquement de sujet.

— Je suis contente que nous soyons devenues amies, M. Je t'aime vraiment beaucoup, tu sais.

Elle secoua la tête d'un air songeur et se mordit la lèvre.

— Quand je pense que j'ai été assez sotte pour te soupçonner de sortir avec Dax… Je me sens complètement stupide. Je suis désolée, M.

— Ne dis pas de bêtises. C'est oublié.

Georgie sourit, mais elle savait parfaitement qu'elle avait fait peur à M, franchement peur, et elle avait l'étrange impression que cette peur était toujours là. M avait insisté pour qu'elles fassent installer un nouveau système d'alarme, et elle n'avait eu d'autre choix que de céder. Mais il était vrai que l'ancien système ne fonctionnait plus correctement, et au fond, M avait raison de se soucier de leur sécurité.

Consciente du silence qui s'éternisait, Georgie eut un petit rire.

— Je dois admettre que j'étais jalouse... Comme c'est stupide, la jalousie !

M acquiesça en silence, puis détourna les yeux, fixant le petit jardin, perdue dans ses pensées. Enfin, elle se redressa sur sa chaise.

— Il y a dans la jalousie plus d'amour-propre que d'amour.

D'abord stupéfaite, Georgie réfléchit un instant.

— Tu viens de prononcer des paroles très sages, observat-elle.

— Oh, ce ne sont pas les miennes, répondit M en secouant la tête. Elles ont été écrites par le duc de La Rochefoucauld au XVIIe siècle. Mais je crois qu'elles sont aussi vraies aujourd'hui qu'à l'époque.

— Absolument.

Georgie but une gorgée de thé brûlant, frappée que M se souvienne de cette obscure citation. D'un autre côté, la jeune femme assise à côté d'elle possédait une culture aussi vaste qu'impressionnante. Elle s'intéressait tout autant à la littérature qu'au théâtre, au cinéma qu'à l'opéra, possédait des connaissances remarquables en matière d'art. Georgie la trouvait fascinante et estimait qu'elle avait fait montre d'un grand courage en venant seule à New York pour essayer de suivre son propre chemin. Au fond, les aspirations de M étaient très voisines des siennes, et de celles de Dax.

— Comment se fait-il que tu en saches aussi long sur l'art, M ? Je veux dire, tu parles d'une manière si experte – oui, c'est le mot qui convient – de Renoir, Monet, Bonnard, des impressionnistes, des postimpressionnistes, et de Turner, surtout de Turner.

— C'est grâce à ma sœur, expliqua hâtivement M. Elle m'a emmenée très tôt dans des tas de musées et elle m'a transmis beaucoup de connaissances. On pourrait dire qu'elle me les a fait ingurgiter de force. En tout cas, cela m'a appris à apprécier l'art.

Elle sourit à Georgie.

— Je peux admirer, mais je ne sais pas faire. Toi, Georgie, tu sais peindre. Tu as un talent énorme, et je suis sûre que ton exposition aura un succès fou. Et tu seras lancée.

— Oh, Seigneur, je l'espère !

Elle se pencha par-dessus la table.

— Devine qui m'a téléphoné tout à l'heure.

— Dax.

Georgie parut sidérée.

— Comment le sais-tu ? Oh, il t'a sans doute appelée aussi, c'est ça ?

— Non. Je n'ai pas eu de ses nouvelles depuis son départ, mais il est le seul ami commun que nous ayons.

— Oui, c'est vrai. Quoi qu'il en soit, il est de retour à New York.

— Déjà ! s'exclama M, surprise. Ç'a été encore plus rapide que je n'aurais cru.

— Oui, moi aussi. Mais il est de retour parce qu'il a enfin réussi à percer. C'est fou, non ? Il est parti à L.A. chercher du travail au cinéma, et il a décroché un rôle dans une pièce à Broadway !

— C'est fantastique ! Comment est-ce arrivé ?

— Il a été présenté à Iris Ingersoll à Beverly Hills, lors d'une réception. Par un acteur qu'il a rencontré là-bas, je crois, quelqu'un qui est devenu son ami. Iris est productrice à Broadway.

M ouvrit la bouche pour dire qu'elle le savait, puis ravala ses mots. Elle se rendait compte qu'elle en avait trop dit à Georgie ces derniers temps. Elle se contenta de hocher la tête.

— Les répétitions commencent la semaine prochaine. Il a un des rôles principaux et il nous invite à une soirée pour... disons, fêter l'événement, je suppose. J'espère que tu ne m'en voudras pas, mais j'ai dit oui. Pour nous deux.

M la regarda bouche bée, sourcils froncés.

— Oh, M, ne fais pas cette tête ! s'écria Georgie. Cela te fera du bien de sortir un peu. En ce moment, tu sembles passer ta vie à servir des parts de gâteau, à aider des femmes à essayer des robes chics et à faire le tour des agences de casting. Allez, dis oui. Viens avec moi. Ce sera une gâterie pour nous deux.

— C'est quand ?

— Ce soir.

— Ce soir ? C'est un peu précipité, non ? rétorqua M, arquant un sourcil.

— C'est vrai, et Dax l'a admis lui-même. Mais ça ne s'est décidé qu'aujourd'hui. Il appelle ça une soirée impromptue, et il tient vraiment à ce qu'on vienne. Pour ma part, je n'ai rien de mieux à faire. Et toi ?

— Où est-ce ? demanda M, ignorant la question.

— Chez Iris Ingersoll. Dans Park Avenue. Cocktail à vingt et une heures, et un buffet vers vingt-deux heures trente. Pour permettre aux acteurs de venir.

— Que sommes-nous censées porter ?

— Quelque chose de festif, d'après Dax.

— Je suppose que je ferais mieux d'aller voir ce que j'ai dans ma garde-robe, marmonna M, souriant enfin à Georgie.

— Oh, M ! C'est génial. Tu viens alors ?

— Pourquoi pas ? J'aimerais voir Dax, le féliciter. Il rêve de cela depuis si longtemps. C'est fantastique de savoir que l'un d'entre nous a enfin eu sa chance.

— Et puis, qui sait, on fera peut-être des rencontres, commenta Georgie avec un sourire.

La chambre de M était d'une taille assez modeste, mais elle lui avait plu dès l'instant où elle l'avait vue. Avec ses murs crème, sa grande fenêtre qui donnait sur la 22e Rue, elle était claire et inondée de lumière par cet après-midi ensoleillé. Un tapis oriental rouge et or ajoutait une touche intime, chaleureuse, accentuée par les rideaux rouge sombre. Un divan était placé le long d'un des murs, recouvert d'une courtepointe assortie aux rideaux et de coussins rouge et or. Un fauteuil installé tout près faisait face à la télévision. Une petite table de salon, une grande commode et diverses lampes complétaient l'ameublement.

M avait pour règle d'or de ne pas s'encombrer de bibelots inutiles. En conséquence, elle n'avait apporté que de rares objets personnels et quelques livres, qu'elle gardait empilés sur la commode.

Elle traversa la chambre et jeta un coup d'œil à son téléphone portable, qu'elle avait laissé en charge avant de sortir. Elle s'aperçut qu'elle avait manqué un appel de Dax. Elle le rappela, mais son mobile était éteint. Elle laissa un message pour le féliciter et confirmer qu'elle le verrait le soir même.

Ne sachant comment se vêtir pour la soirée, elle se dirigea vers le placard et ouvrit les deux battants. Elle possédait plusieurs tenues appropriées, toutes noires à l'exception d'un tailleur-pantalon en soie grise que Birdie lui avait donné deux ans plus tôt. Elle le sortit, le tint devant elle à bout de bras et le jaugea d'un regard critique avant de le remettre à sa place.

Presque aussitôt, elle se fit la réflexion qu'assister à cette soirée était risqué. Il y aurait là quantité de personnalités du monde du théâtre, et certaines pouvaient très bien connaître des membres de sa famille – et la reconnaître, elle. Elle eut une soudaine inspiration. Et si elle se déguisait en Audrey ? Elle sourit, contente de son idée.

Elle entra dans la salle de bains attenante et se contempla dans la glace, inclinant la tête, visualisant l'image créée par Agnes et Marguerite. Elle se souvint que Georgie avait jugé la ressemblance un peu excessive et fit la moue. Son amie avait raison. Une moitié d'Audrey, résolut M. Cela suffirait pour qu'elle soit en sécurité. Personne ne devinerait qui elle était réellement.

9

— Je n'ai pas envie d'aller à cette fête, annonça brusquement Georgie en s'immobilisant alors qu'elles remontaient Park Avenue. Laissons tomber, d'accord ?

M la dévisagea, stupéfaite.

— Mais c'est toi qui tenais absolument à y aller, tout à l'heure ! Pourquoi as-tu changé d'avis ?

— Je sais à quoi ressemblent ces soirées sur Park Avenue. J'ai eu l'occasion d'assister à plusieurs d'entre elles. Il va y avoir plein de gens célèbres d'une bêtise crasse, imbus d'eux-mêmes ou ennuyeux à mourir.

Georgie fit une grimace et prit M par le bras.

— Allons plutôt dîner. Je connais un petit bistrot à Lexington. Tu vas adorer et c'est moi qui t'invite.

— Mais nous ne pouvons pas décevoir Dax, protesta M en secouant la tête. Il nous attend, et il sera très peiné si nous ne venons pas. Nous sommes probablement les seules amies qu'il a invitées. Ce serait très égoïste de notre part de lui faire faux bond.

Elle lança à Georgie un regard éloquent.

— Je ne veux pas qu'il ait l'impression que nous sommes jalouses parce qu'il a eu sa chance avant nous.

Georgie soupira.

— Je suppose que tu as raison. Si la fête ne nous plaît pas, nous pourrons toujours nous éclipser au bout d'une demi-heure.

— Hé, Georgiana ! Que diable fais-tu ici ? lança une voix masculine, anglaise et cultivée.

Surprise, Georgie se retourna et se mit à rire en voyant un vieil ami se diriger vers elles.

— Salut, répondit-elle en agitant la main. Et toi, que diable fais-tu ici ?

— Je vais sans doute à la même soirée que toi. Chez Iris Ingersoll.

Il s'arrêta à leur niveau, et regarda M avec une curiosité non dissimulée.

Georgie hocha la tête et s'apprêtait à faire les présentations lorsqu'il la devança.

— James Cardigan, dit-il, la main tendue.

M la serra.

— Marie Marsden. Mais tout le monde m'appelle M, monsieur Cardigan.

— Appelez-moi James. Et tutoyons-nous, d'accord ?

— Entendu. Dis-moi, tu es apparenté au Cardigan de « La Charge de la brigade légère » ? Dans la Vallée de la Mort, six cents cavaliers chevauchaient…

— Non. Mais Tennyson l'a merveilleusement décrite, n'est-ce pas ? On me taquine souvent à ce propos. Je suppose que c'est inévitable.

— De quoi parlez-vous ? s'enquit Georgie, intriguée.

— M croyait que je faisais partie de la famille de Lord Cardigan. Ce général anglais qui a chargé les Russes pendant la guerre de Crimée avec seulement six cents hommes contre des milliers. Tu sais comme nous Anglais sommes attachés à notre histoire, conclut-il avec un rire.

— C'est bien ce qui me semblait mais nous ferions mieux de nous dépêcher. Il est déjà vingt et une heures trente passées. Il serait impoli d'arriver en retard.

— Bien. Allons-y, fit James, prenant la direction des opérations.

Il se plaça entre les deux jeunes femmes, prenant chacune par la main pour les conduire vers l'immeuble où résidait Iris Ingersoll.

— Depuis combien de temps connais-tu Iris ? demanda James à Georgie comme ils s'approchaient.

— Nous ne nous sommes jamais rencontrées. Mais M et moi connaissons Dax, l'acteur en l'honneur de qui elle a organisé la fête. C'est Dax qui nous a invitées.

— Je vois. Eh bien, ses soirées sont toujours extraordinaires. Vous allez vous amuser comme des folles.

— Espérons-le, murmura Georgie, avant de lancer un regard rapide à M, qui garda le silence.

Une bonne en tablier blanc les fit entrer dans un vestibule au décor typique de Park Avenue : carrelage en marbre noir et blanc, lustre en cristal taillé, murs tapissés de papier argenté à motifs de grosses fleurs d'oranger. L'ensemble dénotait un goût traditionnel, élégant et sans risque.

James Cardigan s'avança dans le large couloir, suivi de Georgie, puis de M. Après s'être frayé un chemin parmi les invités qui s'y trouvaient, ils entrèrent dans l'immense salon.

M parcourut l'assemblée des yeux et repéra Dax immédiatement. Debout près de la cheminée en marbre blanc, il avait une mine splendide. Il était clair qu'il avait profité du soleil de Californie. Son teint était hâlé, ses cheveux semblaient plus blonds qu'avant, et il paraissait beaucoup plus sûr de lui.

Il leur fit signe, s'excusant aussitôt auprès de son interlocuteur avant de se porter à leur rencontre.

M poussa Georgie vers lui et s'effaça afin qu'ils puissent s'étreindre. Un instant plus tard, il déposa un baiser sur la joue de M, puis recula d'un pas et la regarda. Un grand sourire se dessina sur son visage.

— C'est le nouveau look dont tu me parlais ? Le look Audrey Hepburn.

— Moitié Audrey, corrigea M en lui rendant son sourire. Juste la coiffure et des sourcils un peu plus épais.

— Je vois et j'approuve, répondit-il. Allons nous installer dans un coin pour discuter.

Son regard s'arrêta sur James, debout près des deux jeunes femmes. Il tendit la main.

— Bonjour, je m'appelle Dax.

— James Cardigan. Enchanté.

— Allons par ici. C'est un peu plus calme. Venez avec nous, James. Les filles et moi n'avons pas de secrets.

Dax attrapa au passage une coupe de champagne qu'il tendit galamment à Georgie. James l'imita, en prenant une pour M et une autre pour lui.

Une fois près de la fenêtre, Dax porta un toast.

— Santé ! Cela me fait vraiment plaisir de vous voir. Vous m'avez manqué, toutes les deux.

— Toi aussi, tu nous as manqué, répondit Georgie avec un sourire chaleureux.

M acquiesça.

— Encore toutes nos félicitations, Dax. C'est merveilleux que tu aies obtenu ce rôle. Et sur la côte Ouest ! On ne sait jamais quelle surprise la vie vous réserve !

Dax éclata d'un rire heureux, les yeux pétillants de joie.

— N'est-ce pas ? C'était... comme si c'était écrit.

Il leur fit le récit de ses aventures : invité par l'acteur anglais Colin Burke à une réception à Bel-Air, il avait eu la chance d'être présenté à Iris Ingersoll. Celle-ci avait pensé qu'il serait parfait pour la pièce qu'elle mettait en scène à Broadway. Second rôle, rien de moins.

M l'écoutait tout en parcourant le salon des yeux. A son grand soulagement, elle ne vit personne qui fût susceptible de connaître sa famille. Elle se détendit quelque peu, mais remarqua que James Cardigan paraissait lui aussi fort intéressé par les convives, peut-être plus encore qu'elle ne l'était.

Ses yeux allaient de l'un à l'autre, et elle avait l'impression que rien ni personne n'échappait à son attention. Elle avait tout de suite trouvé sympathique cet Anglais plutôt mince, séduisant, aux cheveux châtains et au regard noisette. Agé d'une quarantaine d'années, il était naturel, détendu, et doté d'un sens de l'humour prononcé. Habillé de manière moins formelle que les autres hommes présents, il n'arborait pas de cravate, et portait une chemise blanche ouverte au col, un pantalon gris et une veste de sport foncée. En revanche, ses vêtements étaient impeccablement coupés et de très grande qualité. Il était évident que James Cardigan avait réussi dans la vie. Etait-il banquier ? Courtier ? Chef d'entreprise ? Magnat de l'immobilier ? Presque aussitôt, M rejeta toutes ces hypothèses et se surprit à penser qu'il était policier. Elle but une gorgée de champagne et fronça les sourcils, l'observant à la dérobée.

A cet instant précis, il s'approcha d'elle.

— Tu fais du théâtre aussi, M ? Tu es actrice ?

Elle secoua la tête.

— Non, je suis mannequin. Et toi, James ?

— J'ai ma propre société...

— Quelle sorte de société ?

— Une firme spécialisée dans la sécurité et les enquêtes de haut niveau. Je peux fournir des gardes du corps, constituer un dossier sur n'importe qui, retrouver une personne ou des objets disparus. Nous offrons un service unique et une discrétion absolue. Tout en respectant certaines règles, naturellement.

— J'avais raison, tu es policier ! s'écria-t-elle en le dévisageant, les yeux rieurs. C'est exactement ce que je me suis dit il y a quelques minutes.

— Ah bon ? Mais je n'étais pas policier, enfin, pas vraiment. Cela dit, j'emploie un certain nombre d'anciens membres des forces de l'ordre.

— Où exactement étais-tu lorsque tu n'étais pas vraiment policier, comme tu dis ? A Londres ?

Il se pencha vers elle.

— Je travaillais pour les services secrets, à l'étranger, bien sûr, avoua-t-il à voix basse.

— Oh, mon Dieu ! Un espion ! James Bond en personne !

Il éclata de rire.

— Mais dis-moi, pourquoi as-tu quitté ton travail ? C'était si ennuyeux ?

— Pas du tout. J'aime le danger. Mais j'ai eu envie de gagner un peu plus d'argent. J'ai donc quitté le service et puis j'ai fondé ma société à Londres, il y a cinq ans. Ensuite, j'ai décidé de m'installer à New York, et me voici.

Avant que M ait pu répondre, Dax et Georgie s'approchèrent.

— Je devrais vous présenter Iris, notre hôtesse, suggéra Dax. Il faut absolument que vous fassiez sa connaissance. Attendez-moi, je reviens tout de suite.

Georgie le suivit des yeux et se tourna vers M.

— Je suis vraiment ravie qu'il joue dans *Un tramway nommé Désir*. Je ne l'ai jamais vu si heureux. On dirait qu'il est devenu quelqu'un d'autre, tu ne trouves pas ?

— Si, mais c'est normal, non ? Il y a si longtemps qu'il rêve d'être acteur et enfin, il tient sa chance. Oh, le voici qui revient avec Iris.

Iris Ingersoll était une femme à la silhouette élancée, aux cheveux argentés et aux traits séduisants. Vêtue d'une tenue à la fois élégante et à la mode, elle paraissait beaucoup plus jeune que ses soixante ans passés. Elle serra la main de Georgie, puis celle de M.

— Je suis très heureuse que vous ayez pu venir. Dax m'a dit combien vous l'aviez encouragé à poursuivre sa carrière d'acteur.

Puis elle se tourna vers James, lui décochant un sourire éblouissant.

— Et quel plaisir de vous voir, James ! Merci infiniment d'être venu.

— Tout le plaisir est pour moi, Iris. Comme toujours.

Iris le remercia d'un signe de tête avant de se retourner vers Dax.

— J'aimerais vous présenter à certaines personnes qu'il pourrait vous être utile de connaître. Plus on a de contacts dans ce milieu, mieux cela vaut.

Dax sourit à Georgie et à M avec une mimique expressive et emboîta le pas à Iris.

M se mit à rire, imitée par James.

— Encore un peu de champagne, mesdames ? proposa ce dernier.

— Pas pour moi, merci, murmura M en posant sa coupe.

— Avec plaisir, en ce qui me concerne, James, merci, fit Georgie en lui tendant sa coupe vide.

Lorsqu'elles furent seules, Georgie sourit.

— Je suis contente d'avoir suivi tes conseils et mis cette robe en dentelle noire. Toutes les femmes sont très élégantes.

— En effet. Mais nous sommes à New York, n'est-ce pas ?

— Et toi ? sourit Georgie. Tu n'es pas contente d'avoir choisi cette robe ? Tu hésitais, si je ne me trompe ?

— Oui. C'est ma préférée, mais j'ai rarement l'occasion de la porter.

M baissa les yeux sur le jupon et le lissa du plat de la main avec un sourire. La robe en taffetas noir était d'une coupe très simple, avec un col bateau, des manches courtes et un jupon évasé qui lui arrivait juste au-dessous des genoux.

— Où l'as-tu achetée ? demanda Georgie avec curiosité.

— Je croyais te l'avoir dit : c'est ma mère qui me l'a offerte. Il me semble qu'elle l'a trouvée dans une petite boutique à Londres.

— On dirait une création d'un grand couturier, marmonna Georgie d'un ton pensif.

M se mit à rire, détourna la tête.

Et retint son souffle.

Un homme s'était arrêté sur le seuil et la regardait. Ou plutôt il la fixait. Elle lui rendit son regard, captivée malgré elle. Les jambes soudain flageolantes, elle regretta de ne pouvoir s'asseoir ou prendre appui sur une chaise.

Il se dirigea vers elle, ses yeux bleus rivés aux siens. Elle savait qui il était. Brusquement, elle eut un peu peur.

Non pas de lui mais d'elle-même.

10

Il venait vers elle.

La foule s'était dispersée, et le salon était maintenant à moitié vide. M resta immobile, l'observant à son tour comme il l'avait observée quelques instants auparavant. Leurs regards étaient toujours soudés l'un à l'autre.

C'était comme s'il n'y avait personne dans la pièce à part lui. L'estomac noué, le cœur battant à se rompre, elle le vit s'arrêter devant elle.

Son expression était impassible, mais ses yeux d'un bleu profond ne voyaient qu'elle.

Enfin, il prit la parole.

— Je suis…

— Je sais qui vous êtes, le coupa-t-elle.

— Et je sais qui vous êtes, rétorqua-t-il en souriant.

Stupéfaite, M prit une profonde inspiration.

— Vraiment ?

Il lui prit la main et la garda dans la sienne.

— Oui. Vous êtes la femme que je cherche depuis toujours.

Une vague de soulagement la submergea et elle se détendit. En temps normal, elle aurait accueilli cette remarque avec cynisme et rétorqué avec mépris. Mais pas là. Pas avec lui. Elle le croyait. Elle croyait ce qu'il disait.

Il se pencha vers elle.

— Mais j'admets que je ne connais pas votre nom.

— Marie Marsden, mais tout le monde m'appelle M.

— Pas M&M ?

— Non, répondit-elle en riant, les yeux rivés sur ce visage qui était gravé dans son cœur depuis qu'elle était petite. M suffit.

— Quel âge avez-vous ?

— Un âge suffisant, riposta-t-elle, arquant un sourcil. D'ailleurs, c'est une question plutôt impolie.

— Vous croyez ? fit-il d'un ton amusé.

— Je connais votre âge, continua-t-elle sans s'émouvoir... Vous avez trente-cinq ans, autrement dit douze de plus que moi. Mais les chiffres n'ont aucune importance à mes yeux.

— Pour moi non plus.

— A vrai dire, je sais beaucoup de choses sur vous.

— Pas trop, j'espère, répondit-il, feignant la consternation.

— Suffisamment.

— Et comment cela se fait-il ?

— Je vous ai vu jouer dans *Hamlet* et j'ai eu le coup de foudre. Par conséquent, il a fallu que je sache tout sur vous.

— Vous m'en voyez ravi, dit-il en l'enveloppant d'un regard appréciateur.

— J'avais dix ans, reprit-elle très vite pour dissiper tout malentendu. J'étais éblouie.

— Vous l'êtes toujours ?

— Bien sûr que non ! Maintenant, je suis une adulte.

— Dommage que vous ayez changé d'avis.

— J'ai grandi, répondit M avec un sourire.

— Vous êtes accompagnée ce soir ?

— Non. Enfin, ce n'est pas tout à fait exact. Je suis venue avec une amie, Georgie. Elle est là-bas, près de la cheminée.

Il suivit la direction de son regard.

— La jolie blonde ?

M acquiesça.

— Et pourquoi êtes-vous ici toutes les deux ? Vous connaissez Iris ?

— Non. Nous sommes des amies de Dax, l'invité d'honneur.

— Ah oui. Le nouveau protégé d'Iris. On dit qu'il est bon acteur. C'est vrai ?

— Je ne sais pas. C'est important de nos jours ?

Sa remarque le fit rire.

— Et vous, M ? Vous êtes actrice ?

— Non, je suis mannequin.

Il fit un pas en arrière et la contempla tranquillement, sans rien dire.

Elle lui rendit son regard sans faiblir.

Subitement, ce fut comme s'ils avaient perdu l'usage de la parole. Ils étaient perdus l'un dans l'autre. Des gens parlaient autour d'eux, les frôlaient, mais ils n'en avaient pas conscience. Il avait gardé sa main dans la sienne et il la pressa contre sa poitrine.

— Vous êtes cette femme... murmura-t-il enfin, rompant le silence. La femme avec qui je veux m'enfuir... Faisons-le, voulez-vous ?

— Maintenant ?

— Oui, bien sûr, maintenant. Sinon, quand ? Trouvons une île déserte et installons-nous...

Une lueur espiègle pétillait dans ses yeux et l'amusement perçait dans sa voix mélodieuse.

— Mais je ne peux pas laisser Georgie en plan !

— Nous ne pouvons pas l'emmener ! protesta-t-il. Allons dans l'entrée, c'est plus calme pour bavarder.

Il la guida à travers la pièce. Une fois dans le vestibule, il s'adossa à un mur et l'attira plus près de lui.

Un frisson parcourut M. Elle eut soudain le souffle court, blottie contre cet homme dont elle avait été entichée enfant et qui incarnait depuis son idéal masculin.

— Ça va ? demanda-t-il doucement.

— Très bien.

Sa voix résonnait faiblement à ses propres oreilles.

— Je ne veux pas rester ici. Il y a trop de gens. Je vous emmène dîner dans un endroit tranquille.

— D'accord.

M se tut en voyant Georgie se diriger vers eux d'un pas résolu, accompagnée de James.

— Georgie et James Cardigan viennent vers nous.

— Ne vous inquiétez pas. Laissez-moi faire.

Depuis une dizaine de minutes, Georgie était fascinée par la conduite de M, qui semblait sous le charme de Lawrence Vaughan. Elle avait vu le célèbre acteur se diriger droit vers M à son entrée, comme s'ils étaient de vieux amis. Peut-être était-ce le cas. Après tout, ils étaient anglais tous les deux.

— Tu le connais, James ? demanda-t-elle à son compagnon alors qu'ils se frayaient un chemin parmi les invités, moins nombreux à présent.

— Seulement au cinéma. Et de réputation, répondit James, mais je dois admettre que je suis un fan. C'est un des plus grands acteurs de théâtre contemporains. Personne ne l'a surpassé dans *Hamlet*. Et il est très séduisant. Pas étonnant que les femmes lui tombent dans les bras.

M y compris, songea Georgie.

— On dirait que vous vous connaissez bien, dit-elle, s'avançant vers eux en souriant.

Il lui rendit son sourire.

— En effet... Nous sommes de très vieux amis.

— Georgie, James, intervint M, je vous présente Lawrence Vaughan.

Ils échangèrent une poignée de main après quoi Larry poursuivit d'un ton ferme :

— J'essaie de persuader M de venir dîner avec moi, mais elle a des scrupules à vous laisser seule, Georgie.

— Oh, je vous en prie, n'ayez aucune inquiétude à ce sujet, répondit James. Je resterai avec Georgie. Si tu es d'accord, bien entendu ? ajouta-t-il en se tournant vers elle.

— Bien sûr, James.

Ils avaient pris un taxi pour se rendre dans un restaurant situé près de Lexington Avenue. Durant le trajet, Larry dut réprimer l'envie de la prendre dans ses bras, de la serrer contre lui, de l'embrasser passionnément. Il se contenta de lui tenir la main, comme il le faisait depuis une heure chez Iris Ingersoll.

Il n'avait pas voulu l'effrayer – non qu'il pense qu'elle fût le genre de jeune femme à s'effrayer facilement. Elle semblait pleine d'assurance, voire brave. Oui, c'était cela : elle possédait une intrépidité qui l'intriguait et qui lui plaisait.

A présent, assis en face d'elle au Refuge, un de ses restaurants préférés, Larry souriait intérieurement en repensant à leur conversation. Elle avait l'esprit vif et le sens de la repartie, contrairement à la plupart des femmes de sa connaissance.

Il fut soudain frappé par la chance qu'il avait eue de la rencontrer ce soir. Toute la journée, il s'était senti vaguement déprimé et il avait failli ne pas venir à la soirée d'Iris. Au dernier moment, il s'était dit qu'il lui devait de faire au moins une apparition. Et il avait remarqué M à l'instant où il était entré.

Il avait aussitôt été irrésistiblement attiré par elle. Ç'avait été une sensation intense, telle qu'il n'en avait jamais connu auparavant.

C'était une chose curieuse que l'attirance. Au départ, il s'agissait toujours d'une réaction physique, d'une sorte de fascination pour l'apparence de quelqu'un... Le dessin d'un sourcil, le contour d'une joue, la forme d'une bouche, l'expression d'un regard, la couleur des cheveux, la démarche... Voilà ce qui captivait le cœur.

Malheureusement, la personnalité n'était pas toujours à la hauteur, et une femme qui en était dépourvue le lassait vite. Il adorait les jolies femmes ; mais à ses yeux la beauté n'avait jamais été suffisante. Elle ne pouvait le satisfaire à long terme. En fin de compte, elle était... ennuyeuse. C'était pourquoi il ne s'était jamais marié.

— Vous me fixez, Larry, constata M en reposant son menu.

Arraché à ses pensées, il se hâta de répondre.

— Je suis désolé. Je songeais à la chance que j'ai eue de vous trouver ce soir.

— Vous le pensez vraiment ? demanda-t-elle, inclinant légèrement la tête de côté.

— Bien sûr. Je ne le dirais pas si ce n'était pas le cas. Vous ressentez la même chose, n'est-ce pas ?

Elle se contenta d'acquiescer, sans détacher son regard du sien. Ses yeux paraissaient bleu foncé dans la lumière tamisée du restaurant, infiniment attirants. Il avait toujours eu un charme fou. Même enfant, elle était envoûtée lorsqu'elle le voyait sur scène ou dans un film.

— Je sais que nous ne nous sommes jamais rencontrés, M, reprit-il. Mais j'ai l'extraordinaire impression que je vous connais. Votre visage me semble familier.

— C'est parce que je suis une moitié d'Audrey, plaisanta-t-elle.

Il parut perplexe.

— Que voulez-vous dire ?

— Certaines personnes estiment que je ressemble à Audrey Hepburn. Mais je ne suis qu'à moitié comme elle.

Il eut de nouveau un sourire amusé.

— C'est vrai qu'il y a une ressemblance. Mais ce n'est pas ce que je voulais dire... J'ai l'impression de vous connaître.

— Peut-être nous sommes-nous rencontrés dans une autre vie ? suggéra-t-elle d'un ton taquin.

— Peut-être.

Il détourna les yeux, regardant le vide, puis la fixa de nouveau, les sourcils froncés.

— Honnêtement, nous ne nous sommes jamais rencontrés, Larry, murmura-t-elle.

— Si nous l'avions fait, je ne vous aurais pas laissée partir, je peux vous le garantir.

M secoua la tête, ses grands yeux emplis de joie.

— Ce sont des paroles dangereuses, non ?

— Que voulez-vous dire ?

— Je risque de les prendre au sérieux, répondit-elle d'une voix à peine audible.

— J'espère bien !

Larry prit sa main dans la sienne.

— J'espère que cette soirée est le début... de quelque chose de spécial, M. Je suis sincère. Je vous ai dit des choses qui peuvent vous paraître étranges, mais je vous jure que je ne les ai jamais dites à aucune autre femme. Vous devez me croire.

Elle pressa doucement sa main.

— Je vous crois, souffla-t-elle. J'ai confiance en vous.

Une ébauche de sourire se dessina sur ses lèvres.

— Je vous confierais ma vie, Lawrence Vaughan, et je parle sérieusement.

— Et je vous promets de toujours vous protéger.

M se pencha par-dessus la table et le dévisagea longuement. Elle savait qu'il disait la vérité.

— Quand j'avais dix ans, je rêvais de vous, Larry. Chaque nuit.

— Comment étaient vos rêves ?

— Oh, vous savez. C'étaient des rêves de petite fille... pleins de câlins.

— Pensez-vous que je pourrai un jour habiter les rêves de la grande fille que vous êtes devenue ?

— On ne sait jamais, répondit-elle d'un ton léger. Je l'espère.

— Et moi donc !

Il lui lâcha enfin la main et se redressa.

— Je suis sûr que tous ceux que vous rencontrez pensent que vous êtes quelqu'un d'exceptionnel, dit-il.

— Oh, je ne sais pas...

Elle laissa sa phrase en suspens, puis but une gorgée de vin.

— Je suis une fille ordinaire.

— Sûrement pas ! protesta Larry en prenant le menu. Si nous commandions ? Qu'avez-vous envie de manger, M ?

— Hmm... Je pensais à la sole.

— Du poisson, hein ? Vous n'auriez pas grandi sur une île, par hasard ?

— Si, justement. Une île en mer du Nord. Exactement comme vous, répondit-elle en lui décochant un clin d'œil.

Amusé, il fit signe au serveur et commanda deux soles grillées accompagnées d'une bouteille de montrachet.

— Depuis combien de temps êtes-vous à New York ? demanda-t-il lorsqu'ils furent seuls de nouveau.

— Quelques mois. J'ai essayé de trouver du travail comme mannequin, mais je n'ai pas eu beaucoup de succès au début.

Et puis, grâce à Georgie, j'ai décroché un rendez-vous avec Frank Farantino, le photographe. C'est lui qui a déclaré que je ressemblais à Audrey Hepburn. Ses stylistes m'ont transformée.

— Vous n'en aviez certainement aucun besoin ! Et il vous a aidée ?

— Frankie est parti au Maroc pour des photos de mode, mais dès son retour, il compte lancer ma carrière, expliqua M, ajoutant que Frankie était non seulement talentueux, mais fiable et digne de confiance.

Larry se cala dans son fauteuil, l'écoutant attentivement. Elle avait une voix agréable, réconfortante. Et il savourait chaque instant de cette soirée. Cette jeune femme avait produit sur lui un effet remarquable. A mesure que le temps passait, il prenait conscience que sa présence lui faisait un bien fou, lui apportait un sentiment de bonheur qui était absent de sa vie depuis trop longtemps.

Il la contempla, songeur. Pourrait-il garder M auprès de lui... de manière permanente ?

11

Debout à la fenêtre de la bibliothèque, Lawrence Vaughan contemplait l'East River et Long Island. Il adorait cette vue, surtout de nuit.

Il était deux heures du matin mais les lumières de la ville se reflétaient encore sur la surface ridée de l'eau. Le fleuve filait vers l'Atlantique sous un ciel dégagé, couleur d'encre, piqué de minuscules points de lumière. Un ciel splendide, étoilé, romantique à souhait...

Larry émit un soupir, songeant à la jeune femme exceptionnelle qu'il venait de rencontrer. La vie était ainsi, parfois – on rencontrait quelqu'un de spécial au moment où l'on s'y attendait le moins et on était pris totalement par surprise. Elle était superbe, d'une beauté saisissante. Il n'y avait certainement nul besoin d'accentuer sa ressemblance avec une actrice disparue et Larry ne pouvait s'empêcher de se demander pourquoi le photographe avait tenu à cette idée.

Il passa mentalement la soirée en revue, se faisant la réflexion qu'elle avait été tour à tour pleine de légèreté et d'émotion. Il ne faisait aucun doute qu'il avait été conquis. Jamais de sa vie il n'avait été aussi attiré.

Au fil des années, de nombreuses femmes avaient occupé ses pensées, mais aucune ne l'avait captivé autant que M. Encore maintenant, il se sentait sous le choc, stupéfié par l'extraordinaire réaction qu'elle avait éveillée chez lui.

Après le dîner, il avait voulu l'amener ici, dans l'appartement de son père, à Beekman Place. Il n'avait pas envie de la quitter. Puis, en sortant du restaurant, il avait brusquement changé d'avis. Une fois dans la rue, alors qu'ils se faisaient face, il avait enfin cédé au désir de l'enlacer et de la serrer contre lui. Elle avait eu le même geste, et ils s'étaient embrassés passionnément.

M avait répondu à son baiser avec ardeur, sans la moindre hésitation. Pourtant, lorsqu'ils s'étaient détachés l'un de l'autre, étourdis, Larry avait surpris une terrible appréhension dans ses yeux. Pris au dépourvu, il avait eu un geste de recul. A la fois perplexe et inquiet, il s'était demandé ce qui n'allait pas. Puis il avait eu l'intuition qu'elle n'avait pas une grande expérience des hommes. Par conséquent, et parce que ses intentions étaient sérieuses, il s'était contenté de la raccompagner chez elle.

Dans le taxi, il avait senti la déception de M et avait passé un bras autour de ses épaules.

— Veux-tu passer la journée de demain avec moi ?

Elle avait hoché la tête en lui offrant un sourire éclatant.

— C'est déjà demain, avait-elle murmuré. Il est presque une heure.

Ils avaient ri tous les deux, et Larry avait deviné que le malaise qui l'avait troublée plus tôt s'était évanoui.

Elle viendrait donc le rejoindre à midi. Ils prendraient un brunch, iraient peut-être au cinéma, et il laisserait les choses suivre leur cours. Il ne voulait pas la brusquer, ni prendre le risque de tout gâcher, et il avait tout son temps pour la courtiser.

Il se détourna de la fenêtre. Comme il traversait la bibliothèque, son regard tomba sur la photographie de sa mère dans un cadre en argent. Elle était posée sur un coffre en noyer, parmi d'autres photos de famille. Il la contempla un instant, admirant sa beauté, sa crinière blonde et ses yeux clairs.

Pandora Gallen. Une des actrices les plus célèbres d'Angleterre, mais aussi sa mère et celle de ses nombreux frères et sœurs, et l'épouse de son père. Comme souvent, il crut entendre sa voix musicale lui expliquer quelque chose d'important : « On peut côtoyer une personne durant quarante ans sans jamais la connaître. Pourtant, on peut rencontrer quelqu'un et le connaître en un instant, en l'espace d'une heure ou même moins. Comme si on sentait instinctivement qu'on est du même sang. Qu'on appartient à la même tribu. »

Elle lui avait souri, cet après-midi-là, et adressé un regard éloquent. Il avait compris que sa mère parlait en connaissance de cause. Qu'elle avait, à un moment donné de sa vie, rencontré un être dont elle s'était aussitôt sentie très proche...

Comme cela venait de lui arriver. M lui semblait si familière qu'il avait l'impression de l'avoir déjà rencontrée. Elle avait affirmé que ce n'était pas le cas, et pourtant, il l'avait reconnue. Elle était pareille à lui, songea-t-il soudain. Ils appartenaient à la même tribu. Il avait le sentiment de déjà tout savoir sur elle. C'était une jeune femme cultivée, éduquée, qui avait des manières irréprochables et s'exprimait avec facilité. Issue d'une famille aisée, elle avait sans doute grandi entre plusieurs frères et sœurs, et il était bien possible qu'elle soit la plus jeune, à la fois objet de taquineries et d'adoration. Et elle avait probablement traversé l'Atlantique pour faire ses preuves seule, sans l'aide de sa famille.

Il sourit, séduit par cette idée. Il sentait que M avait du cran, qu'elle était courageuse...

Oui, ils avaient une foule de points communs.

Larry ne trouvait pas le sommeil. Au bout de deux heures, lassé de se tourner et de se retourner dans son lit, il finit par se lever. Il gagna la cuisine, se versa un verre de lait et alla s'asseoir dans la bibliothèque. C'était une pièce confortable, intime, celle qui avait sa préférence.

Après avoir allumé une lampe, il but une gorgée de lait et posa son verre sur la table à côté du fauteuil de son père. Non, rectifia-t-il intérieurement. Ce n'était plus le fauteuil de son père. C'était le sien. Il avait acheté cet appartement et son contenu plusieurs mois auparavant. C'était *son* foyer à présent, le seul qu'il possédât, et le premier qu'il eût acheté.

« Nous voulions te le donner, avait expliqué sa mère quelques semaines plus tôt, lorsqu'elle était venue à New York chercher quelques vêtements et objets personnels restés dans l'appartement. Nous ne l'avons pas fait à cause de tes frères et sœurs. Cela aurait pu créer des histoires. C'est pourquoi nous avons décidé de vous le proposer à tous à un prix avantageux. Un prix d'ami. »

A nous tous, songea-t-il avec une grimace.

Ses trois frères et ses deux sœurs étaient plus âgés que lui. Tous étaient des êtres complexes, avec leurs contradictions et leurs rivalités. Ils s'étaient battus comme chiens et chats tout au long de leur enfance dans la grande et vieille maison de Hampstead et il leur arrivait encore de se chamailler, mais cela ne les empêchait pas de s'aimer. Du moins était-ce vrai pour certains d'entre eux – d'autres faisant semblant. Si Larry avait pour sa part une grande affection pour Horatio et Portia, il trouvait Miranda trop froide et trop distante et l'estimait affreusement snob. Edward lui avait mené la vie dure lorsqu'ils étaient enfants, mais une sorte de trêve semblait s'être instaurée entre eux. Quant à Thomas, l'aîné de la tribu, Larry l'admirait et le respectait, sans toutefois éprouver une grande affection pour lui. Ils n'avaient jamais été proches. La différence d'âge avait probablement été un obstacle.

Aucun de ses frères et sœurs n'avait manifesté le désir d'acheter l'appartement. Edward faisait la navette entre Londres et Los Angeles, Thomas possédait un manoir dans le Gloucestershire et un pied-à-terre à Londres. Quant à Horatio, son cœur était à Londres : jamais il n'aurait envisagé de se fixer ailleurs. Portia partageait ce point de vue. Enfin, Miranda possédait un petit studio à Londres, qu'elle occupait lorsqu'elle créait des décors pour une pièce, mais passait le plus clair de son temps dans la campagne du Kent.

Son père le lui avait donc vendu à un prix défiant toute concurrence : celui-là même qu'il avait payé pour l'acquérir vingt ans plus tôt. S'il avait été mis sur le marché, l'appartement aurait coûté trois ou quatre fois plus, peut-être davantage. Cependant son père se moquait de faire un profit. Il avait simplement voulu se débarrasser de ce logement qu'il n'utilisait plus, car il se produisait rarement à Broadway, à présent.

Larry changea de position dans son fauteuil, se disant que sa mère avait vu juste. Si son père lui en avait fait cadeau, ses frères et sœurs auraient été verts de rage. Etant le plus jeune, il avait toujours été l'objet de leur jalousie. Ils jugeaient qu'il avait été le préféré, l'enfant gâté de la famille.

« Tu es aussi le plus beau et le plus talentueux », lui avait souvent rappelé sa mère. Il ne la croyait pas, persuadé qu'elle disait cela pour lui faire plaisir. A ses yeux, ses frères et sœurs étaient aussi doués que séduisants. Tous étaient acteurs, excepté Miranda.

La presse les avait surnommés « Les Glorieux Vaughan ». On les considérait comme la première famille théâtrale du pays : six frères et sœurs qui décrochaient des prix de part et d'autre de l'Atlantique.

Larry songea à Edward, grand, mince, aux cheveux blonds et aux yeux verts. Aujourd'hui, c'était un homme élégant, plein de charme, à l'esprit vif et à la langue acérée. Enfant, il avait été une petite brute capricieuse et cruelle... Larry ferma les yeux, perdu dans ses pensées, submergé par de vieux souvenirs...

Lawrence planta ses pieds dans le gravier de l'allée, la main gauche sur la hanche, la droite tenant fermement l'épée d'enfant. Il avait sept ans, et il était fier de sa posture. Son père lui avait appris à se fendre et lui avait montré exactement quelle position adopter.

Son frère Edward, âgé de douze ans, bondit brusquement en avant, brandissant sa propre épée, effrayant Larry.

— Je suis venu t'achever, coquin ! cria-t-il, trépignant sur place comme un chien de cirque affolé et stupide.

En garde ! se souvint Larry, revoyant son père dans un de ses films. Il prit une profonde inspiration et s'avança. Les épées en fer-blanc s'entrechoquèrent. Larry recula aussitôt, redoutant la réaction d'Edward, qui ne respectait jamais les règles du jeu.

Son frère se rua vers lui et lui planta la pointe de son arme dans le bras, égratignant la chair.

— Tu m'as coupé, Edward ! cria-t-il.

Avec une surprise mêlée d'horreur, Larry vit le sang jaillir sous sa fausse cotte de mailles.

— Tu as triché !

Il battit en retraite, lâchant l'épée pour porter la main à la blessure.

— Lâche ! Lâche ! glapit Edward en s'approchant d'un air menaçant. Je vais te battre, chien ! Tu n'es pas des nôtres ! Pas des nôtres !

Effrayé, Larry ramassa son épée et voulut s'enfuir, mais il trébucha et s'effondra sur le gravier. Edward ne lui laissa pas le temps de se relever. Il se laissa tomber à genoux à côté de lui et se mit à le rouer de coups, savourant son triomphe.

— Pas de pitié pour l'ennemi ! A mort ! rugit-il, une lueur méprisante dans ses yeux clairs.

Larry s'entoura la tête de ses bras, chercha de nouveau à s'échapper, mais en vain. Edward était beaucoup plus fort que lui et le maintenait au sol sans cesser de le narguer.

Soudain, un claquement de talons se fit entendre sur les marches du perron.

— Lâche-le, Edward ! hurla sa mère d'une voix furieuse. Lâche-le immédiatement ! Tu vas voir ce que tu vas voir, mon garçon.

L'instant d'après, elle dominait Edward, hors d'elle. Elle l'attrapa par le col et le souleva de terre sans ménagement.

— Je vais te donner une bonne correction, espèce de petit monstre !

L'écartant d'un geste brusque, elle se pencha sur Larry, couvert de bleus et de sang.

— Mon Dieu ! Je n'en crois pas mes yeux ! s'écria-t-elle, serrant contre elle le plus jeune de ses fils, souffrant pour lui. Tu penses pouvoir te lever, mon chou ?

Il acquiesça.

Pandora se redressa et aida Larry à se remettre debout, lui murmurant des paroles de réconfort tout en le guidant vers les marches.

— Mère... commença Edward, resté en retrait.

Elle jeta un coup d'œil par-dessus son épaule. Elle était toute pâle, encore sous le choc, sa rage intacte.

— Quoi ?

— Je ne voulais pas lui faire mal...

— Tu te moques de moi ? riposta-t-elle. Tu es en train de devenir odieux, Edward. J'en ai assez.

— Mais, mère...

— Silence ! Et reste en dehors de mon chemin. Je ne veux pas te voir. Je m'occuperai de toi plus tard. Prépare-toi à être sévèrement puni.

Edward la regarda, à présent aussi blême qu'elle. Il avait une peur bleue de sa mère quand elle était en colère.

Pandora se détourna et conduisit Larry à la cuisine.

— Molly était infirmière avant de devenir gouvernante, expliqua-t-elle. Tu verras, elle saura exactement quoi faire.

— Je vais bien, maman, murmura Larry en continuant à marcher bravement.

Le verre de lait tomba sur le sol, réveillant Larry. Il avait dû le renverser avec son bras. Il se redressa et cilla, un instant désorienté, se demandant quelle heure il était. En voyant qu'il faisait nuit, il secoua la tête et se leva pour retourner se coucher. Il était étrange que tant de ses souvenirs d'enfance soient encore si présents dans son esprit. Et qu'ils lui reviennent si souvent en mémoire.

Quelques minutes plus tard, il dormait, la cruauté d'Edward oubliée.

12

Georgie leva les yeux et sourit en voyant M à la porte de l'atelier.

— Ah, te voilà ! Bonjour, M. Comment vas-tu aujourd'hui ?

— Bien, merci, Georgie. Tu as bonne mine ce matin.

Georgie inclina la tête.

— Ton acteur semblait sous le charme hier soir. Tu vas le revoir ? demanda-t-elle d'un ton taquin. Ou est-ce une question stupide ?

— Je déjeune avec lui aujourd'hui, répondit M en s'adossant négligemment au chambranle de la porte.

Elle but une gorgée de thé, puis adressa à Georgie un sourire qui illumina tout son visage.

— Et ensuite, nous irons au cinéma.

— J'ai bien cru qu'il allait te croquer tout entière, observa Georgie, amusée. T'avaler tout rond.

— Comme le boa constricteur avec l'éléphant dans *Le Petit Prince* ? plaisanta M.

Georgie eut un léger rire.

— J'adorais ce livre quand j'étais petite. Toi aussi ?

— Bien sûr, c'était mon préféré, je crois. Tous ceux qui le lisent l'adorent, adultes comme enfants.

Georgie ne put dominer plus longtemps sa curiosité.

— Alors, dis-moi tout ce qui s'est passé ! exigea-t-elle. Tout.

— Il n'y a pas grand-chose à raconter, répondit M. Nous sommes allés dîner dans un petit bistrot tout simple que Larry aime beaucoup, après quoi il m'a ramenée à la maison. Franchement, il ne s'est rien passé... Si tu fais allusion à ce que j'imagine.

— Il t'a ramenée chez lui ?

— Non, ne dis pas de bêtises ! Il m'a raccompagnée ici, chez toi. Je suis rentrée juste après une heure, avant toi, il me semble ?

— Oui. J'étais avec James Cardigan. Nous avons grignoté un peu chez Iris, et puis quantité de gens ont débarqué. Des acteurs, des actrices – et des gens un peu bizarres, à notre avis. Il y avait foule, si bien que nous avons décidé de partir. James m'a emmenée dans un bar et nous sommes restés là un certain temps, à discuter autour d'un verre. Il est vraiment adorable...

— Marié ? coupa M, en lançant à Georgie un regard inquisiteur.

— Il n'a jamais été marié. Enfin, c'est ce qu'il m'a dit.

Elle posa son pinceau et soupira, puis alla s'asseoir sur le canapé, regardant M toujours sur le seuil.

— Qu'y a-t-il, Georgie ?

— Tu as quelques minutes ? Je voudrais te dire quelque chose.

— Bien sûr. De quoi s'agit-il ?

M entra et alla la rejoindre, intriguée par le brusque changement d'humeur de son amie.

— J'ai un problème dont j'aimerais discuter avec toi, fit Georgie d'une petite voix.

M la dévisagea.

— Tu sembles préoccupée en effet. Que se passe-t-il donc ?

Georgie resta un moment silencieuse.

— James me plaît... vraiment beaucoup, avoua-t-elle enfin. J'avais oublié à quel point il était charmant. Bref, j'aimerais le revoir. Mais je crois que j'ai commis une erreur avec lui hier soir. En fait, je suis sûre que j'ai fait une bêtise.

— Que veux-tu dire ? demanda M, perplexe. Ça ne peut pas être si grave.

— Ecoute, j'ai beaucoup bu à la soirée, et après aussi. Plus que d'habitude. Et je pense que je me suis montrée trop

94

bavarde. Je lui en ai trop dit à mon sujet et j'ai peur de l'avoir refroidi.

Prise au dépourvu, M ne sut d'abord que répondre. Georgie se confiait rarement.

— Que diable aurais-tu bien pu lui raconter de si grave ? dit-elle au bout d'un moment. Tu n'as tué personne, si ?

Georgie ne put réprimer un rire.

— Non. Mais j'ai été mariée deux fois et j'ai été assez bête pour le lui dire. Je crois que cela l'a choqué.

— J'en doute fort ! Il n'est pas du genre à se choquer si facilement, ou je connais mal les Anglais.

— Je t'assure que c'est l'impression qu'il m'a faite.

Georgie avait dû se méprendre sur la réaction de James, songea M.

— Tu es sûre qu'il n'était pas tout simplement surpris ? Tu n'as pas l'air suffisamment âgée pour avoir été mariée deux fois.

— J'ai vingt-huit ans. Je ne te l'avais pas dit ?

Georgie se laissa aller en arrière et ferma les yeux. La détresse se lisait sur son visage.

— Ça va ? demanda M doucement.

— Oui.

Georgie ouvrit les yeux et se redressa.

— Je ne comprends pas pourquoi je me suis épanchée comme ça. Peut-être parce qu'il me rappelait mon premier mari, Andy. Oh, mon Dieu, il est trop tard à présent ! Ce qui est fait est fait. Voyons les choses en face. J'ai sûrement tout gâché.

— Je suis sûre que non, répondit M avec élan.

Elle fronça les sourcils, inquiète. Georgie avait refermé les yeux. Son visage était pâle, et elle tremblait.

M lui prit la main.

— Qu'y a-t-il, Georgie ? Tu peux me dire ce qui te trouble si tu en as envie. Cela restera entre nous, tu le sais.

— Je sais... murmura Georgie en la regardant. C'est juste que... J'ai si mal quand je pense à la manière dont Andy est mort. J'avais le cœur brisé. J'ai failli mourir après l'accident d'Andy et… Notre bébé… J'ai fait une fausse couche quelques jours plus tard.

— Oh, Georgie, je suis tellement désolée ! souffla M. Tu as dû avoir tant de chagrin…

Elle se tut, à court de mots. D'ailleurs, quels mots auraient convenu face à une pareille tragédie ?

— Ç'a été affreux, poursuivit Georgie. Il m'a fallu long-temps pour surmonter tout cela. Je n'avais que dix-huit ans… quand Andy est tombé… Et ma vie s'est écroulée.

M s'éclaircit la voix.

— Peut-être que cela te ferait du bien de m'en parler, comme tu en as parlé à James hier soir.

— Andy travaillait dans le bâtiment, ici, à Manhattan, commença Georgie. Comme son père et ses deux frères. Il adorait son métier, être là-haut, en plein ciel, comme il disait. Pourtant, il leur arrivait à tous d'avoir peur. Et un jour, Andy a vu un de ses amis glisser et tomber. Après, il n'a plus jamais été le même. Il a compris qu'il ne pourrait pas continuer indé-finiment. Je l'ai supplié d'arrêter, et il m'a promis de le faire, mais il n'en a pas eu le temps… Il est tombé d'une poutrelle et il s'est écrasé au sol.

Georgie se tut. M garda sa main dans la sienne, ne sachant que faire d'autre pour la réconforter.

Au bout d'un moment, Georgie reprit la parole.

— J'ai fini par reprendre le dessus et j'ai essayé de refaire ma vie. Peu après, ma mère est décédée à son tour. Elle luttait depuis des années contre le cancer. En un sens, la mort a été une délivrance pour elle. Au moins, elle ne souffrait plus. J'étais venue vivre avec elle après la disparition d'Andy et elle m'a laissé cette maison.

— Je suis tellement désolée, Georgie, répéta M, le cœur serré.

— Quant à mon deuxième mariage… Je suppose que c'était une manière de fuir mon chagrin. J'avais vingt-deux ans, et il n'a duré que deux mois en tout et pour tout. Un jour, Ken a fait sa valise et il est parti sans même dire au revoir. Dieu merci, nous avons divorcé.

Elle adressa à M un regard empreint de tristesse.

— Je parle très rarement du passé, et pourtant je me suis confiée hier soir... plus que je ne l'ai jamais fait avec Dax. Va savoir pourquoi. Je n'entendrai sûrement plus jamais parler de James.

— Je comprends ce que tu veux dire, mais cela m'étonne- rait que James Cardigan ait été choqué. Comment aurait-il pu l'être ? S'il est l'homme que je crois, je suis sûre qu'il a été touché, au contraire.

— Tu dis cela parce que tu es une femme. Les hommes ne réagissent pas forcément de la même façon, surtout vis-à-vis des choses dont je lui ai parlé : la mort, la maladie et tout cela. C'est trop dur à supporter.

— Oh, je crois que tu as tort. Beaucoup d'hommes sont sensibles et pleins de compassion. Tout au moins, j'en connais quelques-uns.

— Présente-m'en un, marmonna Georgie.

— A vrai dire, je pense que tu as passé la soirée d'hier avec l'un d'entre eux. Donne une chance à James. Il la mérite. Et tu sais quoi ? Je te parie qu'il va t'appeler aujourd'hui.

— Nous verrons bien.

Mais Georgie ne paraissait guère convaincue.

Plus tard, dans sa chambre, alors qu'elle se préparait à sortir, M repensa à Georgiana. Elle avait été émue par leur conversation, la plus intime qu'elles aient eue jusque-là. Une fois de plus, elle prenait conscience du fait qu'elles se connais- saient à peine. Pourtant, au cours des semaines écoulées, elles avaient tissé un lien plus étroit. Elles avaient découvert qu'elles avaient les mêmes goûts : elles aimaient aller au théâtre, au cinéma, lire, écouter de la musique. Leur amour de l'art en particulier les rapprochait. Sans compter que Georgie, tout comme M, s'efforçait de se faire un nom sans exploiter la réputation de sa mère.

Une semaine plus tôt, Georgie lui avait confié que sa mère était Constance Redonzo, une peintre bien connue des années soixante-dix et quatre-vingt. M appréciait ses tableaux, qui représentaient surtout des femmes et des enfants dans le style impressionniste. Peu après la mort de leur mère, Georgie et sa sœur avaient compris qu'il existait un marché considérable pour ses œuvres. Beaucoup d'admirateurs, en apprenant son décès, avaient contacté la galerie qui gérait ses affaires afin d'acquérir des toiles. Par conséquent, Georgie avait reçu une somme considérable, qui lui permettait de se consacrer entièrement à la peinture.

Georgie avait montré à M quelques-uns des tableaux hérités de sa mère. M avait même songé à en acheter un pour son père, mais n'avait pas osé, de crainte de révéler sa véritable identité. Elle avait trop de choses à cacher. James savait-il qui elle était réellement ? Après tout, l'information était son domaine.

Et Lawrence Vaughan ? Soupçonnait-il qu'elle n'était pas celle qu'elle prétendait être ? Elle était certaine que non, même s'il avait compris qu'elle était issue d'une certaine classe de la société anglaise. Ils venaient d'un milieu similaire et il n'avait pu manquer de s'en apercevoir.

M boutonna son chemisier, songeant au couple formé par Georgie et James. Ils lui paraissaient aller bien ensemble. S'il appelait ce matin, Georgie serait folle de joie.

Après avoir jeté un coup d'œil à son reflet, elle enfila un manteau en lainage bleu marine, puis ajouta des boucles d'oreilles et prit son sac.

Elle descendit prestement l'escalier, adressa un signe d'adieu à Georgie et sortit de la maison pour héler un taxi.

Elle avait hâte de revoir Larry.

13

Lawrence Vaughan ouvrit la porte et lui décocha un sourire éclatant.

— Je savais que tu serais à l'heure, et Dieu merci ! Je mourais d'impatience.

Elle lui rendit son sourire.

— Bonjour, Larry.

Il la prit par la main, l'attira dans ses bras et referma adroitement la porte du pied. La tenant serrée contre lui, il l'embrassa sur la joue, savourant l'odeur de son parfum – au muguet, décida-t-il – et celle, citronnée, de ses cheveux soyeux. Elle ne les avait pas attachés et ils encadraient son visage à la manière d'un voile noir.

— Tu es splendide, M. Absolument parfaite.

Une lueur espiègle dansa dans ses yeux.

— Et rends-toi compte, tu n'es pas une moitié d'Audrey aujourd'hui. Tu es seulement M, et cela me suffit.

— Tant mieux !

Il la conduisit dans le salon, faisant un crochet par la bibliothèque.

— C'est ma pièce préférée, expliqua-t-il en lui désignant la baie vitrée. Que dis-tu de cette vue ?

— C'est fantastique, répondit M en le regardant. J'ai l'impression d'être à bord d'un navire.

Elle portait des talons plats, et était un peu plus petite que Larry, qui mesurait environ un mètre quatre-vingts. Elle mesurait un mètre soixante-quinze pieds nus. Ils étaient bien assortis, songea-t-elle, et sans doute à tous points de vue. Tout au moins l'espérait-elle.

— C'est encore plus spectaculaire en pleine nuit, commenta Larry. Si tu restais dîner ?

M ne put réprimer un éclat de rire.

— Nous n'avons pas encore déjeuné ! Mais oui, tu as raison, je ne voudrais pas manquer l'occasion d'admirer la vue de nuit. Je serai ravie de rester.

— Ouf. Je suis soulagé.

Il lui sourit.

— Je croyais que tu allais prendre la fuite après déjeuner et m'abandonner.

— Allons-nous au cinéma ?

— Nous ferons ce que tu voudras. Entre-temps, que dirais-tu d'un cocktail ?

— Merci, avec plaisir.

— Je te l'apporte tout de suite.

Il traversa la pièce, se dirigeant vers un bar qui contenait toutes sortes de bouteilles d'alcool, une carafe de jus de tomate et divers autres ingrédients. Pendant qu'il s'affairait, M se tourna vers l'impressionnante collection de photographies disposées sur une commode, à côté du canapé.

Au centre se trouvait une grande photo du père de Larry alors qu'il était tout jeune. Nicolas Vaughan avait été d'une beauté stupéfiante. Elle fut soudain frappée par le fait que Larry, à trente-cinq ans, était tout le portrait de son père au même âge. A une exception près. Larry avait des cheveux aussi bruns que les siens, tandis que son père était châtain. Mais les yeux étaient du même bleu vif, perçants, captivants. Et les deux hommes possédaient les mêmes traits classiques, le même nez droit.

Elle reporta son attention sur une photo des parents de Larry sur scène, dans leurs costumes d'Antoine et Cléopâtre, puis sur un cliché de Pandora Gallen seule – si blonde, si belle. La mère de Larry était exceptionnelle, incroyablement talentueuse. Ensuite venait une série de photos plus petites de Larry et de ses frères et sœurs. Ils étaient aussi séduisants les uns que les autres. Exactement comme les membres de sa propre famille.

— Désolé de t'avoir fait attendre, dit Larry en lui tendant un verre. Santé !

— Santé, et merci.

M but une gorgée de liquide.

— Oh, c'est fort ! Mais c'est délicieux.

Larry baissa les yeux sur les photos, puis la regarda.

— Puisque tu en sais si long à mon sujet, tu n'as sans doute pas besoin que je t'explique qui sont tous ces gens-là.

— Non. Je peux te réciter leurs noms par cœur. Mais j'aimerais quand même en savoir plus long sur eux.

— Choisis, et je te ferai un résumé.

— C'est Horatio, n'est-ce pas ? demanda-t-elle en pointant le doigt vers un des hommes.

— Oui. Mon frère préféré. Il est très sympa et c'est un ami. Il est toujours de mon côté et moi du sien. Il te plaira.

— Et voici Portia ?

— Exactement. Portia est un amour.

— Et tu l'aimes bien, je crois. Non, tu l'adores.

— Comment as-tu deviné ?

— A ton expression, Larry. Tu as souri en disant son nom, et tout ton visage s'est détendu.

— C'est ma sœur favorite. L'autre, Miranda, c'est tout le contraire. C'est une casse-pieds. Ne t'en fais pas, tu n'auras pas à faire sa connaissance.

M éclata de rire.

— Et Thomas ? Parle-moi de lui.

— Nous ne sommes pas très proches. C'est l'aîné, je suis sûr que tu le sais. Il est sérieux, un peu ennuyeux, mais très doué. Nous sommes amis et nous avons du respect l'un pour l'autre, mais rien de plus.

— Ce qui laisse Edward.

— Malheureusement.

— Tu ne l'aimes pas ?

— Ce cher Edward me rossait quand nous étions petits, si bien que je me méfie toujours un peu de lui. A présent, nous

101

sommes copains, plus ou moins. Je le tolère, à condition de ne pas le voir trop souvent. Mais j'ai encore des doutes à son sujet.

— Il est sûrement tenaillé par le remords pour ce qu'il t'a fait subir, non ?

— Peut-être. On ne sait jamais avec lui. Il ne se livre pas, et il est passé maître dans l'art de la dissimulation.

Il but une gorgée de cocktail.

— De plus, il est odieux avec les femmes.

— J'adore cette photo de tes parents en Antoine et Cléopâtre, reprit M après un silence. N'est-ce pas cette pièce qui les a rendus célèbres ?

Un grand sourire éclaira le visage de Larry.

— Et comment ! Ils sont devenus les stars du théâtre anglais. C'est la plus belle pièce de Shakespeare, à mon avis, et elle est encore d'actualité aujourd'hui... On y trouve des hommes politiques, des intrigues, des tragédies, des échecs, des carrières ruinées...

— ... des héros déchus, commenta M.

Larry lui jeta un bref coup d'œil, interloqué.

— Quelqu'un d'autre m'a dit exactement la même chose, mais je ne me souviens plus qui.

Consternée, M se réprimanda intérieurement, se rappelant que c'était un commentaire que son frère ne manquait jamais de faire sur cette pièce.

— Je commence à avoir faim, Larry, s'empressa-t-elle de dire, changeant de sujet. Si nous allions préparer à déjeuner ?

— Je crois qu'il vaudrait mieux que je prenne la direction des opérations, annonça M au bout de cinq minutes. Cette cuisine est géniale, mais pas assez grande pour deux.

— Mais je tiens à cuisiner ! répondit Larry en fronçant les sourcils. Après tout, tu es mon invitée.

M le regarda, amusée qu'il prenne la chose au sérieux.

— Non, je m'en occupe. Et fais attention, sinon c'est une omelette que nous allons manger !

Il était adossé au plan de travail, une boîte d'œufs dans une main.

Elle lui prit les œufs des mains, posa la boîte sur le plan de travail, dénoua le tablier blanc qu'il avait mis par-dessus son pull en cachemire et l'enfila.

— Voilà. Maintenant, c'est moi qui suis la cuisinière !

Il sourit.

— Bien, mon général.

Il fit un salut militaire, puis attira M vers lui et lui donna un baiser sur la joue, tout en la regardant d'un air taquin.

— Serais-je tombé amoureux d'une fille aussi autoritaire que Margaret Thatcher ?

— J'en ai peur, rétorqua-t-elle en lui renvoyant un regard espiègle. Allez, va t'asseoir. Nous pouvons continuer à bavarder pendant que je travaille. Que dirais-tu d'un sandwich au bacon ?

— Génial ! C'est mon petit déjeuner préféré. Avec des œufs sur le plat ?

Il sourit de nouveau, heureux d'être en sa compagnie. Elle était simple et détendue, deux traits de caractère qu'il appréciait. Il ne supportait pas les femmes prétentieuses ou maniérées.

— Ce sera parfait, affirma-t-elle en sortant les ingrédients du réfrigérateur.

Tout en s'affairant, elle regardait Larry à la dérobée, écoutant sa voix grave et mélodieuse, sa merveilleuse voix d'acteur.

Pour sa part, Larry la trouvait adorable. Ce matin, elle semblait toute jeune, belle à croquer, avec ses cheveux qu'elle venait de relever en queue de cheval et à peine maquillée. C'était vrai qu'elle ressemblait à Audrey Hepburn, mais sa propre personnalité l'emportait. Avec sa beauté exotique, elle devait être incroyablement photogénique. Pas étonnant que le photographe ait été captivé.

Il continua à l'observer tandis qu'elle allait et venait, avec des mouvements à la fois vifs, fluides et gracieux. Elle marqua une brève pause pour retrousser les manches de son chemisier. Elle possédait une élégance rare chez quelqu'un d'aussi jeune, songea Larry, avant d'être assailli par une tout autre pensée : était-elle trop jeune pour lui ? La réponse fusa aussitôt : Non. Il avait douze ans de plus qu'elle, mais elle avait affirmé que l'âge n'avait aucune importance. Personnellement, il en avait toujours été convaincu. D'ailleurs, M était pleine d'assurance. Il était évident qu'elle avait été élevée pour être à la hauteur dans n'importe quelle situation, en présence de n'importe qui. En toutes circonstances, elle déploierait charme et aplomb. Elle était extraordinairement attirante.

Le sifflement de la bouilloire coupa court à ses réflexions. Il fit mine de se lever, mais M l'en empêcha.

— Non, non ! Ne bouge pas. As-tu une théière ordinaire ?

— Non, je suis désolé, mon chou. Je n'en ai qu'une en argent, celle de ma mère.

— En ce cas, il faudra que je t'en offre une.

— Merci d'avance.

Il lui sourit. Brusquement, il n'avait plus du tout faim. Il n'avait plus qu'une envie. Emmener M dans son lit et lui faire l'amour lentement, tendrement, passionnément.

— Tu fais une drôle de tête, remarqua M en posant le lait et le thé sur la table.

— Que veux-tu dire ?

Elle haussa les épaules en riant.

— Tu me regardais d'un air… coquin, je suppose.

Elle rit de nouveau et s'éloigna.

— Concupiscent serait peut-être un terme plus approprié, marmonna-t-elle.

Il ne répondit pas, abasourdi par ses talents d'observation. Il faudrait qu'il se surveille en sa compagnie, résolut-il. Qu'il mette son masque d'acteur, et dissimule ses pensées.

14

Le déjeuner dans la cuisine avait été un vrai succès, aux yeux de Larry – intime et chaleureux – et il n'avait guère envie de changer l'ambiance en proposant d'aller au cinéma. Il préférait rester là, à bavarder avec elle et apprendre à mieux la connaître.

— Ecoute, si nous regardions un film ici ? Nous avons une petite salle de projection toute simple mais très confortable, et un grand choix de films.

— Oh, Larry, ce serait fantastique ! s'écria M en lui décochant un sourire éblouissant. Nous pourrions te voir dans *Hamlet*. Tu m'as plu autant dans le film que sur la scène.

— Oh, non ! répondit-il fermement, en faisant la grimace. Je n'ai pas la moindre envie de me regarder jouer. En revanche, tu peux voir mes frères et sœur ou mes parents, si tu veux. Tiens, j'ai une idée. Donne-moi le titre d'un de tes films favoris – s'il est connu, tu peux être sûre que nous l'avons.

— Eh bien, il y en a beaucoup que j'adore. Laisse-moi réfléchir une minute. Ah, oui, en voici un qui a vraiment une place spéciale dans mon cœur. Il s'agit de *Julia*, avec Vanessa Redgrave et Jane Fonda.

— Je le connais. C'est un de mes préférés à moi aussi, répondit Larry en souriant. Viens, allons le chercher...

Il marqua une pause et tendit l'oreille.

— Tu as un téléphone portable ? J'entends sonner.

— Oh !

M bondit sur ses pieds et courut dans le couloir, puis farfouilla dans son sac pour prendre l'appareil.

— Allô ?

La voix à l'autre bout du fil était faible, lointaine, presque inaudible.

— C'est toi, M ?

— Oui. Qui est-ce ?

— Caresse.

— Oh, Caresse, bonjour ! Frankie rentre bientôt ? C'est pour cela que tu m'appelles ?

Caresse éclata en sanglots.

— Oh, M, c'est terrible... Je ne sais pas ce que je dois faire...

Sa voix s'éteignit.

— Caresse ! Je ne t'entends plus ! s'écria M, bouleversée.

— Frankie... est mort.

— Oh, Seigneur, non ! Oh, mon Dieu, que s'est-il passé ?

M se laissa tomber sur une chaise, les larmes aux yeux. Elle avait peine à en croire ses oreilles.

— Il a eu un accident de voiture, hoqueta Caresse à travers ses pleurs. Sur une route qui s'appelle la Grande Corniche.

Elle recommença à sangloter, et la ligne se mit à grésiller.

— Caresse, tu es toujours là ?

— Oui.

— Où es-tu ? Dis-le-moi.

— Chez Frankie. Au studio.

— Reste là. J'arrive. Tout de suite.

Larry sortait de la cuisine. En voyant l'expression de M, il comprit aussitôt qu'il s'était passé quelque chose d'affreux. Il se figea sur le seuil, inquiet.

Il s'approcha d'elle dès qu'elle eut mis fin à la communication. Le désespoir se lisait dans son regard et elle était toute pâle.

— C'était Caresse, la réceptionniste de Frankie. Elle avait de tristes nouvelles... Frankie a été tué dans un accident de voiture, expliqua-t-elle d'une voix tremblante.

— Oh, M, c'est terrible, murmura Larry avec compassion. Je suis vraiment désolé. Où cela s'est-il passé ?

— Dans le sud de la France, sur la Grande Corniche, d'après Caresse.

Larry hocha la tête.

— Je connais cette route. Elle est dangereuse, même pour ceux qui y sont habitués, dit-il d'un ton grave tout en l'enlaçant, désireux de lui apporter un peu de réconfort.

Elle se cramponna à lui quelques instants, puis se redressa et le regarda.

— Excuse-moi, marmonna-t-elle.

— Ne dis pas de bêtises, M. C'est tragique. Ecoute, je t'ai entendue dire à Caresse que tu allais venir. Tu ne crois pas que cela serait préférable que je t'accompagne ?

— S'il te plaît, Larry. Merci.

La journée était belle, et il y avait une circulation intense en direction du centre-ville. Néanmoins, une demi-heure plus tard, M et Larry sonnaient à la porte du studio de Frank Farantino.

L'énorme porte fut ouverte presque aussitôt par un jeune homme mince et élancé, âgé de dix-sept ou dix-huit ans. Il avait d'épais cheveux châtains et des yeux noisette où se lisait le chagrin.

M remarqua aussitôt qu'il ressemblait de manière frappante à Frankie. Elle tendit la main.

— Bonjour. Je m'appelle M et voici Lawrence Vaughan. Caresse nous attend.

Le jeune homme leur serra la main.

— Je suis Alex, le fils de Frankie. Entrez, je vous en prie.

— Nous sommes désolés, murmura M avec douceur, en lui effleurant le bras. Ç'a dû être un choc affreux pour vous.

Il cilla, refoulant ses larmes.

— Merci. Oui, ç'a été un choc.

Ce fut au tour de Larry d'intervenir.

— Si nous pouvons faire quoi que ce soit pour vous aider, n'hésitez pas, je vous en prie.

— Merci, monsieur. Vaughan. Merci beaucoup.

— Appelez-moi Larry, je vous en prie.

Le jeune homme acquiesça, puis s'effaça pour les laisser entrer et les conduisit dans le studio.

M était comme étourdie, à peine capable de croire qu'il ne s'agissait pas d'un cauchemar. La dernière fois qu'elle était venue ici, c'était le jour où Frankie lui avait annoncé qu'il lancerait sa carrière dès son retour du Maroc.

Mais Frankie ne reviendrait pas.

Une bouffée de chagrin la submergea. Frank Farantino était mort. Sa carrière ne serait jamais lancée. Son grand espoir venait de se volatiliser. Mais rien de cela n'avait d'importance. Elle pouvait recommencer à zéro, trouver un autre moyen de réussir. Frankie, lui, n'aurait pas cette chance. Le monde avait perdu un homme généreux, un photographe talentueux, un artiste brillant.

Une foule de souvenirs l'assaillirent alors qu'elle entrait dans le studio avec Alex et Larry. Elle pensa à l'ambiance joyeuse qui régnait lors de la séance de photos. Il était difficile d'imaginer que Frankie ne serait plus jamais parmi eux. Elle le revit qui allait d'un endroit à l'autre, lui disant comment prendre la pose, braquant son appareil sur elle, l'encourageant constamment...

Toutes les lampes étaient allumées. Caresse était assise sur une chaise au beau milieu du studio, recroquevillée sur elle-même, tête baissée, comme si elle avait le cœur brisé.

La gorge nouée, M hésita, devinant qu'il y avait eu entre Caresse et Frankie des liens bien plus forts qu'une simple relation de travail.

Elle prit une profonde inspiration, s'approcha de Caresse et s'agenouilla à côté de la chaise, entourant la jeune femme de ses bras.

— Caresse... Je suis désolée. Je suis tellement désolée...

Pour toute réponse, Caresse émit une longue plainte étranglée, suivie de soupirs. Au bout de quelques instants, elle releva la tête et regarda M. Elle avait le teint blafard, les yeux rouges à force d'avoir pleuré. Elle se pencha vers M, mais elle semblait encore incapable de parler.

Enfin, elle leva sa main gauche, ornée d'un saphir.

— Nous nous sommes fiancés la veille de son départ, dit-elle d'une voix presque inaudible. Il m'a offert cette bague.

Des larmes roulèrent sur ses joues, et elle secoua la tête, l'air hébétée.

— Pourquoi ? Pourquoi a-t-il fallu que ce soit Frankie ? demanda-t-elle. Dis-moi pourquoi.

M n'avait pas de réponse à lui offrir, pas de paroles réconfortantes à proposer à cette jeune femme désespérée.

— Comment est-ce arrivé ? demanda-t-elle enfin. Qui t'a avertie ?

Caresse prit une profonde inspiration.

— Luke m'a téléphoné ce matin. Après, j'ai prévenu Alex. Frankie l'a élevé tout seul – c'était un bon père. Et puis, je t'ai appelée, parce que Frankie était tellement excité de t'avoir découverte... Je sais qu'il aurait voulu que tu le saches...

Elle fondit en larmes, laissant sa phrase en suspens.

Debout avec Larry à l'entrée de la petite cuisine, Alex fit signe à M d'approcher.

— Je peux vous en dire un peu plus, annonça-t-il en les regardant tour à tour. L'accident s'est produit à six heures du soir environ, heure locale. Midi ici. Luke Hendricks a averti Caresse dès que la police l'a contacté, à l'hôtel où il séjournait avec mon père à Nice...

Il se tut subitement, détourna les yeux et déglutit avec peine.

— Apparemment, papa se rendait à Monte-Carlo pour dîner avec un photographe français qu'il connaissait depuis des années. Il a... percuté de plein fouet un camion qui venait dans l'autre sens. Papa et le conducteur du camion ont été tués sur le coup.

Il s'éclaircit la gorge.

— Je crois que je vais aller faire du café. Vous en voulez ?

— Avec plaisir, Alex. Merci.

Larry se retourna vers M et l'entoura de ses bras.

— Allons nous asseoir là-bas, suggéra-t-il. Je suis sûr que Caresse a besoin d'être seule pour l'instant et Alex aussi. Il a envie de pleurer, mais il ne veut pas le faire devant nous. Il est très courageux.

M et Larry s'en allèrent une heure plus tard. Certains collègues et amis de Frankie étaient arrivés à leur tour pour réconforter Caresse et prendre soin d'elle. Alex semblait avoir trouvé une force intérieure et pris les choses en main.

Une fois dehors, Larry passa son bras sous celui de M et ils descendirent la rue ensemble. Ce fut elle qui rompit le silence.

— Pouvons-nous retourner chez toi, Larry ? Je ne veux pas rentrer à la maison. Je veux être avec toi.

Il fut heureux qu'elle le propose. Lui aussi avait envie de rester avec elle.

— Allons-y tout de suite. J'ai l'impression qu'il va pleuvoir.

Un instant plus tard, il hélait un taxi. M ne dit pas un mot durant le trajet qui les ramenait à Beekman Place, et Larry ne chercha pas à rompre le silence, respectant son besoin de mettre de l'ordre dans ses pensées. Le premier choc passé, peut-être songeait-elle à son avenir. Sa carrière était revenue au point mort. Il se demanda comment il pourrait lui venir en aide, et se rendit compte qu'il n'en avait pas la moindre idée. Il ne connaissait personne dans le milieu de la mode. Si elle avait voulu être actrice, ç'aurait été différent. Il aurait pu la présenter à certaines de ses relations.

Il poussa un soupir et elle lui pressa le bras, le regardant avec inquiétude.

— Quelque chose ne va pas ?

— Non, non, pas du tout, répondit-il avec un léger sourire. Je pensais seulement à toi, mon chou. Il faut que tu recommences tout, n'est-ce pas ?

— Je le ferai, dit-elle d'une voix ferme. Hors de question que je renonce. Il faut que je persévère.

— C'est exactement la réaction appropriée. Tu as raison, approuva-t-il avec admiration.

Lorsqu'ils entrèrent dans l'appartement de Larry un peu plus tard, le tonnerre grondait au loin et des éclairs zébraient le ciel au-dessus de l'East River.

Larry s'approcha d'une des fenêtres de la bibliothèque.

— Regarde ! s'écria-t-il avec enthousiasme. C'est magnifique. Il va y avoir un déluge !

Elle alla le rejoindre, les yeux rivés sur le ciel qui s'assombrissait de plus en plus. De gros nuages noirs filaient, comme illuminés de l'intérieur. Des rayons argentés de lumière s'en échappaient, créant un effet spectaculaire, presque surnaturel.

— On dirait une scène des *Dix Commandements*, tu ne trouves pas ? Quand Charlton Heston sépare les flots ?

Larry acquiesça.

— C'est exactement ça. Veux-tu boire un thé, mon chou ?

— Pourquoi pas ? Veux-tu que je vienne t'aider ?

— Je m'en occupe. Assieds-toi et détends-toi. Il fait un peu frais ici, mais nous pouvons faire un feu si tu le souhaites. Il est tout prêt, il n'y a qu'à craquer une allumette.

Larry disparut. Quand M eut allumé le feu, elle s'assit sur le canapé et composa le numéro de Georgie. Celle-ci répondit aussitôt.

— Allô ?

— Georgie, c'est M.

— Salut ! Comment s'est passé le déjeuner ? demanda-t-elle, avant de continuer à parler sans attendre la réponse. James est ici. Il est venu voir mes tableaux et nous allons sortir dîner tout à l'heure. Comptes-tu rester avec Larry ce soir ?

— Oui. Je suis contente que James soit là.

— Moi aussi, et...

— J'ai de mauvaises nouvelles, la coupa M. Je suppose que tu n'as pas été prévenue ?

— Prévenue ? De quoi ?

M prit une profonde inspiration et se lança.

— Caresse m'a téléphoné juste après déjeuner. Il y a eu un terrible accident.

Sa voix se mit à trembler, et elle dut se faire violence pour se ressaisir et continuer.

111

— Frankie a été tué dans un accident de voiture en France.

— Oh, mon Dieu, non ! C'est affreux. Que s'est-il passé ?

Georgie semblait horrifiée. M lui expliqua brièvement les circonstances de l'accident, ajoutant que Caresse et Frankie s'étaient fiancés la veille de son départ pour le Maroc.

— Comme tu peux l'imaginer, elle est anéantie. Alex est avec elle, et d'autres amis aussi.

— Il vaut mieux que j'y aille, murmura Georgie. Peut-être puis-je les aider d'une manière ou d'une autre. Qu'en penses-tu ?

— Je pense que ce serait gentil de ta part – réconfortant. Franchement, je crois qu'ils sont sous le choc. Et à quoi servent les amis, si ce n'est à vous aider à surmonter les crises ?

— Tu as raison. James viendra avec moi, j'en suis sûre.

— Tout va bien avec lui ?

— Oui. Tout va très, très bien.

— J'en suis heureuse. Voilà une bonne nouvelle, répondit M. Ecoute, si tu as besoin de me contacter, j'ai mon portable.

15

Le feu pétillait gaiement et les flammes dansaient dans l'âtre, baignant la pièce d'une lueur rosée, chaleureuse. Au-dehors, l'orage grondait toujours, et les éclairs déchiraient le ciel. Ainsi que Larry l'avait prédit, un véritable déluge s'était abattu sur la cité. La pluie tambourinait avec violence contre les vitres.

Calée contre les coussins du grand canapé douillet, M songeait à Larry. Elle était parfaitement consciente de l'attirance qu'il éprouvait pour elle. Il n'en avait pas fait mystère. De son côté, elle était aussi amoureuse à présent qu'elle l'avait été adolescente. Sauf que maintenant, tout était infiniment plus réel : elle était avec lui, et non plus en train de rêver de cet instant...

Elle devinait aussi qu'il avait perçu son appréhension la veille au soir. Ce qui expliquait qu'il ait gardé ses distances. Elle réalisa qu'il lui faudrait s'efforcer de chasser les craintes qu'il avait peut-être concernant sa réticence, sans quoi leur relation ne pourrait aller de l'avant.

La Mauvaise Chose se profila dans son esprit. Aussitôt, elle l'étouffa, la piétina, la refoula. Là, c'était fini. Elle n'y penserait plus. Plus jamais.

Comment lui expliquer la raison pour laquelle elle avait paru effrayée ? Le mieux était de s'en tenir à une vérité partielle, décida-t-elle. C'était la meilleure solution, la seule qui pût fonctionner.

Elle ferma les yeux, laissant ses pensées s'attarder sur Larry, comme lorsqu'elle était plus jeune. Elle eut alors comme un déclic et se redressa, sous le choc. Elle savait, avec une certitude absolue, qu'ils étaient destinés l'un à l'autre. Leur rencontre était écrite. Ses rêves d'enfant n'avaient été que le prélude à leur relation. C'était comme si elle l'avait toujours connu, comme si elle avait pu lire jusqu'au tréfonds de son âme. Et avec lui elle se sentait en sécurité, comme jamais auparavant avec un homme. Il était son destin.

A cet instant, Larry entra dans la bibliothèque, chargé d'un plateau.

— Tu sais, M, c'est drôle, mais j'ai l'impression de te connaître, de tout savoir sur toi. Et pourtant, dans la cuisine, j'ai subitement compris qu'il y a une chose que j'ignore totalement.

— Quoi ? demanda-t-elle en le dévisageant avec curiosité.

— Je ne sais pas si tu prends du lait ou du citron avec ton thé.

Elle éclata de rire.

— Et moi qui pensais que tu allais me faire une déclaration renversante !

— En ce cas, je vais te satisfaire, répondit-il en déposant le plateau sur la petite table avant de plonger ses yeux dans les siens. Veux-tu m'épouser ?

Elle resta bouche bée, abasourdie.

— Allons, donne-moi une réponse, la pressa-t-il.

— Je ne peux pas. Je suis sidérée, Larry.

— Je parie que tu aurais dit oui sans hésitation quand tu avais dix ans.

— C'est vrai.

— Alors ?

Il arqua un sourcil, ses yeux bleus rivés aux siens.

— Vas-y, donne-moi une réponse. Ne me laisse pas sur des charbons ardents.

— La réponse est... oui. Mille fois oui.

— C'est la bonne réponse. La seule possible.

Il lui sourit.

— Maintenant que cette question est réglée, nous pouvons apprécier notre thé. Lait ou citron ?

— Aujourd'hui, j'ai envie de citron, répondit-elle, prenant plaisir à cette conversation légère, taquine. Et une sucrette, s'il te plaît.

Il versa le thé, puis s'assit près d'elle et prit une de ses mains dans les siennes. Il l'étudia un instant d'un air songeur.

— Je me demandais quel genre de bague t'offrir ? Diamant, rubis, émeraude, perle ? Qu'est-ce que tu préfères ?

— Je te laisse décider. Fais-moi une surprise.

— Pas de problème. Je te surprendrai.

— Il y a seulement une… condition…

Elle avait parlé d'une voix différente, plus grave, et Larry le remarqua aussitôt. Il fronça les sourcils.

— Laquelle ?

— Je crois que nous devrions dormir ensemble. Avant de nous marier, je veux dire.

Larry la regarda avec stupéfaction, désarçonné. Elle ne plaisantait pas.

M prit conscience de son désarroi.

— Je veux t'expliquer quelque chose, Larry, reprit-elle à voix basse. A propos d'hier soir, quand nous étions devant le restaurant. Tu as cru que j'avais peur, n'est-ce pas ?

— Eh bien… que tu éprouvais une certaine appréhension en tout cas. Et je ne voulais pas te brusquer. C'est pour cela que je t'ai raccompagnée chez toi.

— Et j'ai été un peu déçue que tu aies pris cette décision, mais j'ai parfaitement compris ta réaction.

— Je craignais de faire quelque chose qui risque de tout gâcher entre nous. Je ne voulais pas que tu… changes d'avis à mon sujet.

Sans détacher une seconde ses yeux des siens, elle se pencha vers lui et l'embrassa sur les lèvres.

Larry lui rendit son baiser avec ardeur, puis recula légèrement, dardant sur elle un regard interrogateur.

— Qu'y a-t-il ? demanda-t-elle.

— Tu ne m'as pas dit pourquoi tu avais peur de moi.

— Je n'avais pas peur de toi… Seulement, un mauvais souvenir m'est revenu. A propos de quelqu'un d'autre. Cela n'avait rien à voir avec toi, je te le jure. Mais cela m'a troublée un instant.

— Quel genre de mauvais souvenir ? insista-t-il sans la quitter des yeux.

— Il y a quelque temps, j'ai eu une expérience horrible avec un homme avec qui je sortais, expliqua-t-elle. Un soir, il a été très désagréable, et il s'est fâché quand j'ai voulu le repousser. En fait, il est devenu violent et il… il m'a forcée. Il m'a brutalisée. Cela m'a traumatisée longtemps et je n'ai pas eu de relation depuis.

— Le salopard ! s'écria Larry, luttant pour maîtriser sa colère. Je ne te ferai jamais de mal, M, ajouta-t-il d'une voix radoucie. Tu dois me faire confiance.

— J'ai confiance en toi, murmura-t-elle. Je me sens en sécurité avec toi, Larry.

Elle lui adressa un sourire empreint de tendresse.

Il hocha la tête, se leva et la prit par la main. Un bras passé autour de sa taille, il l'entraîna hors de la bibliothèque et se dirigea vers la chambre.

— Puisque j'ai hâte que nous soyons mariés, ne penses-tu pas que nous devrions nous débarrasser de cette condition le plus tôt possible ?

— Absolument, acquiesça-t-elle en l'enlaçant à son tour.

Une fois dans la chambre, il prit la jeune femme dans ses bras.

— Ma chérie, souffla-t-il dans son cou, tu es sûre ? Si tu préfères attendre de mieux me connaître…

Elle sourit contre son épaule.

— Je te connais déjà bien mieux que beaucoup de gens que je côtoie depuis très longtemps. Je rêvais de toi à l'âge de dix ans, souviens-toi.

Larry sourit à son tour, soulagé de la voir détendue, à l'aise, heureuse d'être avec lui.

— Espérons que je serai à la hauteur de ces rêves, plaisanta-t-il.

— Je n'en doute pas.

Elle se détacha de lui et le regarda avec attention, effleurant ses lèvres et le contour de sa joue du bout des doigts.

— Lawrence Vaughan, murmura-t-elle. Je n'arrive pas à croire que je suis là, dans ta chambre, sur le point de faire l'amour avec toi...

Larry sourit et se mit à déboutonner son chemisier blanc. Il le lui retira, le laissa tomber au sol, puis fit de même avec le soutien-gorge avant d'ôter son propre pull.

Ils s'avancèrent au même moment l'un vers l'autre. Larry prit un sein dans sa main et se pencha pour l'embrasser tendrement. Puis il conduisit M vers le lit. Ils achevèrent de se dévêtir et se contemplèrent un instant, étendus l'un près de l'autre, main dans main.

— Tu sembles intimidée, tout à coup, dit Larry à voix basse. Ne sois pas gênée avec moi, ma chérie. Tu es splendide, incroyablement belle. Viens, laisse-moi t'aimer...

Il prit appui sur un coude et la regarda avec adoration, admirant ses longues jambes, les courbes de son corps. Ses grands yeux bruns étaient rivés aux siens.

M retenait son souffle, observant la fine veine qui palpitait à sa tempe, le creux de son cou. Il semblait si vulnérable... Cédant à une impulsion, elle leva la tête et l'embrassa dans le cou, submergée par une émotion intense. Dans son cœur, elle savait déjà qu'elle l'aimait.

Larry prit possession de ses lèvres, caressant ses seins lisses et soyeux, son ventre plat et ses cuisses, avec des gestes d'une infinie tendresse.

M leva la main et la posa sur la nuque de Larry, l'attira à elle. Leur baiser se fit plus profond, plus passionné. Totalement absorbés l'un par l'autre, ils savourèrent le bonheur d'explorer leurs corps, de partager une intimité nouvelle.

Enivrée par la virilité de Larry, son magnétisme, M sentait le désir monter en elle tandis qu'il la caressait avec douceur. Un frisson délicieux la parcourut tout entière et elle se crispa légèrement.

— Détends-toi, ma chérie, laisse-toi aller.

Elle obéit. Presque aussitôt, un plaisir plus intense se répandit en elle, l'emplissant de bien-être.

Elle tendit la main vers lui, timidement d'abord, puis se fit plus entreprenante. Réprimant un cri, redoutant de perdre le contrôle de lui-même, Larry embrassa M avec passion avant de la couvrir de son corps.

Levant les yeux vers son visage si intense, si concentré, M eut l'impression de se noyer dans un océan bleu, de lire dans l'âme de Larry.

Il glissa les mains sous elle, la souleva légèrement. Puis, ne pouvant attendre plus longtemps, il la pénétra, tout en la gardant serrée contre lui. La gorge nouée, il sentait battre son cœur dans sa poitrine alors qu'ils se mouvaient au même rythme, perdus l'un dans l'autre, atteignant ensemble l'extase.

Plus tard, rassasiés, ils restèrent longtemps enlacés. M soupira de contentement contre le cou de Larry. Allongé là tout près d'elle, attendant que s'apaisent les battements de son cœur, il éprouva soudain une sensation de paix totale, une sorte de béatitude. Il en resta émerveillé, en comprit aussitôt la raison. Il avait trouvé la femme de sa vie.

— J'ai failli ne pas aller à la soirée d'Iris, admit Larry alors qu'ils savouraient un verre de vin et des sandwiches au saumon dans la bibliothèque.

Il secoua la tête.

— Imagine ça ! Si je n'y étais pas allé, nous ne nous serions jamais rencontrés.

M lui décocha un irrésistible sourire, une étincelle pétillant dans ses yeux.

— Si, affirma-t-elle doucement. Parce que... c'était le destin.

— Si tu le dis, ma belle.

— Tu sais, moi aussi j'ai failli ne pas y aller, confia-t-elle. J'ai seulement accepté pour ne pas faire de peine à Dax.

Larry l'enveloppa d'un regard curieux.

— Qui est-ce ? Un ex ?

Surprise par sa question, M but une gorgée de vin avant de répondre.

— Non, pas du tout. Nous nous sommes rencontrés à l'agence Blane quand je suis arrivée à New York. Un matin, nous avons pris un café ensemble et par la suite, il m'a présentée à Georgie, qui était sa petite amie à l'époque. Elle avait une chambre à louer, et je m'y suis installée. C'est tout, conclut-elle avec un haussement d'épaules accompagné d'un sourire.

— Voilà l'effet que tu produis sur moi ! commenta Larry avec un petit rire. Tu viens d'assister à ma première manifestation de jalousie.

Il se leva, mit une bûche dans la cheminée et resta debout devant l'âtre, les mains dans les poches de sa robe de chambre.

— Tu n'as aucune raison d'être jaloux. Je n'ai jamais eu de relation sérieuse avec personne, dit M en inclinant la tête de côté, une étincelle de défi dans le regard. Mais je ne pourrais pas en dire autant à ton sujet, ajouta-t-elle d'un ton taquin.

— Tu devrais pourtant être bien informée, étant donné que tu étudies ma vie depuis des années, plaisanta-t-il. Et moi... j'ai envie d'en savoir davantage sur toi, mon cœur.

— Comment peux-tu dire ça ? Tout à l'heure, tu t'es vanté de me connaître !

— Je sais quel genre de personne tu es, c'est vrai, mais je n'ai pas de détails, riposta-t-il d'un air amusé.

— Pose toutes les questions que tu voudras, lança-t-elle, préparant déjà ses mensonges.

— Je suppose que tu as des frères et sœurs. C'est exact ?

— Oui. Et ils sont plutôt sympas, au fond.

— Ils sont mariés ?

— Mes deux sœurs aînées l'étaient, mais l'une d'elles a perdu son mari il y a deux ans. Il est mort d'une crise cardiaque alors qu'il avait à peine plus de trente ans. C'est très triste. Mon frère aîné est célibataire et heureux de l'être, exactement comme toi.

— Peut-être n'a-t-il trouvé personne avec qui il veut passer le reste de sa vie ?

— C'est tout à fait ça. Il est très difficile. En ce qui concerne les femmes, en tout cas.

— Tu as un préféré ?

— Oui, la sœur qui est la plus proche de moi par l'âge. On la surnomme Birdie. C'est elle qui est veuve.

— Elle a des enfants ?

— Non. Elle travaille à plein temps, elle possède une boutique de vêtements pour femmes. Quant à mon frère, il a plutôt bien réussi dans le commerce, la vente de produits alimentaires aux hôtels et aux restaurants. Il a vendu son affaire. Maintenant, je le surnomme le play-boy.

— Et tes parents ? s'enquit Larry en plissant les yeux.

— Mon père est plus ou moins à la retraite, à présent, répondit M sans se laisser démonter. Il était dans le bâtiment. Maman et lui sont en Australie actuellement. Ils rendent visite à ma grand-mère maternelle, qui a été souffrante. Elle est anglaise, mais un de ses maris était australien. D'autres questions ? demanda-t-elle avec un sourire.

— Une seule. Allons-nous choisir une date ?

Bien que sachant pertinemment à quoi il faisait allusion, elle arbora une mine perplexe.

— Une date ?

— Pour notre mariage.

— Novembre ou décembre ? suggéra-t-elle, entrant dans son jeu. Quel mois préfères-tu ?

— J'ai une idée. Que dirais-tu de nous marier à Noël ? Ici à New York. Il n'y aura que nous deux. Nous n'en dirons rien à personne… Ce sera comme de s'enfuir ensemble !

— Fantastique ! Je me marierai dans un tailleur blanc, avec un manteau de fourrure blanc et j'aurai un bouquet de fleurs blanches. Et il neigera forcément, le taquina-t-elle.

Larry éclata de rire et s'approcha pour la prendre dans ses bras.

— Tu es la fille la plus adorable que j'aie jamais rencontrée.

Et c'est ainsi que commença leur grand amour.

16

Caresse fit le tour du vaste studio, s'efforçant de regarder les lieux d'un œil objectif et professionnel plutôt que sentimental. Elle s'interdit de penser à Frankie, de le revoir virevoltant d'un bout à l'autre du studio, criant des instructions aux mannequins, réglant son appareil photo, être lui-même, impossible et adorable.

Elle n'avait pas le droit de se laisser aller. Elle devait penser à l'argent. Non pas pour elle, mais pour le fils de Frankie, Alex. En un sens, elle était responsable de lui, à présent. La sœur aînée de Frankie souffrait de diabète et son état avait empiré depuis l'accident fatal. C'était donc à Caresse qu'il incombait de prendre soin du « petit ». Alex aurait bientôt dix-huit ans, mais c'était ainsi que Frankie l'appelait toujours. Elle allait donc vendre le complexe et tâcher d'en tirer le meilleur prix possible. L'entrepôt tout entier avait appartenu à Frankie, et les studios avaient été conçus par lui. En dehors des grandes salles à haut plafond réservées aux prises de vue, il y avait des salons de coiffure et de maquillage, des salles de bains et une cuisine équipée. Sans oublier les innombrables projecteurs, les décors superbes, l'extraordinaire collection d'appareils photo et accessoires de toutes sortes. Oui, elle allait rassembler des fonds pour le petit. Elle n'avait encore reçu aucune offre, mais sans doute n'était-ce qu'une question de temps...

De retour à l'accueil, Caresse étudia le livre de réservations. Cinq photographes avaient prévu une séance de travail ce jour-là, trois pour des photos de mode destinées à un magazine et deux pour des catalogues. Elle hocha la tête, à la fois soulagée et reconnaissante que les amis de Frankie continuent à utiliser ses studios. Elle était touchée par leur fidélité et fière de l'amitié qu'il leur avait inspirée.

Elle baissa les yeux sur la bague de fiançailles qu'elle ne pouvait se résoudre à retirer. Elle était fiancée à Frank Farantino, pour toujours. Ses yeux s'emplirent de larmes. Il avait été si attentionné, si affectueux... Il serait difficile de trouver un autre homme tel que lui. D'ailleurs, peut-être n'aurait-elle jamais le courage d'essayer.

La sonnerie du téléphone la fit tressaillir.

— Studios Farantino, Caresse à l'appareil, dit-elle simplement.

— Bonjour, Caresse. Comment vas-tu, mon chou ? demanda Luke Hendricks. Tu tiens le coup, hein ?

— Je fais de mon mieux, Luke. Où es-tu ?

— Coincé à Paris, en train de terminer les photos pour *Vogue*. Mais j'espère être de retour à New York la semaine prochaine. Dis-moi, mon chou, où est M ? Que fait-elle en ce moment ?

— Tiens ! C'est drôle, je l'ai vue hier ! s'écria Caresse, surprise. Elle passe souvent me dire bonjour. Elle continue à courir les agences pour trouver du travail comme mannequin. Malheureusement, elle n'a pas beaucoup de chance pour l'instant. Pourquoi me demandes-tu ça ?

— Parce que je veux lui donner sa chance, justement ! Une séance de photos de mode la semaine prochaine. Tu veux bien essayer de l'appeler de ma part ? Et me réserver le grand studio de Frank, son préféré ? Bon, écoute, il faut que je me sauve. J'ai rendez-vous avec un groupe pop à Versailles.

— OK, mais attends une seconde, Luke. Et si elle ne peut pas ?

— Tu plaisantes ? Elle se rendra disponible quoi qu'il arrive. Crois-moi, elle annulerait un rendez-vous avec la reine d'Angleterre si nécessaire. C'est la chance de sa vie, Caresse. A plus, mon chou !

Caresse fixa le récepteur, écoutant la tonalité. Il avait raccroché. Luke était comme ça, toujours pressé, toujours en train de courir. Caresse reposa le téléphone, tandis qu'un sourire éclairait son visage las. Elle devait trouver M, se dit-elle, soudain rassérénée. La vie avait de nouveau un sens. Pour le moment.

Dans le lointain, Larry entendit vaguement la sonnerie du téléphone. Il le laissa sonner. Il n'avait aucun désir d'aller répondre, de parler à quiconque. Mais le bruit persista, de plus en plus strident. Au bout d'un moment, il capitula et décrocha.

— Allô, marmonna-t-il, encore assommé par les comprimés absorbés la veille.

— Larry ! C'est moi. Ta mère. Tu vas bien ?

Il s'adossa mollement aux oreillers, plissant les yeux dans la lumière blafarde.

— Oh, bonjour, maman. Oui, je vais bien. Enfin, plus ou moins. J'ai la grippe.

— Tu m'as l'air dans les vapes ! Larry, mon chéri, tu n'as pas recommencé, n'est-ce pas ? J'espère bien que non, tu m'avais promis... qu'il n'y aurait plus de pilules. C'est bien ce que tu m'as promis, n'est-ce pas ? Oh, mon chéri...

— Non ! Non, s'écria-t-il, se forçant à s'asseoir et à parler plus distinctement. Attends une seconde, j'ai besoin d'un verre d'eau...

Il laissa sa phrase en suspens.

— Prends ton temps, répondit Pandora Gallen d'une voix acide.

Larry posa le récepteur et avala quelques gorgées.

— Ça va mieux, dit-il en reprenant le téléphone. Je suis un peu déshydraté, avec les médicaments et le sirop que j'ai ingurgités.

— Je vois.

Il y eut un silence.

123

— Tu es sûr que tu as la grippe ? insista sa mère. Tu ne me mentirais pas, n'est-ce pas ?

— Maman, allons ! Je ne t'ai jamais menti. Jamais. Je t'assure que ce n'est qu'une bonne grippe. Je ne suis vraiment pas dans mon assiette.

Elle poussa un soupir.

— Peut-être vaudrait-il mieux que je te rappelle plus tard.

— Non. Nous pouvons parler maintenant. Je vais bien.

Il jeta un coup d'œil à l'horloge, constata qu'il était onze heures du matin, et par conséquent, seize heures à Londres.

— Et toi, comment vas-tu, maman ? Et papa ?

— A vrai dire, c'est à son sujet que je voulais te parler, répondit-elle d'une voix où perçait l'inquiétude.

— Quelque chose ne va pas ? demanda Larry, alarmé. Il est malade ?

— Non. Enfin, pas que je sache, mais il est au Canada tout seul à s'éreinter et je pense que quelqu'un devrait veiller sur lui. Je sens qu'il a besoin de soutien, mais je ne peux pas aller le rejoindre parce que je commence à tourner un film demain. J'avoue que je me fais du souci pour lui, mon chéri.

Larry étouffa un juron. Il avait complètement oublié que son père était sur le point de commencer les répétitions d'une pièce à Toronto... parce qu'il était tombé fou amoureux.

— Envoie Portia, maman. Tu sais qu'elle aime voyager, et papa l'adore...

— Impossible, fit Pandora. Portia ne peut pas laisser Desi. Elle a la rougeole et elle a été très malade. Je me suis dit que tu pourrais aller passer une semaine ou deux avec ton père, le soutenir moralement. *Cyrano de Bergerac* est une pièce difficile, Larry. Tu ne travailles pas en ce moment, si ?

— Non. Enfin, pas cette semaine. Je suis malade, souviens-toi. Et tu sais parfaitement que je suis libre. Mais franchement, je ne crois pas être en état de voyager pour l'instant. Sans compter que je ne tiens pas à contaminer papa, ni personne d'autre d'ailleurs.

— Je comprends. Tu as raison. Mais d'ici à la fin de la semaine, tu devrais aller mieux, non ? Tu as toujours eu une

124

santé robuste, mon chou. Tu tiens de moi. Nous sommes les plus solides dans la famille. Par ailleurs, c'est toi qui es le plus près de Toronto.

— Et Edward ? Il est à Los Angeles. Pourquoi ne peut-il pas y aller ?

— Parce qu'il n'est pas à L.A. mais de passage à Londres, et qu'il ne peut pas partir avant une semaine. Au cas où tu l'aurais oublié, Horatio est en tournée en Australie. Quant à Thomas, il s'est cassé la cheville et passe son temps à se plaindre comme un petit vieux.

— C'est un petit vieux, rétorqua Larry en souriant, sachant pertinemment que sa mère se mordrait la langue pour ne pas riposter.

Elle se hérissait toujours lorsqu'on disait que Thomas était vieux, parce que cela la vieillissait, elle.

— Et Miranda ? demanda Larry, tentant sa dernière carte.

— Seigneur, Larry, tu as perdu la tête ? Je n'infligerais pas cela à ton père. Sa visite suffirait à le rendre malade. Tu sais parfaitement qu'elle lui tape sur les nerfs !

Larry éclata de rire, appréciant comme d'habitude la franchise de sa mère. Elle ne mâchait jamais ses mots, disait sans détour ce qu'elle pensait de tous, de ses enfants en particulier. Et elle le disait en face, jamais dans le dos des gens.

Pris d'une quinte de toux, Larry tendit la main vers son verre et but une gorgée d'eau.

— Pourquoi es-tu si préoccupée au sujet de papa ?

— Je n'arrive pas vraiment à mettre le doigt dessus, mais quand je l'ai eu au téléphone il y avait quelque chose dans sa voix qui m'a inquiétée. J'ai l'impression qu'il appréhende la pièce. Je ne crois pas qu'il s'attendait à être aussi nerveux. Mais qui ne le serait pas ? Et n'oublions pas que ton père a soixante-dix ans, même s'il ne fait pas son âge.

Larry demeura silencieux un instant.

— *Cyrano* est une sacrée pièce, maman...

Il s'interrompit, étouffant un soupir.

— C'est un grand rôle à endosser, même pour un homme plus jeune. Peut-être devrait-il tout simplement renoncer...

125

— Renoncer ? Tu es fou ? Il a signé un contrat, Larry. Il ne peut pas changer d'avis sous prétexte que le rôle l'intimide.

— C'est le cas, n'est-ce pas, maman ? Et tu le sais. Tu as peur pour lui. Si c'est vraiment ce qu'il ressent, il devrait baisser les bras.

— Il ne peut pas et il ne le fera pas. Ecoute, cela l'aiderait si tu allais lui tenir compagnie une quinzaine de jours. J'en suis convaincue.

— J'en doute. Il y a cinq ans, il m'a dit que j'étais le mouton noir de la famille et qu'il ne me considérait plus comme son fils. Tu crois peut-être que je l'ai oublié ?

— Non, mais ce ne sont pas ses paroles exactes. Il a dit ceci : « Si tu continues sur cette voie, tu n'es plus mon fils. » Tu as omis la première partie de la phrase parce que cela t'arrange.

— Il n'a jamais retiré ses paroles, insista Larry. Il aurait dû. Il me le doit. Je suis un autre homme.

— Larry, pour ton père, les actes comptent plus que les paroles. Beaucoup plus. As-tu oublié que tu as payé ton appartement une bouchée de pain, et qu'il te l'aurait donné si tes frères et sœurs n'y avaient rien trouvé à redire ? Ton père t'aime, Larry, et il est fier de toi. Non seulement en tant qu'acteur, mais en tant qu'homme. Il sait que tu n'es plus dépendant de ces tranquillisants...

Pandora s'éclaircit la voix.

— Tu ne l'es plus, n'est-ce pas ?

— Bien sûr que non. J'ai la grippe, maman, et j'ai pris des médicaments pour me soigner. Rien de plus. Je ne suis pas un drogué. D'accord ?

— Très bien. Ne te fâche pas. Il y a autre chose que je voudrais t'expliquer. Ton père voulait t'offrir cet appartement parce qu'il sait que tu préfères vivre à New York et qu'il souhaitait que tu aies un vrai chez-toi. Il se fait du souci pour toi et il a tes intérêts à cœur.

Surpris, Larry resta silencieux malgré la foule de questions qui se bousculaient dans son esprit, certain que sa mère disait la vérité.

— Je vais passer un marché avec toi, maman, finit-il par dire.

— Quelle sorte de marché ? demanda-t-elle d'une voix soudain circonspecte.

— Ne prends pas ce ton méfiant, maman !

— Que vas-tu chercher là ? rétorqua-t-elle. Pourquoi ne te ferais-je pas confiance ? Tu es mon fils, et tu me ressembles.

— Plus que les autres, je sais ! Voici ce que je te propose : nous sommes mardi. Je devrais être rétabli jeudi ou vendredi, et je peux prendre l'avion pour Toronto samedi. Je resterai deux semaines avec papa, mais pas davantage. Edward pourra me relayer.

Sa mère hésita un moment avant de répondre, pesant ses mots.

— C'est entendu, Larry, dit-elle enfin. J'expliquerai tout à Edward. Je suis sûre qu'il sera d'accord.

Bien sûr que oui, songea Larry. Pour rien au monde Edward ne manquerait une occasion de se hausser du col et de dénigrer ses frères et sœurs – et surtout lui, Larry – devant son père.

— Et s'il s'avère qu'il a vraiment peur de ce rôle, maman ? Que ferons-nous si tes craintes sont fondées ?

— Je l'ignore. Mais si c'est le cas, nous ferons face le moment venu. Je me fie à ton jugement, mon chéri. Et j'ai foi en toi... pour le reste.

— Je n'ai touché à rien depuis cinq ans, maman. Je tiendrai ma promesse.

Larry mit fin à la communication et demeura un instant immobile, repassant dans sa tête la conversation qu'il venait d'avoir avec sa mère. Il aimait son père. Si ce dernier avait vraiment des problèmes, il voulait l'aider à les surmonter. Et il était probable que sa mère avait raison : elle possédait une sorte de sixième sens concernant son époux. Elle le connaissait mieux que personne.

Par ailleurs, il était touché de savoir que son père l'appréciait et tenait à justifier la confiance que celui-ci avait placée en lui.

Pourtant, il lui déplaisait de s'éloigner de M, ne fût-ce que temporairement. Au cours des semaines écoulées, elle était devenue indispensable à son bien-être. Peut-être pourrait-il l'emmener ? Oui, c'était la seule solution. Restait à savoir si elle accepterait. Il n'en était pas sûr. En tout cas, il lui proposerait de se joindre à lui.

Quant à Edward, sa bête noire, il n'avait nulle envie de le voir. En théorie, cela ne serait pas nécessaire. Il s'en irait dès qu'Edward arriverait à Toronto, conformément à l'arrangement conclu avec sa mère. En dépit d'une sorte de trêve, son frère n'avait pas changé. Il était toujours aussi sournois.

Larry était depuis bien longtemps convaincu que c'était Edward qui avait monté son père contre lui quelques années auparavant. Mais peu importait. Il prouverait une fois pour toutes à son père qu'il était guéri, et au diable Edward.

A des milliers de kilomètres de là, Pandora Gallen Vaughan était assise à son bureau dans la maison de famille de Mayfair. Sa main fine encore sur le téléphone, elle pensait à son fils préféré. A son enfant préféré. Il l'avait toujours été, même si elle avait fait de son mieux pour n'en rien laisser paraître. Larry était celui qui lui ressemblait le plus par son caractère. Physiquement, il était le portrait de son père. Lawrence était le seul à avoir hérité des yeux bleus et du profil grec de Nicolas.

Tous ses enfants étaient séduisants, mais Larry était le plus beau et le plus talentueux. Ce qui expliquait pourquoi certains de ses frères et sœurs le jalousaient. Curieusement, il manquait d'assurance. Il estimait à tort que les autres étaient plus doués que lui, alors que c'était lui la véritable star.

Ses pensées se reportèrent sur Edward. Elle se demanda brusquement s'il était sage de le rapprocher ainsi de Larry. D'une manière ou d'une autre, il avait toujours été un danger pour son jeune frère. Peut-être le mieux serait-il de ne pas toucher mot de l'affaire à Edward et de demander à Portia de relayer Larry à Toronto. La petite Desdemona serait certainement rétablie d'ici là. Mais Portia avait tendance à être un peu trop mère poule...

Il était bien possible qu'Edward crée des problèmes à Larry... Pandora réfléchissait, cherchant à prévoir lesquels. Si Edward se trouvait à Londres, c'était afin de mettre un terme à une nouvelle relation compliquée avec une femme. Il avait eu trois épouses, trois « copines à demeure », selon ses propres mots, et une ribambelle d'enfants de chaque côté de l'Atlantique. Comment allait-il s'en tirer cette fois ? Avec l'aide de ses parents, évidemment, et de leur argent. Bien qu'elle désapprouve totalement sa conduite, elle devrait le renflouer afin d'éviter un scandale. Elle aimait Edward, comme tous ses enfants, mais n'en était pas aveugle pour autant. En réalité, c'était Edward le mouton noir de la famille, bien plus que Larry. Elle regrettait que Nick ait parlé de ce dernier en ces termes. Larry ne l'avait pas oublié, même s'il ne lui en tenait pas rigueur...

Pandora poussa un soupir et regarda par la fenêtre. Le charmant petit jardin semblait triste, hivernal, bien qu'on fût encore à l'automne. Elle aussi se sentait triste. Et inquiète pour celui qui était son mari depuis cinquante ans.

— Bonjour, Caresse, c'est moi, M. Je viens de trouver tous les messages urgents que tu m'as laissés. Quelque chose ne va pas ?

— Oh, bonjour, M ! Je suis contente que tu aies rappelé. Tout va bien, au contraire. Mais il faut que je te voie. Je dois te parler de quelque chose de... vital.

— Je suis tout ouïe, répondit M en riant, soulagée que Caresse n'ait pas de problèmes supplémentaires.

— Je n'ai pas le temps de t'expliquer maintenant. Je suis débordée au studio. Tu peux venir en fin d'après-midi, après ton travail ?

M hésita.

— Larry a une grippe carabinée et il est encore faible. Je voudrais rentrer dès que possible.

— Viens quand même, s'il te plaît. Dix minutes suffiront, insista Caresse. C'est très important pour moi.

— Bon. Si tu y tiens... c'est entendu. Tu sais que tu peux compter sur moi si nécessaire, Caresse. Je finis vers dix-sept heures, je serai là un peu après.

— Merci, M. Tu ne le regretteras pas, je te le promets.

— Parce que ça me concerne ? demanda M, stupéfaite.

— Non, pas du tout, mentit Caresse en entendant le ton de sa voix, curieux et teinté de méfiance. Pourquoi t'imagines-tu ça ?

— Parce que tu as dit que je ne le regretterai pas.

— Oh, c'est une façon de parler. Je voulais dire que tu ne regretteras pas d'avoir fait une bonne action. C'est tout.

Caresse sourit. La surprise serait de taille. Peut-être la plus grande de sa vie. Et elle voulait la lui faire de vive voix pour voir la joie de son amie en apprenant la nouvelle.

— A plus tard, donc, lança M.

— A tout à l'heure !

Caresse raccrocha, un grand sourire aux lèvres. C'était le premier depuis des semaines.

17

Larry avait toujours adoré les surprises – les faire comme les recevoir. Assis dans la bibliothèque, il contemplait la bague dans son écrin bleu nuit, se demandant quelle serait la réaction de M.

Il ne savait jamais vraiment ce qu'elle pensait... Croyait-elle qu'il plaisantait lorsqu'il avait parlé de la date de leur mariage, suggéré des endroits où passer leur lune de miel ? Ou savait-elle qu'il était sérieux ?

En tout cas, elle en donnait l'impression et accueillait tous ses projets avec enthousiasme. Quant à lui, il n'avait jamais été aussi sérieux. Il allait épouser M à Noël, et il mourait d'impatience. Il l'aimait à la folie et se sentait seul et perdu sans elle.

Il inclina vers la lumière la bague qui brillait d'un éclat bleu vif. C'était un magnifique saphir de Birmanie monté sur un anneau en platine, épaulé par deux baguettes en diamant. Un joyau extraordinaire. Lui plairait-il ?

Larry l'avait choisi avec soin, après avoir examiné quantité d'autres bijoux. Le saphir, le plus beau qu'il eût jamais vu, irait parfaitement à M. Il avait de la classe, tout comme elle.

Rassuré, il glissa l'écrin dans sa poche en souriant et se dirigea vers la cuisine afin de mettre une bouteille de champagne au frais. Enfin, il regagna la bibliothèque. Il avait hâte de voir M, de voir sa réaction.

Après avoir placé deux bûches supplémentaires dans l'âtre, Larry s'empara du script que son agent lui avait fait parvenir l'après-midi même. Il commença à le feuilleter et ne tarda pas à être absorbé par l'intrigue et la qualité des dialogues.

Au bout d'une demi-heure, il se laissa aller en arrière, posa le document sur ses genoux et fixa le vide, songeur. Il avait envie de tourner ce film. Comme son agent le lui avait laissé entendre, le scénario était excellent. De plus, il lui tardait de recommencer à travailler, sur les planches ou face à une caméra. Et puis, il aurait bientôt une épouse à choyer...

Une épouse... Quelle douce pensée ! Mais seulement parce que c'était M, son M adorée.

— Je n'aime guère le tour que prend cette conversation, dit Georgie froidement.

Assise en face de Dax, elle fronçait les sourcils.

— Que veux-tu dire ?

— Oh, allons ! Ne fais pas l'innocent. Tu viens d'affirmer que Lawrence Vaughan était un drogué !

— Je n'ai pas dit cela ! protesta Dax avec fougue. J'ai seulement dit que, d'après certaines rumeurs, il aurait eu une dépendance aux tranquillisants, il y a plusieurs années de cela.

— Alors si ça s'est passé il y a longtemps, pourquoi mettre le sujet sur le tapis ? Ne vaudrait-il pas mieux oublier tout cela ? Ne plus en parler ? De tels commérages peuvent ruiner une carrière.

— Je n'ai pas dit qu'il prenait de l'héroïne ou de la coke, siffla Dax. J'ai parlé de tranquillisants.

Georgiana resta silencieuse. Elle but une gorgée de café, jetant un coup d'œil autour d'elle. Le bar était presque vide, mais Dax avait une voix d'acteur, qui portait. Elle regrettait à présent de ne pas lui avoir donné rendez-vous chez elle, comme il l'avait suggéré. Mais elle attendait James vers dix-sept heures et elle ne voulait pas de Dax quand il arriverait. La présence de Dax pourrait paraître étrange. En tout cas, ce serait une situation gênante.

Sa main était posée sur la table. Dax la couvrit de la sienne. C'était un geste de conciliation.

— J'en ai parlé parce que... Eh bien, j'aime beaucoup M et je ne voudrais pas qu'elle... fasse une erreur.

Georgie le foudroya du regard.

— Si tu t'imagines que je vais lui rapporter tout ça, tu te trompes lourdement. Ce ne sont pas mes affaires. Les tiennes non plus, d'ailleurs. Je déteste les ragots. Ils sont dangereux et peuvent causer un mal fou, et beaucoup de chagrin.

— Georgie, calme-toi, enfin ! Il ne s'agit pas de ragots. Je ne faisais que te transmettre une information qui m'a été donnée par une source sûre et...

— Iris Ingersoll, sans doute.

— Non. Ecoute, je ne veux faire de mal à personne, et certainement pas à M. Tu sais que j'ai beaucoup d'affection pour elle. Allons, mon chou. Il n'y a pas si longtemps, j'étais ton petit ami. Nous avons même parlé mariage. Aujourd'hui, on dirait que tu te méfies de moi. Que se passe-t-il ?

Georgie poussa un long soupir.

— Pardonne-moi, Dax. Je suis désolée d'avoir été si agressive. C'est juste que j'ai envie de protéger M. Je sais qu'elle a l'air très mûre, et qu'elle connaît beaucoup de gens et beaucoup de choses. Mais j'ai l'impression que...

Elle marqua une pause et haussa les épaules.

— ... qu'elle manque d'expérience, à certains égards. Il m'arrive de penser qu'elle a dû mener une vie surprotégée.

Dax hocha la tête.

— J'ai eu le même sentiment parfois, mais je crois que nous nous trompons tous les deux. Elle est forte et elle a une volonté de fer. Quoi qu'il en soit, je me suis dit...

Ce fut à son tour de hausser les épaules avec impuissance.

— Une femme avertie en vaut deux, n'est-ce pas ? De toute façon, je n'ai jamais dit que tu devrais lui répéter tout cela. Je voulais surtout savoir ce que tu en pensais.

— Eh bien, elle est forte en effet, et très intelligente. Elle saurait se défendre si nécessaire mais...

— Je vois ce que tu veux dire, l'interrompit Dax en se redressant. Il y a chez elle une sorte... d'innocence.

Georgie soupira.

— Oui. Ton informateur t'a-t-il dit d'autres choses ?

— Que Larry avait perdu pas mal de travail à cause de cette affaire. Certains producteurs considèrent qu'il représente un risque.

— Je vois. Mais James et moi avons dîné plusieurs fois avec eux et il m'a paru tout à fait normal. Ni agité ni excité, mais calme et sobre, au contraire.

Georgie sourit pour la première fois depuis le début de cette conversation.

— D'ailleurs, tu peux être sûr que M ne supporterait pas qu'il se drogue. Elle piquerait une crise. Elle ne tolère pas ce genre de choses. Tu n'as pas remarqué qu'elle boit très peu d'alcool ? Elle a un côté très puritain.

— Je crois que tu as raison, commenta Dax, soulagé de voir que Georgie s'était radoucie.

— Qui t'a parlé de tout cela ? demanda-t-elle avec curiosité.

— Je peux bien te le dire, parce que je sais que cela restera entre nous. C'est Colin Burke, l'acteur anglais que j'ai rencontré sur la côte Ouest. Celui qui m'a présenté à Iris.

— Je vois, répondit Georgie, songeuse. Il n'a pas dit que Larry avait toujours des problèmes, si ? Qu'il avait du mal à décrocher des rôles ?

Dax secoua la tête.

— Non.

— Bien. Donc tout ça, c'est du passé. Point à la ligne.

Dax acquiesça, puis dirigea la conversation sur la pièce qu'il préparait. C'était bien moins dangereux.

Caresse arborait un grand sourire quand M entra dans les studios Farantino. Il était clair qu'il s'était passé quelque chose d'important et de positif. La jeune femme rousse semblait redevenue elle-même. L'expression abattue qui était la sienne depuis l'accident de Frankie avait miraculeusement disparu.

— Tu as eu de bonnes nouvelles, n'est-ce pas ? fit M. Cela se lit sur ton visage.

Caresse hocha la tête sans se départir de son sourire.

— Viens, retire ton manteau et je vais nous préparer une tasse de thé.

M se mit à rire.

— Je ne bois pas tout le temps du thé, Caresse ! Tu n'es pas obligée de m'en offrir à chacun de mes passages.

— Je sais, mais je suis accro à ton thé au citron. Je suppose que tu m'as passé ton habitude. J'en bois tous les jours à présent.

Les deux femmes traversèrent l'accueil et le plus vaste des studios afin de gagner la cuisine. Là, M s'assit sur un tabouret de bar tandis que Caresse remplissait la bouilloire et s'affairait. Elle mourait d'envie de parler à M de l'appel téléphonique de Luke, mais elle voulait que le thé soit prêt d'abord.

M la dévisagea avec curiosité.

— Alors, que s'est-il passé ? As-tu enfin eu une offre pour les studios ?

— Non. Malheureusement.

Caresse prit une profonde inspiration.

— Et c'est de toi qu'il s'agit.

— Moi ?

M fronça les sourcils, visiblement perplexe.

— Que veux-tu dire ?

Caresse gloussa, et se lança, incapable de se retenir.

— Ça y est ! Tu tiens ta chance, M ! Ce week-end. Luke Hendricks m'a téléphoné de Paris ce matin et m'a demandé de te joindre. Il sera à New York jeudi soir. Il veut faire une séance de photos avec toi à partir de samedi, une série spéciale pour Jean-Louis Trémont, le célèbre couturier français !

— Oh, mon Dieu !

M sauta à bas de son tabouret. Les deux femmes s'étreignirent avec chaleur, poussant des cris de joie et dansant dans la cuisine comme deux petites filles.

Lorsqu'elles se calmèrent enfin, Caresse courut éteindre le gaz sous la bouilloire et M retourna s'asseoir, encore sous le choc.

— J'ai l'impression de rêver, avoua-t-elle à Caresse. C'est merveilleux. Que t'a-t-il dit d'autre ?

135

— Il m'a demandé de réserver Agnes et Marguerite pour la coiffure et le maquillage. Il a aussi expliqué qu'il veut commencer à douze heures samedi et que la séance pourrait se poursuivre la semaine prochaine.

Caresse marqua une pause, esquissant une moue.

— Oh, flûte ! Je parie que tu ne pourras pas travailler au salon de thé.

— Ce n'est pas grave, la rassura M. Jody sait que je dois m'absenter de temps à autre. Seigneur, je suis si excitée ! Luke va me photographier dans des créations de Trémont, c'est bien cela ?

— C'est ce qu'il a dit. Ah, et avant que j'oublie, il voudrait que tu apportes les tenues que tu avais pour la séance avec Frankie.

— Pas de problème. J'adore les vêtements Trémont, ils me vont toujours bien...

Devant le regard étonné de Caresse, M se hâta d'expliquer :

— Je n'en ai jamais possédé, mais il m'est arrivé d'en essayer. Et un jour, une amie à Londres m'a prêté une robe Trémont pour une réception.

Elle sauta de nouveau à bas du tabouret.

— Il faut que j'appelle Larry tout de suite ! Que je lui apprenne la nouvelle. Il va être tellement content !

Elle sortit son téléphone portable de son sac et composait déjà le numéro quand Caresse intervint.

— Non ! Pas par téléphone ! Annonce-le-lui en personne. C'est toujours mieux quand on a une grande nouvelle à partager. Il t'emmènera dîner pour fêter l'événement.

— Pas ce soir, répondit M en rangeant néanmoins son appareil. Il a une mauvaise grippe. Je vais lui préparer une soupe au poulet. Il aime ça, heureusement, même s'il doit en avoir plus qu'assez à présent.

Caresse sourit.

— Rien de tel que les bons vieux remèdes !

Elle tendit une tasse à M, prit la sienne et porta un toast.

— Félicitations. A ton succès !

136

— Tu es terriblement silencieuse depuis une demi-heure, murmura James Cardigan en prenant la main de Georgie dans la sienne. Quelque chose te préoccupe, ma chérie ?

— Rien, James, franchement. J'ai peint toute la journée et je suis un peu fatiguée, c'est tout.

— Peut-être, mais j'ai l'impression que tu es troublée. Je le vois dans tes yeux.

Comme elle ne répondait pas, James but une gorgée de vin blanc et regarda autour de lui. Il avait amené Georgie dans un petit restaurant toscan qu'ils appréciaient pour sa cuisine et son atmosphère. L'endroit était tranquille, l'ambiance idéale pour se détendre en savourant des plats délicieux.

Ne voulant pas faire pression sur sa compagne, James changea de sujet.

— Comment va M ? Rien de nouveau côté travail ?

Georgie secoua la tête.

— Non, je ne crois pas. De toute façon, elle passe beaucoup de temps avec Larry. Il a eu la grippe et elle a pratiquement emménagé à Beekman Place. Je ne l'ai vue qu'en coup de vent. Ecoute, James, il y a quelque chose qui me préoccupe, c'est vrai. Je m'inquiète pour mon amie Annette Lazenby, qui loue le dernier étage chez moi. Je n'ai pas de nouvelles depuis quelque temps et sa mère non plus…

— Où est-elle ? la coupa James. Tu ne l'as jamais mentionnée qu'en passant et je ne sais quasiment rien d'elle.

— Elle est journaliste. Elle effectue un reportage en Afghanistan pour son magazine. C'est dangereux là-bas, n'est-ce pas ? A Kaboul ?

— C'est un des endroits les plus dangereux au monde, répondit-il. Pas étonnant que tu t'inquiètes. Une Américaine seule à Kaboul…

— Sa mère m'a appelée ce matin. Elle se fait beaucoup de souci et je ne sais pas quoi faire. Remarque, Annette n'a pas pour habitude de me contacter toutes les cinq minutes, mais…

137

— La première chose à faire, c'est de lui envoyer un message. Nous le ferons après le dîner. Je t'aiderai à le rédiger, à donner l'impression que tu es un membre de sa famille.

— Pourquoi ça ? demanda Georgie, surprise.

— Nous n'avons aucune idée de ce qui lui est arrivé, et sa mère non plus. Si quelqu'un a mis la main sur son ordinateur, si elle a été capturée et qu'elle est détenue quelque part, il faut que le message paraisse innocent.

— Mais il serait innocent de toute manière !

— Moi, je le sais. Mais ça pourrait ne pas être le cas de tout le monde.

— Je vois.

— Il se peut qu'Annette soit seulement très occupée, reprit James. Ou en train de voyager. Nous ne devrions pas craindre le pire sans raison.

— J'ai quand même une question. Si elle ne répond pas, peux-tu m'aider d'une manière ou d'une autre ? Pour que je puisse tranquilliser sa mère ?

James demeura silencieux un instant, puis acquiesça lentement.

— Je ferai de mon mieux pour me renseigner... J'ai encore quelques contacts.

— Merci... Je te suis très reconnaissante.

Georgie lui pressa le bras et lui sourit.

James la contempla en lui rendant son sourire, songeant qu'il ferait presque n'importe quoi pour Georgiana Carlson. Il était tombé amoureux d'elle, fou amoureux à vrai dire. Il se pencha et déposa un baiser sur le bout de son nez.

L'espace d'un moment, Georgie garda les yeux dans le vide, encore préoccupée par la situation d'Annette. Pourtant, elle savait pertinemment que son malaise n'avait rien à voir avec son amie, mais avec ce que Dax lui avait dit.

— Il faut que je te dise quelque chose, James, avoua-t-elle, cédant brusquement à l'envie de se confier. Je suis inquiète à propos d'Annette, c'est vrai, mais aussi à propos de M.

— Oh. Quelque chose ne va pas ?

Il fronça les sourcils, perplexe.

— Je ne sais pas. C'est juste que j'ai eu une drôle de conversation avec Dax cet après-midi, et je suppose qu'elle m'est restée à l'esprit.

— Que veux-tu dire par « drôle » ?

Georgie lui résuma rapidement ce que Dax lui avait appris, sans révéler que les informations émanaient de Colin Burke. Elle avait promis à Dax de garder le secret, et elle tiendrait parole.

James secoua la tête, atterré.

— Les gens sont affreux ! commenta-t-il. Pourquoi diable Dax t'en a-t-il parlé ? C'est une vieille histoire. Une très vieille histoire même.

— Tu étais au courant ?

— Comme pas mal de gens, je suppose. Cela remonte à cinq ans. Le bruit courait que Larry Vaughan était accro aux tranquillisants et que sa carrière était en danger à cause de ça. Mais tout s'est tassé très vite. Larry s'est soigné et a recommencé à travailler. Il a obtenu quelques prix et tout le monde a oublié son prétendu problème. Si tant est qu'il y en ait jamais eu un. En ce qui me concerne, c'était une tempête dans un verre d'eau. Il n'y a aucune raison d'en parler maintenant. Dax s'inquiétait pour M, j'imagine. C'est pour cela qu'il te l'a dit ?

— Oui. Je me suis un peu fâchée et il n'a pas insisté.

— Tu as bien réagi, mon chou. Larry est en bonne santé et parfaitement normal, que je sache. Le passé est le passé. Et qui sait s'il y avait le moindre grain de vérité là-dedans ? Et maintenant, si nous jetions un œil au menu ?

18

A chaque fois qu'elle revoyait Larry, même après la plus brève des absences, M éprouvait un petit frisson d'excitation. Elle était immédiatement frappée par le bleu intense de ses yeux, par ses traits si séduisants.

Ce soir-là ne fit pas exception. Elle entra dans l'appartement, s'avança dans le couloir, et sentit son cœur battre plus vite. Il l'attendait, debout sur le seuil de la bibliothèque, incroyablement beau dans sa chemise d'un blanc immaculé, son pantalon et son pull noirs.

Il sourit et fit un pas vers elle. M lui rendit son sourire puis se jeta dans ses bras, débordant d'amour. Il la serra avec force contre lui.

— Tu m'as manqué, lui murmura-t-il à l'oreille.

— Toi aussi, répondit-elle en reculant pour le regarder. Mais que fais-tu tout habillé ? Quand je suis partie ce matin, tu étais encore malade. Tu ne devrais pas être au lit ?

Il éclata de rire et l'aida à retirer son manteau avant de le ranger dans le placard.

— Je me sens beaucoup mieux – tu m'as guéri, affirma-t-il. Ta soupe au poulet a fait des miracles. Tu devrais peut-être la commercialiser ! Pour ma part, j'en ai suffisamment mangé. Ce soir, j'ai envie d'une bonne entrecôte. Je nous ai réservé une table aux Deux Amis.

— Génial, je n'aurai pas à faire la cuisine ! s'écria M en entrant dans la bibliothèque.

Un feu était allumé dans la cheminée, une bouteille de champagne mise à rafraîchir dans un seau à glace sur la table basse.

— C'est drôle que tu aies mis du champagne au frais, Larry. Comme si tu savais…

M se tut subitement, comprenant qu'il était impossible qu'il soit au courant.

— Comme si je savais quoi ?

Manifestement perplexe, il se mit en devoir de déboucher le champagne.

— Que j'ai des nouvelles merveilleuses.

Il leva la tête et la regarda en souriant.

— Bizarrement, moi aussi. D'où le champagne. Laisse-moi remplir deux flûtes, et puis tu me diras tout.

M alla le rejoindre près du feu et prit le verre qu'il lui tendait.

— Je meurs d'envie de te raconter ! Je suis si excitée, Larry !

— Vas-y, alors, dit-il en lui souriant avec indulgence.

— Ça y est, je tiens ma chance ! Enfin ! Je vais faire une séance de photos avec Luke Hendricks. Il a une commande de Jean-Louis Trémont, le couturier français, et je dois porter ses créations. Je crois que c'est peut-être le début de ma carrière.

— Mon chou, c'est fantastique !

Larry lui décocha un sourire éblouissant et fit tinter son verre contre le sien.

— Félicitations, M ! Je suis si content pour toi !

Il était sincère. Il savait combien cette carrière de mannequin lui tenait à cœur et combien elle avait été attristée par la disparition de Frankie. Ils burent un peu de champagne, après quoi Larry reposa sa flûte et mit la main dans la poche de son pantalon.

— Quant à mes nouvelles, ce ne sont pas vraiment des nouvelles. Plutôt une confirmation des choses que je t'ai dites ces dernières semaines.

Il s'éclaircit la voix avant de poursuivre :

— Je crois qu'il est temps de nous fiancer officiellement.

Sans un mot de plus, et sans attendre de réponse, il sortit l'écrin bleu nuit de sa poche et le lui offrit.

— C'est pour toi, ma chérie.

Sidérée, M fixa tour à tour Larry et la petite boîte, puis posa sa flûte.

— Oh, Larry, mon amour !

— Et je te promets de t'aimer jusqu'à la fin de mes jours.

La gorge nouée, au bord des larmes, elle ouvrit l'écrin et contempla le saphir étincelant contre la doublure en cuir blanc.

— Oh, il est magnifique ! Absolument splendide.

Larry glissa la bague à son doigt.

— Maintenant, nous sommes enfin fiancés, ma chérie.

Comme elle le dévisageait sans rien dire, il plongea ses yeux dans les siens.

— N'est-ce pas ?

— Oh, bien sûr que oui, grand bêta !

Tout en parlant, elle noua les bras autour de son cou, levant vers lui un visage radieux qui acheva de le rassurer.

Après un long et tendre baiser, Larry guida M vers le canapé. Ils s'assirent l'un près de l'autre et savourèrent le champagne en silence, perdus dans leurs pensées.

Ce fut Larry qui parla le premier.

— Je ne savais pas si tu m'avais pris au sérieux ou pas, murmura-t-il. Tu semblais d'accord, mais il m'est parfois venu à l'esprit que tu pensais peut-être que je plaisantais.

Il marqua une pause et la regarda avec attention.

— L'as-tu pensé ?

— Pour être tout à fait honnête, oui, une fois ou deux. Mais au fond de moi, je savais que tu éprouvais les mêmes sentiments que moi... Le soir où nous nous sommes rencontrés chez Iris Ingersoll... Ç'a été un coup de foudre, n'est-ce pas ?

— Absolument. A peine avais-je posé les yeux sur toi, j'ai su que tu étais la femme de ma vie...

— Et moi, je sais que tu es l'homme de ma vie depuis l'âge de dix ans, rétorqua-t-elle en riant.

Elle tendit sa main gauche, admirant la bague.

— Elle est si belle. Merci, Larry. Merci. Elle est parfaite et j'ai tant de chance... Je t'aime.

— Moi aussi, je t'aime et je veux que tu saches autre chose. Tu es la première femme que je demande en mariage.

— Je le savais déjà ! répondit-elle, radieuse.

Il eut un sourire amusé.

— Bien sûr ! Comment ai-je pu oublier que tu sais tout à mon sujet ?

— Quant as-tu trouvé le temps d'acheter la bague ? demanda-t-elle avec curiosité. Tu as dû t'en occuper avant d'avoir la grippe ?

— Oui. Il y a environ deux semaines. Je ne pouvais plus attendre. Je voulais voir ma bague à ton doigt, je voulais que tu saches que j'étais sérieux. Et maintenant, il ne nous reste plus qu'à fixer une date pour notre mariage.

— Je pensais que nous allions nous marier à Noël ? Ici à New York, rien que tous les deux ? C'est ce que tu as suggéré et cela me semblait parfait. Tu as changé d'avis ?

— Non. Cela me semble parfait à moi aussi.

Il se laissa aller en arrière sur le canapé, pensif.

— Avons-nous besoin de témoins ? Je ne suis pas sûr de ce que la loi exige ici.

— Moi non plus, mais je vais me renseigner. Si oui, nous pourrions demander à Georgie et à James, non ?

— Bonne idée. Ecoute, M, excuse-moi de changer de sujet, mais j'ai un petit problème. Ma mère m'a téléphoné de Londres. Elle veut que j'aille à Toronto voir mon père. Il répète une pièce là-bas et elle pense qu'il a besoin de soutien moral.

Larry résuma brièvement la conversation qu'il avait eue avec sa mère ce matin-là.

— J'ai donc prévu de partir samedi, et j'espère que tu viendras avec moi, ma chérie.

— Oh, Larry, je ne peux pas !

M lui lança un regard inquiet et se hâta de s'expliquer.

— La séance de photos avec Luke commence samedi. Au studio de Frankie. Tout est organisé, la coiffeuse, la maquilleuse, tout. Je vais travailler tout le week-end et une partie de la semaine prochaine aussi, d'après Caresse. Oh, je suis tellement désolée, Larry ! J'aurais adoré t'accompagner, mais c'est impossible.

Bien qu'amèrement déçu, Larry prit sa main dans la sienne et la pressa.

— Ne t'inquiète pas, ma chérie. Ce n'est rien. Tu ne peux pas passer à côté de cette chance. Au contraire, rien ne doit t'empêcher de faire ces photos. Mais il faut que je parte quand même. J'espère que tu le comprends. Je sais que c'est le cas. Tu vas me manquer, mon ange. Je ne veux pas être séparé de toi... et j'espère ne plus jamais l'être.

— Moi aussi, dit M du fond du cœur.

Elle se redressa et hésita une seconde.

— Larry... commença-t-elle d'une voix tendue, avant de s'interrompre aussitôt.

— Qu'y a-t-il ? Que voulais-tu me dire ?

Il la regarda avec intensité, conscient de son inquiétude.

— Tu as dit que tu voulais que nos fiançailles soient officielles. Cela veut dire que tu comptes l'annoncer... au monde ?

— Non, je n'y avais pas pensé en ces termes, avoua-t-il. Pourquoi ? Qu'est-ce qui t'inquiète ?

— Rien, rien du tout, protesta-t-elle. Mais je préférerais que nous... Enfin, que nous gardions cela pour nous pour l'instant.

— Pourquoi ? demanda-t-il, surpris.

— Parce que si nous faisons une annonce officielle, ma mère va aussitôt s'en mêler. Elle va se mettre à planifier un grand mariage avec tout le tralala, et elle voudra le reporter à l'année prochaine pour avoir le temps de tout organiser. En un clin d'œil, nous aurons perdu le contrôle de la situation. Nos mères auront tout pris en main.

— Zut, tu as raison ! Evidemment. Les mères adorent les mariages en fanfare. Je n'avais pas pensé à ça ! Bien, pas d'annonce. Ce sera un secret, notre secret, et nous le révélerons au monde seulement quand nous serons mariés. Que dis-tu de cela ?

— Parfait, répondit-elle, consciente qu'elle avait évité le désastre de justesse.

M se réveilla en pleine nuit et ne parvint pas à se rendormir. Les pensées se bousculaient dans son esprit. Elle resta étendue immobile, ne voulant pas déranger Larry qui dormait à poings fermés. Elle était soulagée qu'il aille mieux, même si elle n'était pas tout à fait convaincue qu'il soit suffisamment en forme pour prendre l'avion pour Toronto. Il avait encore une mauvaise toux. Elle devrait s'assurer qu'il emporterait assez de médicaments au cas où le virus persisterait. Elle regrettait de ne pouvoir l'accompagner, mais il était hors de question d'annuler ou de reporter son rendez-vous avec Luke. D'ailleurs, Larry n'aurait pas voulu qu'elle le fasse.

Elle sourit, songeant à la délicieuse soirée qu'ils avaient passée dans un petit bistrot français, tout près de l'appartement. Larry avait insisté pour commander encore du champagne afin de continuer à fêter leurs fiançailles et la séance de photos imminente. De temps à autre, elle baissait les yeux sur sa main gauche et contemplait le saphir étincelant à la lueur des bougies, et Larry souriait, de son sourire chaleureux et indulgent, l'amour se reflétant dans ses yeux bleus.

Une seule chose avait troublé la soirée : Larry lui avait appris que son frère Edward le rejoindrait à Toronto.

M se méfiait d'Edward. Elle savait qu'il avait maltraité Larry pendant leur enfance, et qu'il avait persisté à le tyranniser au cours de son adolescence et de sa jeunesse. D'après Larry, leur relation était à présent plus civilisée, mais elle était convaincue qu'Edward était toujours dévoré par la jalousie. A sa grande surprise, elle avait découvert récemment que sa carrière n'avait jamais vraiment pris son essor. En revanche, Larry avait obtenu de nombreux prix – y compris un oscar.

Elle ne put s'empêcher d'éprouver une bouffée de fierté à cette pensée. Lawrence Vaughan, l'homme qu'elle aimait de tout son cœur, était un des plus grands acteurs au monde, et son talent était immense. Son frère Edward le détestait sans doute pour cela plus encore que pour son succès. La turbulente vie privée d'Edward en disait long sur le genre d'homme qu'il était.

M frissonna, envahie par un douloureux pressentiment. Edward allait causer des ennuis à Larry à Toronto, elle en avait la certitude. Malgré tous ses efforts, elle ne put se délivrer de cette sombre pensée.

Elle la poursuivit tout au long de la nuit, s'immisçant jusque dans ses rêves.

19

— Si cette séance marche pour nous tous comme nous l'espérons, c'est à Frankie que nous le devrons, déclara Luke, son regard allant de M à Caresse.

Ils se trouvaient tous les trois dans la petite cuisine, et bavardaient autour d'une tasse de café.

— Que veux-tu dire, Luke ? demanda Caresse. Comment Frankie peut-il être mêlé à tout cela alors qu'il...

Sa voix s'éteignit brusquement, et elle s'éclaircit la gorge avant de terminer :

— ... qu'il n'est plus là ?

— Frankie a montré les photos de M à Jean-Louis Trémont quand nous l'avons rencontré à Monte-Carlo. Il a été conquis. Je crois que la ressemblance avec Audrey a frappé son imagination.

— C'était si gentil de la part de Frankie, murmura M, touchée qu'il ait pensé à elle lorsqu'il avait vu le grand couturier.

— Tu vois, il a tenu sa promesse, commenta Caresse en lui souriant. C'est Frankie tout craché. Toujours fiable et...

Une fois de plus, elle se tut et se mordit la lèvre.

Luke s'empressa de changer de sujet.

— Bon, écoutez-moi, vous deux, dit-il d'un ton enjoué mais empreint d'autorité. Dans une demi-heure environ, Kate Morrell sera là avec son assistante. C'est elle qui gère la filiale américaine de Trémont, et il a toute confiance en elle. En principe, elle apporte une série de tenues, tailleurs, robes de soirée, etc. Nous en choisirons six. Je crois que Marguerite devrait commencer à te maquiller, M. Nous déciderons de la coiffure quand nous aurons vu la collection.

M hocha la tête et sauta à bas du tabouret.

— Entendu, Luke. Merci pour tout.

— Je n'ai encore rien fait pour l'instant, dit-il avec un léger rire et un clin d'œil espiègle.

— Une dernière question, reprit M. Tu dis que Frankie a montré les photos à Trémont. Que s'est-il passé ensuite ?

— Je suppose que Trémont a passé pas mal de temps à réfléchir. Après l'accident, il m'a appelé de Paris. J'étais encore à Nice, expliqua Luke. Il a dit qu'il aimerait revoir les photos et m'a demandé si je pouvais monter à Paris. J'y suis allé, et voilà !

— Merci encore, souffla M.

Elle sourit à Caresse.

— Tu as une mine splendide. Je suis si heureuse que tu ailles un peu mieux !

— Oui, en effet, répondit Caresse. Je commençais à me sentir déprimée à force de porter tout ce noir. Alors, ce matin, je me suis dit qu'il fallait que je remette des couleurs. Et ça m'a fait un bien fou.

— C'est aussi le but de cette séance, intervint Luke. A nous trois, nous allons faire honneur à la mémoire de Frankie.

Il sourit à Caresse puis se tourna vers M.

— Dis à Marguerite que je veux un maquillage discret. Surtout qu'elle n'insiste pas sur les sourcils. Je veux que tu incarnes une suggestion d'Audrey, pas que tu sois une copie conforme. D'accord ?

— OK, mon général, plaisanta M avant de se hâter vers la sortie.

Luke regarda Caresse.

— Je veux faire d'elle une star, Caresse. Pour elle, pour moi, pour toi et pour Frankie. Il était vraiment décidé à la lancer, tu sais. Maintenant, c'est à nous de le remplacer. En un sens, elle est comme un cadeau qu'il nous a laissé, tu ne crois pas ?

Caresse acquiesça, refoulant les larmes qui lui picotaient les yeux.

— Frankie m'a dit qu'elle était naturellement douée. Qu'il n'avait jamais vu quelqu'un d'aussi détendu devant l'appareil photo, ni une débutante se montrer aussi professionnelle. En fait, il était persuadé qu'elle avait reçu une formation de mannequin, mais qu'elle ne voulait pas le dire. Ce qui est sûr, c'est qu'elle a beaucoup d'assurance.

— Je suis d'accord, dit Luke. J'ignore d'où elle vient et qui est sa famille, mais elle a de la classe. Et ce genre de chose ne s'apprend pas.

Caresse le dévisagea, sourcils froncés.

— Frankie a dit quelque chose de similaire. Je t'avoue qu'il était tellement fasciné par elle que j'en étais un peu jalouse. Il m'a expliqué que son intérêt était purement professionnel, qu'il la voyait comme un objet à photographier, pas comme une vraie femme...

— Moi si, coupa Luke. Je serais enchanté de la connaître... plus intimement.

— Ne te fais pas d'illusions. Elle sort avec un acteur, lui fit remarquer Caresse.

— Qui ?

— Larry Vaughan.

— Sans blague !

— En tout cas, c'est ce qu'elle m'a dit.

— Ce n'est pas un acteur, c'est une star, bon sang ! Tu crois que c'est sérieux ?

Caresse haussa les épaules et fit la moue.

— Je ne sais pas... dit-elle avant de reprendre, la mine sévère : Tu es amoureux de M ?

— Pourquoi pas ? Elle est canon !

— Elle est aussi beaucoup plus grande que toi !

Il éclata de rire.

— Peu importe quand on est au lit !

— Luke ! Tu n'as pas honte ? Je parie que tu n'as aucune chance, de toute façon. Elle n'est pas pour toi.

— Nous verrons bien, hein ? Entre-temps, aide-moi à placer les décors de Paris au milieu du studio, mon chou. Trémont veut qu'on commence par les Champs-Elysées et la tour Eiffel.

— Alex a proposé de donner un coup de main, annonça Caresse. Il ne va pas tarder. Ça ne te dérange pas, au moins ?

— Pas du tout. Il est sympa. D'ailleurs, je suppose que tout lui appartient à présent, non ?

Caresse hocha la tête, s'abstenant de révéler que, trois semaines avant leurs fiançailles, Frankie avait modifié son testament afin de lui léguer un tiers de ses biens. Quand le notaire l'en avait informée, elle avait été si touchée qu'elle avait pleuré pendant trois nuits entières, songeant à Frankie, le meilleur homme qu'elle avait jamais connu.

Quelques instants plus tard, Kate Morrell et son assistante, Janet Gordon, se présentèrent à la porte du studio. Vêtues à la dernière mode et juchées sur des talons vertigineux, elles poussaient tant bien que mal un portant chargé de vête-ments sous des housses. En les voyant peiner, Caresse ouvrit des yeux ronds et ne put s'empêcher de se demander pourquoi elles n'avaient pas loué les services d'un jeune costaud pour s'en charger.

Elle se hâta d'aller se présenter, puis les précéda à l'inté-rieur.

— Viens par ici ! lança Luke à M à leur entrée. Je veux te présenter à Kate Morrell. N'oublie pas qu'elle a beaucoup d'influence sur Jean-Louis. Cela dit, elle est très gentille, exigeante mais sans prétentions. Elle va te plaire.

Luke la guida vers les deux femmes qui attendaient à l'autre bout du studio.

— Janet, Kate, voici M.

Elles échangèrent une poignée de main.

— Je pense que vous allez être superbe dans les créations de Jean-Louis ! s'écria Kate avec enthousiasme. J'ai hâte de vous voir les porter.

— J'ai toujours admiré ses collections, répondit M en souriant. Je sens que je vais prendre un plaisir fou à cette séance.

Luke la regarda, songeur.

— Puisque tu as une queue de cheval pour l'instant, autant commencer par une tenue de ville, suggéra-t-il.

— Entendu. J'adore ce manteau bleu pâle et le tailleur gris en flanelle. Oh, et regarde cette robe en laine noire, Luke, la coupe est fantastique !

Kate intervint.

— Je sais que tu n'aimes guère avoir un public, dit-elle à Luke, mais j'aimerais beaucoup assister à une partie de la séance avant de m'en aller. Cela ne t'ennuie pas ?

— Pas du tout, Kate. Je suis certain que tu seras enchantée. On dirait que ces vêtements ont été conçus pour elle, tu ne trouves pas ?

— Tout à fait. Ils proviennent de la collection automne-hiver qui a été présentée à Paris en juillet dernier. Janet et moi avons apporté les chaussures, gants et accessoires qui vont avec. Janet a toute la liste.

Son assistante tendit aussitôt le papier à Caresse, qui avait déjà déballé les objets en question.

— Ce chapeau bleu pâle va avec le manteau, ainsi que les chaussures et les gants beiges, expliqua Janet en montrant le portant. Les perles complètent la robe courte et la robe de soirée. Chaque tenue a ses propres chaussures, etc.

— Je vois, répondit Caresse en consultant la liste. Tout est clair, Janet. Cela va me faciliter la tâche.

— Je crois que Jean-Louis ne sera pas déçu, déclara Luke d'un ton assuré.

— Je suis d'accord, renchérit Kate avec chaleur, souriant jusqu'aux oreilles.

Elle se percha sur l'un des hauts tabourets et fit signe à Janet de se joindre à elle.

— Prends ton temps, Luke. Travaillons à ton rythme.

— Nous allons commencer, répondit-il.

M et lui se dirigèrent vers le portant. M prit le manteau bleu et Caresse les suivit, portant les accessoires appropriés.

Lorsque M réapparut quelques minutes plus tard, Kate Morrell sut aussitôt que cette jeune femme était une trouvaille. Elle ressemblait à Audrey Hepburn, c'était indéniable, mais le maquillage avait été limité au minimum et Kate comprit brusquement pourquoi. Luke voulait qu'elle soit M – elle-même et non la copie d'une autre.

Avec son col arrondi, deux rangées de boutons en haut et des manches kimono, le manteau était superbe sur elle, plus encore que sur les autres mannequins. Quant au chapeau, il était parfait. Kate songea immédiatement à Jackie Onassis, qui en portait souvent du même style.

Oh, oui, cette jeune femme était exceptionnelle, décida Kate. En plus de sa beauté, elle était élancée, très mince, d'une élégance rare. Elle se mouvait avec fluidité et il émanait d'elle une merveilleuse assurance.

— Elle sera à l'aise sur le podium, chuchota Kate à son assistante.

— Elle fera sensation, renchérit Janet. Elle a un talent inné.

Kate opina. Cette jeune femme qui se faisait si énigmatiquement appeler M allait devenir une star. *Le nouveau visage de Jean-Louis Trémont*, se dit Kate, imaginant déjà les gros titres. Ce serait leur slogan pour la prochaine collection. M était exactement celle qu'ils cherchaient depuis longtemps. Tout à coup, une idée lui vint à l'esprit. Pourquoi ne pas faire de M une star avant même qu'elle présente leur collection ? Si les photos de Luke étaient aussi bonnes qu'elle le pensait, elle pourrait s'en servir sur-le-champ. Ce serait un avantage majeur pour la maison de couture. Elle lancerait une campagne de grande envergure, dont M serait le centre.

Kate sourit. Elle se sentait inspirée.

Inspirée par la mystérieuse M.

20

Quelques jours plus tard, Luke avait débarrassé le studio. Tabourets, étagères, décors, tréteaux, tout était parti. Il avait voulu créer un espace totalement vide. Cela fait, il avait monté six photos de M grandeur nature sur des plaques cartonnées.

Disposées en demi-cercle, de manière à se compléter, les photos en noir et blanc étaient splendides, mises en valeur par de puissants projecteurs.

Il étudia longuement son installation, puis hocha la tête avec satisfaction, certain d'avoir obtenu l'effet recherché. Quelques instants plus tard, Kate Morrell fit son entrée. Coiffée et maquillée avec soin, comme toujours, elle arborait un tailleur Trémont des plus chics.

Elle était accompagnée du célèbre couturier. Grand, élégant, ce dernier était loin de paraître ses soixante ans, malgré ses cheveux argentés. Avec son corps souple et élancé, son bronzage parfait, ses yeux pétillants, il ressemblait à un jeune homme.

Trémont s'arrêta net à la vue des immenses photos, puis s'approcha, fasciné. Jamais ses vêtements ne lui avaient paru aussi beaux.

Cette jeune femme était miraculeuse.

Il alla droit à Luke, le prit par les épaules et l'embrassa sur chaque joue.

— Bravo, Luke, bravo ! Toutes mes félicitations. C'est magnifique !

Luke eut un grand sourire.

— Je suis content que cela vous plaise, Jean-Louis. J'ai pensé que les clichés seraient plus saisissants en noir et blanc. Qu'en dites-vous ?

— Ils sont fantastiques, mon ami. Absolument fantastiques.

Il se tourna au moment où M entrait à son tour et s'empressa d'aller la saluer. Il se pencha pour lui faire un baise-main, l'enveloppant d'un regard chaleureux.

— Je suis ravi de vous revoir, mademoiselle. Toutes mes félicitations. Les photos sont remarquables.

— Grâce à vos créations, monsieur, répondit M avec élan. C'est vous et Luke qui êtes les génies, pas moi.

— Ah, vous me flattez, mademoiselle, murmura le Français, charmé.

Il l'avait rencontrée quelques jours plus tôt et avait tout de suite été conquis. Il savait que Kate avait raison. M allait devenir une star. Et sa muse, son inspiration. Elle avait un style et une classe exceptionnels.

Kate était enchantée, elle aussi. Prenant le bras de Luke, elle s'avança et contempla les agrandissements de face.

— Si nous utilisions ces photos pour le magasin de Madison Avenue ? suggéra-t-elle en l'attirant à l'écart. De la mi-décembre au nouvel an ? Elles feraient un décor fabuleux.

— C'est à Jean-Louis et à toi d'en décider, Kate. Je suppose que ce serait une introduction idéale à la nouvelle collection – elle doit être présentée à Paris fin janvier, n'est-ce pas ?

— Tout à fait. A propos, nous souhaitons que ce soit toi le photographe de l'événement, mais nous aurons l'occasion d'en reparler. Pour l'instant, il faut que je m'occupe du contrat de M.

— Elle voudra passer par Blane. Elle est d'une grande loyauté.

— Pas de problème. Mais elle m'a dit hier qu'elle aimerait voir les détails elle-même avant que nous contactions Blane. Apparemment, elle a une sœur qui possède une boutique à Londres, et elle voulait discuter de notre proposition avec elle au préalable.

Luke ne put s'empêcher de rire.

— Ça ne m'étonne pas.

Kate le dévisagea avec curiosité.

— Pourquoi dis-tu cela ?

— Parce que Caresse ne cesse de répéter que M est une dure à cuire en matière de négociations. Mais ne te méprends pas : elle l'adore. Comme tout le monde, d'ailleurs.

— Je m'en suis rendu compte et je vois pourquoi. C'est vraiment quelqu'un d'adorable. Et il est tout à fait compréhensible qu'elle veuille parler du contrat avec sa sœur aînée puisque c'est une femme d'affaires.

Avant de reconduire Jean-Louis Trémont à l'aéroport Kennedy, Kate Morrell passa quelques instants à discuter avec Luke et M. C'était une femme de tête. Une fois qu'elle avait décidé d'un projet, elle allait de l'avant, sans se soucier des obstacles. Dans le cas présent, elle tenait à faire de M une star avant le défilé prévu en janvier.

— Je voudrais que vous veniez au magasin demain, dit-elle à M après lui avoir expliqué son intention. Il faut que nous prenions vos mensurations exactes. Jean-Louis a déjà créé une partie de la collection printemps-été, et il va concevoir le reste en se basant sur vous. Naturellement, les vêtements doivent vous aller à la perfection.

Ensuite, elle se tourna vers Luke.

— Pourrais-tu être là aussi, Luke ? Jean-Louis et moi aimerions avoir quelques photos de M pour la collection de prêt-à-porter, qui se vend très bien. Nous choisirons ensemble les tenues les plus appropriées.

Après qu'ils furent convenus de se retrouver à Madison Avenue à quatorze heures, Kate s'en alla, ravie que tout le monde se montre si coopératif.

Luke était maintenant seul dans le studio désert. Tout était plongé dans l'obscurité hormis les six agrandissements de M, toujours éclairés par les projecteurs. M était rentrée chez elle et Caresse rangeait la cuisine. Venu éteindre les lumières, il s'était laissé captiver par les clichés.

Il avait été bien inspiré de présenter les photos de cette façon, songea-t-il. Jean-Louis avait été emballé. Certes, il n'aurait sans doute pas fallu grand-chose pour le convaincre, tant il avait été enchanté par les clichés que Frankie lui avait montrés à Monte-Carlo.

Luke soupira. Son ami lui manquait chaque jour. Sa mort avait été un accident absurde. Sans doute Frankie roulait-il trop vite, comme à son habitude. Et l'autre conducteur avait été tout aussi fautif. Combien de fois par le passé avait-il enjoint Frankie à la prudence ? Son penchant pour la vitesse l'avait toujours inquiété – Frankie adorait rouler à tombeau ouvert, faisant fi du danger.

Luke éteignit un des projecteurs. Aussitôt, l'atmosphère du studio changea. Des ombres furent projetées sur les agrandissements, donnant à M une apparence étrange, quasi fantomatique. Luke frissonna, brusquement envahi par un sombre pressentiment, l'idée qu'un désastre se profilait à l'horizon. Il tenta de refouler cette pensée irrationnelle, en vain.

Il coupa le deuxième projecteur et se préparait à faire de même avec le dernier quand quelque chose l'en empêcha. Il contempla M, extraordinaire dans sa robe de soirée. C'était une des femmes les plus photogéniques qu'il avait jamais rencontrées et il était convaincu qu'elle allait devenir une grande star de la mode. Kate Morrell y veillerait.

Pourtant, c'était un monde dangereux, plein de tentations de toutes sortes, de louanges excessives, de flatteries, de frénésie médiatique. Une célébrité subite menait souvent à des abus, voire à la consommation de drogues qui finissaient par vous détruire. Nombreuses étaient les mannequins qui avaient suivi ce triste chemin.

Il prit une profonde inspiration, puis expira à fond, se souvenant que M était une jeune femme raisonnable, sensée, et qu'elle avait la tête sur les épaules. Il était aussi sûr qu'il était possible de l'être qu'elle resterait elle-même.

Et pourtant il se sentait glacé, tourmenté par des pensées troublantes.

21

M était non seulement frustrée, mais inquiète. Et sur le point d'être vraiment en colère. Il y avait maintenant plusieurs jours qu'elle n'avait pu joindre Larry. Pourquoi diable ne répondait-il ni à ses messages ni à ses appels ?

Assise sur son lit chez Georgie, elle regardait dans le vide, tandis que mille questions se bousculaient dans son esprit. Pour la énième fois, elle consulta sa montre. Il était tout juste huit heures et demie et on était samedi matin. Cinq minutes plus tôt, elle avait essayé d'appeler Larry sur son téléphone portable, mais l'appareil était éteint. Un moment plus tard, elle avait composé le numéro de l'hôtel des Quatre Saisons à Toronto et demandé qu'on la mette en communication avec M. Lawrence Vaughan. Le téléphone avait sonné pendant une éternité, et elle avait fini par raccrocher, au comble de l'exaspération.

Elle se mordit la lèvre, ne sachant que faire. Puis elle prit brusquement conscience qu'elle ne pouvait rien faire. De toute manière, Larry devait regagner New York en fin de journée, après deux semaines avec son père.

Par malheur, Edward avait débarqué à Toronto le week-end précédent. Pas étonnant que Larry et elle se soient manqués au téléphone toute la journée de lundi, se dit-elle soudain. Edward avait dû mener la vie dure à Larry. Sans doute lui avait-il reproché de l'avoir contraint à venir. Apparemment, il avait d'autres chats à fouetter que les problèmes de son père.

Et pourtant... Si tel était le cas, pourquoi avait-il fait le voyage plus tôt que prévu ? Cette question la mit mal à l'aise. S'interdisant d'y songer, elle se leva, glissa l'appareil dans la poche de son jean et descendit à la cuisine.

Elle prépara du café, sans cesser de penser à Larry. Durant sa première semaine à Toronto, ils s'étaient parlé deux fois par jour. En revanche, depuis le week-end dernier, c'était le silence. Larry avait-il des problèmes avec son père ? Elle envisagea cette possibilité et la rejeta aussitôt avec irritation. Larry n'avait-il pas affirmé que ce dernier était en forme et dans son état normal ? Par conséquent, il était plus que probable que son silence soudain ait été provoqué par l'apparition de son frère.

L'idée qu'Edward ait pu faire du mal à Larry la consternait. Quoi qu'il en fût, il devait rentrer cet après-midi, se rappela-t-elle. Entre-temps, elle prendrait son mal en patience. Il n'était pas question qu'elle lui téléphone une fois de plus. Elle ne voulait pas qu'il se sente harcelé et d'ailleurs, elle savait qu'il l'appellerait dès son retour à Beekman Place. Elle en était certaine.

Elle prit sa tasse de café et s'installa à la table près de la fenêtre avec un soupir. Au fond, elle était surtout déçue de ne pas avoir pu partager sa joie avec son fiancé. L'homme qui serait bientôt son mari. Elle songea à leur mariage, consciente du fait qu'elle devrait lui avouer sa véritable identité avant le grand jour. Si elle l'épousait sous un nom d'emprunt, le mariage n'aurait aucune valeur légale. Elle se demanda comment il réagirait en apprenant que son nom n'était pas Marie Marsden...

— Salut ! lança Georgie depuis le seuil, avant d'entrer dans la pièce, resplendissante et débordant d'énergie, un grand sourire aux lèvres.

— Bonjour. Tu m'as l'air de bien bonne humeur, commenta M en lui rendant son sourire. Je viens de faire du café, si tu en veux. Il est tout frais.

Georgie acquiesça.

— Avec plaisir... A propos, James a passé la nuit ici, donc ne t'étonne pas s'il arrive dans quelques minutes.

— Je serai contente de le voir, affirma M.

— J'ai d'excellentes nouvelles, reprit Georgie en se servant une tasse de café.

— Tu es fiancée à James, dit M tout en espérant ne pas se tromper.

— Non. Pas encore.

Georgie s'assit en face de son amie et se pencha par-dessus la table.

— Mais s'il me pose la question, je dirai oui !

— Je te tuerais si tu refusais, rétorqua M. Alors, qu'y a-t-il ?

— J'ai reçu un coup de fil d'Annette Lazenby. Elle est vivante et en pleine forme. Et à Rome ! Quel soulagement d'avoir enfin de ses nouvelles !

— Je n'en doute pas. T'a-t-elle expliqué les raisons de son long silence ?

— Il semble qu'elle ait été gravement malade. Elle a failli y laisser sa peau. Je pense que c'est grâce à l'intervention de James qu'elle a été rapatriée à temps.

— J'ignorais qu'il était intervenu, observa M, surprise.

— En quelque sorte... Il a appelé un de ses contacts, quelqu'un qui est basé au Pakistan à présent, et lui a demandé de faire quelques recherches.

Georgie haussa les épaules et leva les yeux au ciel.

— Je n'en sais pas davantage. Il ne m'a rien raconté de plus.

— C'est normal, non ? Je parie que James est exactement l'homme à qui s'adresser en cas de crise.

— Je crois que oui.

Georgie s'éclaircit la gorge et changea de sujet.

— Et toi ? Ça y est, tu as enfin percé, n'est-ce pas ?

M sourit.

— Oui, et je suis aux anges. Grâce à Luke et à ses photos, je suis sur le point de signer un contrat avec Jean-Louis Trémont. Je vais participer aux défilés de janvier et février à Paris.

— Félicitations !

Georgie se leva, fit le tour de la table et étreignit M avec chaleur.

— Je suis si contente pour toi ! Tu le mérites tellement !

— Georgie... J'ai quelque chose à te dire... Je vais quitter ma chambre en décembre. Ensuite, je vais vivre à Paris et...

Sa voix s'éteignit et elle soupira.

— Je suis désolée.

— Ne t'inquiète pas, lui assura Georgie. Ce n'est pas un problème. Tu me manqueras, bien sûr. Mais j'ai l'impression que ma relation avec James est sérieuse, et que, mariage ou pas, il voudra vivre avec moi ici. Seul. Ce que je veux dire, c'est qu'après ton départ je crois que je ne louerai plus de chambres.

— Et Annette ? demanda M, arquant un sourcil.

— Elle a laissé entendre qu'elle allait peut-être se fixer à Rome. Elle n'a pas dit pourquoi.

Georgie sourit, avant de changer de sujet une fois de plus.

— Dis-moi, comment Larry a-t-il réagi à la grande nouvelle ?

— Il est très heureux pour moi. Il a promis de m'accompagner à Paris en décembre, ajouta M sans donner d'autres détails.

— Hé, j'ai une idée géniale ! s'écria Georgie. Pourquoi ne pas vous marier avant de vous envoler pour Paris ? Ce ne serait pas fabuleux ?

— Tu as raison. J'y réfléchirai.

Georgie remonta au premier étage pour aller voir si James s'était rendormi, laissant M seule dans la cuisine, perdue dans ses pensées.

Elle songeait à Annette Lazenby, qu'elle connaissait pourtant à peine. Elle était soulagée d'apprendre que la jeune journaliste était en sécurité et qu'elle allait s'installer à Rome. Georgie s'était beaucoup inquiétée à son sujet, en particulier après que la mère éplorée d'Annette se fut mise à l'appeler sans cesse, la suppliant de l'aider à retrouver sa fille. M avait

161

tenté de réconforter Georgie et de lui faire comprendre qu'elle n'était pas la gardienne d'Annette. Cependant, mue par la compassion, Georgie avait tenu à faire son possible et sollicité James.

M se réjouissait que ce dernier ait été en mesure d'intervenir. En tant qu'ex-agent secret, il avait probablement une foule de contacts auxquels il pouvait faire appel. Sans doute avait-il agi dans la plus grande discrétion, et dans le seul but de venir en aide à Georgie. M ne l'en estimait que davantage. Elle était heureuse que Georgie et lui se soient trouvés et qu'ils s'entendent à merveille. Elle devinait d'instinct que James était un homme intègre et digne de confiance.

Quant à Annette Lazenby, M estimait qu'elle avait fait montre d'imprudence en se rendant en Afghanistan alors que le pays était plongé dans le chaos. Mais après tout, n'était-elle pas journaliste ? Elle se devait d'examiner les faits tels qu'ils étaient. M soupira, se leva et sortit de la cuisine, se dirigeant vers le petit jardin.

De quel droit critiquait-elle Annette ? songea-t-elle en s'asseyant sur une chaise en fer. Elle-même avait été tout aussi imprudente. Elle s'était jetée dans les bras de Lawrence Vaughan, alors qu'il ignorait jusqu'à son véritable nom. Elle lui avait menti par omission, sans réfléchir aux conséquences de ses actes. Elle s'était donnée à lui corps et âme. Elle était amoureuse d'un homme qui avait de sérieux problèmes relationnels avec sa famille, lesquels affecteraient forcément leur relation de couple.

M soupçonnait que Larry vivait à New York en partie pour garder ses distances avec les siens. A ses yeux, Edward incarnait le plus grand danger. Elle ne pouvait qu'espérer qu'il n'y ait pas eu de crise ou de querelle majeure à Toronto...

Curieusement, Larry était persuadé de ne pas être aussi talentueux que ses frères et sœurs. Seule Miranda, qui était décoratrice scénographe, échappait à la règle. M en avait discuté avec lui avant son départ pour le Canada, insistant avec fougue sur le fait qu'il était en réalité le meilleur d'entre tous. Et même meilleur que son propre père, dont le jeu, de l'avis de M, était devenu un peu prétentieux, voire pompeux.

Larry était de loin le plus doué. Seule sa mère pouvait rivaliser avec lui en matière de talent. Pourquoi ne voyait-il pas l'évidence ? Pourquoi était-il si vulnérable ? Si facile à blesser ?

En même temps, il leur était farouchement loyal. Mais qui était-elle donc pour le lui reprocher ? Ne se comportait-elle pas exactement de la même façon avec les siens ? Quoi qu'il arrive, elle était prête à les défendre, à se battre pour eux, à les protéger, à mourir pour eux si nécessaire. Et cela malgré tout ce qu'ils avaient pu lui faire par le passé, malgré le chagrin involontaire qu'ils avaient pu lui causer. Elle était membre d'une famille de cinq enfants, Larry d'une famille de six. Elle ferma les yeux, désireuse de refouler les souvenirs, mais ils refusèrent de s'en aller.

Une brise soudaine se leva, ébouriffant ses cheveux, et elle ouvrit les yeux, éblouie par la clarté matinale. C'était une belle journée, une journée d'été indien, avec un ciel bleu pâle et un soleil doré ; on était déjà fin octobre, mais on se serait cru en septembre. Il ne faisait pas froid du tout. Aussitôt, elle pensa à sa mère qui adorait ce temps-là... Un temps d'été à l'automne.

A cet instant, elle revit distinctement chacun des membres de sa famille et ne put réprimer un petit rire en imaginant leur réaction quand elle leur parlerait de Larry. Ils l'avaient taquinée impitoyablement quand elle avait eu un faible pour lui à l'âge de dix ans, après l'avoir vu dans *Hamlet*. Ils en resteraient bouche bée, se dit-elle avec un nouveau rire.

En un sens, elle était triste de ne pouvoir se confier à ses sœurs ou à sa mère. Une fois que Larry et elle seraient mariés, elle leur annoncerait la nouvelle avant qu'ils l'apprennent par un autre biais. La rumeur ne tarderait pas à se répandre. C'était inévitable.

M était convaincue qu'ils aimeraient Larry et lui feraient une place dans leurs cœurs. Il était sympathique, et c'était cela qui leur plairait – pas sa célébrité ou son physique. Ni l'une ni l'autre n'aurait d'importance à leurs yeux. Après tout, ils étaient tous célèbres et séduisants eux-mêmes.

Ses pensées se reportèrent sur Larry. Où était-il ? Pourquoi ne lui avait-il pas téléphoné ? Cherchait-il à l'éviter ? Que se passait-il ?

Elle n'avait aucune réponse à ses questions, et sa frustration et sa déception ne faisaient que grandir.

Bien des mois plus tard, avec le recul, elle comprendrait que c'était ce jour-là que ses ennuis avaient commencé.

22

Après s'être douchée, maquillée et habillée, M prit une décision. Elle tenterait une fois de plus de joindre Larry, espérant déterminer à quelle heure il arriverait à New York. Elle en avait assez d'attendre, et agir l'aiderait à apaiser son anxiété croissante.

Elle s'assit dans le fauteuil placé au pied de son lit, décrocha le téléphone et composa le numéro de l'hôtel des Quatre Saisons. Une voix masculine et amicale lui répondit.

— Je m'appelle Marie Marsden, dit-elle d'un ton de femme d'affaires. Je suis la secrétaire de M. Lawrence Vaughan et j'essaie de le joindre, mais il ne répond pas. Il devait quitter l'hôtel aujourd'hui et j'aimerais savoir s'il est déjà parti.

— Il me semble que oui, mademoiselle Marsden. Un instant, s'il vous plaît, je vais vérifier.

— Merci, répondit M, espérant que Larry avait bel et bien quitté l'hôtel et qu'il était en ce moment même en route pour New York.

— Mademoiselle Marsden ? reprit l'employé. Il est parti, en effet. Désirez-vous parler à M. Edward Vaughan ? Ou à sir Nicolas ?

— Non, mais je vous remercie. Savez-vous à quelle heure il est parti ce matin ?

— C'était hier, en fait, mademoiselle Marsden. D'après le registre, M. Vaughan est parti en début d'après-midi.

— Oh. Merci. Merci infiniment.

Elle raccrocha, atterrée. Larry était déjà à New York, proba-blement chez lui, et il ne lui avait pas téléphoné. Pourquoi ? Que se passait-il ? Ne voulait-il pas la voir ? Avait-il décidé que tout était fini entre eux ? Deux semaines de séparation avaient-elles suffi à le faire changer d'avis à son sujet ?

Une foule de questions tout aussi dérangeantes défilèrent dans son esprit tandis qu'elle demeurait immobile, tour à tour envahie par la stupeur, le chagrin et le désenchantement. Voulait-il vraiment rompre ? Comment était-ce possible, après tout ce qu'il avait dit et fait, après l'amour qu'il lui avait témoigné ? Et le somptueux saphir qu'il lui avait offert ? Un homme n'offrait pas à une femme un bijou de cette impor-tance sans penser ce qu'il disait, sans être sincère lorsqu'il parlait mariage ! En tout cas, pas un homme comme Larry. Il était trop sérieux. Dès le début de leur relation, elle avait eu le sentiment que Larry était un homme d'honneur, qui tenait toujours parole... Exactement comme ses propres frères. Un homme fiable. Loyal. Un instant, elle hésita, cherchant que faire. Puis elle se décida, attrapa son trench-coat noir et son vieux sac Hermès et descendit au rez-de-chaussée en courant.

Avant de partir, elle poussa la porte de la cuisine.

— Georgie, je dois sortir un petit moment, lança-t-elle, s'efforçant de parler d'un ton normal.

— Très bien, répondit Georgie en souriant avec affection. Je suis sûre que nous serons toujours là à ton retour.

Assis à la table de cuisine avec Georgie, James sourit lui aussi et agita la main.

— Bonjour, M !

Elle lui fit signe à son tour avec un sourire forcé.

— A plus tard !

L'instant d'après, elle avait disparu, trop préoccupée pour s'attarder.

Dans la rue, elle héla un taxi, et demanda au chauffeur de la conduire à Beekman Place. Puis elle se laissa aller contre le siège et s'efforça de se détendre, mais elle ne pouvait se défaire de son inquiétude. Au contraire, son malaise ne faisait que croître. Elle avait l'étrange pressentiment qu'il s'était produit quelque chose d'affreux et l'angoisse lui comprimait la poitrine.

Elle fit irruption dans l'immeuble et s'engouffra dans l'ascenseur, répondant à peine au salut courtois du portier. Par chance, elle avait une clé. Larry la lui avait donnée quelques semaines plus tôt, afin qu'elle puisse aller et venir à sa guise.

La première chose que M remarqua fut la valise dans l'entrée, et l'imperméable de Larry sur une chaise. Elle retira le sien et le posa sur celui de Larry, puis jeta un coup d'œil dans le salon et promena un regard autour d'elle tout en l'appelant. Seul le silence lui répondit. Elle vérifia la chambre et la cuisine, toutes deux vides. Elle regagna le salon et se dirigea vers la bibliothèque. Avant même d'avoir atteint la porte, elle distingua une toux étouffée. Une seconde plus tard, elle trouvait Larry étendu sur le canapé. Il avait une mine affreuse. Il n'était pas rasé et son visage était couleur de cendre. En pyjama et robe de chambre, il serrait quelque chose contre sa poitrine.

— Larry ! Larry ! Que se passe-t-il ? Oh, mon Dieu, tu es malade ! s'écria-t-elle d'une voix stridente. Qu'y a-t-il ? Parle-moi, Larry !

Laissant tomber son sac sur la petite table, elle s'agenouilla à côté de lui, prit sa main et s'aperçut qu'elle était glacée. Elle lui fit ouvrir les doigts et trouva dans sa paume un flacon vide, sans couvercle. Sur l'étiquette figuraient l'adresse d'une pharmacie de Toronto et le nom Vicodin, suivi d'un avertissement indiquant qu'il s'agissait d'un médicament délivré uniquement sur ordonnance. Elle fronça les sourcils, relut le nom. Ne s'agissait-il pas d'une forme de codéine ? Elle était sûre que oui, et que c'était un médicament puissant, dangereux si on l'utilisait à mauvais escient.

Elle mit le flacon dans sa poche, tâta le pouls de Larry, puis glissa une main sous son pyjama pour sentir son cœur. L'un et l'autre battaient à un rythme relativement normal, régulier. En revanche, Larry semblait à moitié inconscient. Comme drogué.

Elle se pencha sur lui.

— Larry, c'est moi !

Il ne répondit pas, mais au bout d'un moment, il entrouvrit les yeux. Son regard était vitreux, et il ne parut pas la voir. L'instant d'après, les paupières retombèrent.

— Larry ! Réponds-moi ! Pourquoi as-tu pris ces pilules ?

Il n'ouvrit pas les yeux, mais il avait dû l'entendre car il finit par marmonner quelque chose d'inintelligible.

— Pourquoi as-tu pris les pilules ? répéta-t-elle. Tu as mal ?

Lentement, mollement, au prix d'un effort visible, il porta la main à sa bouche et marmonna de nouveau. Elle ne comprit pas davantage mais se demanda soudain s'il n'avait pas dit « dent ».

— Tu es allé chez le dentiste à Toronto ? Tu as encore mal ?

Sans un mot, il garda un instant la main sur sa bouche avant de la laisser retomber faiblement sur sa poitrine.

M se leva et courut au bureau, consciente qu'elle devait agir rapidement. Sa première pensée fut d'appeler son frère aîné à Londres. Par le passé, elle était souvent allée le trouver lorsqu'elle avait des problèmes et il l'avait toujours soutenue. Elle avait confiance en lui. Il était intelligent, avisé, et il lui dirait quoi faire. Elle commença à composer son numéro, puis s'interrompit abruptement et reposa le récepteur.

Elle savait ce qu'il dirait lorsqu'elle lui aurait exposé la situation. Il lui conseillerait de disparaître, de quitter l'appartement sur-le-champ. Il voudrait à tout prix la protéger.

Mais elle aimait Larry. Elle voulait l'aider. Il était hors de question qu'elle le laisse seul. Et s'il venait à mourir ? Il avait besoin d'un médecin. Maintenant. Tout de suite. Qui pouvait lui venir en aide ? Elle n'avait pas beaucoup d'amis à New York. Sauf Georgie.

Un autre nom s'imposa aussitôt à son esprit. James Cardigan. Un homme mûr, ancien agent secret, qui possédait sa propre société, et qui avait l'expérience de la vie. Mais si elle faisait appel à lui, garderait-il l'affaire confidentielle ?

Il le ferait si elle était sa cliente, se dit-elle, songeuse. Engagé et payé par elle, il serait lié par le secret professionnel.

Elle hésita encore une seconde. Puis, voyant Larry qui tremblait de tous ses membres, comme glacé, elle sut qu'il n'y avait pas de temps à perdre.

Elle prit une profonde inspiration et fit le numéro de Georgie. Ce fut James qui répondit, d'une voix enjouée.

— Allô ?

— James, c'est moi, M, et...

— Attends une seconde, je vais chercher Georgie.

— Non, non. C'est à toi que je veux parler.

— Vraiment ? dit-il, avec un petit rire étonné.

— Je veux t'engager, James. J'ai besoin que tu m'aides pour quelque chose d'important, mais je fais appel à toi en tant que cliente et non comme amie.

— Mais nous sommes amis ! protesta-t-il, pris au dépourvu. Je ne peux pas accepter d'argent pour t'aider, c'est ridicule.

— Non. Tu peux et tu vas le faire, sinon, je devrai m'adresser à quelqu'un d'autre. Et je ne veux pas. C'est toi que je veux. Je t'en prie, James, accepte. Maintenant. Tout de suite. C'est une urgence !

— Très bien, calme-toi. Comme tu voudras. Pourquoi es-tu si agitée ? Dis-moi ce qui se passe.

— C'est au sujet de Larry. Je suis à Beekman Place, et il a l'air malade. Il est rentré du Canada hier soir et je l'ai trouvé dans... un drôle d'état. J'ai l'impression qu'il est allé chez le dentiste là-bas et il est évident qu'on lui a prescrit des analgésiques très puissants...

— Lesquels ? coupa James d'un ton pressant.

— Du Vicodin, d'après l'étiquette. Je pense qu'il a dû absorber beaucoup de ces comprimés sans se rendre compte de la dose qu'il prenait.

— C'est un médicament dangereux, commenta James, songeant à la conversation qu'il avait eue avec Georgie concernant Larry quelques semaines plus tôt.

— Il est dans les vapes, James. Je suis inquiète et je ne sais pas quoi faire. Je ne peux pas le faire transporter à l'hôpital, parce qu'il est trop célèbre. Ça ferait un scandale, j'en suis sûre. Mais j'ai besoin d'un médecin de toute urgence.

169

— Décris-moi précisément comment il est en ce moment.

— Il est à moitié endormi, mais il a ouvert les yeux. J'ai vérifié son pouls et il me paraît stable, mais je n'ai aucune expérience en la matière. Il est très pâle. Il a besoin d'aide immédiatement.

— Couvre-le et garde-le au chaud. J'arrive dès que possible.

— Avec un médecin ?... James, j'ai un peu peur.

— Ne t'affole pas. Reste calme.

Dès qu'elle eut raccroché, M courut à la chambre. Elle revint munie d'un oreiller et d'une couette. Elle plaça le premier sous la tête de Larry et le recouvrit de la seconde. Puis elle alluma un feu dans la cheminée et augmenta le thermostat des radiateurs. Enfin, elle s'assit sur une chaise à côté de Larry et attendit, sans jamais le quitter des yeux.

Pendant la demi-heure suivante, M vérifia à intervalles réguliers le pouls de Larry. Elle fit bouillir de l'eau, prépara du thé qu'elle ne but pas, jeta d'autres bûches dans l'âtre. Au comble de l'anxiété, elle tressaillit quand le téléphone se mit à sonner.

— Mlle Carlson vous demande, annonça le concierge.

— Dites-lui de monter, je vous prie.

Un instant plus tard, M faisait entrer son amie dans l'appartement. Georgie paraissait inquiète.

— Comment va Larry ?

— A peu près pareil. Où est James ? demanda M, fronçant les sourcils.

— Je l'ai déposé tout à côté. Il avait besoin de faire un saut à la pharmacie mais il sera là dans une minute.

La sonnerie du téléphone retentit de nouveau.

— Ce doit être lui.

M se hâta d'aller répondre et revint aussitôt.

— En effet, dit-elle en traversant l'entrée pour aller ouvrir au moment où James sortait de l'ascenseur, flanqué d'un jeune homme de haute taille, plutôt corpulent.

— Voici le Dr Matthew Branden, mon médecin et ami. Matt, je te présente Marie Marsden. Nous l'appelons M.

Le médecin s'avança et lui serra la main.

— Où est le patient ?

— Suivez-moi.

Soulagée que James ait amené son propre médecin, M conduisit ce dernier dans la bibliothèque. Il sortit aussitôt un stéthoscope de sa trousse, écouta le cœur de Larry, lui prit le pouls et lui examina les pupilles à l'aide d'une petite lampe.

James alla déposer sur le bureau le sachet qu'il portait à la main.

— Est-il inconscient ? demanda-t-il.

Matt Branden secoua la tête.

— Non, heureusement. Mais il est drogué.

Il se tourna vers M.

— J'ai cru comprendre qu'il avait pris du Vicodin. Puis-je voir le flacon, s'il vous plaît ?

M le lui tendit.

— Il l'avait dans sa main et il n'y avait pas de couvercle.

Le médecin hocha la tête et lut rapidement l'étiquette.

— James me dit que vous pensez qu'il a consulté un dentiste, et que c'est la raison pour laquelle on lui a prescrit ce médicament ?

— Oui. Larry a porté la main à sa bouche quand je l'ai interrogé au sujet des pilules et il a marmonné quelque chose comme « dent ».

— Je vois. Il est difficile de savoir combien de pilules il a ingurgitées au cours des dernières vingt-quatre heures, mais il est impératif que je lui fasse un lavage d'estomac.

M se mordit la lèvre.

— Comment allez-vous procéder ?

— Je vais lui administrer un sirop émétique qui va le faire vomir. Par chance, il est conscient, ce qui signifie que ses réflexes vont se déclencher automatiquement. Une cuiller à soupe de sirop suffira, et un ou deux verres d'eau après. La salle de bains est grande ?

— Pas vraiment.

— Il faudra qu'il soit assis, reprit le médecin. Je doute qu'il ait la force de se tenir debout. Nous pouvons nous installer dans la cuisine ?

— Bien sûr.

— Allons-y. James, aide-moi à déplacer Larry, dit-il avant de se retourner vers M. Pouvez-vous mettre un grand récipient ou une bassine sur la table ? Et Georgie, prenez le sirop qui est dans le sac sur le bureau.

23

Dès que James et Matt Branden étaient arrivés, M s'était sentie plus calme. Et maintenant qu'elle pouvait enfin faire quelque chose pour aider Larry, elle était tout à fait maîtresse d'elle-même, comme elle l'était généralement en cas de crise.

Elle plaça une chaise à haut dossier devant la table.

— Peux-tu remplir deux verres d'eau, s'il te plaît ? demanda-t-elle à Georgie. Il y a une bouteille d'eau minérale dans le frigo.

Georgie s'exécuta, ajouta une cuiller prise dans le tiroir à couverts, puis se tourna vers son amie.

— Je devrais peut-être aller chercher une grande serviette de bain pour protéger les vêtements de Larry ?

— Bonne idée, répondit M. Elles sont dans le placard, à côté de la chambre.

Georgie se hâta de gagner le couloir. Quelques secondes plus tard, James et le médecin entraient dans la cuisine, soutenant Larry par les aisselles. Lorsqu'ils l'eurent installé sur la chaise et rapproché de la table, le médecin entreprit de se laver les mains.

M déposa un grand récipient carré en plastique devant Larry qui n'avait pas repris conscience, le menton sur la poitrine.

— Devrais-je apporter un seau aussi ? demanda M au médecin.

— Ce serait sans doute plus sage, répondit-il en se séchant les mains avec du papier essuie-tout. James, peux-tu sortir la seringue ?

Georgie revint munie d'une grande serviette qu'elle tendit à James. Ce dernier la drapa autour de Larry, prenant soin de protéger sa robe de chambre en soie.

— Je crois que nous sommes prêts, annonça le médecin, en s'avançant vers le patient.

Il mit du sirop dans la cuiller, puis regarda James.

— Peux-tu lui soulever la tête ?

James s'exécuta. Matt Branden ouvrit la bouche de Larry, y versa le liquide, puis la referma et lui fit incliner la tête légèrement en arrière. Exactement comme il l'avait prédit, les réflexes de Larry se déclenchèrent et il avala le médicament.

— Nous allons attendre quelques secondes et lui faire boire de l'eau. Ça va être plus difficile. Par conséquent, je vais commencer à l'aide d'une seringue, expliqua le médecin.

Moins d'une minute plus tard, Larry commença à vomir. Lorsque les spasmes s'arrêtèrent enfin, le médecin lui accorda quelques instants de répit avant de lui administrer le second verre d'eau. De nouveau, Larry régurgita presque aussitôt.

Georgie sortit de la cuisine, mais M resta, déterminée à se rendre utile. Elle retira le récipient et le remplaça par un autre, puis alla vider le premier tandis que James et le médecin veillaient sur Larry.

Au bout de quelques moments, le Dr Branden se tourna vers James.

— L'étape suivante est un peu délicate. Dès que son estomac sera complètement vidé, nous devrons le maintenir debout et le faire marcher.

— Je comprends. Nous pouvons aller et venir dans le couloir, ou dans le salon, peut-être ?

— Mettons le couloir, répondit le médecin. Au cas où les vomissements reprennent.

A cinq heures de l'après-midi, Larry avait repris plus ou moins ses esprits. Il était encore blanc comme un linge et très faible, mais il avait conscience de ce qui se passait autour de lui et au dire du Dr Branden il était tiré d'affaire.

— N'hésitez pas à m'appeler en cas de besoin, dit le médecin en prenant congé.

M acquiesça.

— Peut-il manger un peu à présent ? Il doit avoir faim.

— Du thé noir, pas de lait, une ou deux tartines grillées, sans beurre ni confiture. Un peu de bouillon de poule dans la soirée. Surtout des aliments légers, rien de solide avant demain. D'accord ?

— Je ferai exactement ce que vous dites. Docteur Branden, je ne sais comment vous remercier d'être venu. James et moi aurions été perdus sans vous.

— Je vous en prie. Téléphonez-moi demain pour me donner des nouvelles. Si vous êtes inquiète, je viendrai tout de suite. J'habite tout près d'ici.

— Encore merci.

M referma la porte derrière lui et se hâta de gagner la chambre de Larry. Il avait les yeux fermés et semblait dormir. Sa respiration était régulière. Ne voulant pas le déranger, elle s'éclipsa et alla rejoindre Georgie et James à la cuisine.

— Je ne sais pas ce que j'aurais fait sans vous deux, soupira-t-elle. Merci infiniment, James, Georgie. Je suis désolée de vous avoir imposé cette épreuve.

— Ne dis pas de bêtises. Je suis contente d'avoir pu être utile, répondit Georgie en se levant pour aller éteindre le gaz sous la bouilloire. En tout cas, j'ai besoin d'une tasse de thé. Pas vous ?

— Ce serait avec plaisir, répondit M.

Elle se pencha vers James et lui pressa le bras.

— Merci d'être venu si vite et d'avoir amené Matt Branden. C'était la meilleure chose à faire.

— Je n'avais qu'une angoisse, avoua James avec un faible sourire, et c'était que Larry succombe à une overdose.

— Heureusement que tu as pu joindre ton médecin, murmura M en s'asseyant.

Georgie leur apporta deux tasses de thé.

175

— Pendant que vous vous occupiez de Larry, j'ai téléphoné à la pharmacie à Toronto. Apparemment, c'est bien un dentiste qui a prescrit ces médicaments à Larry.

Elle pressa la main de M.

— Tu avais raison. Il avait bien prononcé le mot « dent ».

— Mais pourquoi a-t-il pris tant de comprimés ? reprit M à voix basse, les regardant tour à tour avec perplexité. Peut-être y avait-il d'autres problèmes ?

— Peut-être, acquiesça James.

Il hésita une seconde avant de poursuivre.

— Il s'expliquera sûrement dès qu'il ira mieux. Il doit être épuisé, le pauvre. Il dort, je suppose ?

— Oui. Le repos lui fera du bien. Je ne lui demanderai pas d'explication avant qu'il soit redevenu lui-même, observa M en buvant une gorgée de thé.

Georgie hocha la tête.

— Il faut qu'il dorme tout son soûl. Ne le réveille pas, surtout. J'imagine qu'il n'a pas le droit de manger grand-chose aujourd'hui ?

— Du thé noir et du pain grillé, rien d'autre pour l'instant. De toute façon, je serais étonnée qu'il ait beaucoup d'appétit.

— Le réfrigérateur est vide, remarqua Georgie. Veux-tu que j'aille faire des courses pour toi ?

— Ce serait vraiment gentil.

M se leva et alla chercher son sac qu'elle avait laissé dans la bibliothèque.

— Je vais te faire une liste et voici cent dollars, dit-elle en tirant un billet de son portefeuille. Je crois que je vais préparer une soupe au poulet. C'est exactement le genre de plat réconfortant qu'il lui faudra demain.

Elle se dirigea vers le plan de travail, arracha une feuille au bloc et se mit à dresser la liste des ingrédients dont elle avait besoin.

— Tu veux que je t'accompagne ? demanda James à Georgie.

— Non, merci. Je ferai plus vite toute seule.

Une fois Georgie partie, M se tourna vers James.

— Dis-moi combien je te dois, James, et je t'apporterai l'argent lundi.

— Tu ne vas pas recommencer ! Je te promets de ne souffler mot à personne de cet... incident. Crois-moi, tu ne me dois rien et je préférerais que tu n'insistes pas.

— Non. Nous avons conclu un marché, et en ce qui me concerne, je ne reviendrai pas dessus. Je tiens à te payer, un point c'est tout.

James poussa un soupir et secoua la tête.

— M, il faut que tu parles franchement à Larry, dit-il d'un ton grave. Je suis sûr que tu le sais aussi bien que moi, mais il faut qu'il se confie à toi, qu'il t'explique ce qui l'a poussé à prendre tous ces comprimés.

— J'en ai bien l'intention, promit-elle d'une voix basse mais ferme. Ce genre de chose ne doit pas se reproduire.

— Tu as parfaitement raison, répondit-il en lui lançant un regard d'avertissement.

Une seconde, il songea à lui parler des antécédents de Larry en matière d'addiction, mais il se ravisa. Mieux valait donner à ce dernier la possibilité de se livrer de son propre gré. Ce serait plus juste envers lui.

Ils se revirent le lundi matin, à la demande de M, dans le bureau de James sur Park Avenue.

— Alors, si je comprends bien, il n'a encore rien dit ? observa James en la regardant avec attention.

— Pas vraiment, non, répondit-elle en toute hâte. Mais il va le faire.

— Je l'espère.

James ne la quittait pas des yeux. En dépit des soucis de ces derniers jours, elle était absolument superbe. Elle portait un chemisier blanc à col ouvert avec un pantalon et un pull noirs. Avec sa queue de cheval et son maquillage léger, ainsi assise en face de lui, elle avait des airs de lycéenne.

M venait de lui remettre une enveloppe contenant mille dollars en liquide. Il avait protesté que c'était beaucoup trop, mais elle n'avait rien voulu entendre et avait refusé tout net d'en reprendre une partie. Elle avait ajouté que c'était une somme raisonnable pour l'aide et le soutien qu'il lui avait apportés au cours du week-end écoulé.

— Tu sembles préoccupé, intervint M, l'arrachant à ses pensées. Qu'y a-t-il ?

— Je pensais à Larry. Ecoute, tu es sûre qu'il va se confesser ?

M resta silencieuse un moment, avant de répondre d'un ton égal :

— C'est une drôle d'expression, James. Il n'essaie pas de me cacher quoi que ce soit. Il m'a promis de tout me dire cet après-midi. Il était encore épuisé hier, comme tu le sais. Mais il m'a quand même appris qu'il souffrait d'une rage de dents le week-end où Edward est arrivé à Toronto et qu'il avait dû voir un dentiste tout de suite, ce qui explique que nous nous soyons manqués. Ensuite, il y a apparemment eu une querelle avec son père et Edward. J'ignore à quel sujet. Il a simplement dit qu'il se sentait pris entre deux feux.

— Sans doute. Mais il faut qu'il se confie à toi, qu'il te dise la vérité, M.

James se pencha par-dessus le bureau, le visage sombre.

— Matt pense que Larry a peut-être une tendance à l'addiction, ce qui signifie que s'il prend certains calmants, tels que la codéine, il replonge aussitôt. D'après lui, Larry devrait subir des tests afin de déterminer si c'est le cas.

M le dévisagea, frappée de stupeur.

— Il estime que c'est grave à ce point ?

— Il n'a rien affirmé, mais il m'a mis en garde et j'ai confiance en lui. C'est un excellent médecin. A ta place, je suivrais ses conseils.

— Je comprends.

M soupira, encore sous le choc.

— Une fois que je saurai tout, reprit-elle au bout d'un moment, je lui suggérerai de se faire aider si nécessaire. Et je te tiendrai au courant, ne t'inquiète pas, James.

— Entendu. Tu sais que je ferai mon possible pour vous, n'est-ce pas ? Il y a quelqu'un avec lui en ce moment, j'imagine ?

— Oh, oui. Mary, sa gouvernante, est là. Elle vient trois fois par semaine pour s'occuper de l'appartement, et ce depuis plus de vingt ans. Elle travaillait pour les parents de Larry avant. Elle est d'origine irlandaise et c'est une femme adorable. Je lui ai dit que Larry avait fait une rechute après sa grippe, et elle va rester à son chevet jusqu'à mon retour.

— Je suis soulagé qu'il ne soit pas tout seul, M. Je pense qu'il a besoin d'être dorloté un peu. A propos, excuse-moi de sauter du coq à l'âne, mais Georgie m'a dit que tu allais t'installer à Paris en décembre ?

— Oui. Jean-Louis Trémont m'a engagée pour le défilé de sa collection printemps-été, qui aura lieu en janvier. C'est une chance extraordinaire pour moi.

— En effet. Toutes mes félicitations. Mais tu vas manquer à Georgie, et à moi aussi.

Elle lui sourit.

— Et vous deux, c'est du sérieux ? demanda-t-elle, taquine. J'aimerais bien savoir.

Il sourit à son tour et son visage s'éclaira.

— Je le crois. Je veux l'épouser, M. Crois-tu qu'elle accepterait un vieux vaurien comme moi ?

— Tu n'es pas un vieux vaurien, mais un homme adorable ! Bien sûr qu'elle acceptera. Et si elle ne le fait pas, je la tuerai ! Alors, tu vois !

Il éclata de rire.

— Et Larry et toi ? C'est sérieux ?

— Très.

— Je vois.

Il passa une main sur son menton, les yeux rivés aux siens, songeur.

— En ce cas, tu dois tirer les choses au clair – tu le sais, n'est-ce pas ?

— Bien sûr, James ! Je ne voudrais pas qu'il en aille autrement. Mais j'ai confiance en lui, vois-tu. Il y a chez lui beaucoup d'intégrité, et en un sens, c'est le genre d'homme avec lequel j'ai grandi. Ce que je veux dire, c'est qu'il ressemble aux hommes de ma famille.

Brusquement, elle semblait sur la défensive.

— Ne te méprends pas. Je l'aime bien aussi, dit James d'un ton rassurant. Je ne cherchais qu'à t'informer de ce que pense Matt Branden.

— Je t'en suis reconnaissante, affirma M en se levant. Mais il faut que j'y aille à présent, James. J'ai invité Caresse à déjeuner. Tu sais, la jeune femme des studios Farantino ?

James acquiesça et la raccompagna à la porte.

— OK. On se rappelle, d'accord ?

Caresse s'efforça d'écouter patiemment son visiteur lui exposer les grandes lignes de son offre, mais au bout d'un quart d'heure, elle n'y tint plus.

— Ecoutez, Howard, je vais être franche avec vous. Votre proposition ne m'intéresse pas. Elle...

— Ce n'est pas ma proposition, Caresse, la coupa Howard Dart. C'est celle de mon client, et je ne crois pas que vous devriez refuser deux cent cinquante mille dollars sans même prendre le temps de réfléchir. Nous parlons d'un quart de million, tout de même !

— Je sais parfaitement de quoi nous parlons, Howard. Et cela ne suffit pas. Les locaux à eux seuls valent au moins un million, peut-être deux. Je sais combien Frank a dépensé pour faire rénover cet entrepôt. Votre offre est dérisoire et la réponse est non, merci.

— Il est possible que mon client accepte de réviser ce chiffre à la hausse. Il possède un portefeuille immobilier qui couvre le monde entier et il est très désireux d'acquérir une propriété comme celle-ci à Manhattan, susceptible d'être source de revenus.

— Et comment !

Caresse toisa le jeune avocat.

— Je ne suis pas une poire et j'ai des conseillers, improvisa-t-elle. Je connais la valeur de ce bien.

Elle était de plus en plus irritée contre lui, persuadée qu'il cherchait à acheter les studios pour une bouchée de pain. D'ailleurs, il avait une réputation douteuse. Le bruit courait qu'il était du genre filou.

— Qui est donc ce prétendu client ? reprit-elle froidement.

— Que voulez-vous dire par là ? Il s'appelle S. Herbert Samson. Comme je vous l'ai dit, c'est un homme d'affaires très important. Vous ne devriez pas vous précipiter, Caresse. Vous le regretterez.

— J'en doute fort. Quant à vous, Howard, vous pouvez aller vous faire cuire un œuf. Cette offre est une insulte !

Il se leva, le visage écarlate.

— Vous faites une sottise ! lança-t-il avec colère. Vous viendrez bientôt me supplier...

— N'en soyez pas si certain, rétorqua-t-elle d'un ton cassant.

— Je vous répète que vous avez tort. Personne ne vous offrira davantage. Cet endroit n'en vaut pas la peine.

— Merci pour ces paroles aimables, Howard. Sortez d'ici à présent. Et ne revenez pas.

Elle le suivit des yeux tandis qu'il traversait l'accueil, ouvrait la porte et sortait précipitamment. Dans sa hâte, il manqua de renverser M sur le point d'entrer.

— Pardon, s'excusa-t-il sèchement sans prendre la peine de s'arrêter.

Caresse regarda M.

— Ne fais pas attention à ce type. C'est un goujat !

M referma la porte derrière elle et s'approcha, un grand sourire aux lèvres.

— Qui est-ce ?

181

— Un avocat minable que l'agence immobilière m'a envoyé et qui croit pouvoir me rouler dans la farine, répondit Caresse en lui rendant son sourire. Imagine un peu ! Il m'offre deux cent cinquante mille dollars pour un endroit qui en vaut au moins un million et demi.

— Oh, mais beaucoup plus que ça, Caresse ! s'écria M, surprise par cette estimation dérisoire.

Elle retira son manteau noir et le suspendit sur un cintre dans le placard.

— Je dirais qu'il vaut entre quatre et cinq millions.

— Tu plaisantes ! s'étrangla Caresse.

— Pas du tout, affirma M en prenant place en face d'elle. L'immobilier atteint des prix record à Manhattan, en ce moment, qu'il s'agisse de locaux résidentiels ou commerciaux.

Caresse la regardait fixement, toujours sous le choc. Elle secoua la tête.

— Peut-être devrais-je m'inscrire dans une autre agence ? Qu'en dis-tu ?

— A ta place, je ferais estimer les studios, après quoi j'irais à la banque, j'emprunterais pour faire face aux frais de fonctionnement et je dirigerais l'affaire moi-même.

— Tu veux rire, M ! Quelle banque voudrait m'accorder un prêt ?

— Plusieurs, à mon avis, répondit M sans hésiter. Tu pourrais offrir les studios comme garantie, et tiens, écoute ! Je viens d'avoir une idée géniale, Caresse. Pourquoi ne pas en toucher deux mots à Luke Hendricks ? Peut-être qu'il pourrait s'associer à Alex, investir dans l'affaire. Qu'en penses-tu ?

Caresse hocha la tête, dévisageant M avec un intérêt nouveau. Elle avait toujours affirmé à Frankie que M était intelligente, et elle avait eu raison.

— Je ne te l'ai jamais dit, M, avoua-t-elle lentement, mais Frankie m'a légué un tiers des studios. Il m'a aussi confié la tutelle d'Alex jusqu'à ses vingt et un ans. Et Alex est cool. Il sera d'accord avec tout ce que je dis – enfin, jusqu'à un certain point, évidemment, tu connais les adolescents.

Elle passa une main dans ses cheveux roux, bondit sur ses pieds, contourna le bureau et serra son amie dans ses bras.

— Dire que je ne t'ai même pas encore félicitée ! Je ne t'ai même pas dit bonjour, à cause de cet idiot ! Alors, quel effet cela fait-il d'être le nouveau visage de Jean-Louis Trémont ?

— Je n'ai pas encore vraiment digéré la nouvelle, répondit M tout en se levant. Si tu me faisais visiter les studios de nouveau avant que nous allions déjeuner ? J'aimerais m'en faire une idée plus complète.

— OK, Miss Top-modèle. Allons-y.

Caresse la prit par le bras et la conduisit vers le studio principal. Brusquement, elle se sentait pleine d'énergie et d'enthousiasme. Et elle mourait d'envie de parler à Luke du fabuleux plan de M, ainsi qu'elle l'avait déjà baptisé.

24

M prit un taxi pour rentrer. Son anxiété concernant Larry n'avait fait que croître durant le déjeuner, et elle avait été plutôt soulagée lorsque Caresse avait suggéré qu'elles se passent de dessert et de café.

« Il faut que je retourne aux studios, avait expliqué celle-ci. Il y a une grosse séance de photos cet après-midi, et on a besoin de moi. »

M s'était empressée de régler et elles étaient parties chacune de leur côté.

Tandis que le chauffeur se frayait un chemin dans une circulation dense, M se laissa aller contre le siège, s'abandonnant à ses pensées. Elle ne pouvait s'empêcher de se demander quelle serait la réaction de Larry lorsqu'il apprendrait la nouvelle. Durant sa première semaine à Toronto, elle lui avait parlé chaque jour, et lui avait confié qu'elle était contente de la manière dont les séances se déroulaient ; il avait semblé s'en réjouir sincèrement. Cependant, il ignorait tout des derniers événements et des grands projets que Kate Morrell nourrissait à son endroit, parce qu'il n'avait pas répondu à ses appels.

Six jours de silence. Autant dire une éternité. Après tout, ils étaient fiancés. Ils allaient se marier. Avait-elle fait une terrible erreur ? Lawrence Vaughan n'était-il pas l'homme qu'elle croyait ? Avait-elle été à ce point influencée par ses rêves de petite fille qu'elle s'était laissé éblouir par son aura, par son charme ? En fin de compte, s'était-elle méprise sur son caractère ? Elle ne le croyait pas, et pourtant, son comportement avait été bizarre, voire suspect.

Il était allé au Canada afin de régler un problème pour sa mère. Se pouvait-il que ce problème ait été si épineux qu'il ait pris le pas sur tout le reste ? C'était une possibilité, songea M, s'exhortant à garder l'esprit ouvert, à ne pas juger trop vite.

Elle avait tant de choses à lui raconter... Son départ pour Paris à la mi-décembre, parce que Jean-Louis Trémont devait commencer à ajuster la collection à sa taille... La signature toute proche d'un contrat d'un montant de plusieurs millions de dollars avec le grand couturier. Soudain, il lui vint à l'esprit que Larry ne voudrait peut-être pas l'accompagner à Paris...

Lorsque M entra dans l'appartement une vingtaine de minutes plus tard, elle fut surprise d'entendre la voix de Larry dans la bibliothèque. Lorsqu'elle l'avait quitté ce matin-là, il était encore alité, faible et fatigué, et elle se félicita qu'il se soit senti assez bien pour se lever. Elle rangea son manteau dans le placard et alla le rejoindre.

Larry parlait au téléphone. Dès qu'il vit M, il mit fin à la communication et s'avança vers elle, un faible sourire aux lèvres. Pâle et amaigri, il avait des cernes profonds.

Sans un mot, il l'entoura de ses bras, la serrant étroitement contre lui.

— Je suis désolé, M. Je suis tellement désolé ! J'ai juré de ne jamais te faire souffrir et regarde ce que j'ai fait. Je ne t'ai causé que des soucis ces derniers jours.

Elle se détacha de lui, plongea son regard dans ses yeux bleus.

— Je t'en prie, Larry, cesse de t'excuser. Je sais à quel point tu t'en veux. Ce que je voudrais, c'est que tu m'expliques tout depuis le début, si cela ne t'ennuie pas. A partir du moment où tu es arrivé à Toronto. J'aimerais comprendre comment tu as pu te retrouver dans un tel état.

— Je vais tout te raconter, répondit-il. Je veux que tu saches ce qui s'est passé. Viens, allons nous asseoir au coin du feu.

Il lui prit la main et la guida vers la cheminée.

M s'installa au bout du canapé et s'adossa aux coussins moelleux.

— Je ne t'ai même pas demandé comment tu allais, dit-elle. Je te demande pardon.

— Je vais mieux. J'ai encore les jambes un peu flageolantes, et j'ai mal au ventre, mais Dieu merci, je n'ai plus cet affreux mal de tête. Il me rendait dingue.

— Tant mieux.

Elle prit sa main et la pressa.

— Parle-moi de Toronto, dit-elle doucement.

— Eh bien, tu en sais déjà une partie...

— J'aimerais que tu commences par le début, le coupa-t-elle.

— Comme tu voudras. Quand je suis arrivé, mon père allait bien. Il ne semblait ni souffrant, ni déprimé, ni même anxieux concernant la pièce, comme ma mère l'avait suggéré. Au contraire, il était ravi de jouer le rôle de Cyrano, surtout à son âge. Il a soixante-dix ans, tu sais. Je l'ai accompagné à quelques répétitions et j'ai tout de suite vu qu'il avait le rôle bien en main. Après tout, il l'avait déjà incarné plusieurs fois. J'étais donc un peu étonné que ma mère ait semblé si soucieuse au téléphone.

— Tu as abordé le sujet avec lui ?

Larry la regarda d'un air horrifié.

— Sûrement pas ! s'exclama-t-il en secouant la tête. Il est très susceptible. S'il pensait que je doute de son talent, il serait furieux. J'ai dit que j'étais venu parce que j'avais besoin de quelques jours de vacances et que je voulais passer un peu de temps avec lui. Une chose que j'ai remarquée, pourtant, c'était qu'il était contrarié que ma mère soit sur un tournage et qu'elle ne puisse pas le rejoindre. A part cela, il m'a paru parfaitement équilibré... Egal à lui-même, pour autant que je sache.

Larry marqua une pause, se leva et alla ouvrir une canette de soda.

— Veux-tu boire quelque chose, chérie ?

— Non, merci.

Il reprit sa place près d'elle et but une gorgée avant de poursuivre :

— Ensuite, Edward est arrivé, plus tôt que prévu. Mon père était content, parce qu'il aime avoir ses fils autour de lui... Il aime se faire valoir un peu devant nous, et il s'attend toujours à ce que nous le couvrions d'éloges. Pour ma part, je n'étais pas dans mon assiette. Je souffrais d'une rage de dents, si bien que je n'ai pas pris tous mes repas avec eux. Finalement, j'ai consulté un dentiste le lundi matin. Il s'est avéré que j'avais deux abcès et qu'il fallait procéder à une intervention d'urgence. Le dentiste m'a donné des calmants en attendant. Comme je souffrais le martyre, je n'ai pas fait attention à ce qu'il m'avait prescrit. Je me suis contenté de suivre l'ordonnance et...

Larry se tut, le regard perdu dans le vide. Au bout d'un moment, il se tourna vers elle.

— Je ne m'en étais pas rendu compte tout de suite, reprit-il d'une voix presque inaudible, mais Edward avait commencé à créer des ennuis dès son arrivée. A moi, et en un sens, à mon père aussi.

Il se tut de nouveau, songeur.

— Cela ne m'étonne guère, observa M après un silence. A mon avis, ton frère est ton ennemi.

— Tu as sans doute raison, acquiesça Larry. Il a commencé à m'agresser verbalement lundi après-midi, disant que mon père pensait que j'aurais dû partager le rôle avec lui pour le soulager. Puis, ce soir-là, il a lâché une bombe. Selon lui, mon père croyait que ma mère avait une liaison et que c'était pour cette raison qu'elle n'était pas venue au Canada.

M plissa les yeux.

— Je croyais qu'elle tournait un film ?

— Oui. D'après Edward, mon père est persuadé qu'elle a accepté le rôle pour rester à Londres. Afin d'être avec son amant.

M lui lança un regard de biais.

— Tu le crois ?

187

— Non. Mais à la réflexion, comment puis-je en avoir la certitude ? Je vis à New York. Elle est à Londres. Je suppose que cela pourrait être vrai. D'un autre côté, je ne pense pas qu'elle soit du genre infidèle.

Il secoua la tête.

— Tout ce que je sais, c'est qu'Edward a affirmé que mon père croyait dur comme fer à cette histoire et que je ne devais en aucun cas aborder ce sujet avec lui, parce que mon père lui avait fait promettre de ne pas me le répéter.

Il soupira.

— Quoi qu'il en soit, la situation s'est envenimée. Le lendemain, je suis retourné chez le dentiste. Quand je suis rentré à l'hôtel, Edward et mon père étaient en train de se quereller à propos de la vie privée d'Edward, de ses ex-femmes, de ses copines à demeure, des enfants. Mon père était hors de lui parce que Edward lui avait demandé un prêt de vingt mille livres pour régler ses problèmes financiers. Je te passe les détails, ce n'était pas très joli.

Il marqua une brève pause, revoyant la scène, puis reprit :

— Et tout à coup, Edward s'en est pris à moi sans crier gare. Il a dit que je n'étais qu'un enfant gâté, le chouchou de maman, et un acteur médiocre par-dessus le marché. Et le comble, c'est qu'il a annoncé à mon père que je ne croyais pas à cette histoire de liaison, que je trouvais cette hypothèse ridicule. Mon père a pris ça comme une trahison et ne s'est pas gêné pour me le dire.

— Tout cela s'est passé à l'hôtel ?

— Dans la suite de mon père. Il tient énormément à préserver les apparences, si bien que nous avons mis nos divergences de côté quand nous étions en public. Mais c'était affreux. Je crois qu'Edward est au bord du gouffre.

— Tu penses que c'était de la comédie ? Qu'il voulait extorquer de l'argent à ton père et te punir en insultant ta mère ? Il a essayé de monter ton père contre toi, c'est ça ?

Larry se contenta de hocher la tête.

— Il y a une chose que je ne comprends pas... reprit M lentement. Ton père t'a demandé de partager le rôle avec lui ?

188

— Pas exactement. Il a vaguement mentionné cette possibilité à mon arrivée, disant que ce serait fantastique pour la production d'avoir deux grands noms, père et fils et tout ça. J'ai répondu que ça ne m'intéressait pas parce que je voulais rentrer à New York pour mon propre travail et il n'a pas insisté. Il a même ajouté qu'il ne faisait que plaisanter.

— Peut-être était-il sérieux ?

M posa sur Larry un regard pénétrant, persuadée que son père avait bel et bien eu besoin d'aide pour ce rôle exigeant.

— Je ne sais pas, finit par avouer Larry. Ce qui est sûr, c'est qu'il a dit la même chose à Edward, et qu'Edward l'a pris au mot.

— Ne me dis pas qu'Edward partage le rôle de Cyrano avec ton père ? s'exclama M, stupéfaite.

— Pendant un mois. Ensuite, Edward garde le rôle jusqu'à la fin des représentations. Mon père sera libéré de son contrat et il pourra rentrer à Londres. Edward sera la star.

— Et les producteurs ont accepté sans broncher ?

— Pourquoi pas ? Souviens-toi qu'Edward a tenu pendant des années le rôle principal dans une série américaine très populaire. Elle est constamment rediffusée au Canada, aux Etats-Unis et en Grande-Bretagne. En ce qui concerne les Canadiens, Edward est une célébrité.

— C'est surtout un habile manipulateur, murmura M.

Larry esquissa une moue.

— Tu peux le dire. Quant à mon père, je ne crois pas qu'il ait eu besoin d'aide pour le rôle. Il le connaît pour ainsi dire par cœur. Ce qu'il veut, c'est de la compagnie. Il se sent seul, M. Très seul. Il a l'habitude d'être entouré de sa famille. Et tout le monde est à Londres, sa femme, ses enfants, son frère et ses neveux. Je suppose qu'au fond... ma mère aurait dû l'accompagner.

— Pourquoi a-t-elle accepté de tourner ce film ? demanda M en arquant un sourcil.

— Question d'argent, j'imagine. Mes parents sont dépensiers et mon père essaie depuis des années de faire des économies pour nous laisser un héritage. Je m'évertue à lui dire que nous pouvons parfaitement nous débrouiller par nos propres moyens, mais il ne veut rien entendre.

— Va-t-il prêter de l'argent à Edward ?

— Je l'ignore. La question n'était pas réglée quand je suis parti. Mais j'en doute. En revanche, je crois qu'ils ont conclu un marché pour la pièce. Edward va sûrement empocher la totalité du cachet, et mon père l'acceptera parce que, mon frère reprenant le rôle, il pourra rentrer en Angleterre retrouver ma mère.

— Pour savoir ce qu'elle fait ?

— Ça aussi. Mais je pense qu'il est surtout motivé par la solitude. Il est perdu sans sa tribu, comme il nous appelle.

— Je comprends, dit M d'une petite voix. Moi aussi, j'appartiens à une famille nombreuse.

Larry se laissa aller en arrière, pensif.

— Si je te raconte toute cette histoire, M, c'est pour t'expliquer quelque chose, reprit-il d'une voix sourde. J'étais si fâché, si tendu à cause des disputes, du chagrin de mon père, de l'attitude d'Edward envers moi, et je souffrais tellement des dents... que je prenais un comprimé après l'autre. Malheureusement, j'ai replongé.

M se redressa et le regarda sans comprendre, interdite. Elle fronça les sourcils. Qu'avait-il voulu dire par là ? Elle n'osait pas poser la question, redoutant la réponse. Elle demeura immobile et attendit.

Larry s'éclaircit la gorge.

— Il y a quelque chose que je dois te dire. Il y a environ cinq ans, j'ai contracté une pneumonie. Je suis devenu accro aux médicaments qu'on m'a prescrits, en particulier ceux qui contenaient de la codéine. C'est ma mère qui s'en est aperçue la première. Elle m'a fait entrer dans une clinique de désintoxication à Londres. J'y ai passé huit semaines. A l'époque, des rumeurs ont circulé, mais ma mère a réussi à étouffer l'affaire et ma carrière n'en a pas vraiment souffert. Et je sais que je ne dois plus jamais reprendre ces médicaments.

— Je vois, souffla M. Pourquoi l'as-tu fait, alors ?

— En partie à cause de la douleur, et surtout à cause de la manière dont Edward m'a traité. Je n'ai aucun reproche à faire à mon père. Mais Edward est un danger pour moi.

— Si c'est le cas, tu dois absolument garder tes distances avec lui.

M se pencha vers lui.

— Et tu dois entrer dans une clinique de désintoxication ici, Larry. Je crois sincèrement que tu as besoin d'aide, et le Dr Branden aussi. Il a dit à James Cardigan qu'il pense que tu as une tendance à la dépendance, et je crois qu'il a raison. Il faut que tu obtiennes du soutien.

— Oui, tu as raison, dit-il avant de lui adresser un regard curieux. A propos, comment as-tu déniché Matthew Branden ? Par l'intermédiaire de James ?

— Exactement. Quand je t'ai trouvé samedi midi, et que j'ai compris que je ne pouvais pas te réveiller, je ne savais pas vers qui me tourner. Je ne voulais pas appeler une ambulance parce que je savais que les médias auraient vent de ton hospitalisation et qu'on parlerait d'overdose. Mais j'avais peur qu'il ne t'arrive malheur si je ne faisais rien. En fin de compte, j'ai téléphoné à James et je lui ai demandé d'amener un médecin. Il est arrivé avec le Dr Branden, qui est un de ses amis.

— Merci, M. Tu m'as sauvé la vie.

— Il me semble que tu as été sauvé par nous tous, Larry. En fait, j'en suis même sûre. Et c'est pourquoi cela ne doit pas se reproduire. Ecoute-moi. Que se passerait-il si tu absorbais de tels médicaments alors que tu es seul ? Tu pourrais te tuer. Tu dois me promettre de te faire soigner tout de suite. Tout de suite, martela-t-elle.

Elle le fixa, le visage sévère.

— Cette semaine, reprit-elle d'une voix ferme. Tu iras voir le Dr Branden et il te fera admettre dans un établissement approprié.

— L'endroit approprié s'appelle Silver Hill, à New Canaan. Je suis sûr que c'est là qu'il m'enverra.

— Tu le connais ?

— Seulement de réputation.

— Et tu iras ? C'est sûr ? Tu m'en fais la promesse ?

— Oui. Je ne veux pas mourir et je ne veux plus jamais me retrouver dans un état pareil.

Il lui prit la main.

— Je te promets de me faire soigner dès que possible. Mercredi, nous serons le 1er novembre. J'ai tout un mois pour me rétablir. Je voudrais vraiment que nous puissions nous marier en décembre.

Il lui sourit, mais son sourire s'effaça lorsqu'il vit qu'elle demeurait grave.

— Tu es encore fâchée contre moi, n'est-ce pas ? dit-il sans détacher son regard du sien.

— Non. Je n'ai jamais été fâchée contre toi, Larry. Certainement pas pour l'overdose de médicaments. J'ai seulement été frustrée et exaspérée que tu ne me rappelles pas. J'étais furieuse… et blessée.

— J'aurais dû appeler, murmura-t-il d'une voix empreinte de regret. J'ai essayé, mais il y avait toujours une crise ou des problèmes…

— Et le soir, tard, coupa-t-elle d'un ton sec, quand tu étais seul et que tu aurais pu me téléphoner, tu ne l'as pas fait parce que tu étais assommé par la codéine, je suppose.

— Tu as raison, admit-il. Je ne pensais qu'à dormir. Je suis désolé.

Il prit une profonde inspiration avant de changer de sujet.

— Dis-moi, quelles sont les nouvelles ? Je sais que les séances de photos se sont bien passées, mais j'ignore quel a été le résultat.

Elle réprima la tentation de lui faire une réponse cinglante et se contenta de rester silencieuse. Sans doute le reproche devait-il se lire dans son regard car il lui prit doucement la main.

— Je suis désolé, sincèrement désolé, dit-il d'un ton penaud, en se rapprochant d'elle. J'ai passé tout mon temps à parler de moi et de mes problèmes et je ne t'ai pas demandé ce qui t'était arrivé. Oh, M, pardonne-moi.

— Il m'est arrivé que je suis sur le point de devenir le nouveau visage de Jean-Louis Trémont. Il base la moitié de sa collection printemps-été sur moi, et je dois être à Paris à la mi-janvier pour commencer les essayages. Je signe le contrat cette semaine.

— Oh, ma chérie, c'est merveilleux ! Félicitations ! Il a dû être enchanté par tes photos ?

M acquiesça froidement, encore blessée.

— Jean-Louis est venu à New York, parce que Kate Morrell, qui gère la branche américaine de la maison, était convaincue que je devais être son « nouveau visage ». Tout s'est très bien passé. Luke a pris des photos sensationnelles, et je crois que ma carrière est lancée.

— Je suis si heureux pour toi, si fier de toi ! Allons-nous nous marier avant que tu partes pour Paris ? Et pourrai-je venir avec toi ? Noël à Paris, ensemble… Ce serait une lune de miel fantastique ! Oh, M, je t'en prie, n'aie pas l'air si fâchée. Dis-moi oui.

Elle le fixa, le visage fermé, songeant à la semaine passée.

— Six jours, Larry, dit-elle enfin d'une voix à peine audible. Tu ne m'as pas donné de nouvelles pendant six jours. Je t'ai téléphoné. J'ai laissé des messages. Et pas un mot de toi.

Tout à coup, M fondit en larmes, incapable de refouler davantage le flot d'émotions qu'elle avait contenu au cours des journées écoulées. Secouée de sanglots, elle donna enfin libre cours à la frustration, la colère, l'inquiétude et la peur qui la submergeaient.

Larry la prit dans ses bras, s'efforçant de la réconforter, se haïssant pour le chagrin qu'il lui avait causé, pour son inconséquence. Le remords et la honte l'envahirent, et il eut soudain peur de la perdre… Peur de perdre cette femme merveilleuse qui était devenue toute sa vie. Quel idiot il avait été ! Comment avait-il pu laisser les insultes d'Edward l'affecter à ce point ? Il aurait dû faire ses bagages et quitter Toronto. Au lieu de quoi, il s'était réfugié dans l'addiction, dans le rôle de victime. Il était atterré par sa conduite.

M pleurait comme si elle avait le cœur brisé et il ne savait comment l'apaiser. Aussi se contenta-t-il de la serrer contre lui, en lui promettant tout bas de ne plus jamais la décevoir, de ne plus jamais la faire souffrir.

Quand les larmes se furent taries elle resta contre lui, à bout de forces, la poitrine encore secouée de sanglots silencieux. Après un moment, il glissa un doigt sous son menton et lui fit lever la tête.

— Je te donne ma parole que j'irai voir le médecin demain, et que je rentrerai en cure sur-le-champ. Je ne ferai plus jamais une chose pareille. Je regrette tellement de t'avoir fait subir cette épreuve, M ! Il faut que tu me croies.

Il poussa un profond soupir.

— J'aurais dû te parler des problèmes que j'ai eus il y a cinq ans. Je t'ai menti par omission, et nous ne devons pas nous traiter ainsi. Il ne doit y avoir que la vérité entre nous.

— Oui, murmura-t-elle. Que la vérité. Et tout va bien, Larry, je te le jure. Je t'aime... Je t'aime de tout mon cœur.

25

Le verre en cristal glissa entre ses doigts et lui échappa. Elle le regarda tomber sur le sol comme dans une scène au ralenti. Quelle idiote, songea M. Pourquoi diable avait-elle touché à un objet aussi fragile alors qu'elle avait les mains mouillées ?

Elle voulut attraper un torchon, et dans sa précipitation, la manchette amidonnée de son chemisier blanc accrocha deux assiettes posées sur le bord du plan de travail. Elles se fracassèrent sur le carrelage, rejoignant les fragments de verre brisé. Elle fixa les dégâts à ses pieds, consternée par sa maladresse.

Elle avait le vertige. Ses yeux étaient encore gonflés d'avoir versé tant de larmes, mais elle n'avait pu se contenir plus longtemps. L'émotion avait déferlé en elle, incontrôlable, avec la violence d'une éruption volcanique.

M alla s'asseoir à la table de cuisine. Elle devait se ressaisir. Ses mains tremblaient et elle se sentait vidée, épuisée. Les derniers jours avaient été si perturbants… Elle ferma les yeux, s'abandonnant un instant au tumulte de ses pensées.

Du cristal brisé, de la porcelaine brisée… et un homme brisé dans la bibliothèque. Mais contrairement au cristal et à la porcelaine, tout n'était pas fichu pour Larry, Dieu merci. Elle allait prendre les choses en main, veiller sur lui, le soigner, faire en sorte qu'il ne soit plus jamais à la merci de son frère. Edward était un monstre – un individu aigri, jaloux, un danger pour son prochain. Larry manquait de confiance en lui. Il était vulnérable, et cela faisait de lui une proie facile pour un tyran. Oui, elle protégerait Larry de son frère, coûte que coûte.

Les êtres étaient aussi fragiles que les objets, songea-t-elle, et il suffisait parfois de peu de chose pour briser une vie. Mais pas la vie de Larry. M se promit de recoller les morceaux de celle de son fiancé, à n'importe quel prix.

Elle se leva et ramassa les débris, qu'elle vida dans un sac en plastique avec un mot indiquant qu'il s'agissait de verre cassé. Elle mettrait le tout près de la poubelle placée dans l'escalier de service.

Après quoi, elle se lava les mains, prit un nouveau verre en cristal, le remplit de jus de fruits et regagna la bibliothèque.

Larry était plongé dans la lecture du scénario que son agent lui avait envoyé quelques semaines auparavant. En entendant les pas de M, il leva la tête et son visage s'éclaira. M, sa fiancée, son amour : la femme de sa vie.

— Je vais faire ce film, ma chérie. Plus je relis le scénario, plus il me plaît. A vrai dire, je suis séduit. On dirait qu'il a été écrit pour moi, ajouta-t-il avec enthousiasme. D'ailleurs, j'ai téléphoné à mon agent pour lui dire que j'acceptais. J'ai aussi appelé le Dr Branden et pris rendez-vous pour demain après-midi.

— Je suis contente que tu veuilles faire le film et franchement soulagée que tu ailles chez le médecin, répondit M en lui tendant le verre. Où le tournage doit-il avoir lieu ?

Elle s'assit sur le canapé en face de lui, se calant contre les coussins.

— C'est un autre avantage. Nous serons basés à Paris, Versailles et Londres, répondit-il en souriant. Qu'en dis-tu ?

Pour la première fois depuis plusieurs jours, M lui rendit son sourire sans hésiter.

— Fantastique. Je nous imaginais déjà séparés pendant des mois.

— Jamais de la vie, mon chou. Tu ne vas pas te débarrasser de moi aussi facilement. Le tournage commence à Paris en mars, et nous devons terminer à Londres deux mois plus tard. La postproduction se fera là-bas aussi.

Il but son jus de fruits et reposa le verre sur la petite table.

— C'est parfait, n'est-ce pas ? fit-elle.

Larry la contempla avec un tendre sourire.

— Par ailleurs, ajouta-t-il, une lueur espiègle dans les yeux, je vais bientôt avoir une épouse à entretenir. Il est temps que je reprenne le travail. Je me suis suffisamment reposé.

M se laissa aller contre les coussins, réfléchissant à vive allure. Le moment qu'elle redoutait tant était arrivé. Elle devait lui dire la vérité. Enfin, elle prit une profonde inspiration, et se lança, non sans appréhension :

— Tout à l'heure, tu as avoué m'avoir menti par omission. Je suis désolée, Larry, mon amour, mais… Je suis coupable de la même faute envers toi. Je t'ai menti.

Il se redressa sur son siège et la regarda avec curiosité.

— Que veux-tu dire ? demanda-t-il en ne la quittant pas des yeux.

M comprit qu'elle devait aller droit au but.

— Je n'ai pas été honnête avec toi, Larry. Je t'ai caché ma véritable identité.

— Vraiment ? Je me suis souvent dit que quelque chose chez toi m'était familier, comme si je te connaissais. C'est donc le cas ?

Elle fit non de la tête.

— Non, pas exactement. Mais tu connais mon frère.

— Ah oui ?

Il fronça les sourcils, perplexe.

— Qui est-ce ?

Lorsqu'elle lui eut dit son nom, Larry parut stupéfait, puis incrédule.

— Mais alors, je te connais aussi, non ?

— Non, insista-t-elle. Nous ne nous sommes jamais rencontrés.

Il l'étudia attentivement.

— Tu as raison. Mais j'ai vu une photo de toi une fois, quand tu étais beaucoup plus jeune. Au cours d'une réception chez ton frère. Je lui ai demandé qui tu étais, il m'a répondu que tu étais sa petite sœur, et je me souviens d'avoir fait une remarque idiote, du genre « Quand elle sera grande, elle fera des ravages ». Remarque, ajouta-t-il avec un sourire amusé, je n'avais pas tort.

Il eut un petit rire.

— Voilà donc qui tu es ! Pas étonnant que tu veuilles garder notre mariage secret. J'imagine que ta mère voudrait effectivement prendre la direction des opérations si elle était au courant. Avec la mienne, ce serait un duo terrifiant !

M joignit son rire au sien, heureuse et soulagée qu'il ait si bien pris la nouvelle.

— Ecoute, il y a une chose qui m'intrigue... Pourquoi tous ces secrets ? Pourquoi ne pas avoir gardé ton vrai nom ?

— Je ne voulais pas du bagage qui va avec. Je voulais être moi-même... et non faire partie du scénario de... Enfin... Du succès et de la célébrité. Tout ça.

— Je comprends. En un sens, j'ai dû affronter la même chose. Et tes parents étaient d'accord pour que tu viennes seule à New York ? Ils ne s'inquiétaient pas pour toi ?

— Je ne crois pas. Si ç'a été le cas, ils ne m'en ont rien dit. Après tout, ils me connaissent sur le bout des doigts, et ils se fient à mon bon sens. Ils ont compris que j'avais besoin de faire mes preuves toute seule, à ma manière.

Il y eut un bref silence que M fut la première à rompre.

— Tu n'es pas fâché, n'est-ce pas ? Que je ne t'aie pas dit mon vrai nom tout de suite ?

— Non. A vrai dire, je me moque de savoir qui est ta famille. C'et toi que j'épouse, pas elle... Mais j'admire énormément ton frère. C'est un type extraordinaire.

Larry se leva, vint s'asseoir à son côté et lui prit la main.

— Je te tire mon chapeau, chérie. Tu as réussi toute seule. Ce succès est le tien, celui de personne d'autre, et je devine combien cela compte pour toi. Maintenant, j'ai une dernière question.

— Laquelle ?

— Allais-tu jamais me dire la vérité ?

— Bien sûr que oui, gros bêta ! Notre mariage n'aurait pas été légal si j'avais utilisé un faux nom.

Il l'entoura de ses bras et l'attira contre lui.

— Nous avons abordé pas mal de sujets, toi et moi, souffla-t-il dans ses cheveux, mais nous n'avons jamais parlé d'avoir des enfants.

— Des enfants ? répéta-t-elle en levant vers lui un regard surpris.

— Oui. Un bébé. Nos bébés. Tu veux en avoir, n'est-ce pas ?

— Oui, évidemment ! Mais pas tout de suite. Je suis sur le point d'entamer ma carrière de mannequin. Crois-tu que nous pourrions attendre deux ou trois ans ?

Il déposa une traînée de baisers sur son cou.

— Bien sûr. Mais que dirais-tu de nous entraîner entre-temps ? Tu m'as tellement manqué.

Elle sourit.

— Tu es sûr que tu es assez en forme ?

— Ça ne se voit pas ?

Il la repoussa doucement sur les coussins, se mit à défaire les boutons de son chemisier, et prit possession de ses lèvres.

James Cardigan se leva pour accueillir Georgie à sa table de prédilection, le long du mur du fond. Lorsqu'elle fut assise près de lui, il l'embrassa sur la joue.

— Bonsoir, ma chérie. M ne vient pas ?

— Bonsoir, James. Si, elle va venir, mais elle voulait faire un saut aux studios Farantino avant. Elle ne devrait pas tarder.

Il acquiesça, tendit une main vers la sienne et la pressa doucement.

— Je suis content que la bague te plaise.

— Oh, je l'adore ! Elle est superbe ! s'écria-t-elle en contemplant sa bague de fiançailles, une émeraude épaulée de diamants. Je suis si heureuse, James. Jamais de ma vie je n'ai été aussi heureuse.

— Moi non plus, dit-il avec sincérité. Que désires-tu boire, Georgiana ? Une coupe de champagne ?

— Avec plaisir.

Après avoir passé la commande, James se tourna vers sa compagne.

— J'ai parlé à ma mère aujourd'hui et je lui ai confirmé que nous irions passer Noël avec elle et mon père. Naturellement, elle a été ravie. Et je suis sûr que mon père l'est tout autant. Ils ont hâte de faire la connaissance de leur future belle-fille.

Georgie lui sourit, les yeux pétillants de bonheur. Une soudaine vague de chaleur monta en elle, un sentiment de bien-être qu'elle n'avait pas éprouvé depuis des années. C'était grâce à James. Par moments, elle avait peine à croire sa chance… Ils étaient tombés fous amoureux l'un de l'autre et ne voulaient plus se quitter. Ils se connaissaient vaguement depuis plus d'un an, mais bizarrement, c'était seulement lors de la réception donnée par Iris Ingersoll que le déclic s'était produit.

— J'ai parlé à Matt Branden cet après-midi, reprit James. Apparemment, le séjour de Larry à Silver Hill se passe très bien. M t'en a touché un mot ?

— Elle m'a dit la même chose. Il va mieux, il apprécie beaucoup le psychiatre qui travaille avec lui… et il refuse absolument qu'elle vienne le voir. Tu ne trouves pas ça un peu étrange, James ?

Il secoua la tête.

— Pas du tout, chérie. Si j'étais à sa place, je voudrais m'en sortir tout seul. Et me concentrer sur mon rétablissement, sans distractions féminines.

Elle se mit à rire.

— Je suis heureuse que tu me voies comme une distraction féminine…

— Aussi belle que talentueuse, par ailleurs.

— Merci, fit-elle en posant une main sur son bras. Voilà M.

James se leva et salua M avec chaleur, puis l'invita à s'asseoir sur la banquette à côté de Georgie tandis qu'il prenait place en face d'elles.

— Je suis désolée d'être en retard, s'excusa M une fois qu'ils furent installés. Mais j'avais une réunion avec Luke et Kate Morrell, et j'ai bien cru qu'elle ne finirait jamais.

— Pas de problème. Que désires-tu boire ? demanda James en faisant signe au serveur.

— La même chose que vous, s'il te plaît.

M se tourna vers Georgie, et remarqua aussitôt l'émeraude.

— Oh, Georgie ! James et toi vous êtes fiancés, n'est-ce pas ?

Georgie hocha la tête en souriant.

— Depuis hier soir.

— Félicitations à vous deux. Dieu merci, je n'aurai pas à la tuer ! ajouta-t-elle en se tournant vers James.

Georgie lui lança un regard perplexe et James s'empressa d'expliquer :

— Quand j'ai demandé à M si elle pensait que tu accepterais de m'épouser, elle a dit qu'elle te tuerait si tu refusais !

Tous éclatèrent de rire.

— Quand comptez-vous vous marier ? demanda M.

— Nous n'avons encore rien décidé, mais nous allons en Angleterre pour Noël, confia James. Georgie a pensé que nous pourrions vous rendre visite à Paris après. Qu'en dis-tu ?

— Ce serait merveilleux ! Et je suis si contente que vous soyez fiancés.

Elle sourit à Georgie.

— Imagine ! Si nous n'étions pas allées à cette soirée organisée en l'honneur de Dax, tu n'aurais pas revu James et je n'aurais pas rencontré Larry !

— C'est vrai et c'est la parfaite illustration des hasards de la vie, commenta Georgie.

— Peut-être. A moins que ce ne soit le fait du destin, hasarda M. Tu sais... *Que sera sera.*

James sourit à son tour, puis changea de sujet.

— Matt Branden semble très content des progrès de Larry. Il est certain qu'il sera parfaitement rétabli à sa sortie de Silver Hill.

— Larry est du même avis, observa M. Il a une attitude très positive. Et je sais qu'il a eu une aussi grande peur que moi. J'étais terrifiée à l'idée qu'il puisse mourir et Larry a bien compris que je ne peux pas repasser par là.

— T'a-t-il jamais expliqué ce qui s'était passé au Canada ? demanda doucement James.

— Oui. Il a eu des moments très difficiles à cause de son frère Edward. Je lui ai conseillé de garder ses distances à l'avenir.

— Il n'y a rien de pire que la jalousie entre frères et sœurs, tu sais. Bien des rois en sont morts, commenta James.

M se mit à rire.

— C'est vrai, dit-elle en le regardant. Et toi, James, as-tu des frères et sœurs ?

— Oui. Un frère et une sœur plus jeunes que moi. Par chance, nous ne sommes pas envieux les uns des autres.

Le champagne servi, M leva sa coupe afin de porter un toast.

— A vous deux ! Que votre mariage soit long et heureux !

James sourit et but une gorgée de liquide pétillant.

— Et Larry et toi ? Vous allez vous marier aussi ?

— Sans doute. Tôt ou tard, répondit M, évasive.

26

Kate Morrell était assise dans l'auditorium aménagé au dernier étage du magasin de Jean-Louis Trémont, sur Madison Avenue. C'était une vaste salle lumineuse, qui pouvait contenir une centaine de personnes et dotée d'un podium où l'on présentait les dernières collections.

Par cette froide journée de novembre, une semaine avant Thanksgiving, M arborait une tenue sensationnelle : une robe de cocktail en organza de soie bleu marine avec un manteau en dentelle de la nouvelle collection printemps-été.

Kate était la seule spectatrice. Elle regarda M s'avancer, pivoter, repartir, avec des mouvements fluides et un style bien à elle.

Kate se leva et s'approcha d'elle.

M s'immobilisa.

— Quelque chose ne va pas ?

— Où avez-vous appris à défiler ainsi ?

La voix de Kate était douce, mais elle avait froncé les sourcils et la jaugeait du regard.

— Nulle part. Je veux dire, je n'ai pas appris, pas vraiment.

— Que voulez-vous dire par là ? Votre sœur vous a montré comment faire ? Vous avez présenté des modèles dans sa boutique ? Je suis sûre que ce n'est pas la première fois que vous défilez.

M descendit les marches sans répondre et vint rejoindre Kate.

— J'ai présenté quelques modèles pour ma sœur, en effet, mais rien de plus. En revanche, mon autre sœur assiste souvent aux défilés de mode à Paris, et elle m'a décrit comment marchent les mannequins. En dehors de cela, franchement, je n'ai pas été formée. Par qui l'aurais-je été, d'ailleurs ?

— C'est bien la question que je me pose, répondit Kate en riant.

Elle ne voulait pas éveiller l'hostilité de cette jeune femme qu'elle considérait comme leur plus grande trouvaille depuis des années. Jean-Louis Trémont avait besoin d'un coup de pouce, et M allait le lui fournir, elle en était convaincue. Non seulement elle était superbe, mais elle possédait un style unique, une démarche merveilleuse, et elle se mouvait avec une grâce extraordinaire. Avec l'aisance d'une mannequin chevronnée. Kate ne pouvait s'empêcher d'être sceptique envers ses déclarations. Mais quelle importance, après tout ? Ce qui comptait, c'était que M avait signé un contrat avec la maison Trémont. Et qu'elle sortait avec un homme célèbre. Un acteur séduisant, une star de cinéma. Ils formaient un couple de rêve. Un atout considérable en matière de publicité, songea Kate, se promettant de jouer sur ce tableau avec la presse au mois de janvier.

— Je ne peux qu'ajouter ceci, fit Kate en prenant le bras de M pour l'entraîner vers les salons d'essayage situés à l'autre extrémité de la salle. Jean-Louis sera encore plus enchanté quand je lui dirai combien vous êtes à l'aise sur le podium. Il voulait que je m'en assure, au cas où vous auriez eu besoin de quelques conseils en arrivant à Paris. Mais il est évident que ce n'est pas le cas. C'est du temps gagné. Oh, à propos, quand avez-vous l'intention de partir pour Paris ?

— A la mi-décembre... Dans un mois environ.

— Lawrence Vaughan vous accompagne ?

La question prit M au dépourvu. L'espace d'une seconde, elle se demanda comment Kate était au courant de leur relation, puis songea que Luke devait le lui avoir dit.

— Oui, Larry m'accompagne, répondit-elle enfin. Nous voulons être ensemble pour Noël et d'ailleurs, il va commencer le tournage d'un film là-bas fin février ou début mars.

— Oh, c'est fantastique ! s'écria Kate.

— Il est absent en ce moment, sinon je vous aurais présentés.

M s'éclaircit la voix.

— Pensez-vous que Glenda Bailey sera d'accord pour utiliser ma photo en couverture de *Harper's Bazaar* en avril ?

— Oui. A une condition. Il faudra qu'elle soit impressionnée par votre photo en robe de mariée. Mais je suis sûre que Luke fera le maximum, et que le cliché sera fantastique. Si ça marche, ce sera un grand coup pour nous, vous savez.

— Je sais. Quand la robe doit-elle arriver de Paris ?

— Claude Allard, une des habilleuses de Jean-Louis, sera à New York avec le modèle lundi prochain. Jean-Louis est en train d'y apporter les dernières touches. Luke devra prendre la photo la première semaine de décembre, sinon il sera trop tard.

— J'imagine que le magazine a des délais à respecter, murmura M avant de changer de sujet. Je suis très contente que vous ayez pu recommander un bon cabinet juridique à Caresse et que Luke, Alex et elle aient décidé de s'associer. Ce sera bien plus profitable pour eux à long terme.

— Vous avez bien fait de le leur suggérer, commenta Kate.

Une fois de plus, elle ne put s'empêcher de se demander qui était M. La jeune femme semblait bien informée sur une foule de sujets. Mais peu importait. Kate allait faire d'elle une star… La plus célèbre mannequin au monde.

M savait pertinemment que Kate Morrell voulait la présenter comme leur toute nouvelle découverte, la jeune femme dont personne n'avait entendu parler, venue de nulle part et totalement dépourvue d'expérience. Leur création. La jeune femme miraculeusement transformée en mannequin par leurs soins. C'était pour cette raison que Kate l'interrogeait sur son passé et ses débuts dans le métier. Au fond, Kate voulait savoir si elle avait oui ou non déjà travaillé pour un autre couturier. Elle ne tenait pas à être mise dans l'embarras par quelqu'un qui viendrait affirmer que la mystérieuse M avait été un de ses mannequins...

M avait dit la vérité à Kate sur ce point. D'ailleurs, les questions de celle-ci ne l'avaient pas troublée, car elle n'avait rien à cacher. Elle était novice en la matière. Et les projets publicitaires de Kate ne la perturbaient pas davantage. Elle ferait tout ce qu'on lui demandait, dans la mesure du raisonnable, évidemment, pour devenir le nouveau visage de Jean-Louis Trémont. Elle se montrerait disponible et professionnelle.

En entrant dans la maison, M sourit, songeant à la femme qui lui avait appris les rudiments du métier. Sa sœur aînée. Celle qui était connue comme la plus belle femme d'Angleterre, sinon du monde. Une créature de rêve, par qui M s'était longtemps sentie intimidée.

Sa sœur aînée s'était montrée très stricte avec elle, au point qu'un jour M s'était rebellée. « Tu es trop autoritaire, avait-elle lancé, tu te prends pour Napoléon ! Ou Bismarck. Oui, c'est ça, j'ai l'impression d'être à l'armée ! »

Toutes les deux avaient éclaté de rire et avaient échangé des grimaces. Après quelques leçons supplémentaires, sa sœur avait informé M qu'elle avait réussi son examen et l'avait laissée se débrouiller seule.

M retira son manteau et gagna la cuisine. La lumière était allumée, comme d'habitude, mais la maison était vide. Georgie et James étaient allés au théâtre voir jouer Dax dans *Un tramway nommé Désir* et devaient l'emmener ensuite dîner en ville. Ils l'avaient invitée à se joindre à eux, mais elle n'était pas d'humeur à sortir. Elle était trop préoccupée par Larry, leur mariage imminent et leur départ pour Paris. D'ailleurs, elle avait prévu de déjeuner avec Dax la semaine suivante. On venait de lui proposer un rôle dans un film, et il était aux anges.

Après avoir mis la bouilloire sur le feu, elle entra dans l'atelier de Georgie pour admirer les tableaux accrochés aux murs. Georgie en avait terminé une bonne partie, mais pas encore assez, apparemment. La galerie de Chelsea où elle devait exposer lui en avait demandé d'autres, et l'exposition avait été repoussée à une date ultérieure. En tout cas, une chose était certaine : Georgie avait un talent fou.

Le sifflement de la bouilloire arracha M à sa contemplation. Elle retourna dans la cuisine, versa l'eau bouillante sur le thé puis monta dans sa chambre.

Elle tira la valise de sous son lit, défit le cadenas et en sortit une pochette. Elle ouvrit l'écrin de chez Harry Winston et regarda un instant sa bague de fiançailles avant de la remettre à sa place. Elle prit l'enveloppe de chèques de voyage, y glissa cinq cents dollars et la rangea à son tour. Elle était décidée à remplacer les mille dollars qu'elle avait utilisés pour régler James, afin de pouvoir rendre tous les chèques de voyage à Birdie lorsqu'elle la reverrait. L'argent avait été un filet de sécurité mais pour finir elle n'en avait pas eu besoin. Elle avait réussi toute seule.

Elle remit la valise sous le lit, descendit à la cuisine, se versa une tasse de thé et s'assit à la table, songeant à Larry. Il lui avait terriblement manqué, et elle se réjouissait qu'il sorte de Silver Hill au début de la semaine suivante. Ils allaient passer Thanksgiving ici avec Georgie et James. Georgie et elle feraient la cuisine. A cette pensée, elle se leva et s'approcha des étagères, cherchant des yeux le grand livre de recettes américaines que Georgie adorait. Elle avait hâte de préparer un somptueux repas pour son Larry adoré et ses amis. Et le lendemain de Thanksgiving, elle irait s'installer pour de bon à Beekman Place.

Assis sur un tabouret au bout du long plan de travail, Larry regardait James Cardigan déboucher une bouteille de champagne. Il appréciait la simplicité de son compatriote, sa franchise et sa courtoisie. James était sympathique, profondément gentil, et Larry avait du mal à l'imaginer en espion, ex-membre des services secrets britanniques. M, en revanche, affirmait avoir deviné son ancien métier dès l'instant où elle l'avait rencontré.

Il tourna la tête vers le centre de la cuisine, contemplant sa ravissante fiancée. Ses longs cheveux noirs étaient rassemblés en queue de cheval, et elle cuisinait comme une professionnelle, un tablier blanc autour de la taille. Georgie, dont l'abondante chevelure blonde était serrée en chignon, se tenait près d'elle, gardant un œil sur la sauce à la canneberge qui mijotait sur le fourneau. Des odeurs délicieuses flottaient dans la pièce. Larry en avait l'eau à la bouche.

— Tiens, dit James en lui tendant un gobelet en argent rempli de champagne. J'aime l'idée qu'a eue Georgie de se servir de ces antiquités. Le vin semble y avoir meilleur goût encore.

— Je vois ce que tu veux dire. Un de mes amis fait exactement la même chose. L'argent garde le champagne au frais.

Les deux hommes trinquèrent.

— J'ai peur d'avoir manqué à mes devoirs, James. Je ne t'ai pas remercié d'avoir aidé M quand j'ai eu mes problèmes. Je serais peut-être mort si tu n'avais pas été là.

— M n'aurait jamais laissé se produire une telle catastrophe, Larry, tu peux en être sûr. Elle s'est montrée extrêmement protectrice à ton égard. C'est quelqu'un de tout à fait remarquable... Mais tu le sais déjà.

— Oui. Je n'avais encore jamais rencontré de femme comme elle. Elle est absolument unique.

— Elle nous a dit l'autre soir que tu devais tourner un film à Paris l'année prochaine. Voilà qui tombe bien, n'est-ce pas ?

— Tu peux le dire ! Je suis enchanté et le scénario est excellent. C'est le meilleur que j'aie lu depuis longtemps.

— De quoi s'agit-il ?

— De Coco Chanel. Ça s'appellera *Coco amoureuse*. Au début de sa carrière, Mlle Chanel est tombée amoureuse d'un jeune et séduisant Anglais, surnommé « Boy » Capel, qui l'a soutenue financièrement avant qu'elle devienne célèbre. Il était très amoureux d'elle et voulait l'épouser, mais elle a refusé. Elle tenait dur comme fer à rembourser l'argent qu'elle lui devait avant de l'épouser. Il a fini par se marier avec une aristocrate anglaise, ce qui, semble-t-il, a brisé le cœur de Coco. Le film s'achève quand il meurt, en 1919.

— Tu incarnes le héros, je présume.

— En effet, et j'ai hâte de commencer.

A cet instant, Georgie et M retirèrent leurs tabliers et vinrent les rejoindre.

— Si tu nous servais du champagne, James ? lança Georgie en souriant. Toute cette cuisine m'a donné soif.

— Ça arrive tout de suite. Pareil pour toi, M ?

— S'il te plaît, James. Je meurs de soif également.

James s'empressa de leur apporter un gobelet de champagne.

— Allons nous asseoir au salon un moment, suggéra-t-il. Il fait une chaleur terrible ici.

Georgie se mit à rire.

— Le four est allumé, c'est vrai. Allons-y.

— Bonne idée, opina M. Nous pourrons faire des projets pour le réveillon du nouvel an, à Paris !

James réalisa rapidement que sa suggestion comportait un inconvénient : les deux femmes s'éclipsaient constamment afin de vérifier la cuisson de la dinde, des patates douces, et de tous les autres plats qu'elles avaient préparés.

— Nous ferions mieux de retourner dans la cuisine, proposa-t-il alors que M venait de se lever une fois de plus. Cela vous facilitera la vie à toutes les deux.

— D'accord, répondit Georgie aussitôt.

Elle prit son gobelet et les précéda dans le couloir.

— Installons-nous sur les tabourets, dit James en se tournant vers Larry. Comme cela, nous ne serons pas dans leurs jambes.

Il considéra Larry un instant.

— Tu as l'air songeur. Tout va bien ?

— Très bien. Je pensais à toi, en fait, avoua Larry en souriant. J'ai du mal à t'imaginer en agent 007.

— C'est parce que je ne ressemble ni à Sean Connery, ni à Roger Moore, ni à Pierce Brosnan, rétorqua James, amusé.

Larry s'installa sur son siège, se faisant la réflexion que James était devenu un ami. C'était un homme solide, fiable et loyal, qu'on sentait doté d'une grande force intérieure.

Les deux hommes restèrent assis là à bavarder, à l'aise et détendus. Soudain, Larry se pencha vers James.

— Mon séjour à Silver Hill m'a fait un bien fou. Je suis heureux d'y être allé et c'est grâce à Matt Branden. C'est un médecin brillant. J'ai découvert beaucoup de choses sur moi-même là-bas, continua-t-il, sur mes problèmes avec mon frère, et la raison pour laquelle je réagis comme je le fais avec lui. D'après le psychiatre, je reprends le rôle de victime que j'avais enfant, lorsque Edward me tyrannisait. Quoi qu'il en soit, je me sens beaucoup mieux à présent.

James hocha la tête, heureux que Larry se soit confié à lui.

— Je ne serai plus jamais dans cet état-là, reprit ce dernier. Il faut que je pense à M... Je ne veux pas lui faire peur de nouveau. Plus jamais.

— Elle t'aidera à rester dans le droit chemin, répondit James avec un petit rire. Par certains côtés, elle ressemble un peu à Margaret Thatcher, tu ne trouves pas ?

— Elle peut être un tantinet autoritaire, c'est vrai !

27

La mariée ne portait pas un tailleur blanc bordé de fourrure comme prévu. Elle ne portait pas non plus un bouquet
de roses de Noël blanches. Il ne neigea même pas. La journée
était magnifique, froide mais belle, et le ciel bleu pâle rappelait
la couleur de son manteau Trémont et de son petit chapeau
rond assorti.

Le marié, élégant dans son complet bleu marine, arborait
une cravate en soie bleu pâle du même ton que le manteau et
un pardessus sombre assorti à ses lunettes teintées.

Ils formaient le plus beau couple dans la file à l'hôtel de
ville. Plusieurs personnes leur adressèrent des regards curieux,
mais ils n'y prêtèrent aucune attention. Ils se contentèrent de
patienter, main dans la main, attendant leur tour. Lorsque
celui-ci arriva enfin, on les pria de remplir des papiers, ce qu'ils
firent. Lorsqu'ils les remirent à l'employé, ce dernier leur
déclara qu'ils étaient désormais mari et femme.

Ils sortirent de l'édifice et se dirigèrent vers la voiture qui les
attendait, se tenant toujours par la main et riant aux éclats.

— C'était aussi facile que de renouveler mon permis de
conduire, plaisanta Larry. On ne peut pas dire que ce soit une
cérémonie !

— Oh, on s'en moque ! rétorqua M en lui décochant un
regard espiègle. Seigneur, dire que je suis maintenant
Mme Lawrence Vaughan !

— Oui, et ne va pas t'imaginer que tu seras jamais l'épouse de quelqu'un d'autre, mon chou. Parce que nous deux, c'est pour la vie.

— Tu peux en être sûr ! répondit M en lui pressant la main.

Lorsque le chauffeur eut démarré, Larry tira de sa poche une alliance. Il prit la main gauche de M, retira le saphir et glissa l'anneau à son doigt avant de remettre la bague de fiançailles. Puis il l'embrassa sur la joue.

— Et voilà ! Nous sommes unis devant la loi, tu portes mes bagues et nous sommes mariés, ma chérie.

Elle noua les bras autour de son cou et le serra étroitement contre elle.

— Je n'ai jamais été aussi heureuse, Larry. A partir d'aujourd'hui, c'est une nouvelle vie qui commence pour nous, notre vie ensemble. C'est merveilleux.

— Oui. Et pour fêter cela, je t'emmène déjeuner à La Grenouille.

— Oh, quelle délicieuse surprise ! Tu me l'avais caché !

M sourit jusqu'aux oreilles.

— Il n'y aura que nous deux, n'est-ce pas ? demanda-t-elle doucement. Tu n'as invité personne, au moins ?

— Bien sûr que non, répondit Larry en la tenant contre lui.

Il ne voulait qu'elle. Pour toujours. Elle avait donné un sens à sa vie. Il était l'homme le plus heureux de la terre et remerciait le ciel de sa chance.

En route pour le restaurant, M laissa vagabonder ses pensées. Elle songea à ses parents, et dut s'avouer qu'en un sens elle les avait floués en se mariant ainsi en catimini. Elle en éprouvait une légère tristesse. Sa mère avait toujours rêvé d'organiser un grand mariage pour la dernière de ses filles.

Ni Larry ni elle n'avaient souhaité un mariage en grande pompe. Mais plus tard dans l'année, peut-être pourraient-ils envisager une cérémonie chez ses parents, dans l'intimité familiale, suivie d'une petite réception. Si Larry était d'accord, naturellement, mais elle était sûre qu'il accéderait à ses désirs.

Brusquement, elle regretta que sa mère et ses sœurs n'aient pas été à ses côtés aujourd'hui. Dans sa famille, on partageait tout, les joies comme les peines, et on prenait plaisir à la compagnie des autres ; il y avait entre eux tous une grande camaraderie et beaucoup d'amour.

Elle baissa les yeux sur sa main gauche et sourit. Tout cela n'avait pas d'importance, au fond. Elle était mariée à Lawrence Vaughan, le héros de son enfance. Qui aurait jamais cru cela possible ? Certainement pas elle. Cela semblait extraordinaire. Comme tous les événements des dernières semaines.

Après ces premiers mois frustrants passés à attendre et à espérer, à faire le tour des agences de casting et à travailler au salon de thé, elle avait enfin eu sa chance. Presque par accident. Etait-ce le hasard ou la main du destin ? Elle l'ignorait. Mais c'était certainement grâce aussi à Georgie, à Frankie et à Luke Hendricks. Selon l'avis de M, c'étaient les agrandissements incroyables de Luke qui avaient conquis le couturier français. Elle était sur le point de devenir une mannequin célèbre. Et elle était mariée. Mme Lawrence Vaughan. Elle devait se pincer le bras de temps à autre pour vérifier qu'elle ne rêvait pas. C'était bel et bien sa vie.

Elle songea soudain à son frère aîné, qui disait toujours que la chance jouait un rôle essentiel dans le chemin du succès. Il avait raison.

Lorsqu'elle était arrivée à New York, déterminée à se réinventer, elle avait éprouvé une légère appréhension. Elle ne put s'empêcher de se demander ce qui serait arrivé si elle avait rencontré un autre homme que Larry. Il ne se serait rien passé. Elle ne le savait que trop bien. Encore traumatisée, elle serait restée sur ses gardes, incapable de progresser dans la relation. Mais Lawrence Vaughan était son idole depuis toujours. Ce qui expliquait qu'elle n'avait pas eu peur de lui... Elle s'était détendue sous l'effet de sa tendresse, son affection, son amour sincère. Elle avait su tout de suite qu'elle était en sécurité avec Larry. Et qu'elle le serait toujours.

— Je veux que tu sois aussi immobile que possible, M.

Luke Hendricks jeta un coup d'œil vers Caresse restée sur le seuil.

— Viens m'aider, s'il te plaît, Caresse. Peux-tu arranger le coin de la robe, là, en bas ? On dirait que l'ourlet remonte un peu.

— Tout de suite !

Caresse s'exécuta, puis resta agenouillée afin de vérifier que le tissu tombait parfaitement. Kate Morrell la rejoignit et tourna lentement autour de M, hochant la tête.

— Vous êtes superbe, M. La robe est magnifique sur vous.

— Merci, répondit M avec un faible sourire. Quand allez-vous me mettre le voile ?

— Dans un instant. Luke va d'abord faire quelques photos sans. Et nous attendons l'équipe du magazine.

— Entendu.

Kate contempla la robe de mariée, une des plus belles créations de Jean-Louis Trémont. Avec son ample jupon en taffetas, sa taille fine, son bustier orné d'un motif en forme d'éventail, elle ressemblait à une tenue de bal.

Grande et élancée, M mettait parfaitement la robe en valeur.

— Ne bouge pas d'un poil, mon chou, ordonna Luke en commençant à la mitrailler. C'est moi qui vais bouger autour de toi. Hé, j'adore ce sourire, M ! Garde-le. Tourne très légèrement les épaules, voilà, parfait. C'est excellent. Tourne un peu la taille vers moi. Génial !

Au bout d'un quart d'heure, Luke posa son appareil.

— Si tu es engourdie ou que tu as une crampe, tu peux te déplacer un peu, dans le périmètre que je t'ai montré. Mais pas plus loin, d'accord ?

— Tout va bien, Luke. Merci quand même.

Caresse, qui avait quitté le studio un moment plus tôt, revint flanquée de l'éditrice des pages mode d'un magazine célèbre, venue avec son assistante. En voyant M, les deux jeunes femmes échangèrent un regard, sourirent et applaudirent. M leur adressa un signe et leur sourit en retour.

Kate alla accueillir les nouvelles venues. Elles bavardèrent quelques instants puis s'avancèrent pour saluer mannequin et photographe, avant d'aller s'asseoir au fond de la pièce pendant que la séance reprenait.

Après une demi-heure de *shooting* supplémentaire, Luke demanda à Kate d'apporter le long voile en dentelle. Les deux femmes l'aidèrent à le fixer sur le splendide chignon confectionné par Agnes. Au-dessus de la frange, les cheveux avaient été lissés pour former une torsade à laquelle elles épinglèrent la rosette.

Il leur fallut de longues minutes pour déployer le voile derrière M et autour de ses pieds, mais enfin, elles retournèrent à leurs sièges, satisfaites.

De temps en temps, Caresse passait la tête, souriant à la vue de Luke qui s'affairait ici et là, tournant autour de M. Il lui rappelait Frankie, dont la technique était exactement la même. Il insistait toujours pour que la mannequin reste absolument immobile. « C'est moi qui vais bouger, disait-il. Toi, tu prends la pose et tu souris. » Apparemment, Luke avait adopté la même tactique ce jour-là ; peut-être n'avait-il guère le choix avec cette robe de mariée. Caresse referma la porte et regagna l'accueil pour attendre Howard Dart et son client, lequel avait insisté pour obtenir un rendez-vous, en dépit de sa réticence.

A la demande de Kate, Luke prenait des photos couleur et d'autres en noir et blanc. Il s'arrêtait de temps à autre pour changer l'angle d'un projecteur ou éteindre une lumière, et travaillait en solo, comme à son habitude. Enfin, au bout de trois heures, il s'approcha de M.

— Merci, mon chou. Tu as été fantastique et je sais que les photos seront extra. Tu es splendide. Je vais demander à Marguerite de venir te repoudrer. Tu n'as pas besoin d'Agnes, ton chignon a parfaitement tenu.

M lui adressa un regard espiègle.

— Pas étonnant, Luke. Je n'ai pas bougé d'un millimètre !

Il se mit à rire.

— Nous allons faire une dernière série de clichés. Il faut juste que je recharge les appareils. Quand je serai prêt, je te le

215

dirai. A ce moment-là, et pas avant, je veux que tu t'avances vers moi, la tête haute, le dos très droit. Ne pense pas à la robe. Elle est si bien coupée qu'elle tiendrait debout toute seule.

Lorsque Marguerite eut repoudré le visage de M et lui eut remis du rouge à lèvres, Kate s'approcha et lui retira le voile qu'elle rangea avec soin.

— Bien, M, annonça Luke. Commence à marcher. Très lentement. Fais de tout petits pas. Ne regarde pas la robe ! Elle tombe à merveille. Allez, M, fais-moi un de tes superbes sourires. Maintenant, tourne-toi. Génial ! Encore... Je te promets que la robe va épouser tes mouvements...

A seize heures, la séance était terminée. Kate, Agnes et Marguerite aidèrent M à se déshabiller. Quelques minutes plus tard, elle était assise, vêtue de sa tenue coutumière, pantalon et pull noirs. Elle prit une profonde inspiration, but un grand verre d'eau et se tourna vers Kate.

— Ça s'est bien passé, à votre avis ? J'ai fait ce qu'il fallait ?

Kate la dévisagea longuement, puis un grand sourire éclaira son visage.

— Pas bien, M. Superbement ! Vous avez été extraordinaire. Je ne sais pas comment vous avez pu rester immobile si longtemps, mais vous y êtes arrivée.

— Question de discipline, avança Agnes. M est la mannequin la plus disciplinée avec qui j'aie jamais travaillé.

— Oh, Agnes ! répondit M en riant. C'est gentil, mais je ne le suis pas vraiment.

Elle se leva.

— Je reviens tout de suite. Je veux donner cette enveloppe à Caresse avant d'oublier.

En traversant le studio, M entendit une voix masculine. Elle hésita un instant. Soudain, elle reconnut l'accent de l'avocat. Howard Dart. Inquiète pour Caresse, M poussa la porte de la réception. Son amie avait peut-être besoin de soutien moral.

Howard Dart était debout, flanqué d'un autre homme, mais ils semblaient sur le point de partir. M les ignora, s'avança vers Caresse et plaça l'enveloppe devant elle.

— C'est pour toi, dit-elle tout en interrogeant son amie du regard.

Caresse lui sourit avec assurance, puis se tourna vers les deux visiteurs.

— Merci d'être venus, mais comme je vous l'ai dit au téléphone, Howard, Alex et moi avons décidé de garder les studios. Nous nous sommes associés à Luke et nous gérons désormais l'affaire ensemble.

— Comme vous voudrez, Caresse, répondit Howard, mais je pense que vous faites une erreur. Si vous changez d'avis ou que vous avez des ennuis, faites-le-moi savoir.

— Nous serons disponibles, ajouta son compagnon d'un ton sec.

M pivota sur ses talons pour les regarder.

Les deux hommes la fixèrent avec intensité. Enfin, Howard inclina la tête et sortit, imité par son client.

— Qui est l'autre homme ? demanda M en regardant Caresse. Le client ?

— Il s'appelle S. Herbert Samson. C'est un promoteur. Mais leur offre était lamentable, et ce type est une grosse brute. Comme Dart, d'ailleurs. Qu'y a-t-il dans l'enveloppe, M ?

— Mon adresse à Paris et divers numéros de téléphone que je veux te laisser.

— Mais nous déjeunons ensemble demain, non ?

— Oui, mais demain, c'est un repas de fête. Je règle tout ce qui concerne le travail aujourd'hui. A partir de maintenant, je suis en vacances, jusqu'au moment où je commencerai à travailler pour Jean-Louis.

Caresse acquiesça, les yeux emplis de larmes. Elle se détourna vivement pour ne pas les montrer à M. Elle avait le cœur lourd à l'idée qu'elle ne la reverrait pas avant un certain temps. Elle s'était attachée à la jeune femme, et appréciait son amitié. M allait lui manquer.

S. Herbert Samson ne perdit pas de temps pour se débarrasser de Howard Dart.

— Il faut que je passe quelques coups de fil en Europe avant qu'il soit trop tard, annonça-t-il. Je vais prendre un taxi, Howie. Je t'appellerai.

— Je suis désolé que l'affaire n'ait pas marché, S. H., répondit Howard. Je vais continuer à chercher, ne t'inquiète pas.

— Parfait. Continue, Howie.

Sur ces mots, S. H. sauta dans le taxi jaune qui venait miraculeusement d'apparaître. Après avoir donné au chauffeur l'adresse de son bureau dans Madison Avenue, il se cala sur la banquette, songeur, revivant l'instant où la jeune femme brune était entrée. Il en avait eu le souffle coupé. Il se concentra, réfléchit à la situation et se décida.

Après avoir réglé la course, il s'engouffra dans l'immeuble, puis prit l'ascenseur jusqu'au cinquième étage pour rejoindre le local qu'il louait et qui suffisait amplement à ses besoins. Il n'avait aucun employé. Il se contentait d'un ordinateur portable qu'il utilisait de manière experte. Il s'enorgueillissait de ne pas avoir un seul papier dans son bureau. Les placards étaient vides. Tout était dans l'ordinateur ou dans sa tête.

Il s'enferma à clé, gagna sa table de travail et prit son téléphone portable. Il s'apprêtait à composer le numéro quand il se souvint qu'il valait mieux être prudent. Toutes sortes d'organisations de surveillance, gouvernementales et autres, espionnaient les conversations. Une ligne fixe était peut-être un peu plus sûre.

Il s'installa dans le fauteuil, attendant patiemment que son interlocuteur décroche.

— Allô ?

La ligne était mauvaise, mais il sut qu'il avait joint celui qu'il cherchait.

— C'est moi, chef.

— S. H., je présume ?

— Oui, répondit-il, soulagé.

218

— Il est assez tard, reprit la voix au timbre aristocratique. Il doit s'agir de quelque chose d'important.

— Oui. Je l'ai trouvée.

Il y eut un silence.

— Qui avez-vous trouvé ?

— La dame qui s'est enfuie.

— Vraiment ? Comment avez-vous réussi ?

— Vous savez que je la cherche depuis plusieurs mois sans succès. La chance m'a souri cet après-midi. Que voulez-vous que je fasse, chef ?

— Je ne sais pas. Donnez-moi des détails. Que fait-elle ? Où se cachait-elle ? Et où exactement l'avez-vous « trouvée », si c'est le mot qui convient ?

— Je suis tombé sur elle par hasard aux studios Farantino. J'admets que je n'y suis pour rien. Elle est devenue mannequin. Je ne sais pas grand-chose d'autre, mais je peux me renseigner demain. Quand je suis allé là-bas, il y a quelques semaines, j'ai entendu la gérante dire que Luke Hendricks, le photographe, allait faire une séance de photos pour Trémont, le couturier. Et que la nouvelle mannequin qu'ils avaient découverte allait partir travailler pour lui à Paris. Chef, je suis sûr que c'est elle.

Il y eut un silence, suivi d'un rire réjoui.

— Mannequin, hein ? Attirée par la célébrité, sans doute. Voilà qui est intéressant.

— Alors, chef ? Je lui rends visite ? Pour qu'on en finisse ?

— Allons, allons, S. H. ! Pourquoi diable voudriez-vous faire cela ? Il est bien trop tôt pour laisser votre carte de visite. Attendons un peu, voulez-vous ? Lorsqu'elle sera célèbre, si toutefois cela se produit, nous pourrons nous amuser un peu avec elle avant d'achever la mission.

— Dois-je rester à New York, chef ?

Il y eut un long soupir.

— Renseignez-vous autant que vous le pourrez dans les jours qui viennent et puis rentrez en Europe. Définitivement.

— Entendu. Comment va Bart ?

— Mieux. Je préfère ne pas parler de Bart. Il a raté sa chance. Faites attention, Sam. Je ne voudrais pas que vous preniez le même chemin que lui. Ce serait une catastrophe.

— Comment pouvez-vous dire ça ? Je suis plus futé que lui !

Un gloussement se fit entendre à l'autre bout du fil.

— Bonsoir, Sam ! lança l'homme avant de raccrocher, riant toujours.

DEUXIÈME PARTIE

L'esquive

Janvier-avril 2007

« Des actes contre nature engendrent des désordres contre nature. »

SHAKESPEARE, *Macbeth*

28

Elle se sentait différente.

Etait-ce parce qu'elle était amoureuse ? Et aimée en retour ? Parce qu'elle baignait dans le bonheur avec l'homme de ses rêves ?

Ou bien parce qu'elle était sur le point de se lancer dans une carrière de mannequin pour un des couturiers les plus célèbres au monde ? Ou encore parce qu'elle était à Paris, une ville qu'elle aimait plus que toutes les autres ? Oui, peut-être. Paris l'avait à jamais ensorcelée.

Mais peut-être se sentait-elle différente parce que toutes ces choses se combinaient pour former un bonheur parfait, absolu. Quoi qu'il en fût, elle se sentait euphorique. Et libre comme l'air...

Elle pressa plus fort la main de Larry et le regarda à la dérobée en souriant. Il était déguisé. Tout comme elle. Enfin, pas vraiment. Ils n'avaient nul besoin de se cacher, mais leurs vêtements leur faisaient l'effet de déguisements. En pantalon, bottes et gros chandail, emmitouflés dans des doudounes confortables, et arborant bonnet, écharpe et gants de laine, ils étaient parfaitement équipés pour affronter le froid glacial de janvier à Paris. La journée était splendide, ensoleillée, le ciel d'un bleu immaculé, mais le vent était mordant.

Ils descendirent l'avenue Montaigne d'un bon pas, se dirigeant vers les Champs-Elysées, et furent tous les deux surpris de voir la foule qui se pressait sur l'avenue.

— Les gens ici ne semblent pas se soucier du froid, commenta Larry. Ce n'est pas comme à Londres ou à New York. Paris est si beau que le temps n'a pas d'importance.

— Tu as raison, mon chéri. J'ai toujours été de cet avis. C'est drôle qu'on pense exactement la même chose ! D'ailleurs, c'est le vent, le problème. Il arrive droit des steppes de Russie et souffle à travers toute l'Europe pour s'arrêter à Paris.

Il la regarda en souriant.

— Tu viens d'inventer ça, je parie. Un vent qui vient des steppes de Russie ! Quelle imagination tu as, mon chou !

— Pas du tout. J'ai bonne mémoire, c'est tout. C'est ce que m'a dit un concierge autrefois, dans un hôtel parisien très célèbre. Et tu devrais savoir que les concierges sont des puits de science.

— OK, tu as gagné, mon chou.

— Mais c'est vrai ! Je l'appellerai à l'hôtel plus tard, et il te le confirmera. Il s'appelle Vincent, c'est un très bon ami à moi.

Larry lui serra la main en riant et ils continuèrent à marcher, en totale harmonie l'un avec l'autre.

En bas de l'avenue, ils attendirent que les feux passent au vert, puis traversèrent en direction du rond-point des Champs-Elysées. Ils continuèrent avenue Matignon et, parvenus dans la rue du Faubourg-Saint-Honoré, ne s'arrêtèrent que devant la boutique Hermès, leur destination.

— Nous ne pouvons pas entrer dans cette tenue ! protesta soudain M.

— Ne dis pas de bêtises. Bien sûr que si ! Qui se soucie de la manière dont les gens sont habillés de nos jours ?

— Eux, j'en suis sûre. Regarde, Larry, nous sommes affreux ! s'écria-t-elle en lui montrant leurs reflets dans la vitrine. On dirait deux grosses abeilles !

— Non, pas du tout. On n'est pas jaune et marron, mais presque noirs, en fait.

Il éclata de rire et elle ne put s'empêcher de l'imiter.

— Je vais retirer cet horrible bonnet. Là, c'est mieux, affirma-t-elle en secouant ses longs cheveux soyeux. Au moins j'ai mis un peu de maquillage avant de quitter l'hôtel.

— Tu aurais dû te transformer en Audrey et on t'aurait laissée entrer sans discuter ! Ils auraient cru que tu étais ressuscitée ou quelque chose comme ça.

— Mais si tu ôtes ton bonnet et tes lunettes de soleil, on saura qui tu es, et on me laissera entrer puisque je suis avec un séduisant acteur très populaire en France.

— Seulement en France ? rétorqua-t-il avec une moue avant d'obéir.

M leva une main et lui lissa les cheveux.

— Tu as l'air splendide, mon chéri.

— Tu es partiale, c'est tout.

M fouilla dans sa poche et, utilisant la vitrine en guise de miroir, se remit du rouge à lèvres.

— Là. C'est mieux.

— C'est vrai. Le rouge à lèvres fait une sacrée différence ! la taquina-t-il. Allons, viens, je suis décidé à t'offrir un Kelly tout neuf qui sera bien à toi.

— Ça ne me gêne pas d'avoir les vieux, tu sais, répondit-elle. Après tout, ils m'ont été donnés par des femmes très chics.

— Quelle couleur veux-tu ? demanda Larry en poussant la porte.

— Ça m'étonnerait que j'aie le choix. Le magasin a une liste d'attente et en général, il est plein de touristes japonais qui raflent tout.

— Une liste d'attente ? répéta Larry, incrédule. Pour des sacs à main ? C'est incroyable !

— Je sais, mais c'est pourtant le cas. Tu vas voir.

Ils flânèrent dans la boutique quelques instants, regardant les ceintures, foulards en soie, gants, bracelets et autres accessoires, y compris quelques sacs à main. Il n'y avait pas de Kelly en vue.

— Je te l'avais dit, chuchota M en prenant Larry par le bras. Ma sœur affirme qu'ils gardent les Kelly et les Birkin au sous-sol. Il va falloir que tu joues les stars de cinéma. Mais tu sais, mon chéri, ce n'est pas grave s'ils n'ont pas de sac disponible. Franchement, j'ai déjà ce que je désire le plus au monde, et il est là à côté de moi.

Larry lui pressa le bras et déposa un baiser sur sa joue.

A cet instant précis, une élégante vendeuse s'approcha d'eux, souriant à M avant de s'adresser à Larry.

— Bonjour, monsieur Vaughan. Je m'appelle Ginette. Puis-je vous aider ?

Larry lui décocha un de ses irrésistibles sourires.

— Mais certainement. Je me demandais si nous pourrions voir quelques Kelly et Birkin, s'il vous plaît ?

La vendeuse émit un très léger soupir et esquissa une petite moue.

— Je ne suis pas sûre que nous en ayons en stock en ce moment, monsieur Vaughan.

— Comme c'est décevant ! répondit Larry en dardant sur elle son regard bleu. Si vous pouviez vérifier, je vous en serais très reconnaissant... Ginette.

La vendeuse sourit.

— Je vais demander au directeur, murmura-t-elle avant de s'éclipser.

— Je croyais qu'elle allait se pâmer à tes pieds, marmonna M.

— Un peu de charme ne peut pas faire de mal, répondit-il en souriant. Surtout s'il obtient un sac Kelly pour la femme de mes rêves.

— Ce serait génial d'en avoir un neuf, mais ça n'a pas d'importance, je viens de te le dire.

— Je sais. Mais je voulais te faire un cadeau, ma chérie. Pour fêter lundi prochain. Le jour J. Comment te sens-tu ? Es-tu nerveuse ?

M secoua la tête.

— Je ne crois pas. Et je n'ai pas peur non plus. Kate m'a posé la question l'autre jour. Je lui ai répondu que j'étais impatiente au contraire, et c'est exactement ce que j'éprouve en ce moment. J'ai hâte de mettre les pieds sur le podium.

— Tu défiles demain, c'est ça ?

— Oui, pour la répétition. Kate veut que je passe plusieurs fois pour m'habituer, être sûre de moi. Tu peux m'accompagner si tu veux. Elle a dit qu'il n'y avait pas de problème.

— Tu peux compter sur moi. Pour rien au monde je ne manquerais cela.

Ginette revint, portant deux sacs en tissu orange marqués de l'insigne Hermès.

— J'ai peur que nous n'ayons que deux Kelly, monsieur Vaughan, et aucun Birkin en stock. Cela dit, vous pouvez vous mettre sur la liste d'attente, si vous le souhaitez.

Larry lui adressa un sourire dévastateur et se tourna vers M, l'interrogeant du regard.

Elle secoua la tête.

— Merci, mais j'aimerais voir les Kelly, Ginette, s'il vous plaît.

La vendeuse sourit.

— Voici le noir, dit-elle en le sortant du sac. L'autre est marron. Ils peuvent tous les deux être assortis à un grand nombre de couleurs.

Le sac marron fut lui aussi sorti et placé sur le comptoir. M sut aussitôt lequel des deux elle préférait et regarda Larry.

— Le marron me plaît davantage.

— A moi aussi, répondit-il avant de sortir sa carte bancaire.

La patience était une qualité. Sa mère le lui avait dit et répété, et Kate Morrell l'avait crue. Elle s'était donc entraînée à être patiente. Enfant, adolescente, jeune femme. Si bien qu'à trente-huit ans, elle se considérait comme la femme la plus patiente de la planète. Mais aujourd'hui, elle courait le risque de battre tous ses records. Elle était sur le point de s'arracher les cheveux. De tuer Peter Addison, s'il arrivait jamais. Elle l'attendait depuis quatre heures, dans sa suite de l'hôtel Plaza Athénée, sur l'avenue Montaigne.

Lorsqu'il avait téléphoné de Londres, la veille, il avait promis d'être à l'hôtel à onze heures au plus tard. Il était maintenant quinze heures. Elle avait vérifié son téléphone portable au cas où il aurait laissé des messages. Il n'y en avait pas. Elle avait appelé la réception de l'hôtel. On lui avait confirmé que M. Addison était attendu, mais pas encore arrivé. Et bien sûr, elle avait tenté de le joindre sur son portable. Celui-ci était éteint.

La sonnerie du téléphone retentit. Elle décrocha vivement, au comble de l'impatience.

— Allô ? fit-elle d'un ton cassant.

— C'est moi, Kate.

— Qui, moi ? demanda-t-elle, connaissant pertinemment la réponse.

— S'il te plaît, Kate, sois gentille. C'est moi, Peter.

— Où diable es-tu ?

— Dans ma chambre. Je viens d'arriver.

— Dans cet hôtel ?

— Evidemment. Où veux-tu que je sois ?

— De ta part, je m'attends à tout.

— Puis-je te voir ?

— Le plus tôt sera le mieux, et je te conseille de ne pas tarder, rétorqua-t-elle avant de raccrocher violemment.

Une seconde plus tard, on frappa à la porte.

— Qu'y a-t-il encore ? marmonna-t-elle en allant ouvrir.

Peter se tenait sur le seuil.

— Ç'a été rapide, commenta-t-elle en s'effaçant pour le laisser entrer.

— Je suis en face, expliqua-t-il en s'effondrant dans un des fauteuils du salon.

— Où étais-tu fourré, bon sang ? Il y a quatre heures que je t'attends. Et pas un mot de toi ! Pas un mot. Si tu m'avais seulement appelée ou laissé un message, je ne t'en voudrais pas. Mais non, tu me laisses mijoter, m'inquiéter pour toi, et m'énerver. Je suis à bout de patience, franchement.

— Pour la première fois de ta vie, sans doute, dit-il très doucement.

— Qu'est-ce que c'est censé vouloir dire ? demanda-t-elle, élevant la voix.

228

— Exactement ce que j'ai dit... Il n'y a pas de sous-entendu, Kate.

— Qu'est-il arrivé, Peter ? Pourquoi es-tu tellement en retard ? Et pourquoi ne m'as-tu pas prévenue ?

— J'étais au bar du Ritz, en train de broyer du noir. Je ne savais pas quoi faire. Quoi te dire. Il fallait que je vienne, que je te dise ce qui s'est passé à Londres cette semaine. Mais... pour être franc, je n'en avais pas le courage.

Kate le connaissait par cœur, le comprenait totalement et avait une relation intime avec lui depuis six ans. Peter était un homme un peu ours mais chaleureux, un bourreau de travail qui ne songeait pas à se ménager.

Elle fronça les sourcils, subitement consciente de ses traits tirés, de la tension qui habitait ses yeux d'ordinaire pétillants. Il n'était pas lui-même. A vrai dire, il semblait épuisé, vidé.

— Qu'est-il arrivé, Peter ?

— Quelque chose d'affreux. Mais avant que j'en vienne là, laisse-moi te dire que tout est prêt pour le lancement de M et la collection printemps-été pour Trémont. J'ai les documents dans ma serviette et je te les donnerai tout à l'heure. La presse anglo-saxonne sera là en force. Tous les magazines importants, et aussi toutes les télévisions.

— Tu es un génie, mon chéri, et je suis ravie. Tu as fait un travail remarquable, une fois de plus, et je t'en remercie. Mais je veux savoir ce qui te préoccupe. Que s'est-il passé ? Dis-le-moi, je t'en prie.

Peter prit quelques secondes pour rassembler ses pensées.

— Allegra a fait une grosse bêtise. C'est une catastrophe et je ne sais pas comment recoller les morceaux.

Kate le dévisagea avec intensité, n'osant articuler un son. Elle avait toujours eu de l'affection pour la fille de Peter, mais elle avait deviné dès le départ que celle-ci était une bombe à retardement. Egocentrique, impulsive, irrationnelle parfois, et si belle que les hommes ne pouvaient lui résister.

— Qu'a donc fait notre superbe blonde ? demanda-t-elle enfin.

— Elle est partie en Australie avec un homme qui a quinze ans de plus qu'elle et elle a emmené les deux enfants. Elle a quitté Jim, elle dit qu'elle va demander le divorce.

Kate tressaillit, sidérée.

— Je vais m'occuper de la collection printemps-été, Kate, et respecter les termes de mon contrat, mais après il faudra que j'aille en Australie.

— Mais pourquoi ? Pourquoi irais-tu en Australie ? s'enquit-elle, perplexe.

— Pour la ramener.

Kate le regarda, bouche bée.

— Mais c'est ridicule ! Si je me souviens bien, elle a vingt-quatre ans. Elle ne t'écoutera pas, Peter, et sa nouvelle conquête pas davantage. Mon chéri, elle est majeure ! Elle est libre d'agir à sa guise. De toute façon, elle est têtue comme une mule. Et puis, si quelqu'un doit y aller, c'est à Jim d'essayer de reconquérir sa femme, pas à toi. Maintenant, écoute-moi et je vais te dire comment gérer cette affaire.

— Vas-y. Je suis tout ouïe.

— C'est simple. Tu ne te mêles pas de ce gâchis et tu laisses Allegra régler ses problèmes avec son mari et son amant. Cela ne te regarde pas.

Il hocha la tête, conscient qu'elle avait raison.

— Je veux que tu saches que je suis là pour toi, Peter, et que je t'aiderai de mon mieux. Laissons de côté Allegra pour le moment.

Il parut soudain plus à l'aise, moins tendu.

— Tu as un contrat avec la maison Trémont, et ce contrat sera renouvelé pour la durée de ton choix. Surtout maintenant que nous sommes sur le point de lancer le nouveau visage de Trémont, incarné par M. Et puis, j'ai un secret à te confier et je voudrais que tu n'en souffles mot à personne.

— A qui voudrais-tu que j'en parle ? dit-il d'un ton agacé, redevenu lui-même.

Soulagée de le voir reprendre du poil de la bête, Kate se pencha vers lui.

— M m'a dit la semaine dernière qu'elle était mariée, ce qui va être un coup médiatique extraordinaire pour nous. Ça va stimuler la campagne d'une manière incroyable.

Peter fronça les sourcils.

— Pourquoi ? Qui a-t-elle épousé ?

— Lawrence Vaughan.

— Le Lawrence Vaughan ? L'acteur ? La star de cinéma ?

— Lui-même.

— Ouah ! C'est une histoire du tonnerre ! Oh, bon sang, Kate, ils vont devenir le couple du moment ! Je te le garantis. Ça va marcher à merveille pour toi. C'est fantastique, parce que l'événement dépasse le milieu de la mode pour devenir un sujet plus général. Quand se sont-ils mariés ?

— A New York, en décembre. A l'hôtel de ville et en secret. Et elle a été assez fine pour porter un manteau et un chapeau Trémont. N'est-ce pas fantastique ?

— Tu peux le dire.

29

— Tu sais que Margaretha Zelle MacLeod a vécu dans cet hôtel ? demanda tout à coup M.

Larry s'adossa aux oreillers.

— Qui ?

— Mata Hari. Je songeais à elle. Elle a vécu ici en 1917, et cette suite était la sienne.

— Tu plaisantes ? Non, pourquoi est-ce que je dis ça ? Bien sûr que tu ne plaisantes pas.

— Pas du tout. Elle est partie vers la fin février et s'est installée dans un autre hôtel, et c'est là qu'on l'a arrêtée un peu plus tard. Elle avait été une espionne pour le compte des Français, mais on l'a accusée d'avoir été un agent double et d'avoir travaillé pour les Allemands.

— La célèbre espionne, dit Larry lentement. Je m'en souviens à présent. J'ai vu un vieux film à son sujet une fois, avec Garbo. Ou Dietrich ?

— Je crois qu'elles ont toutes les deux incarné le personnage. Bref, d'après les services de renseignements anglais, elle n'était pas un agent double, mais elle a tout de même été exécutée pour trahison.

— Et dis-moi, M, comment sais-tu tout ça ? demanda Larry en l'enveloppant d'un sourire affectueux.

Il se pencha vers elle et l'embrassa, amusé.

— J'ai lu un livre à son sujet il y a quelque temps.

— Et tu as une mémoire d'éléphant. Mais comment sais-tu qu'elle occupait cette suite ?

— Le concierge me l'a dit. Je lui ai demandé laquelle avait été la sienne et il m'a répondu : « Celle que vous occupez, madame. » Je lui ai parlé du livre que j'ai lu et j'ai mentionné le titre. Devine quoi ? Il l'avait lu aussi. Apparemment, il a été traduit en français.

Larry se mit à rire.

— Je suppose que plus on pose de questions, plus on a d'informations.

— Très vrai. Oh, mon Dieu, Larry ! Regarde l'heure. Il est huit heures et quart. Ne sommes-nous pas censés retrouver Luke au bar à huit heures et demie ?

— Absolument. Mieux vaut qu'on se dépêche, mon chou.

Il bondit à bas du lit.

— Je n'en ai que pour quelques minutes.

— Pareil pour moi, répondit M.

Elle s'assit devant la coiffeuse et se brossa les cheveux, puis les noua en queue de cheval avant de se maquiller légèrement. Deux minutes plus tard, elle avait enfilé un pantalon en satin noir, un pull blanc en cachemire à col roulé et un gilet noir en satin. Puis elle chaussa des talons en satin noir et accompagna le tout d'un petit sac assorti.

— Prête ! lança-t-elle en regardant par-dessus son épaule.

Au même moment, Larry apparut vêtu lui aussi d'un jean et d'un blazer noirs et d'une chemise blanche.

— Je n'arrête pas de te dire que nous pensons de la même manière, plaisanta-t-elle.

— C'est ce que je vois. Tu es superbe.

Il la prit par le bras et la guida à l'extérieur.

— Et je suis soulagé de voir que tu n'es pas une de ces femmes qui mettent des heures à se maquiller.

— Je suis comme Lucky Luke. Plus rapide que mon ombre !

Un instant plus tard, ils sortaient de l'ascenseur. Il était vingt heures trente précises et Luke Hendricks les attendait à l'accueil.

Il y eut des étreintes et des embrassades.

— Seigneur, vous êtes magnifiques tous les deux ! Je regrette de ne pas avoir apporté mon appareil photo.

Tous les trois descendirent la galerie des Gobelins en direction du Bar. Celui-ci venait d'être rénové, et l'endroit était gai, moderne, chic et très branché.

Luke s'effaça pour laisser entrer M, et lui fit signe d'avancer vers l'autre bout de la salle. A la vue de Caresse assise avec Georgie et James, elle laissa échapper un cri de ravissement et se hâta de les rejoindre.

Caresse se leva, rouge d'excitation.

— Je suis arrivée ce matin, et je mourais d'envie de te voir ! s'écria-t-elle, souriant jusqu'aux oreilles.

— Je n'arrive pas à croire que tu es là ! répondit M en l'étreignant avec affection.

— Je ne pouvais pas manquer ton premier défilé, répondit Caresse en se rasseyant, souriant toujours. C'est un événement.

Georgie se leva à son tour et vint embrasser M, imitée par James.

— Et nous ne voulions pas manquer tes débuts non plus, alors nous sommes venus pour quelques jours.

— Je suis tellement contente que vous soyez là tous les trois, tellement contente de vous voir tous !

— C'est aussi notre lune de miel, annonça James avec fierté. Nous nous sommes mariés il y a quelques jours.

— Félicitations !

M s'assit, rayonnante. Ces trois personnes étaient devenues très importantes pour elle à New York, et elle les considérait désormais comme trois amis très chers. Et puis, elle était très heureuse que James et Georgie se soient mariés.

— Ça va être une vraie fête ce soir, déclara-t-elle. Buvons du champagne, Larry. Caresse, tu te souviens de Larry, n'est-ce pas ?

Larry s'approcha et échangea une chaleureuse poignée de main avec la jeune femme, puis il prit place à la table et se pencha vers M.

— Allons-nous leur annoncer notre nouvelle ? lui demanda-t-il à l'oreille.

M demeura un instant silencieuse, puis acquiesça.

— Pourquoi pas ?

Tous les regards convergèrent vers Larry.

— Nous nous sommes mariés aussi. A l'hôtel de ville comme vous, juste avant de quitter New York. Nous ne l'avons dit à personne et nous souhaiterions que vous gardiez le secret encore quelques jours. Kate Morrell veut créer un effet de surprise en l'annonçant après la présentation de la collection.

Tous promirent d'être discrets et les félicitèrent à voix basse.

— Pas de photos ? demanda Luke.

— Bien sûr que non ! rétorqua M en lui lançant un regard amusé. Cela dit, je portais le manteau bleu pâle et le chapeau Trémont, et rien ne t'empêche de prendre notre photo « de mariage », pour ainsi dire. Nous pouvons arranger cela la semaine prochaine.

— Petite futée ! observa Luke en riant.

— Pas si petite, Luke.

M se pencha et prit la main de Georgie dans la sienne.

— Je suis si heureuse que vous soyez mariés, James et toi. Vous êtes le couple idéal. Encore toutes mes félicitations. C'est fantastique que nous fêtions tous les quatre notre mariage ce soir.

— Oui, approuva James avant d'esquisser une moue. En revanche, je crains que mes parents ne soient guère contents de l'apprendre. Je crois qu'ils espéraient que nous attendrions d'être en Angleterre pour qu'ils soient présents.

Il secoua la tête et regarda tour à tour M et Larry d'un air interrogateur.

— Et vos parents ? Ils ont bien pris la chose ?

— Avec les miens, je ne sais jamais trop à quoi m'en tenir, avoua M. Je crois qu'ils me considèrent un peu comme une excentrique. Ils ont été adorables et ils m'ont félicitée, et puis ils m'ont demandé si nous voudrions nous remarier. En

Angleterre, dans la maison où j'ai été élevée. J'ai dit pourquoi pas et cela a semblé les satisfaire.

— Et les miens sont au beau milieu d'une querelle monumentale. Ne me demandez pas à propos de quoi, je n'en sais rien. Toujours est-il qu'ils ont pris la nouvelle avec une certaine... désinvolture. Ils sont trop préoccupés par leur propre saga. Ma mère a quand même dit qu'elle était certaine que ma nouvelle épouse était charmante et que j'avais beaucoup de chance. A l'entendre, on aurait cru que j'avais déjà été marié.

— Bref, en gros, tout s'est bien passé, résuma M.

— Pour le moment, rectifia Larry.

Il fit signe au serveur.

— J'ai commandé du champagne rosé. J'espère que tout le monde aime ça ?

— Oh, je n'en ai jamais goûté ! s'écria Caresse en rougissant. Mais je suis sûre que je vais aimer.

— J'ai réservé une table ici au Relais Plaza. Nous adorons cet endroit et d'ailleurs, qui voudrait ressortir par ce froid ? M et moi nous étions frigorifiés aujourd'hui.

— C'est mon restaurant préféré, affirma Luke.

James opina du chef.

— Et c'est moi qui vous invite.

— Oh, non, pas question, rétorqua Larry. C'est moi.

— Ne vous battez pas, messieurs, s'interposa M, soulagée de voir arriver le serveur.

Lorsqu'ils eurent porté quelques toasts, Larry reprit la parole.

— Il faut que vous entendiez l'histoire fascinante que M m'a racontée tout à l'heure. Vas-y, ma chérie, raconte.

— Quelle histoire ? répondit M, feignant de ne pas comprendre.

— Celle de Mata Hari.

M se mit à rire et s'exécuta. Quand elle eut terminé, Luke paraissait songeur.

— Mon chou, tu viens de me donner une idée pour un reportage photo, dit-il. Avec toi en vedette, naturellement.

J'aimerais te transformer en une série de différentes femmes célèbres...

— En Audrey, par exemple ? suggéra M, taquine.

Luke ignora sa plaisanterie.

— Il faudrait sans doute que nous ayons recours à des perruques, mais le maquillage serait un jeu d'enfant. Je connais des artistes qui pourraient te faire ressembler à des femmes célèbres qui ont séjourné ici. Je parie que l'hôtel a conservé des archives...

— En effet, confirma M, comprenant qu'il était sérieux. Il suffit de demander à regarder les albums de photos. Une foule de stars sont descendues ici par le passé : cet hôtel a toujours été un endroit d'élection dans le milieu du cinéma. Et puis toutes les grandes maisons de couture sont situées près d'ici, dans l'avenue Georges-V, la rue François-Ier et l'avenue Montaigne. En fait, Luke, je pense que tu tiens une idée fabuleuse, même si ce genre de choses a sûrement déjà été fait.

— Tout a déjà été fait, répliqua Luke. Il n'y a rien de nouveau sous le soleil.

Il marqua une pause et la regarda longuement.

— Tu crois que ça peut marcher ?

— Oui. Demande aux autres ce qu'ils en pensent.

Ils en discutèrent tous les six pendant un moment, dégustant leur champagne et s'amusant à dresser une liste de femmes célèbres dont la coiffure et l'apparence risquaient d'exiger de Luke des trésors de créativité.

Larry avait réservé au niveau supérieur du Relais, qui avait sa préférence. Le maître d'hôtel, Werner, les salua avec chaleur et les conduisit à une table spacieuse au centre de la salle. Lorsqu'ils furent tous assis et qu'ils eurent passé leur commande, M se tourna vers Georgie.

— Je veux te montrer quelque chose d'extraordinaire. Viens voir.

Elles se levèrent, mais alors qu'elle repoussait sa chaise, M remarqua l'expression attristée de Caresse.

— Toi aussi, Caresse ! s'écria-t-elle, ne voulant pas que celle-ci se sente exclue. Je tiens à ce que vous voyiez toutes les deux cette fantastique œuvre d'art.

Tout sourire de nouveau, Caresse se leva. Georgie et elle emboîtèrent le pas à M, descendant les trois marches qui menaient à une autre partie du restaurant. Bien que l'endroit fût très fréquenté, M parvint à s'approcher du bar.

— Regardez, dit-elle en désignant le mur au-dessus du comptoir. Ce bas-relief date des années trente et représente la chasseresse Diane. Je le trouve magnifique, incroyablement original. Il vient d'être restauré et il est plus beau que jamais.

— C'est une pièce exceptionnelle, acquiesça Georgie. Il a été sculpté à même le mur, c'est cela ?

— Oui. Et ce que j'aime en particulier, c'est l'impression de mouvement qui s'en dégage. La scène a l'air si... vivante.

Caresse hocha la tête.

— Ce restaurant est absolument superbe. Avez-vous remarqué les vitraux Art nouveau ? Je crois que...

Elle s'interrompit brusquement et saisit M par le bras.

— C'est inouï, souffla-t-elle, mais regarde qui est à cette table, là-bas, avec la blonde. Cet affreux type, Samson, le client de Howard Dart. Celui qui me harcelait pour que je lui cède les studios.

M suivit le regard de Caresse et constata que la jeune femme ne s'était pas trompée. C'était bel et bien Samson. Il venait de remarquer leur présence et regardait dans leur direction.

M haussa les épaules.

— Ne fais pas attention à lui, Caresse. Ne le salue pas. Suis-moi.

Sur quoi, elle ouvrit la marche et traversa la salle, droite comme un « i ». Caresse et Georgie l'imitèrent, ignorant Samson. Cependant, le malaise de Caresse persista. Frappée par la manière dont il avait fixé M, elle frissonna.

Il y avait chez cet homme quelque chose d'étrange.

Quelque chose de menaçant.

30

L'endroit était une véritable ruche. Et tout était organisé à la perfection, songea M. Assise devant une coiffeuse, elle regardait avec un intérêt non dissimulé ce qui se passait autour d'elle, savourant chaque détail.

Les habilleuses s'affairaient, inspectant les vêtements, coordonnant chaussures et accessoires, s'assurant que les tenues étaient correctement étiquetées et correspondaient au nom de la mannequin écrit en gros sur une carte attachée au portant. Coiffeuses et maquilleuses allaient et venaient au milieu des assistants de la maison Trémont, prenant soin de présenter chacune des jeunes femmes sous un jour parfait.

Et bien sûr, un groupe de filles ravissantes étaient au centre de cette activité. Vêtues de robes en coton toutes simples, elles attendaient le moment magique où elles monteraient sur le podium. M remarqua quelques mannequins célèbres, mais il y en avait beaucoup d'autres qu'elle ne connaissait pas. La plupart étaient occupées : elles bavardaient au téléphone, inspectaient leur maquillage, lisaient des journaux ou des revues, vérifiaient leur agenda, farfouillaient dans leur sac. Aucune ne cherchait à lier conversation, et M n'en fut pas surprise. A cet instant précis, toutes ne pensaient qu'à elles-mêmes, à leur défilé imminent.

Certaines semblaient s'ennuyer ferme, d'autres étaient perdues dans leurs pensées. Pourtant, une tension et une excitation palpables régnaient dans cette salle qui faisait office de vestiaire, derrière le podium où Jean-Louis Trémont allait bientôt présenter sa collection printemps-été en ce lundi 29 janvier 2007. Une date que M savait gravée à jamais dans sa mémoire.

Ainsi qu'à son habitude, le couturier avait choisi de se produire au Grand Palais, son cadre de prédilection. Il avait décidé de l'heure en fonction du même critère – sa propre préférence. Le défilé proprement dit durerait quarante minutes, et à partir de seize heures, les photographes pourraient s'en donner à cœur joie. En ce qui le concernait, ils pouvaient rester jusqu'à minuit si cela leur chantait.

M devint songeuse, comme souvent à l'approche d'un événement important. Ce jour-là surtout, elle voulait se concentrer sur les créations, rester focalisée sur sa tâche… qui consistait à arpenter un podium devant des centaines de gens pour la première fois. Le moment de vérité n'allait plus tarder. Son estomac se noua et elle se sentit nerveuse.

Par chance, elle avait pu faire une répétition la veille. Kate et Jean-Louis lui avaient prodigué de précieux conseils qu'elle avait écoutés avec attention. C'était aujourd'hui le jour J, comme disait Larry, et elle était sur le point d'entrer en scène.

M leva les yeux et vit Kate Morrell qui parlait avec Peter Addison, le directeur des relations publiques. Kate le lui avait présenté la veille au soir et il lui avait tout de suite plu. Avec son regard doux et ses manières calmes, il lui faisait penser à un professeur distrait, mais elle savait que cette façade agréable dissimulait un professionnel chevronné, aussi brillant qu'exigeant.

L'instant d'après, Kate se dirigeait vers elle d'un pas décidé. M se redressa et prit quelques profondes inspirations.

— Ça va, M, n'est-ce pas ? demanda Kate en s'arrêtant devant elle. Pas de trac de dernière minute ?

M se força à rire.

— J'ai peur que si. J'avoue que je ne m'y attendais pas.

Kate hocha la tête.

— Il est tout à fait normal que vous soyez un peu nerveuse, mon chou. Mais vous avez confiance en vous, et c'est la clé du succès. Oubliez les vêtements, oubliez votre propre beauté, souvenez-vous seulement d'une chose : soyez sûre de vous. Dites-vous ceci : je peux le faire. Je suis la meilleure. Je vais le leur prouver. Beaucoup de filles superbes et très prometteuses ont échoué parce que leur confiance en soi les désertait une fois qu'elles étaient face au public. Vous comprenez ?

— Je comprends, acquiesça M en relevant la tête.

— Autre chose. Larry est dans la salle, ainsi que Caresse et vos autres amis de New York, reprit Kate. Ils sont au premier rang, je m'en suis assurée. Acceptez ce conseil qui vient de l'expérience : ne les cherchez pas et ne les regardez pas si vous les voyez. Ignorez-les. Ce n'est pas pour eux que vous êtes sur le podium mais pour mettre brillamment en valeur la collection. Vous êtes le nouveau visage de Jean-Louis Trémont. Ne l'oubliez pas. C'est moi qui en ai décidé ainsi. Ne me décevez pas. Nous sommes d'accord ?

— Oui, Kate. Et je veux vous remercier pour tout ce que vous avez fait pour moi. Tout va bien se passer.

— Mieux que bien. Vous allez être la meilleure. D'accord ?

— Absolument.

— Maintenant, laissez-moi vous regarder.

Kate recula légèrement, puis se pencha vers M, étudiant son maquillage et sa coiffure.

— C'est du beau travail. Un soupçon d'Audrey, enfin, un peu plus que cela, mais pas trop pour ne pas dominer votre personnalité.

Elle hocha la tête et regarda autour d'elle tandis que Luke venait les rejoindre, un appareil photo à la main.

— Qu'en dis-tu, Luke ? demanda Kate.

— Elle est parfaite, commenta-t-il. Je suis content qu'on lui ait fait un chignon tout simple, exactement comme Jean-Louis les aime.

Il fit quelques pas en arrière et braqua l'objectif sur elle.

— Bien, souris, mon chou ! Je veux une photo décontractée de toi assise dans ton emballage en coton avant que tu ne t'entortilles dans une de ces tenues splendides conçues pour toi.

241

M rit et lui adressa un petit signe de la main. Il prit la photo, puis lui enjoignit de se lever.

— Viens te mettre à côté de ton portant. D'abord toute seule, et puis maintenant avec toi, Kate. Rends-moi service, pointe le doigt vers le M, ordonna-t-il en souriant. Quel nom ! Si court !

Kate s'exécuta.

— D'après Peter, les journalistes sont venus en nombre.

Luke lui adressa un regard curieux.

— Cela t'étonne ? Toi, Kate, la reine de la mise en scène ?

Avant qu'elle ait eu le temps de répondre, Kate vit Jean-Louis Trémont qui approchait. Elle l'accueillit avec un grand sourire.

— Vous voici, Jean-Louis. Je me demandais ce qui vous était arrivé.

Il inclina la tête et lui rendit son sourire.

— Bonjour, Kate, murmura-t-il avant de baiser la main de M. Mademoiselle, vous êtes... superbe. Je sais que vous allez avoir un énorme succès. Cela ne fait aucun doute pour moi. Et c'est moi qui applaudirai le plus fort.

— Merci, monsieur. Je ne vous décevrai pas.

Il lui sourit, une lueur d'admiration dans les yeux. Ensuite, il serra la main de Luke.

— Bonne chance avec les photos, Luke. C'est à vous que je dois mademoiselle. Merci beaucoup.

Il le salua d'un signe de tête puis s'éloigna, échangeant quelques mots ici et là avec les autres mannequins sans se départir de sa courtoisie coutumière. Soudain, il se retourna et fit signe à Kate, qui s'excusa auprès de M et alla le rejoindre.

— Tu n'as pas peur, au moins ? demanda Luke.

— Non, ça va, merci. J'ai eu le trac tout à l'heure, mais Kate m'a fichu la frousse, si bien que je n'ose plus avoir peur. Il faut que je sois...

— ... cool, acheva Luke en lui pressant l'épaule. Tiens, voici ton habilleuse, Claude. Je l'aime bien. Avec elle, tout va se passer comme sur des roulettes.

Il sourit.

— A tout à l'heure, mon chou. Je croise les doigts.

Peter Addison rejoignit M alors que Luke s'éloignait.

— Je ne vais pas vous retarder, M, dit-il doucement. Je sais que l'habilleuse attend. Mais je voulais vous souhaiter bonne chance.

Elle lui décocha un sourire éclatant.

— Merci infiniment, Peter. C'est très gentil de votre part.

— Un conseil, ajouta-t-il. Attendez-vous aux flashes. La meilleure chose à faire est de garder la tête bien droite et de regarder vers le fond de la salle, droit devant vous. De cette manière, vous ne serez pas trop éblouie. Il y a une foule de photographes qui attendent de vous voir... Soyez prête.

— Je le serai, et merci du conseil, Peter.

Un instant plus tard, Kate la prit par le bras.

— Passons la robe mauve, mon chou.

Elles s'avancèrent vers Claude qui attendait, la tenue sur les bras.

— Jean-Louis a changé d'avis, annonça Kate. Je sais qu'il a dit hier soir qu'il voulait que vous sortiez la première, mais il pense à présent qu'il est préférable de chauffer la salle un peu au préalable. Vous passerez en troisième position. Détendez-vous, M. Soyez tranquille, tout ira bien.

La bouche sèche, la poitrine comprimée, M ne put qu'acquiescer.

Depuis les coulisses, M regarda les deux premières mannequins entrer sur scène l'une après l'autre, à un rythme soutenu. Elle eut soudain comme une nausée et se tint plus droite, refoulant son malaise. Elle était tendue et savait qu'elle le serait jusqu'au moment où elle foulerait le podium. C'étaient l'impatience et l'excitation contenue qui la rendaient si crispée. Mais elle était certaine qu'une fois en pleine action, tout se passerait bien.

— Maintenant ! chuchota Kate. Epatez-les !

M émergea des coulisses pour gagner le podium, songeant à sa mère, à sa sœur aînée et à Birdie. Elle devait réussir. Pour elles trois. Pour qu'elles soient fières d'elle. Puis elle chassa toute pensée de son esprit, se concentrant entièrement sur la tâche qui l'attendait.

Elle s'avança d'un pas alerte, sans même entendre la musique ni le numéro de la tenue présentée. La seule chose dont elle eut conscience fut le tonnerre d'applaudissements.

Elle se mouvait avec sa grâce et sa légèreté habituelles, ralentissant l'allure par endroits, se tournant, virevoltant, exhibant la coupe impeccable du manteau rose bonbon. La tête haute, elle fixait l'espace, évitant tous les regards. Les flashes crépitaient, mais elle n'y prêta aucune attention.

Elle fit glisser le manteau sur ses épaules, le maintenant serré contre sa poitrine, puis pivota et repartit lentement, avant de se tourner de nouveau et de le retirer, le tenant d'une main afin de mettre en valeur la robe en soie mauve et sa fantaisie de plis. La combinaison sensationnelle du mauve et du rose soulignait de manière impressionnante la coupe des vêtements. M n'était pas moins impressionnante. Le public le lui fit comprendre, applaudissant à tout rompre jusqu'à ce qu'elle ait quitté le podium, traînant le manteau derrière elle comme Jean-Louis le lui avait appris la veille au soir.

Claude l'attendait avec un somptueux ensemble blanc et un chemisier à pois blancs et noirs.

— Fantastique, M, commenta-t-elle, les yeux brillants d'admiration. Vous avez un don.

M changea de tenue et regagna le podium, le tout en un temps record.

Tailleurs, manteaux et robes de cocktail furent dévoilés au public. Chacune des apparitions de M fut un triomphe. Durant tout ce temps, elle n'eut qu'une seule pensée : elle devait croire en elle-même. Là était la clé du succès. Elle se félicita d'avoir toujours été sûre d'elle, sans doute grâce à l'éducation qu'elle avait reçue.

Le temps passait. M devina que le défilé avait pris du retard, mais ce n'était pas sa faute. Bientôt, ce fut le moment de présenter sa première robe de soirée, et elle fut acclamée par une foule en délire lorsqu'elle monta sur le podium dans un tourbillon de mousseline couleur pastel. La robe était un véritable arc-en-ciel. Lilas, blanc, bleu pâle, jaune et rose se mêlaient dans le délicat motif floral. Un rang de perles autour du cou, M ressemblait à une créature fantasmagorique.

Enfin, ce fut le final. M s'avança, vêtue de l'extraordinaire robe de mariée en taffetas dans laquelle Luke l'avait photographiée à New York. Le voile en dentelle, épinglé au sommet de ses cheveux de jais, drapait ses épaules et tombait en plis gracieux sur le sol. Elle se tint aussi droite qu'elle en était capable, marchant lentement, consciente du charme exceptionnel de sa tenue. Une fois de plus, les applaudissements furent assourdissants.

Le public se leva pour l'ovationner, tandis que Jean-Louis Trémont venait la rejoindre sur le podium avec les autres mannequins. Le défilé avait duré vingt minutes de plus que prévu, mais personne ne semblait s'en soucier. A vrai dire, tout le monde était aux anges.

Et Jean-Louis Trémont savait qu'il tenait un double triomphe. M et sa collection.

Larry resta figé sur son siège, sous le choc, fasciné par la performance magistrale de sa femme. Elle avait tous les attributs d'un top-modèle : la beauté, l'assurance, une inébranlable foi en elle-même et une élégance innée. Kate Morrell était peut-être une reine de l'organisation, mais c'était grâce à la personnalité de M que le succès était au rendez-vous.

— M va devenir une vraie star, Larry, souffla Georgie. Du jour au lendemain. Tu le sais, n'est-ce pas ?

— Et comment ! répondit-il, avant de s'adresser à James. J'ai l'impression que nous allons avoir besoin de gardes du corps, et le plus tôt possible. Sauf erreur de ma part, la presse ne va plus la lâcher. Je veux qu'elle soit protégée à tout moment, James. Peu m'importe le prix.

— Je suis d'accord. Elle a été absolument sensationnelle et la presse est déjà folle d'elle. Je m'en occupe immédiatement. Je vais vous fournir un chauffeur et un assistant. Tous les deux sont d'anciens membres des services spéciaux. Ils tirent d'abord et posent des questions après.

Larry dévisagea James, horrifié.

— Tu parles sérieusement ?

— Non. Mais ils sont solides, et c'est ce genre d'homme qu'il vous faut. Des agents expérimentés qui ont l'entraînement et le courage nécessaires en cas de danger.

Caresse étreignit M et lui prit le bras.

— Tu as été fantastique ! Je suis aussi fière de toi que si tu étais ma fille. Félicitations !

M se mit à rire.

— Tant mieux, Caresse. Et moi aussi, je suis fière de toi et de la manière dont tu gères les studios.

Caresse parut à la fois surprise et heureuse du compliment.

— C'est aussi ce que pense Luke, admit-elle en souriant.

— Je me réjouis qu'il t'apprécie. Tu vas réussir, Caresse. Et Kate compte bien demander à Luke de me photographier dans cette collection et celle du prêt-à-porter.

— Oui, c'est ce qu'il m'a dit. Oh, voici justement Kate qui vient vers nous.

— Je vous ai cherchée partout ! s'écria celle-ci en les rejoignant. M, que faites-vous dans ce petit coin ? Jean-Louis veut que vous veniez prendre une coupe de champagne et grignoter quelque chose. Il aimerait aussi vous présenter à quelques connaissances.

— Bien sûr, Kate. Oh, Larry est là-bas, dit-elle en faisant signe à son mari, Georgie et James qui l'attendaient à l'écart. Il faut que j'aille l'embrasser.

Quelques instants plus tard, elle était dans ses bras.

— Il est vingt et une heures, ma chérie. On te photographie non stop depuis quatre heures de l'après-midi. Tu n'es pas épuisée ?

— Pas vraiment, répondit M en glissant son bras sous le sien. Je suis plutôt sur un nuage ! Tu vois ce que je veux dire, n'est-ce pas ? Ce n'est pas la même chose après une première ?

— Absolument. Tu as été fabuleuse, tu sais. Une vraie star.

— Pas une star, non. C'est toi, la star, Lawrence Vaughan. Moi, je ne suis qu'une mannequin.

31

Le lendemain, la presse saluait M comme la révélation de la décennie. On lui prédisait un avenir radieux et sa photo était dans les journaux du monde entier.

Deux jours plus tard, le 1er février, Jean-Louis Trémont et la maison Trémont invitaient les médias à une réception au champagne. Il s'agissait de leur permettre de rencontrer M de manière moins formelle afin qu'ils puissent lui poser des questions et prendre des photos. Peu après l'arrivée des journalistes, Kate Morrell annonça que leur nouvelle découverte, M, venait de se marier. Et quelques minutes plus tard, celle-ci fit son entrée, la main dans celle de son mari, le célèbre acteur Lawrence Vaughan.

La presse en délire adopta aussitôt le couple, le propulsant dans la stratosphère médiatique. L'interview réalisée lors de la réception chez Trémont était touchante, tant il paraissait évident que Larry et M étaient fous amoureux l'un de l'autre. En dix jours à peine, plus de cent millions de personnes l'avaient visionnée sur Internet. M et Larry étaient devenus un phénomène mondial. Le plus remarquable fut qu'ils gardèrent la tête froide et les pieds sur terre, traitant tout le monde avec une égale gentillesse, sans jamais prendre quiconque de haut. En d'autres termes, leur attitude fut celle de véritables professionnels.

La famille de M était à la fois heureuse de son immense succès et quelque peu amusée par tout le battage médiatique qui l'entourait. Certains membres de la famille de Larry eurent une réaction similaire. D'autres se montrèrent plus acerbes. Miranda déplora un étalage vulgaire de sentiments. Edward, rongé par la jalousie, affirma que son frère venait pour la première fois de faire preuve de talent – en épousant une mannequin.

Larry se souciait fort peu de l'opinion des uns et des autres. Seule comptait à ses yeux son épouse adorée. Sa priorité était de la protéger du danger. A cet égard, il faisait entièrement confiance à James. Ce dernier avait prouvé qu'il était compétent, dévoué et efficace, et avait mis deux ex-officiers des services spéciaux à leur service. Stuart Nelson et Craig Lowe étaient vigilants, sympathiques, et surtout, leur présence rassurait Larry.

Quand la fin février arriva, ils avaient pris leurs habitudes. M était occupée par les derniers défilés de la collection prêt-à-porter et les séances de photos avec Luke. Quant à Larry, il connaissait son script sur le bout des doigts et avait hâte d'entamer le tournage, prévu pour le début du mois de mars. L'oisiveté commençait à lui peser.

Le dernier dimanche de février, Larry et M étaient installés dans leur suite du Plaza Athénée. M revoyait son programme pour la semaine et Larry feuilletait les pages de son scénario, relisant ses notes, quand une pensée désagréable s'imposa brusquement à son esprit.

— Pourras-tu m'accompagner quand nous ferons la post-production à Londres en avril ? demanda-t-il, redoutant déjà la perspective d'une séparation.

— Oui, Larry, répondit-elle aussitôt en refermant l'agenda placé sur son bureau. Je n'ai plus qu'un seul engagement, et c'est un défilé destiné à rassembler des fonds pour certaines associations caritatives. J'ai promis à Jean-Louis de le faire. C'est prévu pour le 22 mars, après quoi je serai libre comme l'air.

— Tant mieux, mon amour. Je ne sais pas si j'aurais pu supporter de te laisser ici et d'aller tout seul à Londres.

— Moi non plus. Et le mieux, c'est que Jean-Louis n'aura pas besoin de moi avant juillet, pour les défilés des collections automne-hiver. Luke m'a dit l'autre jour que Kate Morrell lui avait confié la photographie. Il est enchanté. Tout comme Caresse. Mais j'ai l'impression qu'il lui manque.

Larry haussa un sourcil interrogateur.

— Y aurait-il un début d'histoire d'amour entre ces deux-là ?

— Je ne sais pas, répondit M en riant. Peut-être qu'il est encore un peu tôt après la mort de Frankie, mais peut-être que non, après tout. Je crois que Caresse se sent assez seule à New York, bien que les studios tournent à plein et qu'elle doive s'occuper d'Alex.

Ce fut au tour de Larry de se mettre à rire.

— Il vient d'avoir dix-huit ans. Ce n'est plus exactement un bébé !

— Tu as raison, marmonna M, avant de s'empresser de changer de sujet. Dis-moi, cela t'ennuierait de vivre dans un appartement très féminin à Londres ?

— Non, tant que c'est le tien, répondit-il, amusé. Et puis, je ne crois pas qu'il soit tout en rose et en fanfreluches. Ce n'est pas ton genre.

— Ah non ? C'est quoi, mon genre ?

— Le genre adorable, répondit-il en reposant son manuscrit.

Il se leva, traversa la pièce et vint mettre les mains sur les épaules de M, puis se pencha et l'embrassa dans le cou.

— Que dirais-tu d'une sieste, mon cœur ?

— Quand tu dis « sieste », c'est un euphémisme ?

— Absolument.

— Dans ce cas, avec plaisir.

— J'aimerais bien faire une sieste chaque après-midi, murmura M un peu plus tard, en se pelotonnant contre son mari. Je suis si détendue, si heureuse.

Il sourit, la serrant contre lui avec amour.

— Larry ? Je voulais te demander quelque chose. Combien de temps crois-tu que Stuart et Craig vont rester avec nous ? Enfin, veiller sur nous ?

— C'est drôle que tu me poses cette question. J'en parlais justement à James hier. Nous sommes tous les deux d'avis qu'il est préférable de les garder quelques mois, jusqu'à ce que la situation se normalise. Si d'ailleurs elle se normalise. James semble croire qu'il y aura toujours des paparazzi à nos trousses. Mais cette folie va sans doute se calmer d'ici à la fin de l'année. Pourquoi ? Cela t'ennuie que nous ayons des anges gardiens ?

— Non, pas du tout. Ils sont gentils et discrets. J'étais curieuse, sans plus.

— Je reconnais que je suis heureux qu'ils aient été là ces derniers temps, M. Ç'a été chaotique par moments, avec la presse qui se bousculait où que nous allions.

Il lui souleva le menton et plongea son regard dans le sien.

— Quel effet cela te fait-il ?

— Que veux-tu dire ? fit M, perplexe.

— D'être la célèbre et mystérieuse M. La mannequin devenue une sensation du jour au lendemain. L'enfant chérie des paparazzi. La femme la plus photogénique au monde.

Il lui adressa un petit sourire espiègle.

— Heureusement, ça ne t'est pas monté à la tête.

— Tu plaisantes ! Je suis debout entre douze et quatorze heures par jour en ce moment.

— Tu dois être fatiguée, ma chérie, dit-il avec compassion.

— J'avoue que ç'a été assez dur, admit-elle. Mais facile en même temps parce que... j'y ai pris plaisir. Enormément. Et toi, Larry ? Tu as eu un mois plutôt agité toi aussi, mais je suppose que c'est un peu différent pour toi. Après tout, tu es habitué à la célébrité. En fait, tu es devenu célèbre alors que tu étais plus jeune que moi. A vingt-deux ans, c'est ça ?

Il éclata de rire.

— Il n'y a qu'un an de différence !

— Ton premier film a eu un succès fantastique, insista-t-elle. Quel effet cela t'a-t-il fait ?

— Je crois qu'à vrai dire j'ai surtout été surpris. Je me suis demandé ce qui m'arrivait. Le premier choc passé, j'ai été content, naturellement, mais je n'avais pas imaginé devenir aussi connu quand j'ai décidé d'être acteur. Tel n'était pas mon but.

Devant son silence, il l'enveloppa d'un regard interrogateur.

— C'était le tien ?

— Ne dis pas de bêtises ! Je l'ai fait pour prouver quelque chose, pas pour devenir célèbre.

— Exactement. Moi aussi. C'est pour la même raison que je continue à jouer. Et parce que j'y prends plaisir. Il ne s'agit ni de gloire ni d'argent, encore que l'argent soit utile, bien sûr. J'ai souvent réfléchi à cela, et je suis parvenu à la conclusion que j'aime les défis, j'aime devoir me battre pour réussir.

M sourit.

— Tu m'as demandé tout à l'heure ce que je ressentais, et tu sais quoi, je suis très heureuse, Larry. Je voulais montrer à ma famille que je pouvais réussir seule et j'y suis arrivée. Je me sens très fière de moi pour ça. Oh, je sais que Kate et Luke m'ont aidée, et Frankie avant eux. Mais j'ai fait le travail sans me servir du nom de ma famille.

— C'est vrai. Mais croyais-tu vraiment que le succès serait aussi rapide et aussi total ? demanda-t-il, impressionné qu'elle prenne la situation avec tant de sang-froid.

Elle secoua la tête.

— Non. Et je te remercie d'être là et de veiller sur moi.

— Je veillerai toujours sur toi, ma chérie. Et merci de me rendre la pareille.

— Que veux-tu dire ?

— Au cours du déjeuner hier, James m'a expliqué que tu avais insisté pour l'engager et le payer quand j'ai été malade. J'ai été très touché que tu aies fait de tels efforts pour me protéger.

— Je t'aime, dit-elle avec simplicité. J'ai compris que si tu étais admis drogué dans un hôpital de New York, il y aurait un scandale. Je ne pouvais pas laisser faire ça.

— Il a toujours l'enveloppe bourrée de billets que tu lui as donnée. Il veut nous la rendre.

— Dis-lui de les mettre à la banque. C'étaient ses honoraires et j'étais heureuse de les verser. De toute façon, je suis sûre qu'on le paie beaucoup plus cher pour ses services en temps normal.

— Sans doute. J'ai promis de les inviter au restaurant demain soir.

M leva vers lui des yeux surpris, pétillants d'excitation.

— Les inviter ? Georgie vient à Paris ?

— Oui, demain. Elle était chez les parents de James, à Londres.

— Oh, c'est merveilleux ! J'ai hâte de la voir.

— Ils ne restent que deux jours. Ensuite, ils doivent se rendre à Berlin pour les affaires de James et retourner à Londres. Il est en train de réorganiser sa société et compte rester là-bas jusqu'à la mi-avril, ce qui devrait te faire plaisir.

— Et comment ! Qu'a-t-il dit concernant l'exposition de Georgie à New York ?

— Elle est en train de faire encadrer ses tableaux. Les dernières peintures sont terminées et l'exposition devrait avoir lieu en septembre.

— Ce sera un grand succès, affirma M. Mais pourquoi a-t-elle été retardée, tu en as une idée ?

— Apparemment, Georgie a entamé une série de portraits de femmes que le galeriste tenait absolument à inclure, expliqua Larry. Et puis, d'après ce que m'a dit James, Georgie voulait aussi passer du temps avec lui en Europe.

— Je crois que j'ai vu certains de ses portraits, commenta M d'un ton songeur. Elle les avait déjà commencés en novembre. Et l'un d'entre eux me ressemblait un peu... dans le style Art déco. Elle est vraiment très douée.

32

Georgie regarda autour d'elle dans le grand salon de l'hôtel du Cygne noir, qui venait d'ouvrir ses portes près du musée du Louvre. La pièce était somptueuse. De style traditionnel, légèrement rococo, elle faisait aussitôt penser à Louis XVI et à Marie-Antoinette.

Le podium s'avançait jusqu'au milieu du salon, décrivant une sorte de T géant. Georgie avait hâte de voir M défiler, et elle se réjouissait d'être là. Après avoir passé deux semaines à Londres, James et elle étaient arrivés à Paris la veille, exprès pour qu'elle puisse assister au défilé et passer quelques jours avec M.

Entendant soudain crier son nom, Georgie se retourna et tressaillit à la vue de Luke qui se dirigeait vers elle, un appareil photo à la main, comme toujours.

— Tu es superbe, Georgie, déclara-t-il en l'embrassant. Le mariage te réussit. Comment va James ?

— Très bien. Il est très occupé par la réorganisation de sa compagnie, mais tu le verras ce soir. M m'a dit que nous dînions ensemble.

— Je sais. C'est génial, mon chou. A propos, je vais photographier M d'ici – le point de vue est excellent. Et à la fin du défilé, je ferai des photos de vous deux ensemble. Tu es d'accord ?

— Entendu, Luke. A condition que tu me donnes un exemplaire de chaque photographie.

— Marché conclu, dit-il en souriant. Bien, je vais aller faire un tour en coulisses. A tout à l'heure !

Georgie prit place sur la chaise de bal à dorures marquée à son nom. La jolie jeune femme blonde assise à côté d'elle engagea aussitôt la conversation.

— J'espère que vous n'allez pas me juger impolie, mais je n'ai pas pu m'empêcher d'entendre ce que vous disait le photographe. Il était si près de nous... Permettez-moi de me présenter : je suis Rebecca Byam.

Georgie lui sourit, se souvenant de l'avoir vue entrer dans le salon quelques minutes avant l'arrivée de Luke. Elle lui tendit la main.

— Enchantée. Je m'appelle Georgiana Carlson.

— Ravie de faire votre connaissance. Je vous présente mon amie, Ann Molloy, répondit Rebecca.

Celle-ci se leva et vint serrer la main de Georgie.

— Enchantée, madame Carlson.

Elle était élancée, séduisante, avec d'épais cheveux châtains et des yeux d'une couleur inhabituelle, entre bleu et vert. Les deux femmes étaient élégantes, et Georgie comprit à leur accent qu'elles étaient américaines.

— Vous avez parlé du photographe, observa-t-elle. Vous vouliez savoir quelque chose à son sujet ?

— Pas exactement, répondit Rebecca. Mais il a mentionné M et nous n'avons pu nous empêcher d'entendre ce qu'il disait. Et nous nous sommes demandé si vous la connaissiez. Nous sommes des fans, vous savez.

— En effet, je la connais, répondit Georgie, laconique.

Elle protégeait M farouchement, tout comme Larry, James et Luke. M éveillait beaucoup trop de curiosité à présent, et tous savaient se montrer discrets.

— J'ai lu qu'elle n'avait pas du tout été changée par cette soudaine célébrité, intervint Ann. C'est vrai ?

Jugeant la question innocente, Georgie acquiesça.

— En effet. Elle est toujours la même. La gloire ne l'a pas rendue vaniteuse.

— Tant mieux, commenta Ann. Le succès monte souvent à la tête des gens.

— Vous assistez à beaucoup de défilés ? s'enquit Georgie, désireuse de changer de sujet.

— Oui, cela nous plaît beaucoup, répondit Rebecca. Et nous sommes ravies d'avoir eu la chance d'être invitées aujourd'hui. D'autant plus que M va présenter certaines créations.

— Je suis sûre que vous allez prendre plaisir à l'après-midi, affirma Georgie en ouvrant son programme.

Les deux femmes l'imitèrent tandis que le salon s'emplissait peu à peu. Georgie jeta un coup d'œil à sa montre : le défilé allait bientôt commencer. Elle se cala sur sa chaise, tout excitée à la perspective de revoir M sur le podium.

M venait d'enfiler la robe du soir en mousseline, sa robe « pois de senteur » comme elle la surnommait. Elle se tourna pour remercier Claude, son habilleuse, et vit Philippe Trémont qui s'approchait.

Elle avait récemment fait la connaissance du frère de Jean-Louis, de retour à Paris après avoir passé près de trois mois en voyage. Philippe dirigeait la branche export de la maison Trémont, exception faite des Etats-Unis, le domaine exclusif de Kate Morrell.

Un sourire détendu éclairait son beau visage hâlé. Philippe ressemblait à son frère en plus jeune et en plus fougueux. Il possédait un excellent sens de l'humour et était moins collet monté que Jean-Louis.

— C'est la première fois que je vous vois en action, M, et vous avez été fabuleuse. On dirait que la scène vous appartient. Certaines mannequins, même parmi les plus remarquables, n'y arrivent pas tout à fait. Félicitations.

— Merci, Philippe, c'est gentil à vous de me dire cela. Ma sœur aînée m'a toujours conseillé de penser au podium comme à un endroit familier, l'allée du jardin de ma mère, par exemple, et de ne jamais en avoir peur.

— Je crois qu'elle a été un excellent professeur, commenta-t-il. En tout cas, je suis ravi que vous soyez parmi nous... Le nouveau visage de Jean-Louis Trémont. Kate a brillamment organisé vos débuts.

— En effet, et Peter Addison également. Ils ont accompli un travail fantastique. Ils ont fait de moi un top-modèle du jour au lendemain. Je n'ose pas encore y croire.

Philippe éclata de rire, songeant que M était vraiment une jeune femme adorable que sa soudaine célébrité n'avait absolument pas rendue prétentieuse. Kate avait raison de dire qu'elle n'était pas du genre à faire des caprices. Il était convaincu qu'elle resterait fidèle à elle-même.

Claude fit signe à M. Aussitôt, elle s'excusa auprès de Philippe et se dépêcha d'aller rejoindre son habilleuse pour les derniers ajustements.

— C'est bientôt à vous.

— Merci, Claude.

M se prépara à entrer en scène. Au moment où les deux autres mannequins descendaient du côté opposé, elle monta sur le podium, marqua une pause, tournoya sur elle-même, puis s'avança avec grâce et assurance.

L'apparition de M dans la superbe robe du soir déclencha immédiatement les applaudissements du public ; à mi-chemin, elle virevolta avant de reprendre sa marche. Un instant plus tard, elle revenait d'un pas gracieux, savourant l'instant.

M était heureuse, radieuse.

Tout allait bien. Larry et elle étaient toujours aussi amoureux. Leur entente était totale, leur mariage parfait. Grâce à la chance, à Kate et à Luke, elle avait entamé la carrière dont elle rêvait. Ses amis les plus chers, Georgie et James, étaient à Paris... C'était le printemps – ou presque. Et que pouvait-il y avoir de mieux au monde que d'être entourée de Larry et de ses amis ? Sa vie était fantastique...

Marchant à un rythme rapide, comme à son habitude, M arpenta une nouvelle fois le podium avant de repartir en direction des coulisses, sachant qu'elle allait se produire de nouveau dans quelques minutes. Elle avait juste le temps de changer de robe.

Soudain, alors qu'elle se hâtait vers les vestiaires, la pointe de son talon accrocha une aspérité. Emportée par son élan, M tomba la tête la première. Instinctivement, elle tenta d'amortir la chute avec ses mains, de manière à protéger son visage. Par chance, elle y parvint.

Claude laissa échapper un cri horrifié et se précipita vers elle, aussitôt imitée par Philippe.

— Oh, M ! Vous êtes blessée ? s'inquiéta Claude. Que s'est-il passé ?

— Mon talon est coincé, expliqua M, s'efforçant en vain de bouger le pied.

— Je vous en prie, M, restez immobile ! ordonna Philippe. Je dois libérer le talon. Il est pris dans un interstice du plancher. Pouvez-vous sortir votre pied de la chaussure ?

— Non, dit-elle au bout de quelques secondes. Il est coincé. Claude, il va falloir que vous trouviez quelqu'un pour me remplacer. Je crois que je me suis fait une entorse.

— Oui, oui, bien sûr.

Claude s'éloigna en hâte, tandis que Kate accourait avec Jean-Louis. Ils furent consternés de voir M à plat ventre sur le sol, le pied prisonnier. Jean-Louis s'agenouilla à côté de son frère et prit la main de M.

— Vous vous êtes cassé quelque chose ? Vous avez mal, mademoiselle ?

M lui adressa un faible sourire et secoua la tête.

— Je crois que j'ai la cheville foulée, mais nous n'y pouvons rien pour l'instant. Je ne peux pas bouger.

Toujours pragmatique, Kate s'était penchée et examinait la chaussure en satin.

— J'ai besoin d'un couteau pointu, un cutter si possible. Il faut que je découpe la chaussure. Il n'y a pas d'autre solution. Le pied est très enflé et je n'ose pas essayer de le dégager.

— Oui, vous avez raison, Kate. Faites, je vous en prie ! s'écria Jean-Louis.

Il pressa la main de M et lui adressa un sourire d'encoura-
gement, puis se releva, suivi par son frère. Ce fut au tour de
Kate de s'agenouiller près de M.

— Ça va, mon chou ? demanda-t-elle en lui effleurant
l'épaule.

— Oui, Kate, sauf en ce qui concerne ma cheville. J'ai un
peu mal sur le côté aussi. Mais sinon, ça va.

— Par chance, votre visage n'a rien. Nous allons vous
remettre sur pied en un rien de temps, ne vous inquiétez pas.
Angelina et Sophie peuvent vous remplacer. Voici Sophie,
justement. Claude lui a fait mettre la mousseline bleue.
J'imagine qu'elle présentera également la robe de mariée, étant
donné que vous êtes pratiquement de la même taille.

— Oh, mon Dieu, la robe de mariée ! J'avais oublié ! se
récria M avec une grimace désolée. Je pourrais essayer de la
présenter, Kate. Ecoutez, si Claude m'aide à enfiler la robe,
Philippe et Jean-Louis pourraient me porter jusqu'à la scène.
Si je restais presque immobile...

Kate secoua la tête mais ne put réprimer un sourire.

— Vous êtes très courageuse, M, mais c'est hors de question. Nous nous débrouillerons. Sophie est une très bonne
mannequin. Voilà Philippe qui apporte un cutter.

Philippe se mit à genoux et tint la cheville de M tandis que
Kate découpait précautionneusement le satin et faisait doucement glisser le pied de M hors de la chaussure.

— C'est très enflé, ma chérie, annonça Kate. J'ai peur que
vous ne puissiez pas vous tenir debout pendant quelques jours.
Et il vaudrait mieux consulter un médecin. Je ne pense pas
qu'il y ait de fracture, mais il est plus prudent de s'en assurer.

— Merci, Kate.

Philippe et Kate aidèrent M à se relever. La prenant chacun
par une épaule, ils la soutinrent tant bien que mal pendant
qu'elle regagnait les vestiaires à cloche-pied.

Georgiana avait l'œil exercé d'un artiste. Dans la salle, attendant le retour de M qui devait clôturer le défilé, elle crut remarquer quelque chose d'étrange.

Le podium tanguait légèrement.

Comment était-ce possible ? Georgie cilla, se demandant si elle avait été victime d'une hallucination. La piste semblait maintenant parfaitement stable. Avait-elle besoin de lunettes ?

Deux mannequins venaient de regagner les coulisses après avoir présenté leurs tenues. Elle se pencha en avant, les yeux rivés au podium désormais désert. Rien ne lui parut suspect.

Georgie regarda autour d'elle et remarqua Luke, qui lui adressa un signe de la tête et un sourire, puis se mit à recharger son appareil d'un air insouciant. Soudain, elle se redressa sur son siège, perplexe. Les six demoiselles d'honneur venaient d'apparaître, annonçant la fin du défilé. N'était-ce pas trop tôt ? A moins que Jean-Louis n'ait décidé d'écourter l'événement à cette occasion ?

Les six mannequins s'avancèrent les unes après les autres, tournoyant gracieusement, exhibant leurs robes en organza rose et jaune pâle avec leur talent habituel. Quelques secondes plus tard, elles furent rejointes par leurs cavaliers et les mariés qui venaient à leur tour de monter sur le podium.

Georgie esquissa un sourire qui s'effaça aussitôt. Ce n'était pas M qui portait la superbe robe de mariée. Bouche bée, Georgie se tourna vers Luke, qui lui lança un regard stupéfait. Il haussa les épaules et secoua la tête, tout aussi interloqué.

Le couple avait à présent pris la tête du défilé, suivi des demoiselles d'honneur et de leurs cavaliers, puis de toute la troupe de mannequins arborant les robes du soir qui venaient d'être présentées. Sous un tonnerre d'applaudissements et d'exclamations enthousiastes, Jean-Louis apparut, souriant, savourant son triomphe.

Georgie se demandait où était passée M quand elle tressaillit. Le podium venait de tanguer de nouveau, exactement comme il l'avait fait quelques instants auparavant. Tout à coup, elle le vit vaciller et trembler, avant de s'effondrer. Les poutrelles en métal puis toute la structure s'écroulèrent dans un vacarme assourdissant.

Aussitôt, ce fut la panique. Au milieu des cris et des hurlements, les mannequins tombèrent les uns sur les autres et parmi les spectateurs affolés. Certains gisaient sur le sol, inconscients, blessés ou morts.

Sous le choc, horrifiée, Georgie demeura paralysée sur place.

Elle sentit soudain qu'on l'avait saisie par le bras, entendit une voix qui lui ordonnait de se lever. C'était Rebecca Byam, l'Américaine. Son amie Ann Molloy avait ramassé son sac à main et le lui tendait. Elles l'entraînèrent vers la sortie de secours.

Georgie vit Luke venir à leur rencontre, le visage en sang. Tous les quatre s'engouffrèrent dans le couloir. Quelqu'un avait pris le micro et exhortait la foule au calme. Les membres du service de sécurité accouraient. Dehors, les sirènes de police mugissaient.

Une fois en sécurité, ils s'arrêtèrent un instant pour se remettre de leurs émotions.

— Que s'est-il passé ? demanda Ann, pâle comme un linge. Comment le podium a-t-il pu s'effondrer ainsi ?

— Qui sait ? répondit Luke. Je n'ai jamais vu une telle catastrophe. La structure s'est écroulée comme un château de cartes.

— Je l'ai vue onduler tout à l'heure, gémit enfin Georgie d'une voix altérée. Mais j'ai cru que c'était un effet de mon imagination. J'aurais dû dire quelque chose, alerter quelqu'un. J'aurais pu éviter cette tragédie !

Elle avait les yeux pleins de larmes et Luke lui prit le bras pour la réconforter.

— Qui aurais-tu pu avertir ? Et qui t'aurait crue ? Dis-le-moi.

— Tu es blessé, Luke ? Tu as le visage couvert de sang.

Elle ouvrit son sac et en sortit des mouchoirs.

261

— Tiens. Ils sont propres.

— Je n'ai rien, la rassura-t-il en s'essuyant. Mais quelqu'un à côté de moi a été blessé, coupé par un fragment de métal.

— Nous avons un chauffeur qui nous attend devant l'hôtel, intervint Rebecca. Pouvons-nous vous déposer quelque part ?

— Non, merci. C'est gentil à vous, Rebecca, mais j'ai une voiture, murmura Georgie. Merci à vous deux de m'avoir aidée. Je vous en suis reconnaissante. J'étais comme… figée.

Quelques instants plus tard, les deux femmes s'éloignèrent.

— Elles ont été fantastiques, commenta Georgie en regardant Luke. Tu crois que nous devrions retourner à l'intérieur, essayer d'aider les victimes ?

Il secoua la tête.

— Il n'y a rien que nous puissions faire, mon chou. Les secours sont arrivés à présent. Nous ne ferions que les gêner.

— Dieu merci, M n'était pas là, dit Georgie d'une voix tremblante. Elle aurait pu être tuée.

— Elle l'a échappé belle, marmonna Luke avec un frisson.

Il guida Georgie le long du couloir.

— Je vais t'installer à l'accueil, après quoi j'irai voir ce qui se passe et chercher M.

— Mais tu ne crois pas qu'il y ait eu de problèmes en coulisses, n'est-ce pas ? demanda Georgie avec anxiété, les traits tirés.

— Je ne pense pas. J'espère que non. Lequel de ses gardes du corps était avec elle ?

— Stuart. Craig est resté avec la voiture. Il est garé tout près et j'ai son numéro. Il était prévu que je l'appelle dès que nous aurions besoin de lui.

Lorsqu'ils parvinrent à la réception de l'hôtel, elle était bondée. Par chance, Georgie repéra Stuart presque aussitôt du fait de sa grande taille. Elle se hâta vers lui, Luke à sa suite.

Lorsqu'il les vit, le soulagement se lut sur le visage du garde du corps.

— M m'a envoyé vous chercher, expliqua-t-il, mais je n'ai pas pu accéder au salon. On n'a pas voulu me laisser entrer. La police est déjà sur place.

— M est saine et sauve, au moins ?

— Oui. Elle nous attend dans la voiture. Elle s'est foulé la cheville, c'est pourquoi elle n'était pas sur le podium quand il s'est effondré.

— C'est une chance ! s'écria Luke. C'est peut-être cela qui lui a sauvé la vie.

Atterré, Jean-Louis Trémont s'efforçait tant bien que mal de garder son sang-froid. Il répondit d'une voix calme à l'inspecteur Raymond Letort, l'un des premiers policiers parvenus sur les lieux.

— C'est une catastrophe, dit-il gravement. De toute ma carrière je n'ai jamais rien vu de semblable. C'est incroyable.

L'inspecteur entraîna le couturier à l'écart.

— En effet, monsieur Trémont, c'est une tragédie. J'aimerais que vous me disiez exactement ce qui s'est produit, de votre point de vue. Je vous écoute.

— Tout est arrivé si vite…

Jean-Louis secoua la tête, encore incrédule.

— C'était la fin du défilé. J'allais remercier le public et dire quelques mots. Je n'ai pas eu le temps d'ouvrir la bouche…

Sa voix s'altéra et il marqua une pause, s'accordant quelques secondes pour se ressaisir.

— J'ai vu le podium s'effondrer. J'étais paralysé. Mes mannequins tombaient les uns après les autres. C'était la panique… les hurlements. Le chaos. Il y avait des blessés, du sang partout. Je me suis rué dans le salon pour aller porter secours aux gens… C'était affreux.

— Je comprends. Et votre frère ?

— Philippe était en coulisses. Il a entendu les cris et il est venu voir ce qui se passait. Je l'ai vu se précipiter vers les vestiaires. Notre première mannequin, M, attendait sa voiture et Philippe voulait s'assurer qu'elle n'avait rien.

— Elle ne défilait pas ? demanda l'inspecteur, surpris.

263

— Non. Elle a eu un petit accident, plus tôt dans l'après-midi. Elle s'est foulé la cheville.

— Elle a eu de la chance, non ?

— C'est exact.

— Monsieur Trémont, je dois vous avertir que j'ai envoyé chercher notre brigade antiterroriste, annonça l'inspecteur d'un air sombre. Il y a quelque chose de suspect dans cette affaire sans précédent. Un podium ne s'effondre pas tout seul. Pas en France où la haute couture est un marché important. J'ai des soupçons.

Frappé de stupeur, Jean-Louis demeura muet pendant quelques secondes.

— Il ne s'agirait pas d'un accident, selon vous ? demanda-t-il enfin en fronçant les sourcils. Mais pourquoi voudrait-on saboter mon défilé ? Quel rapport avec des terroristes ?

— Pourquoi pas, monsieur ? Pourquoi ne pas viser un grand défilé comme le vôtre ? Cela leur ferait une énorme publicité. Quelques centaines de personnes tuées ou blessées représentent un succès pour les terroristes. De nos jours, j'ai peur qu'aucun événement public ne soit à l'abri de ce genre de choses, acheva l'inspecteur.

Avant que Jean-Louis ait eu le temps de répondre, Philippe s'approcha d'eux en hâte, flanqué du directeur de l'hôtel, Thierry Marchand, et d'un inconnu que l'inspecteur Letort salua.

— Voici mon collègue, l'inspecteur Henri Arnoult.

Les deux hommes échangèrent une poignée de main, puis le couturier procéda au reste des présentations. Le groupe alla s'installer dans un coin tranquille afin de discuter en détail de la situation. Une chose au moins était claire. D'après Arnoult, les supports de la structure en métal avaient été sabotés. De manière systématique.

— Les écrous ont été desserrés, voire carrément enlevés à certains endroits, expliqua-t-il. Sous le poids des mannequins, l'échafaudage a bougé peu à peu. A la fin, tout s'est écroulé.

Letort se tourna vers le directeur.

— Quand le podium a-t-il été installé ?

— Hier soir. J'ajoute que les mesures de sécurité sont très strictes à l'hôtel. Les ouvriers sont partis aussitôt après avoir terminé le travail et le grand salon a été fermé à clé. La structure était solide, inspecteur.

— Mais quelqu'un est entré dans cette salle, annonça Arnoult fermement. Un terroriste. Ou un groupe de terroristes.

— Cela semble être l'explication la plus probable, acquiesça Letort.

A cet instant, Jean-Louis aperçut Kate Morrell et Peter Addison qui venaient vers lui. Il s'excusa et s'avança à leur rencontre, alarmé par l'aspect de Kate. Ses vêtements et son visage étaient couverts de sang et elle semblait totalement désemparée. Peter n'était guère mieux loti. Son complet était maculé de sang et de poussière.

— Kate, Peter. Vous n'êtes pas blessés, au moins ?

— Nous allons bien tous les deux, répondit Kate d'une voix rauque. Beaucoup de gens ont eu moins de chance que nous. Il y a de nombreuses victimes, Jean-Louis.

— Combien de morts y a-t-il ? demanda le couturier d'un ton anxieux. Je n'ose même pas y penser...

Kate secoua la tête sans mot dire.

— Combien de gens ont été blessés, Peter ? insista Jean-Louis. Combien sont morts ?

— Nous ne le savons pas encore. Les ambulances ont évacué une partie du public et tous les mannequins. Sophie a été blessée. C'est affreux.

Jean-Louis Trémont ne répondit pas. Il semblait abattu, à bout de forces.

Philippe vint se joindre à eux, pâle malgré son bronzage.

— C'est inouï, soupira Peter. Je ne sais pas comment une chose pareille a pu se produire ici, à Paris. L'industrie de la mode génère des fortunes et emploie des entreprises spécialisées. Comment un accident pareil a-t-il pu arriver ?

265

— La police pense qu'il ne s'agit pas d'un accident, murmura Jean-Louis d'une voix lasse. Apparemment, on a saboté la structure.

— Les policiers croient à un attentat terroriste, intervint Philippe. Et il se peut qu'ils aient raison.

Kate devint toute blanche.

— Oh, mon Dieu !

33

Lorsque Larry vint lui ouvrir, James Cardigan eut un haut-le-corps.

— Seigneur, tu as une mine de déterré ! Ça va ?

— Plus ou moins, répondit Larry en le faisant entrer dans le salon. Disons que ça va mieux maintenant que tout à l'heure. Viens t'asseoir, je vais tout t'expliquer.

Les deux hommes prirent place l'un en face de l'autre.

— J'ai été malade comme un chien sur le tournage cet après-midi. J'ai vomi tripes et boyaux juste après le déjeuner. D'après l'infirmière attachée à la production, il s'agit d'une intoxication alimentaire. Bref, l'assistant du réalisateur m'a ramené ici dès que j'ai été en état de quitter le studio.

— Qu'as-tu mangé ? demanda James.

Larry secoua la tête et eut un petit rire.

— Des œufs à la parisienne, autrement dit des œufs mayonnaise et des anchois, suivis d'une salade de crevettes. Combinaison fatale, non ?

— On peut le dire, commenta James. Tu as vu un médecin ?

— Oui. Le médecin de la société de production est venu il y a deux heures. Il a confirmé le diagnostic de l'infirmière et m'a conseillé de me reposer. Au moins, j'ai l'estomac vide à présent.

— Et comment te sens-tu ? demanda James en fronçant les sourcils. Je dois dire que tu n'as pas bonne mine, mon vieux.

— C'est vrai, mais bizarrement, ça va mieux.

James lui lança un regard étrange, ouvrit la bouche pour dire quelque chose, puis se ravisa brusquement. Il se cala dans son fauteuil, soupira longuement et croisa les jambes.

— Qu'est-ce qu'il y a ? Tu fais une drôle de tête.

— J'espère seulement que M ne va pas s'imaginer que tu as pris des médicaments...

— Oh, allons, James, ne dis pas de sottises ! Je travaillais, bon sang ! Elle sait très bien que je suis le plus sérieux des acteurs. D'ailleurs, j'ai promis de ne plus jamais recommencer et je ne suis pas du genre à enfreindre mes promesses.

— Excuse-moi, Larry, je ne voulais pas suggérer que tu as replongé. Ecoute, j'ai quelque chose à te dire. Juste avant que tu me téléphones, j'étais sur le point de t'appeler sur ton portable. Je ne savais pas si tu étais rentré. Je voulais te dire que M s'est fait une entorse cet après-midi et qu'elle n'a pas pu terminer le défilé. Elle...

— Elle va bien ? le coupa Larry en se penchant vers James, l'enveloppant de ses yeux d'un bleu intense. Bon sang, elle a dû essayer de m'appeler sur mon portable ! Il est éteint depuis l'heure du déjeuner. Je ne me sentais pas la force de répondre au téléphone.

— Elle a essayé de te joindre plusieurs fois en effet. En fin de compte, elle m'a appelé et m'a demandé de te contacter. C'était il y a environ un quart d'heure. Elle voulait que je te dise qu'elle est indemne et que je t'explique la catastrophe à l'hôtel.

— La catastrophe ? répéta Larry, abasourdi. Quelle catastrophe ?

— Il y a eu un incident tragique à la fin du défilé, dans le grand salon. Vers dix-huit heures, précisa James avant de résumer brièvement ce qu'il savait des événements qui s'étaient déroulés au Cygne noir.

Un frisson parcourut l'échine de Larry.

— Quelle tragédie ! Combien de victimes y a-t-il ?

— Je ne le sais pas encore. J'ai eu des informations au compte-gouttes, d'abord par Stuart, puis par Craig, et enfin par Georgie, qui était sur les lieux. Sophie, la mannequin qui a remplacé M, a été blessée, mais elle est vivante. Luke et Georgie aussi, grâce au ciel. Ils ont réussi à sortir par une issue de secours. Ils sont avec M sur le chemin du retour en ce moment même.

Larry se laissa aller en arrière, ferma les yeux un instant, puis se redressa et fixa James.

— Comment une chose pareille a-t-elle pu arriver ici, à Paris ?

— Je l'ignore, avoua James. Mais d'après Craig, la police croit à un acte de terrorisme.

Larry en resta bouche bée.

M s'avança dans le salon en sautillant, soutenue par ses gardes du corps et suivie de Georgie et Luke. Son grand sourire s'effaça lorsqu'elle vit sa pâleur et qu'il était en robe de chambre.

— Mon chéri, que se passe-t-il ? demanda-t-elle alors qu'il venait à sa rencontre, manifestement inquiet.

Il la prit dans ses bras et déposa un baiser sur sa joue.

— Ce n'est rien, mon chou. J'ai été malade sur le tournage, après le déjeuner. On m'a ramené à l'hôtel et le médecin est venu me voir. Et ta cheville ?

— Il faudra que j'aille passer une radio demain matin, mais je suis sûre que ce n'est qu'une entorse. Qu'as-tu mangé pour être aussi malade ? demanda-t-elle.

— Des crevettes et de la mayonnaise.

— Hmm. D'après mon père, il suffit d'une bouchée pour faire des ravages, observa-t-elle en s'asseyant.

Elle leva les yeux vers Stuart et Craig.

— Merci beaucoup de vous être occupés de nous trois. Et si nous prenions un verre ? Nous avons tous besoin d'un remontant.

Elle s'interrompit avec un regard d'excuse à Larry.

— Oh, pardon, mon chéri. Tu es censé te reposer. Nous ne devrions pas t'envahir ainsi.

269

— Cela me fait plaisir d'avoir de la compagnie et je peux toujours aller dans la chambre si je me sens fatigué. Mais pour l'instant, je vais bien. Luke, Georgie, vous avez eu de la chance, à en juger par ce que James vient de me raconter.

— Plutôt, oui, grommela Luke. Heureusement, nous étions tous les deux au bout du podium et tout à côté d'une sortie de secours. Mais c'est M qui a eu le plus de chance. Sans cet accident en coulisses...

— Je n'ose même pas imaginer ce qui aurait pu se passer, murmura Larry, soudain glacé.

Il déglutit avec peine et pressa l'épaule de M, intensément soulagé de la retrouver saine et sauve.

Georgie, dans les bras de son mari, les regarda avec émotion.

— Tu dois avoir un ange gardien qui veille sur toi, M, dit-elle doucement.

M la fixa, l'expression songeuse.

— Un jour, quand j'étais toute petite, je suis tombée dans une profonde ravine. J'ai dévalé la pente jusqu'en bas. Mais quand ma mère affolée m'a rejointe, je n'avais rien. Pas une égratignure. Juste un peu de boue sur le visage. C'était un miracle que je n'aie pas été tuée, et elle m'a dit ce jour-là qu'un ange gardien veillait sur moi. Je suppose que c'est vrai, Georgie. Et j'espère que ce sera le cas à l'avenir aussi.

— James, veux-tu avoir la gentillesse d'appeler le service en chambre ? Dis-leur d'apporter deux bouteilles de vin blanc et un seau à glace. Il y a un bar ici avec les boissons habituelles – whisky, gin, vodka, etc. Quant à moi, je ne prendrai rien.

James s'exécuta. Lorsqu'il eut passé la commande, il s'approcha de Stuart et de Craig. Ces derniers comptaient parmi ses meilleurs agents et il se fiait entièrement à leur jugement.

— Donnez-moi votre opinion sur ce désastre. Craig, tu étais dans la rue, n'est-ce pas ? Mais avant toute chose, si nous allions nous asseoir ? suggéra-t-il, désignant les canapés et les fauteuils à l'autre bout de la pièce.

Les trois hommes restèrent à l'écart pour discuter en toute tranquillité. Georgie s'installa dans le fauteuil voisin de celui choisi par M tandis que Larry s'asseyait sur le canapé tout proche, gardant la main de sa femme dans la sienne. Luke le rejoignit.

— Je n'ai plus de sang sur le visage ? demanda-t-il.

— Non, tu es tout propre, répondit Larry avant d'envelopper sa femme d'un regard tendre. Je vais devoir te trouver des béquilles demain, ma chérie.

— Une seule suffira, je crois. Merci, mon chéri.

Au bout de quelques instants, James, Stuart et Craig vinrent les rejoindre et s'assirent sur le canapé en face d'eux, devant la cheminée.

— Nous voulons obtenir autant d'informations que possible afin de comprendre ce qui s'est passé, expliqua James. Et il me semble que les témoins oculaires sont ceux qui en savent le plus long. Luke et Georgie en l'occurrence. Ensuite, M pourra nous donner des détails sur ce qui est arrivé en coulisses. Luke, tu veux commencer ?

— Si tu veux. Mais il me semble que Georgie devrait parler la première. Elle a vu plus de choses que moi.

Celle-ci se carra dans son fauteuil, mettant rapidement de l'ordre dans ses pensées.

— Le plus curieux, c'est qu'au tout début du défilé j'ai remarqué quelque chose de très étrange. J'ai eu l'impression que le podium… comment dire ?… bougeait. Qu'il tremblait. Mais quand j'ai regardé de nouveau, je me suis dit que j'avais dû tout imaginer, et que j'avais peut-être besoin de lunettes.

Au bord des larmes, elle se tut quelques secondes avant de reprendre son récit.

Lorsqu'elle eut terminé, Luke prit le relais. Il parla surtout de la panique qui s'était emparée des spectateurs, de la bousculade qui avait suivi l'effondrement du podium. Il décrivit avec émotion les mannequins tombant de la scène, les gens blessés, écrasés ou piétinés dans la panique. Enfin, il expliqua comment Georgie, les deux Américaines et lui avaient réussi à sortir aussi vite, et sans grande difficulté, grâce à l'issue de secours toute proche.

James se tourna vers M.

— Comment as-tu appris que le podium s'était écroulé ?

— Philippe Trémont est arrivé en courant. Il avait l'air affolé et il m'a dit de rassembler mes affaires et de venir avec lui. Je l'ai prié d'aller chercher Stuart et, en quelques secondes, ils m'avaient portée à l'extérieur. Ensuite, j'ai demandé à Stuart d'aller à la recherche de Georgie et de Luke.

— Tu as quelque chose à ajouter, Stuart ? demanda James.

L'ex-agent spécial secoua la tête.

— C'est à peu près tout, James. Mais Craig a dû assister à pas mal de choses de l'extérieur.

— C'est exact, acquiesça ce dernier, mais je n'ai pas grand-chose à dire non plus. Les policiers sont arrivés en force. Leurs véhicules bloquaient tout le quartier. Une foule de gens se sont retrouvés coincés dans les embouteillages et ç'a été un concert de klaxons. J'ai échangé quelques mots avec deux agents qui m'ont dit que la brigade antiterroriste avait été appelée. Ils étaient franchement inquiets. Certains se demandaient si on avait posé des bombes dans l'hôtel, mais je n'ai pas pu obtenir plus d'informations.

A cet instant, on sonna à la porte et James s'empressa d'aller ouvrir au serveur. Celui-ci déboucha une bouteille de vin blanc qu'il fit goûter à James. Après que celui-ci eut approuvé d'un signe de tête, le serveur s'en alla.

— Qui en veut ? demanda James. Georgie ? M ? Luke ?

— S'il te plaît, répondit M.

— Pour moi aussi, approuva Georgie avec un sourire.

Stuart et Craig optèrent également pour un verre de vin blanc, tout comme Luke. James servit tout le monde et ouvrit la seconde bouteille, puis reprit sa place.

— Puisque tu as travaillé pour les services secrets, il est évident que tu es un expert en la matière, commença Larry en s'adressant à lui. Pourquoi, à ton avis, la police a-t-elle fait appel à la brigade antiterroriste ? Je veux dire, pourquoi les terroristes s'attaqueraient-ils à Jean-Louis ?

272

— Si le drame de cet après-midi est bel et bien dû à un acte terroriste, répondit James, je suis certain qu'il ne visait pas Jean-Louis Trémont personnellement.

Il but une gorgée de vin avant de poursuivre.

— La cible était plus probablement le Cygne noir, qui est un hôtel américain, largement fréquenté par des personnalités et des stars elles aussi américaines. Le geste visait peut-être aussi à porter un coup potentiellement fatal à une industrie que d'aucuns jugent décadente.

M hocha la tête.

— C'est un secteur qui rapporte des millions, ajouta-t-elle. Même si la haute couture n'est plus aussi en vogue qu'elle l'a été et que le nombre de clients richissimes a tendance à baisser, elle reste un symbole puissant. C'est ainsi que je vois les choses : un hôtel américain est mis à mal, une industrie française aussi, et du même coup, des infidèles sont tués... Bref, on essaie de déstabiliser la démocratie occidentale en massacrant ses citoyens. Pour moi, c'était indubitablement un acte terroriste.

— Je suis d'accord avec M, commenta Luke. La mode est une industrie énorme. Il y a la photographie, le journalisme, les relations publiques... La liste des professions qui y sont associées est sans fin. D'ailleurs...

— Oh, mon Dieu, il faut que j'appelle ma sœur ! s'écria soudain M en tentant de se lever. Elle savait que je faisais ce défilé aujourd'hui. Je dois téléphoner à Londres avant qu'elle voie les informations à la télévision. Larry, peux-tu m'aider à aller dans la chambre ? Excusez-moi tous, je reviens dans un instant.

Une fois dans la chambre, la porte refermée, Larry prit M dans ses bras et la serra contre lui.

— Dieu merci, tu n'as rien, souffla-t-il dans ses cheveux. Tu es toute ma vie, tu sais. Sans toi, je n'ai plus rien.

273

— C'est réciproque, Larry, murmura-t-elle avec émotion. Je l'ai échappé belle aujourd'hui. J'aurais pu être blessée ou pire encore.

— Je sais.

Il baissa les yeux sur elle, l'enveloppant de son regard bleu.

— J'ai une intoxication alimentaire, M. Je n'ai pas pris de médicaments. Quand je t'ai promis de ne plus en abuser, j'étais sérieux.

— Je sais, mon chéri, et il ne m'est pas venu à l'esprit une seconde que tu aies pu le faire. Je te connais et je sais que tu es un acteur consciencieux. Tu ne ferais rien qui puisse menacer ta carrière. En revanche, j'ai une autre question : quelqu'un d'autre a-t-il été malade après le déjeuner ?

— En fait, oui. Deux membres de l'équipe de tournage et Chantelle Valbonne, la directrice de la compagnie en charge de la restauration.

— Pourras-tu aller travailler demain ? demanda-t-elle.

— Je pourrais, mais par chance, on n'a pas besoin de moi.

— Moi non plus. Cela tombe bien, vu l'état de ma cheville. Je sais qu'il n'y a rien de cassé, mais j'irai consulter un médecin quand même.

— Je crois en effet que c'est nécessaire, mon chou. J'irai avec toi.

— Génial. Dans ce cas, je t'invite à déjeuner. Mais pour le moment, il faut que j'appelle Londres.

— Viens, laisse-moi t'aider.

Larry prit sa femme dans ses bras et la porta jusqu'à la chaise placée derrière le bureau. Aussitôt, elle tira son téléphone portable de sa poche et composa le numéro de sa sœur.

— Bonjour, Birdie !

— M ! Où es-tu ? Je viens d'apprendre la catastrophe du Cygne noir ! Tu étais là-bas ?

— Oui, mais...

— Il y a beaucoup de victimes ?

— D'après ce que j'ai entendu dire, oui, mais je n'ai pas de détails. Figure-toi que j'ai eu un petit accident juste avant. Je suis tombée en coulisses et je me suis fait une entorse à la cheville. Par chance, je n'ai pas pu participer au défilé. Ma cheville foulée m'a sauvée !

— Comme tu dis ! s'écria sa sœur. Je suis vraiment soulagée d'avoir de tes nouvelles. J'étais sur le point de t'appeler. Comment va Larry ?

— Très bien, sauf qu'il a eu une petite mésaventure de son côté. Il a mangé au déjeuner quelque chose qui n'est pas passé. Il souffre d'une intoxication alimentaire. Mais au fond, il n'y a rien de grave, ni pour lui ni pour moi.

— Quand venez-vous à Londres, ma puce ? Je meurs d'envie de te revoir.

— Dans dix jours, début avril. Le tournage de Larry commence à ce moment-là. Il sera pris pendant environ une semaine après quoi tout sera fini, hormis pour la postproduction, qui a lieu à Londres également. Nous resterons donc deux bons mois.

— Fantastique ! Tout le monde va être ravi. A propos, as-tu téléphoné à notre grande sœur ? Pour lui dire que tu es saine et sauve ?

— Je ne savais même pas qu'elle était à Paris, répondit M, étonnée. Je la croyais partie en vacances avec les enfants.

M prit une profonde inspiration.

— Birdie... Cela t'ennuierait de l'appeler pour moi ? Je préfère ne pas lui parler pour l'instant.

— Je le ferai si tu arrêtes de m'appeler par ce surnom ridicule. Et puis je ne te comprends pas, M. Pourquoi l'évites-tu ?

— Oh, Birdie, ce n'est pas ça... J'ai seulement besoin d'être moi un peu plus longtemps, et non une partie de... la famille.

Birdie se mit à rire.

— Très bien. Je vais lui téléphoner. A bientôt, ma puce.

Etendu sur le lit, Larry considérait sa femme avec perplexité.

— Pourquoi ne veux-tu pas parler à la Beauté ? demanda-t-il lorsqu'elle eut raccroché.

M lui jeta un coup d'œil.

— Parce que la Beauté, comme tu l'appelles, peut être un peu... bizarre. Et puis, je voudrais aussi que les choses soient plus stables avant de te propulser au sein de ma tribu.

— Mais nous sommes stables ! protesta-t-il. En tout cas, je le suis. J'adore être un homme marié ! Tiens, viens là et fais-moi un gros bisou.

— Avec plaisir. J'arrive !

— Non, arrête, tu vas tomber ! J'arrive, moi !

Ce soir-là, épuisée, M ne tarda guère à trouver le sommeil. Cependant, vers trois heures du matin, elle s'éveilla en sursaut, en proie à un mélange d'appréhension et d'anxiété. Elle songeait à Sophie, qui l'avait remplacée et avait été blessée, et se sentait confusément coupable.

Cherchant à refouler ses pensées, elle s'efforça de se concentrer sur Larry, endormi à ses côtés. Elle l'avait brièvement soupçonné d'avoir repris des tranquillisants, elle ne pouvait le nier, et s'en voulait d'avoir douté de lui.

Plus jamais il ne ferait une chose pareille. Après l'expérience affreuse qu'il avait vécue au Canada, il avait eu peur. Mais surtout il lui avait donné sa parole. Elle comprenait maintenant qu'il n'enfreindrait jamais sa promesse.

Elle avait confiance en lui.

34

Philippe Trémont dévisagea son frère avec stupeur, se demandant si Jean-Louis avait perdu l'esprit. Il s'éclaircit la gorge et se redressa sur sa chaise.

— Pourquoi diable t'imagines-tu que Rafi est responsable du sabotage ? C'est ridicule, Jean-Louis ! D'ailleurs, il n'a pas les moyens de faire une chose pareille.

— Si. Il y a un certain nombre de faits que tu ignores concernant notre cousin. Comment disait notre mère, déjà ? Il faut se méfier de l'eau qui dort ?

— Il a sans doute des défauts, je te l'accorde. Mais explique-moi deux choses : pourquoi voudrait-il fiche en l'air notre défilé de mode ? Et comment aurait-il pu s'introduire dans le salon pour retirer les écrous, tout seul ?

— Il n'était peut-être pas tout seul. S'il fait partie d'un groupe de terroristes...

— Là, tu exagères ! s'emporta Philippe, élevant la voix.

Il crut entendre un bruit, traversa la pièce en deux pas, ouvrit la porte et jeta un coup d'œil dans le bureau de sa secrétaire. La chaise de Louise était vacante et nul n'était en vue. Personne n'avait écouté aux portes. Il referma le battant et retourna s'asseoir.

— Rafi n'est pas un terroriste, reprit-il fermement. Tu dramatises parce que tu es fâché contre lui, comme toujours.

Jean-Louis se cala dans son fauteuil et considéra son jeune frère d'un œil pensif.

— J'ignore s'il appartient ou non à une organisation terroriste, mais c'est une tête brûlée. Il l'a toujours été. Et n'oublions pas que, même s'il porte le même nom que nous parce que son père était notre oncle, sa mère est d'origine étrangère... et de moralité douteuse, ajouta-t-il avec une grimace.

Philippe soupira.

— Elle n'a rien à se reprocher. Mais je sais que tu crois tous ces ragots, Jean-Louis, et je n'ai jamais pu te faire changer d'opinion. Réponds-moi : pourquoi s'en prendrait-il à toi ?

— Parce que je lui ai récemment demandé de rembourser l'argent qu'il nous doit et qu'à mon avis il nous en veut.

— Admettons qu'il cherche à se venger de toi. Je ne vois pas comment il aurait pu entrer dans cette salle fermée à clé, et dévisser tous ces écrous à lui seul.

— Je te l'ai déjà dit : il n'était peut-être pas seul. Il est évident qu'on l'a aidé. Quant à savoir comment il est entré... A moins qu'il n'ait travaillé pour l'entreprise de construction. Dans ce cas, il aurait pu se cacher à l'intérieur et faire entrer ses complices après.

— Tout est possible, admit Philippe. Mais je crois que tu l'estimes plus intelligent qu'il ne l'est.

— Il n'est peut-être pas très brillant, mais sa femme l'est, elle.

Jean-Louis décocha à son frère un regard irrité, se demandant pourquoi ce dernier s'opposait à la seule théorie qui lui paraisse convaincante.

— Tu veux donc dire que la police se trompe ? demanda Philippe, incrédule. Que le désastre d'hier n'était pas le résultat d'un attentat terroriste ?

— Exactement. Je pense que Rafi a voulu me nuire.

— Je doute que la DST soit d'accord avec toi, mon cher frère, sourit Philippe. Ces types semblent avoir une tout autre opinion, d'après ce que j'ai pu lire dans les journaux.

— C'est possible. Et je ne doute pas que cette organisation compte des agents extrêmement brillants. Mais dans ce cas précis, je suis parvenu à mes propres conclusions et je suis convaincu d'avoir raison.

— Mais il n'y a rien que nous puissions faire...

— Oh, si. Je vais aller voir Rafi...

— Oh, non, s'interposa Philippe. Il est hors de question que tu te rendes à Belleville tout seul. Si nécessaire, j'irai moi-même.

— Ce serait sans doute préférable, Philippe, merci beaucoup. Je risquerais de perdre mon sang-froid.

— Parfait. J'irai cet après-midi. Après notre réunion avec les avocats et le directeur de la compagnie d'assurances. A présent, mon cher frère, si nous allions déjeuner ?

Philippe savait qu'il lui faudrait trois bons quarts d'heure pour se rendre à Belleville, dans le nord-est de Paris. Dès la réunion terminée, il se hâta de regagner son appartement de l'avenue Montaigne et passa rapidement une tenue plus décontractée. Une fois changé, il retourna à sa voiture et donna l'adresse à son chauffeur.

La circulation était dense, comme toujours en toute fin d'après-midi, et il jura intérieurement, songeant qu'il aurait dû attendre la fin de soirée, une fois les rues moins embouteillées.

Mais il était trop tard. Il était en route, et il voulait se débarrasser de cette tâche. Il avait brièvement envisagé de téléphoner à son cousin Raphaël mais s'était ravisé presque aussitôt, jugeant préférable d'aborder la question de vive voix. Il n'avait pas davantage annoncé sa visite. Mieux valait bénéficier d'un effet de surprise.

Bien que moins enclin que son frère aux préjugés, Philippe n'était pas naïf. Il savait que son cousin était un personnage ambigu, qui fréquentait des individus douteux, voire hors la loi. Raphaël Trémont avait eu une jeunesse dorée, et pourtant il avait tout gâché, allant d'un désastre à l'autre. Jean-Louis avait raison sur ce point.

Philippe jeta un coup d'œil par la vitre alors que la voiture entrait dans Belleville. Ce quartier de Paris ne méritait guère son nom, encore moins en fin de journée. Les rues sombres semblaient déprimantes, presque menaçantes.

Le chauffeur quitta le boulevard, et Philippe lui indiqua la petite rue où son cousin vivait avec sa femme et son fils.

— Attendez-moi, Marcel, dit-il alors qu'ils se garaient devant l'immeuble. Mais si vous êtes obligé de vous déplacer, je vous appellerai sur votre portable.

— Bien, monsieur, répondit ce dernier, avant de descendre lui ouvrir la portière.

Philippe pressa la sonnette de l'interphone marquée Trémont, sans succès. Cependant, au bout d'un moment, un jeune homme sortit de l'immeuble. Philippe le salua d'un signe de tête, retint la porte du pied et se glissa à l'intérieur.

Il grimpa les marches deux par deux jusqu'au troisième étage et sonna à la porte de son cousin. Comme personne ne répondait, il finit par tambouriner à la porte. Enfin, une voix maussade s'éleva.

— Qui est-ce ? Qui est là ?

— Rafi, ouvre-moi ! C'est Philippe. Ton cousin.

— Va-t'en ! Je ne veux pas te voir !

— J'ai quelque chose pour toi, répondit Philippe. De l'argent. Je sais que tu en as besoin.

— Glisse-le sous la porte.

— Non. Ce n'est pas possible. Il faut que je te voie. Que je te parle.

A la stupéfaction de Philippe, la porte s'ouvrit aussitôt sur un Raphaël méconnaissable.

— Pour l'amour du ciel, que t'est-il arrivé ? On dirait que tu es passé sous un camion.

— J'ai fait une mauvaise rencontre, répondit son cousin. Enfin, deux, à dire vrai.

Il recula d'un pas, s'effaçant pour laisser entrer Philippe.

— On t'a passé à tabac ?

— Plusieurs fois.

— Quand est-ce arrivé ? Ces plaies ont l'air récentes.

— Il y a quelques jours, dans une bagarre. Pour une question d'argent.

280

Il tenta de sourire, mais la douleur l'en empêcha.

— Bon, alors, Philippe, où est le fric ?

— Il me faut quelques informations d'abord, Rafi.

Son cousin posa sur lui un regard soupçonneux.

— Quel genre d'informations ?

— Premièrement, j'ai besoin de savoir où tu étais avant-hier soir, le 21 mars, pour être précis.

— Mercredi soir, tu veux dire ?

Philippe opina du chef.

— C'est le soir où on m'a roué de coups. J'étais au bar. Plus bas dans la rue. Pourquoi ?

— Hier après-midi, une tragédie a eu lieu à l'hôtel du Cygne noir. La piste s'est effondrée pendant un défilé de mode. Il y a eu de nombreuses victimes.

— Je l'ai vu au journal télévisé. Votre défilé de mode. Le défilé de mode de Jean-Louis Trémont.

Il lança à Philippe un regard plein de rancune.

— Tu transmettras mes regrets à ton frère.

— Ce n'était pas un accident, Rafi, mais un attentat. Tu y étais pour quelque chose ?

— Moi ? Pourquoi moi ? Allons bon ! Ça ne va pas, non ? Je t'ai dit ce qui m'était arrivé. Tu veux me causer des ennuis, c'est ça ?

Il fit un pas en arrière.

— Va-t'en. Je ne veux pas que les flics viennent fourrer leur nez par ici.

— On parle de l'œuvre d'un terroriste, poursuivit Philippe sans s'émouvoir. Tu n'es pas membre d'une organisation extrémiste, au moins ?

— Tu es dingue ou quoi ?

— Non. Je sais que tu as été très militant autrefois pour la cause algérienne. Voire fanatique.

— J'étais un gosse enfin ! Il y a bien longtemps que tout ça est fini. Je n'ai plus le temps de m'amuser à ces sottises. Il faut que je gagne ma vie.

— Tu travailles, Rafi ?

— Pas cette semaine. Je ne peux pas aller travailler avec cette tête-là.

Philippe était absolument certain que Rafi n'était pas responsable du sabotage. Son frère se trompait au sujet de leur cousin, cette fois-ci tout au moins. Il plongea une main dans sa poche et en sortit une liasse de billets.

— J'espère que ça te dépannera, dit-il. Comment va Chantelle ?

— Comme d'habitude. Elle bosse sans arrêt pour la société qu'elle a créée. Ça me fait une belle jambe. Je ne vois pas un sou de ce qu'elle gagne.

— Prends soin de toi, Rafi, murmura Philippe avant de s'en aller.

Il descendit les marches, envahi par une bouffée de tristesse familière. Voir son cousin lui minait le moral. Un tel gâchis lui était insupportable. Raphaël Trémont, autrefois si séduisant, promis à un avenir brillant de musicien, était devenu une loque au visage tuméfié, un pauvre type dépendant des autres. Une âme perdue.

Rafi resta immobile, le regard fixé sur la porte, une expression amère sur le visage. L'aumône. C'était tout ce que son cousin lui offrait. Mais Philippe était quelqu'un de bien, contrairement à Jean-Louis, ce saligaud imbu de lui-même.

Rafi soupira et fourra l'argent dans sa poche. Plus tard, il se rendrait au bar et noierait ses chagrins dans le vin. Le beaujolais bon marché était désormais son seul réconfort. Sa femme ne lui en apportait guère. Lorsqu'il avait épousé Chantelle Valbonne, il avait de grands espoirs et rêvait d'un bonheur à deux. Cela ne s'était jamais produit. Et maintenant, elle était trop accaparée par son entreprise, fricotant avec des stars de cinéma et aux petits soins pour ce drôle de client qui la chargeait d'organiser ses réceptions. Il la payait très généreusement, mais Rafi se demandait parfois ce qu'elle faisait réellement pour cet homme qui parlait avec un accent anglais exagéré. Il ne le saurait jamais : elle se confiait rarement à lui.

Mais elle était toujours belle, malgré le temps qui passait, et c'était grâce à elle qu'ils avaient un toit au-dessus de leurs têtes. De quoi se plaignait-il ?

35

Il n'y avait rien d'outrageusement féminin dans l'appartement de M à Londres. C'était même tout le contraire. La simplicité des lieux et l'absence de babioles révélaient un goût sûr, une connaissance approfondie en matière d'art et de mobilier ancien. Il ne fut guère surpris d'apprendre que M l'avait décoré elle-même, car tout portait sa marque.

C'était un logement de deux pièces, si on excluait la cuisine gris et blanc d'une propreté immaculée et la grande salle de bains. La chambre était de taille moyenne, et c'était le salon qui faisait de cet endroit un lieu unique. Il avait eu le souffle coupé en le voyant.

Par cette matinée froide et pluvieuse d'avril, Larry flânait dans la vaste pièce, une tasse de café à la main, regardant autour de lui, découvrant toujours quelque chose de nouveau à admirer.

M avait un rendez-vous d'affaires concernant un projet qui lui tenait à cœur, mais il ne lui déplaisait pas d'être seul et de se détendre tranquillement. Il avait enfin terminé le tournage du film. Il avait pris plaisir à jouer dans *Coco amoureuse*, car il avait collaboré avec d'excellents acteurs et un réalisateur brillant.

Son étrange intoxication alimentaire était presque oubliée, mais il était désormais plus attentif à ce qu'il consommait en dehors de chez lui.

Larry se demandait s'il devait accepter le rôle qu'on venait de lui proposer dans une pièce qui serait donnée à Londres. En réalité il hésitait car il ne voulait pas être pris tout l'été. Il tenait à partir en vacances avec son épouse bien-aimée – en « lune de miel », selon les mots de M.

Larry se dirigea vers la cheminée en pierre et contempla le tableau accroché au-dessus, un de ses préférés. Il représentait une jeune femme assise sur un tabouret dans une pièce baignée de lumière, le visage en partie plongé dans l'ombre, un châle sur son dos nu. C'était l'œuvre d'un artiste français contemporain et les couleurs étaient superbes. Larry avait l'impression que, s'il effleurait la joue de cette jeune femme, il sentirait la chaleur du soleil sur sa peau.

Il se détourna enfin et prit place sur un des grands canapés crème, buvant son café à petites gorgées tout en regardant autour de lui. Il aimait le jaune des murs, les meubles rustiques de style provençal que M avait choisis pour cette pièce extraordinaire. « Surtout pour la couleur du bois », avait-elle précisé.

Car le salon était exceptionnellement spacieux, et doté de hauts plafonds : la taille et les proportions de l'ensemble rappelaient à Larry une des grandes salles des demeures de l'époque élisabéthaine.

M l'avait divisé en trois parties : la partie centrale devant la cheminée constituait le salon proprement dit ; un coin salle à manger se trouvait sur la gauche, près de la cuisine ; enfin, à droite, des étagères allant du sol au plafond accueillaient des livres et des objets décoratifs. Un bureau, un canapé et des fauteuils ainsi qu'un téléviseur en faisaient un espace intime et confortable.

La sonnerie du téléphone l'arracha à ses rêveries. Il s'avança vers le coin-bibliothèque et décrocha.

— Allô ?

— Larry, mon chéri ! Pouvons-nous retarder un peu l'heure de notre rendez-vous ?

— Bonjour, maman, et oui, bien sûr. Tu parais stressée. Tout va bien ?

— Oh, oui, oui. Je suis juste un peu bousculée en ce moment.

— Puis-je faire quoi que ce soit ?

— Non, non. Tout ira bien. Mais le temps a filé à toute allure ce matin, et je suis en retard pour un rendez-vous avant notre déjeuner.

— Comment va papa ?

— Tout est rentré dans l'ordre, rassure-toi. Je t'en parlerai plus tard, quand nous nous verrons. Tu as bien dit le Caprice ?

— Oui. A douze heures trente au lieu de midi, ça te va ?

— Oui. A plus tard, mon chéri.

Sur quoi, elle raccrocha.

Il fixa le récepteur en souriant, puis le remit à sa place, songeant à sa mère alors qu'il allait rincer sa tasse dans la cuisine. Elle demeurait une énigme pour lui, tout comme son père.

Il retourna dans la chambre pour prendre une douche et s'habiller. Déjà onze heures passées, constata-t-il en jetant un coup d'œil à la pendule posée sur la commode. Il s'en approcha et regarda les photos qui l'entouraient, des clichés de la famille de M.

Il les avait tous rencontrés à présent, hormis la sœur aînée de M, qui vivait à Paris la plupart du temps. Ses parents avaient donné un dîner lorsque Larry et M étaient arrivés à Londres au début du mois, et il avait été conquis par sa mère, qui s'était révélée très différente de la personne qu'il avait imaginée. Il savait déjà qu'elle était intelligente et belle femme, mais il avait été séduit par son charme, sa douceur et sa simplicité. Lorsqu'il avait fait part de sa surprise à M, elle lui avait lancé un regard étrange avant d'éclater de rire.

— C'est une femme ordinaire, mais exceptionnelle aussi !

— Et brillante, avait-il murmuré. Il ne faut pas l'oublier.

Revoir le frère aîné de M avait été un plaisir supplémentaire. Ils avaient toujours été bons amis et avaient une foule de choses en commun.

Pour sa part, il avait effectué un tri quand sa propre mère les avait invités à dîner, rayant Thomas et Miranda de la liste des convives pour ne garder qu'Horatio et Portia. Par chance, Edward se trouvait à Los Angeles, et Larry avait vite constaté que les autres ne tenaient pas plus que lui à ce que Thomas et

Miranda soient présents. Quant à ses parents, ils semblaient avoir cessé de se quereller constamment, et sa mère avait promis de tout lui expliquer ce jour-là, au cours du déjeuner. Il l'espérait, mais ne se berçait pas d'illusions. Après tout, elle avait déjà failli à sa promesse par deux fois depuis qu'il était à Londres.

Devant le célèbre grand magasin de Knightsbridge, M leva les yeux vers le nom qui se détachait en grosses lettres sur la façade. HARTE. Fondé par Emma Harte dans les années vingt. Son homonyme. Elle franchit le seuil puis traversa le fabuleux rayon des cosmétiques avec une fierté mêlée de satisfaction. Elle avait réussi toute seule, s'était forgé une carrière sans l'aide de sa famille, exactement comme la première Emma l'avait fait des décennies auparavant. Un sourire radieux sur le visage, elle répondit aux saluts des vendeuses, qui ne la connaissaient que sous le nom de M, la célèbre mannequin.

— Bonjour, Connie. Elle est là ?
Connie Wayne, qui avait le dos tourné à la porte, sursauta.
— M ! Tu m'as fait peur ! Je ne t'ai pas entendue entrer.
— Je n'ai pas fait de bruit, répondit M en souriant.
— En effet. Toutes mes félicitations. Tu es la star de la famille à présent !
Les deux jeunes femmes s'étreignirent avec chaleur.
— Oui, elle est dans son bureau et elle t'attend. Dois-je t'annoncer ?
M secoua la tête.
— Non. Laisse-moi lui faire une surprise, comme à toi.
Elle sourit de nouveau à Connie, puis s'avança vers la porte, l'ouvrit tout doucement et se glissa dans le bureau.
Elle s'arrêta sur le seuil. Birdie se tenait au milieu de la pièce, face à la cheminée, et parlait au téléphone. M fit

quelques pas sur la moquette épaisse. Elle n'avait pas fait le moindre bruit. Sa sœur ne s'était rendu compte de rien.

M attendit qu'elle ait mis fin à la communication avant de parler.

— Bonjour, Birdie !

Celle-ci fit un bond et se retourna, aussi stupéfaite que Connie l'avait été.

— Si tu continues à m'affubler de ce surnom, je vais t'en donner un que tu n'aimeras pas non plus !

— Oh, tu ne ferais pas une chose pareille, si ? sourit M. Je détesterais ça.

— Et moi je déteste que tu continues à m'appeler Birdie, comme quand tu avais quatre ans !

Toutes les deux éclatèrent de rire et se jetèrent dans les bras l'une de l'autre, plus émues que d'habitude.

— Oh, M ! Tu m'as tellement manqué ! A chaque fois que je te vois, je me rends compte à quel point. C'est génial que tu sois de retour et que tu puisses venir comme cela à l'improviste ! Assieds-toi près de la cheminée. Il faisait si humide ce matin quand je suis arrivée à six heures... J'ai tout de suite compris que ç'allait être une de ces journées où j'aurais besoin d'un bon feu.

— Tu es là depuis six heures ! Je n'arrive pas à croire que tu continues à faire cela.

— Pas tous les jours, rassure-toi. Mais il y avait un problème ce matin, et il a fallu que je vienne.

— Un problème à six heures du matin ? Qui diable était ici avant toi ?

— Un des cadres, mais ne perdons pas de temps à discuter d'une situation que j'ai résolue. Comment va Larry ?

— Il est en pleine forme. Content que le tournage soit terminé, mais il a beaucoup aimé l'équipe avec laquelle il a travaillé. Je crois qu'il a passé de très bons moments.

M s'assit sur le canapé tandis que sa sœur restait debout, dos à la cheminée, comme elle le faisait souvent.

— J'ai étudié les chiffres que tu m'as donnés la semaine dernière, M, et toutes tes idées. Je suis sûre que tu peux mettre sur pied une affaire très profitable mais j'ai quelques questions.

— J'ai passé certains points sous silence, admit M. J'aurais dû t'expliquer que je ne pouvais pas me lancer dans l'aventure avant 2009 ou 2010, parce que je suis sous contrat avec Jean-Louis Trémont jusque-là. Hormis le fait que je suis liée à lui sur le plan juridique, je vais gagner autour de dix millions de dollars au cours de ces deux années.

— Tu viens de répondre à la première de mes questions. Je pensais…

— Tu lui ressembles de plus en plus, la coupa M en la dévisageant. C'est vraiment frappant. Quel âge avait-elle lorsque ce tableau a été peint ?

— Une trentaine d'années, je crois. Il me semble qu'elle était un peu plus âgée que je ne le suis. Maman le saurait plus précisément. Elle n'était pas née, mais c'est elle l'experte en histoire de la famille.

M resta silencieuse un instant, les yeux rivés au portrait de sa célèbre bisaïeule, une beauté rousse aux yeux verts. Sa sœur lui ressemblait tant que c'en était troublant. Elle s'éclaircit la voix.

— Quelles étaient tes autres questions ?

— Je me demandais si tu avais établi un plan à long terme. Autrement dit, as-tu d'autres produits en réserve à part le parfum, l'eau de toilette et la lotion pour le corps ? Tu as songé au maquillage ?

— J'ai des idées… A propos, sans vouloir changer de sujet, que dis-tu du slogan « M est magique » ?

— Il me plaît. J'aime bien aussi M tout court, parce que tu as rendu l'initiale célèbre. Je suis également emballée par la simplicité du produit. Le flacon noir ou transparent, la présentation très sobre. C'est chic, différent. Et jeune.

— Je suis tellement contente, Birdie !

— Tant mieux, Emsie.

— Bon, d'accord, gémit M. Déclarons une trêve, Lin. D'accord ?

Linnet O'Neill acquiesça.

— Il y a autre chose dont j'aimerais te parler, mais je ne suis pas sûre que le moment soit bien choisi.

M fronça les sourcils, soudain inquiète.

— Tu as l'air grave. Y a-t-il un problème dans la famille ? Quelque chose ne va pas ?

— Non. Pas de la manière dont tu l'entends. Mais quelque chose me préoccupe. De plus en plus, à vrai dire.

— De quoi veux-tu parler ?

— De la succession... répondit Linnet en regardant sa sœur droit dans les yeux. Qui va me succéder, M ? Qui va diriger Harte ?

— Mais tu es trop jeune pour y songer ! Tu n'as pas l'âge de prendre ta retraite, repartit M d'un ton péremptoire. Tu n'as même pas trente-trois ans.

— Et s'il m'arrivait quelque chose ? Qui prendrait la relève ?

La question resta en suspens tandis que Linnet fixait toujours sa sœur.

— Le ferais-tu ? Prendrais-tu la responsabilité de gérer les magasins qu'elle a fondés ? demanda-t-elle en désignant le portrait d'Emma Harte. Nous avons un devoir de mémoire, tu sais.

— Oui, je le ferais, Lin. Si j'y étais obligée, évidemment je le ferais. Je ne laisserais pas ma famille dans l'embarras. Mais il y a aussi nos cousines. Elles ont toutes les deux travaillé ici et géré des magasins avec maman et toi. Elles ont plus d'expérience que moi. Et puis, il y a la Dauphine... Tessa pourrait rentrer de Paris.

Linnet secoua la tête.

— Je leur ai parlé à toutes les trois, séparément, bien sûr, et à plusieurs reprises. Elles mènent des vies très occupées, avec leur mari, leurs enfants, leurs résidences diverses. Cela ne les intéresse pas. En fait, il n'y a que toi.

— Ecoute, Lin, je n'aime pas que tu parles de cette manière. Pas du tout. Tu envisages de prendre ta retraite ?

M se leva, alla rejoindre sa sœur et la prit par le bras.

— C'est cela ? insista-t-elle en plongeant son regard dans le sien.

— Certainement pas.

— Tu ne souffres pas d'une terrible maladie, au moins ?

— Ne dis donc pas de bêtises ! rétorqua Linnet avec sa brusquerie habituelle.

— Dans ce cas, pourquoi parler de succession maintenant ? Alors que tu n'as qu'une trentaine d'années ? C'est ridicule, et...

La première explosion fut si forte que M et Linnet furent projetées à terre. Divers cadres tombèrent des murs, des chaises furent renversées, des vases roulèrent sur le sol. La seconde déflagration, plus violente encore, souffla toutes les vitres du bureau.

Elles se relevèrent tant bien que mal, échangeant un regard affolé, puis coururent vers la porte au moment où elle s'ouvrait à la volée, livrant passage à Connie, blanche comme un linge et terrifiée.

— Une explosion... bredouilla-t-elle.

Linnet se contenta de hocher la tête et se précipita hors du bureau pour gagner le magasin, M sur ses talons.

Le chaos régnait. Des gens se relevaient tant bien que mal, d'autres restaient prostrés à terre. Linnet vit un des agents de sécurité accourir et le suivit dans la direction du restaurant, la Cage aux Oiseaux, où un problème s'était produit le matin même. Elle n'avait qu'une pensée à l'esprit. C'était une chance qu'elle ait décidé de le fermer pour la journée.

Les fenêtres et la porte du célèbre restaurant étaient en miettes, et une fumée épaisse s'en échappait. Vers le fond de la première salle, les flammes atteignaient le plafond. Une équipe d'agents munis d'extincteurs aspergeaient le foyer de mousse. D'autres, armés de tuyaux, arrosaient les alentours.

Simon Baron, directeur de la sécurité chez Harte, se trouvait déjà sur les lieux. Les traits tendus, il se hâta vers elles, une expression inquiète dans les yeux.

— Ça va ? demanda-t-il à Linnet avec sollicitude. J'allais justement te chercher.

Linnet hocha la tête, encore haletante. Simon se tourna vers M.

— Et toi, M ?

— Tout va bien, répondit-elle. Nous sommes un peu contusionnées, c'est tout. Que s'est-il passé ? Y a-t-il eu une fuite de gaz dans les cuisines ?

— Nous ne le savons pas encore, avoua Simon. Les pompiers et la police sont en route. J'ai mis nos hommes au travail tout de suite. J'avais peur que cet étage et les bureaux ne soient ravagés par les flammes.

— Tu as bien fait ! s'écria Linnet. Heureusement que j'avais décidé de ne pas ouvrir le restaurant aujourd'hui !

— Tu m'as parlé tout à l'heure d'un problème d'évacuation, reprit Simon en lui adressant un regard interrogateur. Des odeurs nauséabondes dans la cuisine. Je sais que ma question est sans doute stupide, mais tu es sûre qu'il ne s'agissait pas de gaz ?

— Absolument. D'ailleurs, le responsable de l'entretien et celui des cuisines étaient d'accord avec moi. Les canalisations étaient bouchées. Vers dix heures, les plombiers avaient pratiquement tout nettoyé, mais j'ai néanmoins pris la décision de ne pas ouvrir parce que je craignais que l'odeur ne persiste. Je sais d'expérience qu'il faut un certain temps pour régler ce genre de problème.

Elle regarda Simon en face, s'efforçant de maîtriser son anxiété.

— Y avait-il des hommes dans le restaurant quand l'explosion s'est produite ?

— Non. Par chance, les trois plombiers faisaient une pause et le restaurant était vide. En revanche, il y a eu des blessés, Linnet.

— Parmi nos employés ? demanda-t-elle aussitôt.

— Oui, pour la plupart. Quelques clients ont également été projetés à terre par la violence de l'explosion. Rien de très grave, heureusement.

— Tu veux dire que personne n'a été grièvement blessé ? s'écria Linnet, incrédule.

— A ma connaissance, non. Mais je crois que certaines personnes ont besoin d'aide. Il se pourrait que des gens souffrent de fractures ou soient en état de choc.

— Les secours ne vont pas tarder, j'en suis sûre, répondit Linnet sans quitter Simon du regard.

— Oui, tout a été fait. Il ne reste plus qu'à attendre. Tiens, voici justement les pompiers et la police.

Prenant le bras de Linnet d'un air protecteur, Simon entraîna les deux jeunes femmes à l'écart du sinistre.

— Je me charge de leur montrer. Je reviens tout de suite, promit-il.

Linnet hocha la tête.

— Nous t'attendrons ici. Viens me chercher si besoin.

Lorsqu'elles furent seules, M se tourna vers sa sœur.

— Je sais que c'est un incident affreux, Lin, mais tu dois être soulagée d'avoir fermé le restaurant. Beaucoup de gens auraient été blessés ou seraient peut-être même morts s'il était resté ouvert.

— C'est ce que j'étais en train de penser, murmura celle-ci d'une voix rauque. C'est peut-être stupide à dire dans de pareilles circonstances, mais nous avons eu de la chance.

Un quart d'heure plus tard, Simon était de retour, accompagné de deux policiers : l'inspecteur Yardley de Scotland Yard, et le capitaine Gibson, membre de la brigade antiterroriste. Une fois les présentations faites, ce dernier expliqua que deux bombes avaient explosé dans le restaurant, et qu'ils soupçonnaient un attentat terroriste.

— Nous nous attendions à ce que l'un des grands magasins soit visé, madame O'Neill. Je suis désolé, ajouta son collègue avec compassion. Malheureusement, nous allons devoir passer le magasin au peigne fin afin de nous assurer que tout danger est écarté. Je crains que vous ne deviez fermer sur-le-champ.

— Je comprends, répondit Linnet. Combien de temps vous faudra-t-il, inspecteur ?

Yardley jeta un coup d'œil vers Gibson.

— Qu'en dis-tu, Bill ?

— C'est un très grand magasin, madame O'Neill. Mais nous pouvons faire venir des unités supplémentaires et travailler toute la nuit, et peut-être une partie de la journée demain. Nous sommes mercredi. Disons jusqu'à demain après-midi. Vendredi matin au plus tard.

— Bien. Merci, messieurs. M. Baron vous apportera toute l'aide nécessaire pour faire évacuer les lieux.

Simon Baron était un chef de la sécurité hors pair et Linnet se réjouit une fois de plus de l'avoir à ses côtés. Elle se sentait toujours rassurée en sa présence. Il était connu pour être le meilleur dans son domaine.

36

Elle fit une entrée digne d'une star de Hollywood. Pourtant, elle n'usait d'aucun artifice. Ses vêtements n'étaient ni sexy ni audacieux, elle ne croulait pas sous les bijoux et ne cherchait pas à se faire remarquer. Au contraire, elle était la dignité personnifiée.

Grande, élégante dans un tailleur bleu foncé à la coupe impeccable, la séduisante blonde traversa la salle avec grâce, attirant tous les regards. Pandora Gallen était une légende vivante, une des comédiennes les plus célèbres d'Angleterre.

Larry se leva et sourit alors que le maître d'hôtel la conduisait à sa table. Il ne pouvait s'empêcher d'admirer sa mère, qui dominait la salle. Elle possédait un véritable charisme. C'était une star, acclamée dans le monde entier.

— Maman, tu es absolument superbe, dit-il en l'embrassant. As-tu suivi un traitement ou quelque chose dans ce genre ? Tu n'as pas une seule ride. On te donne vingt ans de moins !

Pandora éclata de rire et décocha un sourire éclatant à son fils préféré.

— Bien sûr que oui ! N'oublie pas que je suis actrice ! Je tiens à être à mon avantage sur la scène ou devant les caméras. Mon apparence me permet d'accueillir chaque jour avec le sourire en dépit du monde abominable qui est le nôtre. Et comme j'avais rendez-vous avec toi ici au Caprice, je suis allée chez mon coiffeur. Après tout, on ne sait jamais sur qui on va tomber, n'est-ce pas, mon chéri ?

— Bravo, et toutes mes félicitations. Tu es vraiment sublime.

— N'exagérons rien, Larry. Si nous buvions du champagne ?

— Pourquoi pas ? C'est une excellente idée.

Il fit signe au serveur et commanda deux coupes de champagne rosé, puis se retourna vers sa mère.

— Je voulais te demander quelque chose, maman...

— Oh, Larry, mon chéri, prenons un verre d'abord, veux-tu ? Avant que nous abordions le sujet de ton père et de ses accusations.

— Je n'allais pas te parler de papa. Je voulais savoir comment s'était déroulé ton déjeuner avec M l'autre jour. Elle n'a pas dit grand-chose à son retour et tu n'en as pas soufflé mot au téléphone.

— Nous avons passé un bon moment ensemble – nous nous entendons à merveille, tu sais. Et nous nous comprenons parfaitement. M est une femme très franche. A vrai dire, je ne crois pas avoir jamais rencontré quelqu'un d'aussi direct. J'avoue qu'elle m'a surprise.

Le serveur avait apporté leurs coupes. Pandora leva la sienne.

— Buvons à vous deux, M et toi. A votre bonheur.

Il fit tinter son verre contre le sien et but une gorgée de champagne, puis regarda sa mère d'un air interrogateur.

— Comment t'a-t-elle surprise, maman ? S'est-il passé quelque chose ?

— Oui, mais rien de grave.

— Qu'a-t-elle fait ? Dis-le-moi, je t'en prie. Je ne veux pas qu'il y ait de conflit entre vous.

— Oh, Larry ! Ne sois pas si mélodramatique... Il n'y a aucun conflit entre nous. Elle m'a surprise par sa perception de notre famille. Et puis parce qu'elle m'a donné des ordres. Gentiment, certes, parce qu'elle est très polie, mais néanmoins des ordres.

Pandora se cala sur sa chaise et dégusta son champagne avec sérénité.

— Quels ordres ? demanda Larry avec insistance.

Pandora lui sourit et lui tapota la main.

— Des ordres concernant Edward et sa relation avec toi. Cessons de tourner autour du pot. Elle tient absolument à ce que tu ne sois plus jamais seul avec lui. Plus jamais. Elle a commencé par dire que toi et elle ne pourriez pas assister aux réunions de famille auxquelles il serait présent, mais j'ai fini par la persuader d'être moins stricte sur ce point. Cependant, elle ne veut pas que tu aies affaire à lui, ni que tu sois assis à côté de lui, qu'il s'agisse d'un repas ou d'une réception quelconque. M est convaincue qu'Edward est ton ennemi et qu'il veut te nuire par tous les moyens.

— Oh, fit Larry avec une petite grimace. Elle peut être têtue, surtout s'il s'agit de quelque chose qui pourrait m'affecter.

— C'est ce que j'ai pu constater et je m'en réjouis ! Je la comprends parfaitement, Larry. Elle t'aime énormément et elle sera sans pitié pour quiconque essaie de te faire du mal.

— Oui. Mais quant à nous interdire les réunions de famille...

Il n'acheva pas sa phrase, mais fronça les sourcils, révélant sa perplexité.

— Je t'ai dit qu'elle s'était ravisée, dit Pandora d'une voix douce. De toute manière, ces occasions sont rarissimes. A propos, t'a-t-elle dit qu'elle estimait que ton père avait fait preuve de faiblesse au Canada en laissant Edward s'en prendre à toi ? Penses-tu que ce soit vrai ?

— En partie. Cela dit, papa était lui-même la cible des attaques d'Edward pour des questions d'argent.

— Laisse-moi te dire une chose, Larry. J'approuve ton choix. M est fantastique et que tu aies une femme aussi remarquable m'ôte un grand poids.

— Et tout va bien entre vous ?

— Très bien.

Pandora éclata de rire et secoua la tête.

— Elle adore Portia, mais pense qu'elle couve trop Desi, et elle est d'avis qu'Horatio devrait se marier avant de prendre des manies de vieux garçon. Oh, oui, elle est directe !

— Et ça ne t'a pas déplu ?

— Au contraire ! Elle m'a fait l'effet d'une bouffée d'air pur. C'est agréable de rencontrer quelqu'un qui dit ce qu'il pense. D'ailleurs, elle a raison sur la plupart des points. Je sais que ton père peut être faible et qu'Edward ne vaut pas cher. Et elle a mis le doigt sur le problème de Portia et sans doute celui d'Horatio. Par conséquent, permets-moi de te féliciter une fois de plus. Tu as une épouse exceptionnelle, mon chéri.

Pandora s'empara du menu, y jeta un coup d'œil, puis regarda son fils.

— Je vais prendre les asperges en vinaigrette, et les merveilleuses quenelles de poisson qu'ils préparent ici, avec des frites, bien sûr.

Il sourit.

— Pareil pour moi. Et, maman, je suis très content que tu aimes bien M.

— Ce n'est pas le mot qui convient, mon garçon. Je l'adore ! J'ajoute que ses parents sont charmants, son père en particulier. Shane O'Neill est vraiment séduisant... Si j'avais quelques années de moins...

Larry ouvrit de grands yeux.

— Enfin, maman !

— Je plaisantais, Larry.

Lorsqu'ils eurent passé leur commande, il planta son regard dans le sien.

— Tu avais promis de m'expliquer pourquoi papa et toi avez eu toutes ces disputes. Je t'écoute.

Pandora garda le silence. Elle n'avait guère envie d'aborder le sujet, mais son fils ne la quittait pas des yeux, la mettant mal à l'aise. Elle s'apprêtait à se résigner, sachant qu'elle n'avait pas le choix, lorsqu'on leur apporta leur entrée.

Pandora commença à manger sans attendre. Sachant qu'elle se contentait d'un petit déjeuner frugal, café et tartine grillée, et qu'elle appréciait le repas de midi, Larry jugea bon d'attendre un peu avant d'aborder le sujet qui lui tenait à cœur.

Il avait toujours été très proche de sa mère, et il savait que ce n'était pas le moment de lui poser des questions. D'ailleurs, il doutait fort qu'elle ait eu une liaison avec un autre homme, ainsi que l'avait affirmé Edward. Enfant, son frère aimait semer la zizanie autour de lui. Et ce travers n'avait fait qu'empirer avec l'âge. Larry était soulagé qu'il soit retourné à Los Angeles.

— Mon agent m'a proposé un rôle au théâtre, dit-il d'un ton désinvolte, mais j'avoue que je ne suis guère enthousiaste. Qu'en penses-tu ?

Pandora l'enveloppa d'un regard pensif.

— Si j'étais toi, je partirais plutôt en lune de miel, car je sais que ta femme en meurt d'envie. Autrement dit, laisse tomber la pièce.

— Merci pour ton conseil, dit-il en souriant. Je pensais bien avoir mieux à faire.

— Absolument. Ah, voici le poisson. Après, je tâcherai de t'expliquer pourquoi ton père m'accuse de coucher avec un autre homme.

— Maman ! s'écria-t-il, scandalisé. Tout le monde a entendu à la table voisine !

— Oh, tant mieux ! Au moins, ils sauront que je ne suis pas encore morte.

Il ne put s'empêcher d'éclater de rire. Elle avait dit ces mots avec tant de gaieté et un tel mépris du qu'en-dira-t-on qu'on ne pouvait que l'admirer. Pandora était vraiment une exception. Non, il se trompait, se reprit-il aussitôt. Il connaissait quelqu'un qui, par certains côtés, lui ressemblait étrangement. Sa femme. Pas étonnant que sa mère et elle s'entendent aussi bien !

Lorsque la table fut débarrassée et que Pandora eut achevé sa troisième coupe de champagne, elle dit d'une voix calme :

299

— Avant que je te parle de ces épouvantables disputes entre ton père et moi, il faut que je te raconte une histoire, mon chéri. D'accord ?

— Comme tu veux. Prends ton temps. Je ne suis pas pressé, maman.

— Te souviens-tu que je t'ai dit un jour qu'on pouvait côtoyer quelqu'un toute sa vie sans jamais le connaître vraiment ? Et qu'inversement on pouvait rencontrer quelqu'un et avoir l'impression de le connaître depuis toujours ?

— Je m'en souviens, oui. En fait, je ne l'ai jamais oublié. Et c'est exactement ce que j'ai ressenti en rencontrant M.

Pandora hocha la tête.

— Cela m'est arrivé, Larry, il y a très longtemps. Il y a trente ans... J'avais quarante ans, un mariage heureux, un mari affectueux et six enfants magnifiques.

— Quand j'avais cinq ans...

— C'est exact... Tu avais cinq ans. J'ai rencontré un homme lors d'un dîner. A l'époque, je ne travaillais pas. Ton père jouait dans une pièce et j'étais venue seule. Ç'a été le déclic. Il était à l'autre bout de la pièce, il m'a regardée et mon univers a été bouleversé. J'ai tout oublié. Il m'a semblé qu'il n'y avait que lui. Et à la fin de cette soirée, je savais que je lui appartenais, et qu'il m'appartenait.

— Qui était-ce ?

— Je ne peux pas te le dire.

— Tu ne veux pas, plutôt.

— Non, je ne veux pas. Je ne te le dirai jamais. Pas plus qu'à quiconque d'ailleurs.

— Il est toujours en vie, n'est-ce pas ?

— Oui. Mais n'allons pas trop vite en besogne. Ce soir-là, il m'a invitée à déjeuner le lendemain. C'était un mercredi, ton père jouait au théâtre, et j'ai pu y aller. Je savais que j'avais rencontré mon âme sœur. C'était comme si je l'avais toujours connu. Et il éprouvait la même chose. Avant même de quitter ce restaurant, nous étions fous amoureux l'un de l'autre.

— Vous avez eu une liaison ?

— Non. Je l'ai revu quand c'était possible, mais je n'ai jamais couché avec lui... Ç'aurait été fatal.

— Que s'est-il passé ?

— Nous sommes devenus très proches et nous nous sommes beaucoup vus pendant deux semaines environ. En revanche, nous n'avons pas entamé de liaison. Je savais que cela détruirait ma famille si je quittais ton père pour lui. Il le savait aussi. J'aimais profondément cet homme, et il m'aimait, mais nous avions l'un et l'autre des obligations.

— Il était marié ?

— Oui. Il avait des enfants. Et il était connu.

— Il était acteur, maman ? C'est cela, n'est-ce pas ? Qui était-ce ? Tu peux me le dire, je n'ai jamais trahi aucun secret.

— Non, Larry, je ne te le dirai pas. Je dois me taire, mon chéri. Il le faut. Je ne te dirai qu'une chose : c'était un politicien, un homme qui avait une carrière devant lui et je ne voulais pas la briser. Il y a trente ans, c'est ce qui se serait produit, tu sais. Les choses étaient un peu différentes de ce qu'elles sont à présent.

— Donc, tu as rompu, tu ne l'as jamais revu, et tu es restée une épouse et une mère irréprochables ? demanda Larry avec compassion.

— C'est plus ou moins ce qui s'est passé. Ç'a été très dur pour moi par moments, mais je vous aimais tous tellement ! Et bien que ton père n'ait pas toujours un caractère facile, c'est quelqu'un de remarquable, et je ne voulais pas le faire souffrir. Je n'ai jamais revu cet homme. Tout au moins pas seule. Nous nous sommes croisés de temps à autre dans des soirées et nous avons toujours fait en sorte de ne jamais rester bien longtemps ensemble.

— Ç'a dû être affreux pour toi, maman. Comment as-tu trouvé la force de faire ça ? remarqua Larry d'une petite voix, imaginant ce qu'il lui en coûterait d'être séparé de M à jamais.

Il regarda sa mère, admirant la loyauté dont elle avait fait preuve envers son père et ses enfants.

— Ç'a été un sacrifice, bien sûr, mais nous n'avions pas le choix.

— Et quel rapport avec les accusations de papa ? Oh ! Tu l'as revu, c'est ça ? L'année dernière ?

— Nous nous sommes rencontrés par hasard, c'est vrai, mais attends la suite, Larry. Nous sommes allés deux fois au restaurant ensemble. Après quoi, je lui ai rendu visite chez lui. Bref, ton père a appris qu'on m'avait vue en compagnie d'un homme, et que nous avions l'air proches, amoureux même. Et comme j'avais accepté un rôle dans un film à l'époque où il allait au Canada, il en a conclu que je l'avais fait exprès.

— Papa savait qu'il s'agissait du même homme ?

— Bien sûr que non ! Il n'a jamais été au courant de mon amitié avec un autre homme il y a trente ans. A l'époque, ton père jouait dans *César et Cléopâtre*. C'était un rôle difficile, et il a eu un succès retentissant. Il est devenu d'un coup plus célèbre que jamais. Il était très pris par son travail, par la publicité et tout ce qui accompagne la gloire. J'avais été extrêmement discrète. Personne ne savait rien. Je n'avais pas éprouvé le besoin de me confier à qui que ce soit, pas plus que mon ami.

— En ce cas, pourquoi papa était-il si soupçonneux ? D'ailleurs, comment a-t-il découvert tout cela ? demanda Larry, perplexe.

— Quelqu'un le lui a rapporté. J'ignore qui, mais il est évident que cette personne était mal intentionnée. Et j'ai ma petite idée.

— Maman, écoute-moi ! Je parie que c'était cet hypocrite d'Edward. Il a dû raconter ça à papa. Souviens-toi qu'il était à Londres avant d'aller rejoindre papa au Canada.

— Je doute qu'Edward soit le coupable, Larry. Il n'a pas intérêt à me contrarier parce que...

— Parce que tu lui donnes de l'argent, c'est ça ? coupa Larry. Pour qu'il puisse subvenir aux besoins de ses ex et de sa ribambelle d'enfants ? Tu lui permets de mal se conduire.

— Je lui donne de l'argent, Larry, parce que je suis la grand-mère de sa ribambelle d'enfants, comme tu dis. Je ne vais pas les laisser vivre dans le dénuement sous prétexte que leur père se conduit comme un jeune délinquant.

Pandora secoua la tête.

— Je ne crois pas que ce soit Edward qui ait parlé de cela à ton père, répéta-t-elle, mais quelqu'un l'a bel et bien fait.

— Papa connaît donc le nom de... cet homme, maman. Réfléchis. Si vous avez été vus en public, on a dû lui dire avec qui tu étais.

— Où veux-tu en venir, Larry ?

— Eh bien, tu peux me dire son nom, n'est-ce pas ? Si papa est au courant, pourquoi toutes ces cachotteries ?

— Tu es trop curieux, mon chéri. Et non, je ne peux pas te révéler son nom, parce que la personne qui a rapporté tout cela à ton père ne connaissait pas son identité. Il n'est plus en exercice depuis des années. Il est à la retraite et il a beaucoup changé physiquement. Il faudrait avoir mon âge pour se souvenir de lui.

— Tu veux dire que c'est quelqu'un de plus jeune qui a mis papa au courant ?

— Oui.

— Mais qui ? Tu crois que c'est quelqu'un que nous connaissons ? demanda-t-il d'un air interrogateur.

— Je pense que c'était peut-être Miranda, avoua-t-elle enfin.

— Miranda ? Ta fille ? Ma sœur ? répéta-t-il, abasourdi. Tu plaisantes ?

Pandora se mordilla la lèvre et parut soudain attristée.

— La première fois que j'ai déjeuné avec mon ami... j'étais assise en face de la porte, dans un petit restaurant de Chelsea, et tout à coup, j'ai vu Miranda sortir en catastrophe. Comme si elle était entrée et qu'elle m'avait vue. Elle avait l'air... gênée.

— Je n'y crois pas ! Pourquoi serait-elle allée répéter à papa qu'elle t'avait vue déjeuner avec un homme ? Et alors ? Tu as des collègues masculins que tu vois régulièrement, n'est-ce pas ? D'ailleurs, Miranda et papa ne s'apprécient guère, tu le sais.

— Mais qui aurait pu le lui dire sinon un membre de la famille ? Pour autant que je sache, c'est la seule personne à m'avoir vue ce jour-là.

Larry soupira et se laissa aller contre le dossier de sa chaise, pensif. Puis il prit une profonde inspiration et dit lentement.

— Tu as peut-être raison au sujet de Miranda. Il se peut qu'elle cherche à entrer dans les bonnes grâces de papa. Elle songe sans doute à son testament.

— Larry, je t'en prie ! Ne sois pas affreux. Je déteste que tu parles de la sorte. Même si tu n'as peut-être pas tout à fait tort. Quant à mon ami, le politicien, il est veuf. Une de ses filles est décédée et l'autre vit à l'étranger. Il se sent seul. Il voudrait que nous soyons amis, rien de plus. Il a simplement besoin d'amitié.

— Mais pourquoi l'as-tu rencontré chez lui ?

— Je ne voulais pas prendre le risque de tomber sur une autre connaissance. Ton père a fait tant d'histoires quand il a été au courant... J'essayais d'être discrète, c'est tout.

Elle marqua une pause et prit la main de Larry dans la sienne.

— Je voulais les protéger, l'un et l'autre.

— Je comprends. Et comment les choses se passent-elles avec papa, à présent ?

— J'ai enfin réussi à le convaincre que ce n'est qu'un vieil ami, quelqu'un que j'ai connu à l'époque où je travaillais à Los Angeles. J'ai dit qu'il était de passage à Londres et qu'il était gay. Nous en sommes là. Les disputes ont cessé et ton père est redevenu lui-même. Quand on y pense ! Il a suffi que je raconte un mensonge ridicule...

— Je suis content que tu l'aies fait. Les choses sont plus faciles pour nous tous quand vous êtes en bons termes.

— Tant mieux, Larry.

— Maman ?

— Oui ?

— Qui est cet homme ? Dis-le-moi.

304

Pandora plongea son regard dans ces yeux si extraordinairement bleus et soupira. Larry était son préféré et elle l'aimait sans réserve. Elle avait en lui une confiance absolue.

Elle céda.

— Bon sang ! s'écria Larry, sidéré. Le siège même du pouvoir. Oh, maman...

— Tu peux le dire, murmura Pandora.

Sur quoi elle ouvrit son sac à main, et se remit une couche de brillant à lèvres.

Dès l'instant où il entra dans l'appartement, Larry sut que quelque chose n'allait pas. M était debout dans le coin-bibliothèque, les yeux rivés à l'écran de télévision. Elle se retourna, et il remarqua aussitôt sa pâleur et l'inquiétude qui habitait ses yeux sombres.

— Qu'y a-t-il, ma chérie ? demanda-t-il en se hâtant de la rejoindre.

— Oh, Larry, le magasin a été pris pour cible – deux bombes ont explosé là-bas ce matin quand je suis allée voir Linnet. Vers midi. Dans le restaurant...

Larry l'avait déjà prise dans ses bras et la serrait étroitement contre lui.

— Non ! C'est terrible ! dit-il d'une voix rauque. Y a-t-il des victimes ?

— Le restaurant était fermé. Par chance, Lin avait pris cette décision à cause d'un problème de canalisations, si bien que l'endroit était vide. Même les plombiers étaient partis déjeuner. Mais il y a tout de même eu des blessés.

Elle éteignit le poste de télévision et lui prit la main, résumant ce qui s'était passé alors qu'ils gagnaient la cuisine.

— Lin va rester au magasin jusqu'à je ne sais quelle heure avec Simon Baron et les gens de Scotland Yard, conclut-elle. Et les hommes de la brigade antiterroriste. Mais je l'ai invitée à dîner avec Simon. J'espère que cela ne t'ennuie pas. Dans un moment pareil, elle a besoin de moi.

— Bien sûr, mon chou. Je suis content qu'ils aient accepté. Dieu merci, vous êtes toutes les deux indemnes.

— Oui. L'impact nous a projetées à terre mais nous n'avons que quelques contusions. Nous aurions facilement pu nous casser quelque chose.

M était en train de préparer une sauce bolognaise pour des spaghettis, un de ses plats favoris. Du bœuf haché, des tomates et des oignons étaient disposés sur l'îlot central, et elle avait déjà sorti plats et casseroles.

— Je vois que nous allons nous régaler, commenta Larry en s'asseyant sur un tabouret.

— C'est si facile à préparer et j'avais déjà presque tous les ingrédients, expliqua-t-elle en retournant à sa tâche. Le magasin sera fermé jusqu'à demain après-midi ou vendredi. Il doit être fouillé de fond en comble au cas où il y aurait d'autres bombes.

Il la dévisagea avec inquiétude, secouant la tête.

— C'est incroyable qu'une chose pareille ait pu se produire. Quand on pense à l'attention que Harte porte à la sécurité...

— Je sais. Scotland Yard est convaincu que c'est un acte terroriste. Apparemment, cela fait un certain temps qu'ils redoutent une attaque sur un des grands magasins. Tous les lieux publics sont vulnérables, évidemment. Tu te souviens des attentats du 7 juillet dans les transports en commun, il y a deux ans ? C'était épouvantable. Cinquante-deux personnes sont mortes et il y a eu des centaines de blessés.

— Un de mes amis a été blessé ce jour-là.

— Les auteurs de l'attentat ont dû se cacher à l'intérieur du magasin après la fermeture et attendre l'ouverture le lendemain matin pour s'éclipser. Je connais l'immeuble comme ma poche. Crois-moi, il y a une foule de cachettes possibles...

La sonnerie de son téléphone portable l'interrompit. M s'empressa de répondre.

— Allô ?

— C'est Lin. J'ai du nouveau.

M se raidit et pressa l'appareil contre son oreille.

— Je t'écoute.

Au bout d'un moment, elle reprit la parole.

— Merci de m'avoir tenue au courant. A tout à l'heure, donc. Vers vingt heures trente.

Elle coupa la communication et regarda son mari.

— La police a trouvé deux engins qui n'ont pas explosé dans une autre partie du restaurant. Dieu merci, quelque chose était défectueux.

— Bon sang ! s'exclama Larry. Je n'ose imaginer le carnage si quatre bombes avaient explosé.

M lui lança un regard éloquent, puis se dirigea vers la cuisinière et mit les oignons émincés dans une poêle avec de l'huile d'olive. Ensuite, elle plongea les tomates quelques secondes dans l'eau bouillante afin de les peler plus facilement.

Larry l'observait, admirant non seulement son adresse, mais le sang-froid dont elle faisait preuve.

— Parle-moi de Simon Baron, mon chou. Qui est-ce ?

— C'est le neveu de Jack Figg. Enfin, son neveu par adoption. La sœur de Jack, Sarah, et son mari Alistair ont adopté Simon quand il était tout bébé. Jack et lui sont très proches. D'ailleurs, Simon travaillait pour Figg International avant de devenir directeur de la sécurité chez Harte.

M poussa un soupir.

— J'aimerais bien que Jack soit là en ce moment. Je me sentirais rassurée.

— Où est-il ?

— Il est parti pour Hong Kong. A ce qu'il paraît, il a des affaires là-bas. Bien qu'il soit semi-retraité, il va au magasin de Knightsbridge trois fois par semaine et je sais que Linnet est toujours contente de le voir. Ils sont très complices, ces deux-là.

— Quand nous sommes allés dîner chez tes parents, Jack m'a dit qu'il pensait que Linnet était la réincarnation d'Emma Harte.

— Il est bien placé pour le savoir, commenta M. Il a commencé à travailler pour mon arrière-grand-mère à l'âge de dix-huit ans. A propos, ton déjeuner avec ta mère s'est bien passé ?

— C'était passionnant.

— Vraiment ? De quoi voulait-elle te parler ?

— A vrai dire, c'est moi qui voulais lui parler. Au fait, elle m'a dit qu'elle t'adorait et qu'elle était ravie que nous soyons mariés.

M sourit, pour la première fois depuis le retour de son mari.

— Moi aussi. Et de quoi voulais-tu donc discuter avec ta mère ?

— De la fragilité du cœur humain.

TROISIÈME PARTIE

La victoire

Avril-août 2007

« Au gagnant de rire. »
SHAKESPEARE, *Othello*

« Le gagnant prend tout. »
Anonyme

37

Le repas avait été un festin, et Jack Figg était conscient du fait qu'il avait été préparé tout spécialement à son intention. L'un après l'autre, des mets divins, superbement présentés, lui avaient été servis dans les règles de l'art. Tous étaient ses plats préférés et les plus délicieux qu'il eût jamais goûtés... Tout au moins depuis la dernière fois qu'il s'était trouvé dans cette maison, plusieurs années auparavant.

Il regarda son hôte, Zheng Wen Li, qui lui faisait face de l'autre côté de la table en bois de rose impeccablement cirée.

— Merci pour ce repas splendide, et mes compliments au chef. Il s'est surpassé ce soir. Je suis très honoré, Wen Li.

Le vieil homme inclina la tête et se cala sur sa chaise en acajou sculpté avant de répondre.

— C'est moi qui suis honoré de vous recevoir. Je vous remercie d'être venu. Il était essentiel que nous nous rencontrions et je suis trop frêle pour voyager. Maintenant que nous avons dîné, allons prendre un thé au jasmin ou un digestif dans la bibliothèque, et nous parlerons.

Jack se leva et suivit le banquier, un homme digne et raffiné qui jouissait du respect de tous. Zheng arborait un antique habit de cérémonie en brocart rouge et or qui se transmettait de génération en génération et qu'il ne portait qu'en compagnie de sa famille et d'amis intimes. Cela en soi était un compliment pour Jack.

Ils sortirent de la salle à manger, empruntant une longue et large galerie où étaient exposées de nombreuses œuvres d'art d'une valeur inestimable. Du coin de l'œil, Jack remarqua quelques nouvelles pièces de jade délicatement ciselé dans une des vitrines et fit le vœu que Zheng les lui montre plus tard.

Il pénétra dans la bibliothèque à la suite de son hôte et eut le souffle coupé. A son arrivée, un épais brouillard enveloppait la cité au-delà des vastes baies vitrées. A présent, un panorama spectaculaire s'offrait à lui : la ville tout entière, le port Victoria et Kowloon brillaient de mille feux sous le ciel constellé d'étoiles. Aux yeux de Jack, Hong Kong avait toujours eu un charme particulier. Les gratte-ciel s'élevaient parmi les taudis ; l'argent côtoyait la misère dans ce chaudron d'humanité, où tout semblait possible. Il était souvent venu là lorsqu'il était plus jeune et avait même envisagé de s'y installer définitivement. Mais il avait rapidement réalisé que cela n'arriverait jamais : l'Angleterre était son pays, son foyer.

Alors qu'il rejoignait Zheng à la fenêtre, son ami se tourna vers lui.

— Pareille vue n'existe nulle part ailleurs, n'est-ce pas, Jack ?

— Non. Et elle change à chaque instant.

— Tout comme la vie change constamment, soupira Zheng. La seule chose permanente est le changement.

D'un geste de la main, il fit signe à Jack de s'asseoir et s'installa en face de cet Anglais qu'il considérait comme son meilleur ami.

Presque aussitôt, un domestique apparut, apportant du thé au jasmin sur un plateau en argent ; un autre lui succéda avec de l'eau glacée ; un troisième vint déposer un plateau en cuivre surmonté d'une bouteille de vieux cognac et de deux verres.

Jack prit une petite tasse en porcelaine fine, tout comme Zheng.

— Je vous ai prié de venir pour discuter d'une affaire confidentielle et importante… Et il était impératif que je vous parle de vive voix.

— Je m'en doutais, Wen Li. Je sais qui vous êtes. Il était donc hors de question que j'ignore votre requête ou que je mette en doute votre jugement.

— Nous nous connaissons depuis longtemps, n'est-ce pas ? dit Zheng en fouillant dans la poche de son habit pour en retirer un petit galet vert jade, qu'il entreprit de caresser avec un sourire. Mon talisman, Jack. Mon porte-bonheur.

Jack acquiesça.

— Je m'en souviens. Et nous nous connaissons depuis trente-cinq ans exactement.

— Quand nous nous sommes rencontrés, il y a toutes ces années, vous m'avez présenté à votre ami Mallory Carpenter, le chef de la police de Hong Kong à l'époque où cette île était encore colonie britannique. Grâce à vous, il m'a aidé à résoudre un très grave problème. Il est devenu un ami très cher, tout comme vous.

Jack écoutait avec attention, se demandant où son sage et brillant ami voulait en venir, mais trop avisé pour poser des questions.

Zheng se pencha vers lui.

— Vous avez risqué votre vie pour sauver la mienne, murmura-t-il. Je vous ai dit alors que j'avais une dette d'honneur envers vous. Vous en souvenez-vous, Jack ?

— Oui, Wen Li, répondit Jack sur le même ton.

Surpris et troublé par le tour qu'avait pris leur conversation, il attendit la suite, sans détacher son regard de celui de Zheng. Lorsqu'il était arrivé en ville, deux jours auparavant, il avait supposé que son ami avait besoin de lui pour une affaire urgente. A présent, il semblait que l'inverse fût vrai.

Après un long silence, Jack passa une main sur son menton, puis se redressa et se jeta à l'eau.

— Ai-je des ennuis ? Suis-je en danger, Wen Li ? C'est pour cela que vous m'avez demandé de venir ?

— Il me déplaît d'être porteur de mauvaises nouvelles. Cependant, je n'ai pas le choix. Un homme que vous et moi détestons a refait surface à Hong Kong, bien qu'il ne soit plus là maintenant. J'ai la conviction qu'il veut se venger de vous. Il fallait que je vous avertisse, Jack. Vous devez vous protéger.

Perplexe, Jack secoua la tête.

— Je suis sûr qu'il y a des tas de gens qui aimeraient avoir ma peau, mais ici, à Hong Kong ? Je ne crois pas.

Il était sûr de son fait et son assurance se reflétait dans le ton de sa voix.

— Je suis persuadé du contraire.

— En ce cas, dites-moi son nom.

— Jonathan Ainsley.

Jack se figea, comme frappé par la foudre. Il fixa Zheng sans rien dire, les yeux arrondis de stupeur.

Jonathan Ainsley. Le nom, tant redouté par le passé, du monstre qui avait juré de détruire Paula et sa famille : ses filles, Tessa, Linnet et M, ses fils, Lorne et Desmond, et son mari, Shane O'Neill. Le petit-fils d'Emma Harte, qui s'était jugé floué parce que sa cousine Paula avait hérité d'un patrimoine qu'il considérait comme le sien... Les magasins Harte, celui de Knightsbridge et tous les autres. Et dire que le père de Jonathan, Robin Ainsley, et la mère de Paula, Daisy Amory, étaient frère et sœur ! Comment un seul être pouvait-il être capable d'une telle cruauté ? Il ne ressemblait pas du tout au reste des Harte.

— Vous ne me croyez pas, observa enfin Zheng, mais c'est la vérité.

Il avait parlé avec plus d'insistance, cette fois.

— Il est mort, protesta Jack. Il est mort dans un accident de voiture en 2002 ! Il a été percuté de plein fouet par un camion. Nous le savons tous. La voiture était une épave ! Je vous dis qu'il est mort et enterré.

Zheng secoua la tête.

— C'est une rumeur ridicule que quelqu'un s'amuse à répandre, s'entêta Jack, se refusant à accepter cette nouvelle consternante. Ça ne peut pas être vrai.

— Je ne le croyais pas non plus et j'ai d'abord réagi comme vous. Or, il semblerait que son épouse l'ait fait transporter dans une clinique en Suisse, où il a été soigné. Il a fallu longtemps, mais il est revenu à la vie.

— C'est impossible ! Impossible, marmonna Jack.

Un silence pesant s'installa, que Zheng rompit enfin, d'une voix calme et empreinte de douceur.

— Vous me faites confiance, à moi, n'est-ce pas ? Je sais ce que j'ai vu. Un intermédiaire m'a apporté un message me priant de me rendre au bureau d'Ainsley. J'étais sidéré, tout comme vous l'êtes. Mais j'y suis allé et je l'ai rencontré. Il y a dix jours de cela. Il m'a proposé de faire affaire avec lui.

Jack demeura muet, terrassé. Il n'avait plus le choix désormais. Il devait croire son ami.

— C'est un homme dangereux, reprit le banquier. Il n'a pas changé. Il est encore plein de rancune et c'est pourquoi je voulais vous mettre en garde. Il va tenter de vous anéantir, Paula et vous. Il la hait de toutes les fibres de son être, et ce depuis leur enfance.

— A-t-il parlé de moi ?

— Non. Mais je le sens, Jack... Je le sens ici, dit-il, posant une main sur son cœur. Et dans mes vieux os... Je savais qu'il fallait que je vous fasse venir.

Jonathan Ainsley. Ressuscité. Les mots flottèrent devant les yeux de Jack. Comment était-ce possible ? Ils avaient dû faire des miracles dans cette clinique suisse.

— A quoi ressemble-t-il ? demanda-t-il soudain.

— Je ne l'ai pas reconnu. Et je doute que vous le reconnaissiez si vous le voyiez.

Jack ne répondit pas.

Zheng dévisagea longuement son ami, puis se pencha vers lui et posa une main sur son genou.

Jack l'interrogea du regard.

— Il y a une autre raison pour laquelle je devais vous voir, dit Zheng d'une voix presque inaudible. J'ai bien des choses à vous dire concernant ce triste individu.

Le banquier chinois marqua une pause avant de poursuivre.

— Nous devons le mettre hors d'état de nuire. Je vous propose d'échafauder un plan. Ensemble, nous trouverons le moyen de vaincre cet homme odieux.

Minuit était passé depuis longtemps quand Jack regagna son hôtel situé dans Central. Comme à son habitude, il était descendu au Mandarin oriental. D'ordinaire, il prenait volontiers un dernier verre au bar, mais ce soir-là, il alla droit à sa chambre.

En entrant, il remarqua aussitôt le voyant du répondeur qui clignotait. Il se hâta de refermer la porte, se dirigea vers le bureau et constata que Linnet l'avait appelé, ainsi que Simon. Un troisième message émanant de Linnet expliquait que Simon et elle seraient joignables au magasin jusqu'à vingt heures. Ensuite, ils iraient dîner chez M. Jack jeta un coup d'œil à son téléphone portable, qu'il avait mis à recharger en son absence. Deux messages avaient été laissés là également, environ une demi-heure plus tôt.

Il s'assit lourdement, persuadé qu'il y avait un problème. Cinq ans de paix et de tranquillité s'étaient envolés d'un coup. La tension était de retour. La seule pensée d'Ainsley lui glaçait le sang. Sa nuque le picota, et un frisson le parcourut. Quelqu'un a marché sur ma tombe, songea-t-il.

Il baissa les yeux sur sa montre. Il était une heure du matin, autrement dit dix-huit heures à Londres. Linnet et Simon seraient toujours au magasin.

Il composa le numéro de la ligne directe de Linnet, pensant avec inquiétude à la mère de celle-ci. Comment protéger Paula O'Neill d'Ainsley ? La tâche allait être ardue, voire impossible.

— Linnet O'Neill.

— Bonjour, beauté. C'est moi.

— Jack ! Tu as eu nos messages ?

— Oui, Linnet. Que se passe-t-il ? J'espère qu'il n'est rien arrivé ?

— J'ai peur que si, Jack. Je suppose que tu n'as pas vu les informations. Allume CNN. Nous avons été attaqués par des terroristes. Il y a eu une explosion à la Cage aux Oiseaux vers midi aujourd'hui...

— Seigneur !

Atterré, il ferma les yeux un instant.

— Dis-moi tout.

316

— J'avais fermé le restaurant, s'empressa d'expliquer Linnet. A six heures ce matin. Brenda Powell m'avait appelée à cause d'un problème de canalisations bouchées. Par chance, elle a agi très vite. Nous avons évité le pire, Jack. Des membres du personnel et des clients ont été blessés, mais il n'y a pas de morts.

— Je vais rentrer immédiatement, Lin, ne t'inquiète pas. Je suppose que Simon a fait le nécessaire ? Scotland Yard a été prévenu ?

— Oui, bien sûr. Il est là et il veut te parler. Mais nous allons bien tous les deux, Jack. Et nous maîtrisons la situation. Je te le passe.

Jack Figg écouta avec attention ce que Simon avait à lui dire. Il avait formé ce dernier lui-même et le savait brillant. Personne n'était plus vigilant, plus responsable, plus efficace que lui. Néanmoins, l'inquiétude de Jack s'accrut encore lorsqu'il apprit que la brigade antiterroriste avait trouvé deux bombes supplémentaires dans le restaurant. Si elles avaient explosé comme elles l'auraient dû, les dégâts auraient été dévastateurs. Les bureaux ! se dit-il soudain. Le bureau de Linnet. Elle aurait pu être tuée. Elle l'avait échappé belle. Un nouveau frisson le parcourut.

Après quelques minutes de conversation, Jack informa Simon qu'il serait de retour le week-end suivant, lundi au plus tard, et raccrocha. Puis il s'empara de la télécommande, fit défiler les chaînes afin de trouver CNN et s'assit au bord du lit, attendant qu'on parle de l'attentat. L'information passa d'abord sur la bande-annonce, et soudain la façade qu'il aimait tant apparut à l'écran, vite remplacée par Linnet, interviewée au sujet de l'attaque perpétrée contre le magasin le plus célèbre du monde.

Il s'éveilla en sursaut au beau milieu de la nuit ; l'espace d'un moment, il crut que c'était déjà le matin. Un coup d'œil aux chiffres fluorescents du réveil le détrompa bien vite. Il était à peine quatre heures.

Jack demeura immobile, tendant l'oreille, se demandant ce qui l'avait tiré du sommeil avant de comprendre que c'était son propre cerveau. La voix de M s'imposa dans ses pensées. « Je l'ai échappé belle, Jack, lui avait-elle confié deux semaines plus tôt. Si je ne m'étais pas foulé la cheville, j'aurais été sur ce podium. J'aurais pu mourir. »

M avait failli avoir un accident fatal. Maintenant, c'était le tour de Linnet. Les deux incidents étaient considérés par la police comme des actes de terrorisme. Etait-ce vraiment le cas ?

Jack repoussa les couvertures et se leva pour enfiler un peignoir et s'asseoir au bureau. Il prit une feuille de papier à l'en-tête de l'hôtel et dessina un rectangle, puis trois carrés les uns à côté des autres, notant le nom des lieux : la Cage aux Oiseaux, le rayon linge de maison, le bureau de Linnet. Tous adjacents. Il ne l'ignorait pas ; il avait simplement eu besoin de voir cette partie de l'étage sous forme de plan.

Linnet avait-elle été la véritable cible ? Peut-être. Il était impossible de pénétrer dans les locaux de la direction sans déclencher toute une série d'alarmes. Si quelqu'un avait voulu s'en prendre à Linnet, pourquoi ne pas placer une bombe dans le rayon du linge tout proche de son bureau ? La réponse lui vint aussitôt, évidente. Parce qu'il était ouvert sur tout l'étage, et par conséquent risquait d'être patrouillé par les veilleurs de nuit. Le restaurant était l'endroit idéal où dissimuler des bombes. Et les auteurs de l'attentat eux-mêmes, jusqu'à l'ouverture des portes le lendemain matin.

Et si M avait été la cible visée à Paris ? Et son mari ? Larry avait souffert d'une intoxication alimentaire le jour où la piste s'était écroulée. Avait-il été empoisonné ?

Jack passa une main sur son front, se demandant s'il n'était pas en train de sombrer dans la paranoïa parce qu'il savait que Jonathan Ainsley était en vie, et non mort comme ils l'avaient tous cru ?

Il ne savait comment répondre à cette question. Mais une chose était sûre : il devait à tout prix veiller sur Paula et ses filles.

Jack ne prit pas la peine de se recoucher. Il resta assis au bureau, à réfléchir et à se demander par où commencer.

Jonathan Ainsley était un psychopathe, cela ne faisait aucun doute. Il était aussi milliardaire, et l'argent n'était pas un obstacle pour lui. Zheng avait raison : il devait être mis hors d'état de nuire. Coûte que coûte.

Jonathan Ainsley. Vivant et non pas mort.

Lorsqu'il sortit dans la rue, à dix heures, Jack se sentit un instant désorienté. Il avait oublié que se déplacer à pied à Hong Kong était une expérience en soi. Il fut aussitôt happé par la foule, bousculé de toutes parts, submergé par la cacophonie ambiante, les couleurs et la lumière.

Où que ses yeux se posent il y avait du mouvement. Des avions s'élevaient dans le ciel au-dessus du Peak ; jonques et sampans, ferries et yachts filaient sur les eaux autour de Kowloon et de Central. Et cependant, il y avait une cadence distincte dans tout cela, un rythme à ce flot humain. D'habitude, Jack savourait avec délectation cette sensation de vie intense sur cette petite île où le moindre espace comptait. Mais ce matin-là, il se hâtait vers sa destination, maîtrisant mal son irritation alors qu'il évitait les trams, bus, pousse-pousse et voitures qui encombraient les rues.

Il se dirigeait d'un pas déterminé vers les bureaux de Zheng Wen Li, où il se savait attendu. La veille au soir, en quittant la somptueuse demeure du banquier, il avait été invité par Zheng à venir le voir ce matin afin qu'ils puissent reprendre leur conversation.

Quinze minutes plus tard, Jack était introduit dans le sanctuaire de Zheng. Celui-ci sourit à sa vue et se leva pour l'accueillir, lui serrant la main avec chaleur.

— Je suis navré que Harte ait été visé par des terroristes, Jack. J'imagine que vous avez parlé à Linnet. D'après ce que j'ai entendu à la télévision, les dégâts sont moins considérables qu'on aurait pu le craindre.

Il reprit place à son bureau, tandis que Jack s'installait en face de lui.

— C'est exact, Wen Li. J'ai en effet parlé à Linnet et à Paula. Toutes les deux vous transmettent leurs salutations. Le magasin est fermé jusqu'à demain. Des unités antiterroristes sont en train de passer chaque centimètre carré au crible pour s'assurer qu'il n'y a pas d'autres engins dissimulés sur les lieux. Par chance, il n'y a pas de morts. Cela aurait pu être bien pire, comme vous dites.

— Scotland Yard fait allusion à un attentat terroriste, reprit Zheng en plantant son regard dans le sien. Mais quelle est votre opinion ? Ce crime aurait-il pu être perpétré par... un individu qui dispose de ressources exceptionnelles ?

— Oui. Cette pensée m'est évidemment venue à l'esprit. Ainsley aurait pu manigancer tout cela sans difficulté. Il a fait des choses similaires par le passé et nous savons que c'est un être dépourvu de tout scrupule.

Zheng se contenta d'acquiescer.

— J'ai plusieurs rendez-vous aujourd'hui, et je souhaite mettre en place certains arrangements, poursuivit Jack. J'ai également deux réunions demain. Mais je repars pour Londres samedi, Wen Li.

Le banquier se pencha par-dessus le bureau.

— Je procéderai ainsi que nous en avons décidé hier soir, Jack, et je vous tiendrai au courant.

— Merci. Je suis sûr que vous comprenez qu'il me faut retourner à Londres de toute urgence.

— Naturellement. Maintenant, j'ai quelques précisions à vous donner, après quoi je désire vous présenter à un jeune homme extrêmement brillant, dont l'expertise et les connaissances pourraient nous être utiles.

Jack écouta tandis que son ami lui donnait des informations supplémentaires ayant trait à Jonathan Ainsley.

— C'est tout ce que je sais, Jack, conclut-il enfin. Pour l'instant.

Sur ce, il décrocha le téléphone, composa un numéro et prononça quelques mots en cantonais. Un instant plus tard, on frappa à la porte, et un jeune homme de vingt-cinq ans environ fit son entrée.

Jack se leva, fit un pas en avant et serra la main qu'on lui tendait.

— Je suis très heureux de faire votre connaissance, monsieur Figg, dit le nouveau venu. Je m'appelle Richard Zheng, mais tout le monde me surnomme Richie.

— Enchanté, Richie, répondit Jack. A en juger par votre accent, j'imagine que vous avez fait vos études en Amérique.

— Oui. J'ai fréquenté la Wharton Business School, entre autres. Mais je suis désormais de retour à Hong Kong, dans mon pays. Je compte y rester définitivement.

— Richie est mon petit-fils, Jack, annonça Zheng avec une fierté et une affection manifestes.

Le jeune homme était superbe. Richie était grand pour un Chinois, et extrêmement séduisant.

— Mon fils a épousé une Anglaise, Jack. A la mort de ses parents, j'ai élevé Richie. Il est mon seul héritier, et il apprend les ficelles du métier de banquier ici avec moi. Un jour, China Zheng Private Bank lui appartiendra, et je sais qu'elle sera dans de bonnes mains. Cependant, Richie excelle aussi dans un autre domaine.

Jack regarda son ami d'un air interrogateur, mais comme celui-ci se contentait de sourire sans piper mot, il se tourna vers le nouveau venu.

— Puis-je vous demander lequel ?

— Je suis doué en informatique, répondit Richie.

— Non, corrigea Zheng sévèrement. Tu n'es pas doué, tu es un génie en informatique.

Il ajouta quelques mots en cantonais avant de se retourner vers Jack.

— C'est un atout inestimable. Vous n'êtes pas d'accord, Jack ?

Le cerveau de Jack fonctionnait déjà à vive allure. Il se contenta d'acquiescer sans répondre.

Sur le chemin qui le ramenait à l'hôtel, Jack concentra ses pensées sur Ainsley, se félicitant que ce dernier n'ait jamais su qu'il était proche de Wen Li, comme Emma l'avait été jusqu'à sa mort, puis Paula. Cela lui donnait un avantage. Ainsley ignorait également que le banquier l'avait toujours détesté. Wen Li avait un jour déclaré à Jack : « On n'est pas tenu d'apprécier les gens avec qui on fait affaire, Jack. »

La remarque était peut-être cynique, mais, comme la plupart des hommes de sa branche, Zheng Wen Li était un pragmatique.

38

Assis dans le bureau de Linnet, Jack Figg buvait un café en attendant qu'elle en ait fini avec sa conversation téléphonique. Il l'observait à la dérobée, comme souvent, et jugea qu'elle avait meilleure mine ces temps-ci. Sans doute parce que M était de retour à Londres. Elle s'était sentie seule sans sa sœur. Dieu merci, les deux jeunes femmes étaient indemnes.

Comme d'habitude, un feu pétillait gaiement dans l'âtre. On était le 1er mai, mais il pleuvait et un vent froid soufflait sur la capitale. Une journée de printemps typique.

Levant les yeux, Jack contempla le portrait à l'huile d'Emma, l'arrière-grand-mère de Linnet, une femme qu'il avait adorée et à laquelle il avait beaucoup pensé ces derniers jours. Il se remémora l'époque où il avait décidé de quitter Harte pour fonder sa propre société. Emma s'était d'abord opposée à son projet, avant de le persuader d'accepter un compromis. Elle l'aiderait à financer Jack Figg International, à condition que Harte soit son premier client.

Il sourit en se rappelant l'habileté dont elle avait fait preuve. Son deuxième client avait été Blackie O'Neill et O'Neill Hotels International, le troisième sir Ronald Kallinski et les industries Kallinski. Désormais chargé de la sécurité pour trois magnats de l'industrie et du commerce, il n'avait pas eu besoin de chercher d'autres clients. Elle avait très adroitement réussi à ce qu'il reste lié à elle de manière quasi exclusive. Quelques années plus tard, elle avait fait établir un document lui cédant l'entière propriété de la société. Lorsqu'il avait voulu lui restituer son investissement initial, elle avait déclaré que cette somme était une prime en récompense de son dévouement et qu'il ne lui devait rien. Mais il savait que ce n'était pas le cas. Il lui devait tout, au contraire : la vie qu'il menait maintenant, et celle qu'à son tour il avait aidé Simon à construire.

Linnet lui ressemblait de façon stupéfiante, et pas seulement sur le plan physique. Derrière son charme chaleureux se cachait un esprit sagace, et elle pouvait se montrer sans pitié si cela s'avérait nécessaire. Il se réjouissait qu'elle semble surmonter son chagrin petit à petit. La disparition subite de Julian Kallinski deux ans plus tôt lui avait porté un coup très rude. Ç'avait été un choc pour eux tous. Julian était mort d'une crise cardiaque alors qu'il avait à peine plus de trente ans et qu'il n'avait jamais été malade de sa vie.

On frappa à la porte et M fit irruption dans la pièce, légèrement hors d'haleine. Elle souffla un baiser à sa sœur, s'approcha de Jack avec sa grâce habituelle et l'embrassa affectueusement sur la joue.

— Tu as vu le chantier ? Le restaurant est pratiquement détruit, Jack. Nous avons vraiment eu une chance folle. Imagine ce qui se serait passé si ces deux autres bombes avaient explosé. La moitié de l'étage aurait été soufflée, et ce bureau aussi peut-être.

— Pas « peut-être », M. Ç'aurait été le cas, sans l'ombre d'un doute. Et avec toutes ces boiseries, l'incendie se serait propagé à une vitesse terrifiante, répondit Jack en jetant un coup d'œil aux superbes lambris en pin qui dataient de l'époque d'Emma. Je suis immensément soulagé que vous soyez saines et sauves.

— Je sais que tu as parlé à Linnet et à Simon ces derniers jours, reprit M. Je suppose que tu es au courant de tous les détails ?

Jack acquiesça.

— Tu ne trouves pas bizarre que l'attentat n'ait pas été revendiqué par une organisation terroriste ? demanda-t-elle en l'enveloppant d'un regard pénétrant. Je croyais qu'elles adoraient faire ce genre de choses. Se vanter.

324

— Pas toujours. Mais dans ce cas précis, je suis d'accord avec toi. J'aurais pensé que, vu l'importance de Harte, le groupe responsable aurait publié un communiqué.

— Quoi qu'il en soit, le magasin a rouvert ses portes, dit M gaiement. Et la sécurité a été renforcée.

Elle arqua un sourcil et fit une grimace.

— C'est tout juste si j'ai pu entrer avec tous les gardiens supplémentaires ce matin. Ils sont partout. Grâce à Simon. Enfin, parlons d'autre chose. Ton voyage à Hong Kong s'est bien passé, Jack ?

— C'était intéressant, répondit-il sans s'appesantir. C'est toujours un des endroits les plus fascinants au monde.

— J'aimerais bien y aller un jour, mais seulement en ta compagnie. Personne ne connaît Hong Kong mieux que toi, et je suis sûre qu'on passerait des moments sensationnels.

— Tu n'as qu'à choisir une date, dit-il avec un sourire bien qu'il ait le cœur lourd.

Il la contempla, songeant que sa beauté brune lui rappelait son ancêtre, l'Irlandais Blackie O'Neill.

— Je suis désolée, s'excusa Linnet en reposant le combiné. C'était une conversation interminable.

M bondit sur ses pieds et les deux sœurs s'étreignirent.

— Je sais que je me répète ces temps-ci, dit enfin Linnet en se dégageant, mais je suis tellement contente que tu sois de retour à Londres.

— Moi aussi, Lin.

Linnet prit sa place habituelle, dans le fauteuil placé près de la cheminée. Tout comme son arrière-grand-mère, elle craignait le froid et avait une prédilection pour cet endroit, le plus chaud de la pièce.

— Je suis désolée d'avoir dû prendre cette communication, Jack, mais c'était important.

— Ce n'est pas grave. Cependant, j'ai quelque chose d'urgent et de vital dont je dois discuter avec vous deux, et je pense qu'il serait préférable que tu avertisses Connie de ne pas nous déranger, s'il te plaît, Linnet.

Surprise par la gravité de son ton, Linnet lui jeta un regard curieux, mais s'approcha aussitôt de son bureau et échangea quelques mots avec son assistante par l'interphone avant de les rejoindre près de la cheminée.

— Cela concerne ton voyage à Hong Kong, Jack ?

— Oui. Comme vous le savez, je suis allé voir un de mes vieux amis, le banquier Zheng Wen Li. Il avait besoin de me parler en privé, et de vive voix. C'est un homme très prudent. Il ne voulait rien me dire par téléphone ni par courrier ou e-mail.

Jack marqua une pause, conscient que Linnet et M l'écoutaient avec attention.

— Wen Li avait une information à me donner. J'ai peur que ce ne soit une mauvaise nouvelle. Pour nous tous… Jonathan Ainsley est en vie, ajouta-t-il à voix basse.

— C'est impossible ! s'écria Linnet aussitôt en secouant la tête. Tout le monde sait qu'il est mort dans un terrible accident de voiture.

Sa voix tremblait légèrement alors qu'elle prononçait les derniers mots.

— Il semblerait que non. D'après Wen Li, l'épouse d'Ainsley, Angharad, l'a fait transporter dans une clinique en Suisse.

— Jack, ça ne peut pas être vrai ! protesta M d'une voix suraiguë. Il y a eu des obsèques, nous le savons tous ! Oh, mon Dieu, n'était-ce donc qu'un simulacre ? Pour nous tromper ?

Elle le dévisageait, livide, le choc se lisant dans ses grands yeux noirs.

— Cette femme a été notre ennemie dès l'instant où elle est entrée dans notre vie. Elle est aussi méchante, aussi assoiffée de vengeance que lui. Elle nous hait tous.

— Comment Wen Li sait-il qu'Ainsley est vivant ? demanda Linnet qui s'était ressaisie. L'a-t-il vu ? Identifié ? Ne pourrait-il s'agir d'une rumeur ?

— J'y ai pensé aussi, Lin, mais Wen Li l'a vu en chair et en os même s'il a admis ne pas l'avoir reconnu de prime abord.

— En ce cas, comment peut-il être certain que c'est bien notre cousin ? insista M. Nous pourrions avoir affaire à un imposteur.

— Croyez-moi, j'ai posé toutes ces questions à Wen Li. Cette histoire semblait tellement invraisemblable ! Malheureusement, il m'a donné des réponses qui m'ont convaincu. Ainsley a changé d'apparence, c'est indéniable. Je suppose qu'il a subi diverses opérations de chirurgie esthétique à cause des brûlures récoltées dans l'accident. En revanche, Wen Li a reconnu sa voix, qui a toujours été très caractéristique. La couleur de ses yeux, son nez aquilin et sa taille confirmaient également son identité. Il a ajouté qu'Ainsley boitait et qu'il s'aidait d'une canne.

— Comment diable ont-ils pu le sauver ? s'interrogea M à voix haute Où se trouve cette clinique ?

— Wen Li l'ignorait, mais un de mes agents a enquêté là-dessus pendant tout le week-end. Il m'a appris hier soir qu'Ainsley avait été soigné à la clinique Wendkettern, à Zurich, pendant plus d'un an, et qu'il y a fait des séjours prolongés par la suite.

— Et il vit à Hong Kong maintenant ?

— Wen Li pense que non, bien qu'il ait conservé l'appartement qu'il a acheté là-bas en 1970, après avoir été renvoyé par votre grand-père, David Amory, parce qu'il escroquait Harte Real Estate, la société immobilière dont il avait la responsabilité. A Hong Kong, la chance lui a souri et il a fait fortune dans l'immobilier. D'après Wen Li, il est aujourd'hui milliardaire.

— Quand Wen Li l'a-t-il vu ? Et pour quelle raison ? demanda Linnet en se penchant vers Jack. Etaient-ils amis autrefois ? Ou collègues ?

— Comme vous le savez, Wen Li possède une des plus vieilles banques privées de Hong Kong, la China Zheng, qu'il a héritée de son père. C'est un établissement réputé. Par le passé, il a eu des relations d'affaires avec beaucoup de gens, y compris votre mère, et votre arrière-grand-mère avant elle, mais aussi avec Ainsley. Ils n'ont jamais été amis. A vrai dire, Zheng l'a toujours trouvé antipathique. Néanmoins, il y a une dizaine de jours, il a reçu un message d'Ainsley par le biais d'un intermédiaire, lui demandant un rendez-vous...

— J'imagine le choc que cela lui a causé ! s'exclama M.

— En effet, répondit Jack. Il ne voulait pas y croire non plus, car il savait qu'Ainsley était mort et enterré. Il a donc décidé de mener son enquête, pour moi et pour les Harte.

— Alors, ces obsèques n'étaient qu'une ruse, c'est ça ? marmonna Linnet, sans s'adresser à personne en particulier.

Malgré la panique qui l'envahissait, elle s'efforçait de rester calme, devinant peu à peu où Jack voulait en venir.

— Je crois que tu as raison, Linnet. Pour moi, c'est Angharad qui a tout orchestré. Quand elle est arrivée à l'hôpital et qu'elle a vu qu'Ainsley était encore vivant, elle a décidé de le faire transférer dans une clinique en Suisse et puis de mettre en scène un faux enterrement.

— Mais dans quel but ? demanda M, perplexe.

— Ainsley mène une vendetta contre votre mère, expliqua Jack. Il croit qu'elle a influencé sa grand-mère pour que celle-ci lui lègue les magasins. Je sais pertinemment que ce n'est pas vrai. Emma Harte avait toujours eu l'intention de laisser les magasins à votre mère et de partager ses autres biens entre ses petits-enfants restants. Jonathan Ainsley en veut à votre mère depuis des années. Il a tout essayé pour mettre la main sur les magasins. A une époque, il possédait même une bonne partie des actions. Par ailleurs, il lui voue une haine farouche parce qu'elle l'a exclu de la famille après cette affaire d'escroquerie.

— Je ne comprends toujours pas, reprit M, son regard allant de Jack à Linnet. Pourquoi Angharad a-t-elle voulu nous faire croire que son mari était mort ?

— Pour nous faire perdre sa trace ! s'écria Linnet. Pour qu'il puisse nous attaquer sans que nous sachions que c'est lui.

— Nous attaquer de quelle manière ? Tu crois qu'il cherche à nous tuer ? C'est cela que tu veux dire, Linnet ?

— Oui, répondit Jack. En se servant d'hommes de main pour faire son sale boulot, bien sûr. Reportez-vous en arrière. Vous ne vous souvenez pas de la bombe qui a explosé dans l'église de Pennistone Royal ? Toute la famille aurait pu être anéantie. Il est sans pitié.

M regarda Linnet et éclata en sanglots. Il lui fallut quelques instants pour se ressaisir, puis elle prit dans son sac un mouchoir et essuya ses larmes.

— Je suis désolée. Tout à coup, je me suis souvenue de ce jour-là... murmura-t-elle, songeant à la maison de famille qu'elle aimait plus que tout autre endroit au monde.

— Pour résumer, reprit Jack, je pense que vous êtes toutes en danger. Votre mère, vous deux, et votre sœur Tessa. Je crois qu'Ainsley est un psychopathe et qu'il veut détruire les femmes de la famille Harte, surtout celles qui sont célèbres.

— Et nos cousines ? s'enquit Linnet.

— Je doute qu'elles soient concernées. Pour ce malade d'Ainsley, c'est Paula qu'il faut punir, et puisqu'il a échoué jusqu'à présent, il a décidé de s'en prendre à vous aussi.

— Ainsley a-t-il dit tout cela à Wen Li ? demanda Linnet avant de secouer la tête aussitôt. Non, bien sûr que non, il ne se serait pas trahi.

— En effet. Mais quant à Wen Li, il est du même avis que moi.

Linnet esquissa une moue.

— Simple curiosité, mais est-ce que Wen Li a accepté de traiter avec ce salaud ?

Jack sourit. Linnet s'était exprimée exactement comme Emma lorsqu'elle était furieuse.

— Il a été rusé comme un renard. Il a laissé entendre qu'il était très intéressé, mais qu'il devait réfléchir quelques jours. En réalité, il voulait me parler au plus vite et me demander s'il nous serait d'une aide quelconque en traitant avec Ainsley.

M lui lança un regard perspicace.

— Laisse-moi deviner. Tu lui as conseillé de le faire pour que nous sachions où Ainsley se trouve... Ou tout au moins que nous ayons accès à lui. C'est ça ?

— Exactement. Le problème, c'est que Wen Li ignore où Ainsley réside. Pendant son séjour à Hong Kong, il occupait son appartement de Victoria Peak. Il s'est même vanté auprès de Wen Li du fait que celui-ci avait pris énormément de valeur et qu'il était splendide. Mais il n'est plus à Hong Kong. Il est possible qu'il soit à Paris, où il possède également une propriété.

— Je sais que sa maison dans le Yorkshire a été vendue, intervint Linnet. Tout comme son appartement de Londres. C'est Angharad qui s'en est occupée.

— Ne nous inquiétons pas de cela, déclara Jack. J'ai chargé un de mes agents de se pencher sur les biens immobiliers d'Ainsley. Nous saurons très vite quel est son domicile habituel. J'ai appris autre chose : Angharad a donné naissance à une petite fille qui a environ quatre ans aujourd'hui.

Linnet eut un petit rire nerveux.

— Oh, mon Dieu ! Ainsley a dû avoir la déception de sa vie. Lui qui tenait tant à avoir un fils pour lui succéder... Mais ce sont les femmes qui contrôlent cette famille. Il aurait dû le savoir !

M se leva et gagna la fenêtre, regardant le flot de voitures dans Knightsbridge.

— Vous ne trouvez pas étrange que Scotland Yard et la DST n'aient pas beaucoup progressé concernant les attentats terroristes aussi bien ici qu'à l'hôtel du Cygne noir ? demanda-t-elle lentement. Moi, si. Serait-il possible qu'il y ait un lien entre ces deux attaques, et que Linnet et moi soyons ce lien ? Nous avons toutes les deux failli mourir, vous le savez aussi bien que moi.

Linnet la dévisagea sans répondre, les sourcils froncés.

— La même idée m'est venue, répondit Jack. Je me suis aussi interrogé en ce qui concerne Larry. A-t-il été visé sur le tournage parce qu'il était ton mari ? C'est une possibilité qu'il ne faut pas écarter.

— En effet. Mais d'autres personnes ont été victimes de la même intoxication alimentaire.

— Seulement deux ou trois, M, rétorqua Jack, repoussant son objection d'un geste. Et alors ? Si je voulais empoisonner quelqu'un, je ferais en sorte de rendre d'autres personnes malades, histoire d'éloigner les soupçons.

M hocha la tête.

— C'est possible. As-tu un plan, Jack ?

— J'ai des idées. Premièrement, je veux que vous soyez entourées de gardes du corps.

— Larry et moi en avons déjà deux. James Cardigan s'en est occupé…

— James Cardigan ? Un type d'une quarantaine d'années, séduisant, les cheveux châtains ?

— Oui. Il est marié à mon amie Georgie. Il dirige une société importante, un peu comme Figg International. Tu le connais ?

— Oui. Curieusement, je l'ai rencontré à Hong Kong il y a quelques années.

— James et Georgie sont à Londres pour quelques jours, remarqua M. A vrai dire, j'ai rendez-vous avec eux pour déjeuner. Si tu te joignais à nous ?

— Ce serait avec plaisir, mais j'ai dit à Simon que je déjeunerais avec lui. Nous devons discuter d'un certain nombre de choses, comme tu t'en doutes.

— Ce sera pour une autre fois alors. Plus nous sommes nombreux à réfléchir, mieux c'est. D'ailleurs, je suis sûre d'une chose : je ne vais pas attendre les bras ballants qu'Ainsley vienne m'éliminer. J'ai une idée et je pense que nous devrions la mettre en œuvre immédiatement.

— Quel genre d'idée ? demanda Jack prudemment.

— Embauchons un tueur à gages. Descendons ce salaud d'Ainsley avant qu'il tue l'un d'entre nous. Ou nous tous. Je parie que James pourrait recommander quelqu'un, et j'ai de l'argent. Je peux payer.

— M ! s'écria Linnet, atterrée. Tu ne parles pas sérieusement !

— Bien sûr que si ! rétorqua M en la foudroyant du regard. Pourquoi ne pas nous débrouiller par nous-mêmes ? Débarrassons-nous de ce type.

— Nous avons des règles de conduite différentes, protesta Linnet.

— Les règles sont faites pour qu'on les enfreigne, riposta M. Quand ceux qu'on aime sont en danger, il faut tout mettre en œuvre pour les sauver. En tout cas, moi, j'y suis prête. Je suis d'avis qu'on lui règle son compte. C'est un monstre, un cinglé. Je ne veux pas qu'il fasse de mal à mon mari, à mes sœurs ou à ma mère. Allons, Jack, engageons un tueur !

— Pas encore, M, répondit Jack, interloqué. Nous devons d'abord voir si nous pouvons le mettre hors d'état de nuire sans recourir à des moyens illégaux.

— Je parie que nous ferons chou blanc ! dit-elle fermement avant de se laisser tomber sur le canapé. Il y a des moments dans la vie où il faut tenter sa chance, courir des risques.

Jack la dévisagea quelques instants, stupéfié par sa passion, sa franchise et sa fermeté. Mais après tout, Emma était ainsi, et Linnet pouvait l'être aussi.

Il se souvint brusquement que, petite fille, M adorait s'occuper des chevaux dans le domaine de Pennistone Royal. Elle était toujours dans les écuries, récurant les box, brossant les poneys.

— Tu as toujours ce superbe cheval ? demanda-t-il subitement. Comment s'appelait-il, déjà ? Gypsy ?

— Jack ! Tu t'en souviens ? Oui, je l'ai toujours, mon Gypo adoré...

Elle se tut subitement, tandis que les souvenirs de l'incident du mois de mars 2006 déferlaient dans son esprit. Son visage se décomposa. Avait-elle été prise pour cible alors ? Oh, Seigneur ! Oh, non, non... La Mauvaise Chose était là. Elle se cacha le visage dans les mains et se mit à pleurer, le corps secoué de sanglots. Il fallait qu'elle leur dise ce qui s'était passé, songea-t-elle. Qu'elle leur dise qu'elle avait été agressée dans les bois, qu'elle avait échappé à cet homme, ce Bart...

— M, ma chérie, qu'y a-t-il ? demanda Jack en la prenant dans ses bras tandis que Linnet s'approchait à son tour. Que se passe-t-il ?

— Il m'a violée. Cet homme m'a violée, Jack.

39

— J'aurais dû t'en parler, Linnet, murmura M entre deux hoquets. Mais j'en étais incapable.

— Je suis ta sœur, et je t'aime, répondit Linnet doucement en lui pressant la main. Tu n'es pas censée garder pour toi des choses aussi affreuses, ma chérie. Tu avais besoin d'aide et de réconfort, et d'amour.

M secoua la tête.

— Je suppose que... que j'étais gênée, peut-être même que j'avais honte, avoua-t-elle tout bas. Je ne sais pas vraiment...

Sa voix s'éteignit, et elle se tourna vers Jack.

— Je n'y avais jamais pensé avant, mais peut-être ai-je été visée ce jour-là, à cause de mon nom. Parce que je suis une Harte.

— C'est une possibilité, M, répondit Jack, s'efforçant de garder une expression neutre. Mais sans connaître les détails, je ne peux rien affirmer. Penses-tu avoir la force de nous raconter ?

M se mordit la lèvre, pensive. Elle avait tenu ce drame secret pendant un an, l'avait géré à sa propre manière et avait trouvé le moyen de le surmonter. Elle avait mis la Mauvaise Chose derrière elle. Tout au moins, elle le croyait, en particulier depuis sa rencontre avec Larry. Il l'avait aidée à guérir sans même le savoir. C'était la soudaine mention de Gypo qui avait déclenché l'assaut de souvenirs. Et elle s'était effondrée. Elle se sentait un peu mieux à présent, sans doute parce qu'elle s'était confiée.

Elle tourna la tête, interrogeant Jack du regard.

— Qu'y a-t-il, mon chou ? Tu ne veux pas en parler ? J'imagine combien ça doit être difficile pour toi, mais souviens-toi de ceci, ma chérie. Je te connais depuis toujours. Je veux t'aider et te protéger le mieux possible.

— Je sais, dit-elle en lui adressant un faible sourire. Tu es comme un père pour moi. J'ai toujours pu tout te dire, Jack, c'est juste que... Enfin... Je voudrais que personne d'autre ne soit au courant.

Elle jeta un coup d'œil à Linnet.

— Il faut que tu me promettes de ne rien dire à papa et à maman. Personne ne doit savoir. Et surtout pas Larry.

— Je n'en parlerai à personne, ma chérie, promit sa sœur. Tu as ma parole.

— Et la mienne, assura Jack. Je ferai ce que tu voudras.

M prit une profonde inspiration, puis entama son récit.

— C'était en mars 2006. J'étais partie faire ma promenade habituelle avec Gypo, dans les bois au pied des collines. Juste à l'écart de Pennistone Royal. Sur le chemin à travers bois, j'ai été abordée par un homme debout à côté d'une camionnette en stationnement. Il m'a dit que son ami venait de faire une crise cardiaque et m'a demandé si j'avais un téléphone portable sur moi. J'ai dit que non et j'ai mis pied à terre. Le conducteur était affaissé sur le volant et il respirait d'une drôle de façon, mais il ne bougeait pas. Quand je me suis tournée pour parler à l'homme, il m'a attrapée et traînée à couvert. Je me suis débattue, j'ai hurlé, mais il était trop fort pour moi. Il m'a jetée par terre... Il a déchiré mes vêtements et... il s'est étendu sur moi. J'ai essayé de résister...

M s'interrompit, secouant la tête, bouleversée. Elle porta ses mains tremblantes à son visage.

— Prends ton temps, ma chérie, murmura Linnet avec tendresse, tout en levant vers Jack des yeux inquiets.

Il lui adressa un regard rassurant, empreint de compassion.

— Pourrais-je avoir un verre d'eau ? demanda M au bout de quelques instants.

Linnet se hâta d'aller lui en chercher un. M la remercia et but une longue gorgée.

— Tout à coup, j'ai entendu quelqu'un qui se frayait un chemin dans les broussailles en criant, reprit-elle. Mon agresseur a été surpris et il s'est redressé pour chercher son ami des yeux. J'ai compris que je devais saisir ma chance, alors j'ai ramassé une grosse pierre et je lui en ai flanqué un coup sur la tempe. Il s'est écroulé, je l'ai repoussé et me suis relevée et puis j'ai couru. J'entendais Gypo s'ébrouer dans les bois. Je me suis sauvée, voilà.

— Merci de nous avoir tout raconté, M, dit Jack avec douceur. J'aimerais te poser quelques questions, si tu te sens assez forte pour y répondre.

Elle hocha la tête.

— Je crois que oui.

— Sais-tu d'où ils venaient ? C'étaient des gens de la région ? Des étrangers ?

— Pas des gens de la région, non. Mais c'étaient des Anglais... Sans doute originaires de Londres.

— Tu as entendu des noms ?

— Un seul. Quand l'autre homme est arrivé en courant, il criait le nom de Bart, lui hurlait de me lâcher.

— Et c'est tout ?

— Oui.

— Tu les reconnaîtrais ?

— Celui qui m'a agressée, oui. L'autre, non. Je n'ai pas vu son visage quand il était dans la camionnette, et après, dans les bois, je me suis enfuie sans me retourner.

Jack hocha la tête.

— Qu'as-tu fait ensuite, M ? Où étaient tes parents ?

— Je n'ai rien dit à personne. Papa et maman étaient dans le sud de la France. Il n'y avait que les gardiens, Margaret et Joe. J'ai pris une douche. Plus tard, Margaret m'a préparé quelque chose à manger, et j'ai fait mes bagages. Le lendemain, je suis rentrée à Londres. Pendant les semaines suivantes, j'ai parcouru les journaux et j'ai regardé les informations parce que je me disais que j'avais peut-être tué ce

336

type. Je voulais être sûre que ce n'était pas le cas. Je suis allée dans une clinique et j'ai vu un médecin. Evidemment, il était trop tôt pour savoir si j'étais enceinte. Enfin, j'ai appris par la suite que ce n'était pas le cas et que je n'avais pas non plus contracté de maladie.

M regarda Linnet et secoua la tête.

— Ne sois pas fâchée contre moi, Lin, je t'en prie. Je voulais seulement m'occuper de tout moi-même.

Cette dernière la dévisageait avec une stupéfaction mêlée d'admiration, attristée que sa jeune sœur ait gardé toute cette souffrance pour elle.

— Je pense que tu es extraordinaire, M, et très courageuse. Mais tu aurais dû te confier à moi, ma chérie. J'aurais pu t'aider à surmonter cette épreuve, te réconforter, et même te trouver un psychologue.

— Je suppose que... j'ai enduré comme j'ai pu, murmura M avec un petit rire forcé, avant d'ajouter, d'une voix plus ferme : Je veux que personne d'autre ne sache.

— Je comprends, affirma Linnet.

— Qu'as-tu pensé de cette agression par la suite ? demanda Jack. Une fois que tu avais recouvré tes esprits.

— Que ces types étaient des pervers, quelque chose comme ça. Je n'ai pas imaginé une seconde qu'ils aient pu être envoyés pour me tuer. Tu crois que c'était le cas, Jack ?

— C'est difficile à dire. Il n'est pas impossible que des détraqués aient sillonné la campagne à la recherche d'une victime. Le monde regorge de tordus. D'un autre côté, ils s'étaient garés dans un endroit que tu fréquentes régulièrement, ce qui laisse entendre qu'ils savaient que tu passerais dans ces bois. Je pense que tu étais sans doute leur cible. Mais je ne crois pas que l'agression sexuelle était préméditée. A mon avis, ce Bart était un... tueur à gages, mais il n'a pu résister à la tentation de te violer d'abord.

— Tu as raison ! s'écria M brusquement. Maintenant que j'y réfléchis, l'autre avait l'air furieux quand il est arrivé en lui criant de me lâcher.

— Jack, es-tu en train de suggérer que Jonathan Ainsley est derrière tout cela ? demanda Linnet.

— Oui. Je crois qu'il en est parfaitement capable.

— Je vois. A part nous entourer de gardes du corps, qu'envisages-tu de faire ? reprit Linnet, désemparée. Je veux dire, comment peut-on se battre contre un fantôme ? Nous ne savons pas où il vit, ce qu'il fait. C'est un peu comme de chercher à attraper un courant d'air, non ?

— C'est peut-être l'impression que tu as, Linnet, mais pas moi, répondit Jack. Wen Li travaille à infiltrer une taupe dans la nouvelle société d'Ainsley à Hong Kong. Je suis sûr qu'il va réussir. Il a un excellent candidat. Cela nous permettra d'en savoir beaucoup plus. Par ailleurs, j'ai mis tous mes agents sur les traces d'Ainsley.

Il se leva et alla chercher une bouteille d'eau sur le plateau de boissons tout en continuant à parler.

— Il est évident que nous devons agir au plus vite. Nous ne pouvons pas laisser traîner les choses. Cet homme est dangereux.

— Pourquoi ne pas embaucher un tueur à gages ? insista M en adressant à Jack un regard dur.

Il secoua la tête.

— Non. Les Harte ne s'abaissent pas à ce genre de chose, M. Il y a d'autres manières de procéder.

— Nous devons viser ses points faibles, remarqua-t-elle. Trouver là où il est vulnérable... Comme sa femme, sa fille, son argent, ses sociétés. Je me demande s'il a une maîtresse ? Nous pourrions nous en prendre à elle.

Un sourire se dessina sur le visage de Jack.

— Je sais que cette affaire ne prête pas à rire, mais je ne peux pas m'en empêcher. Décidément tu es unique ! Quand tu en auras assez d'être mannequin, viens me voir, je te trouverai du travail ! Tu as vu juste. Wen Li et moi avons décidé d'exploiter les faiblesses d'Ainsley pour le détruire, l'achever une fois pour toutes sans recourir au meurtre, évidemment.

— Et quand comptes-tu expliquer tout cela à maman ? Et à Tessa ?

— Je dois prendre le thé avec Paula cet après-midi. Pour Tessa, je lui passerai un coup de fil. Je crois qu'elle comprendra ce que je veux dire même si je parle à mots couverts. Mais le cas échéant, je pourrai toujours faire un saut à Paris.

— La Dauphine est très intelligente, acquiesça Linnet. Je ne pense pas qu'il soit utile que tu ailles la voir.

— Jack, penses-tu qu'Ainsley se cache quelque part ? demanda M en se levant.

— Non. Je crois seulement qu'il se montre très discret quant à ses déplacements. Il n'étale pas sa richesse non plus. Bref, il fait profil bas... sans doute à cause de nous. Nous sommes l'ennemi. Pourquoi s'exposerait-il à être démasqué ? Mieux vaut rester dans l'ombre pour faire son sale boulot, n'est-ce pas ?

— Il est rusé, marmonna M, avant de se tourner vers Linnet. Puis-je utiliser ta salle de bains ? Je voudrais me passer de l'eau sur la figure et mettre un peu de blush.

— Tu n'as pas à me le demander, voyons !

Quand ils furent seuls, Linnet se tourna vers Jack.

— M est fantastique, tu ne trouves pas ?

— Cela t'étonne, beauté ? C'est une Harte, non ?

Dans son bureau, Simon Baron regardait ses notes sans les voir. Sa concentration l'avait déserté. Il se trouvait confronté au plus grand dilemme de sa vie et ne savait que faire.

Il était tombé amoureux d'une femme qu'il n'avait pas le droit d'aimer. Passionnément, désespérément amoureux.

Il avait connu un certain nombre de jeunes femmes intéressantes au fil des années, sans jamais avoir de relation bien sérieuse. De simples aventures, rien de plus.

Cette fois, c'était différent. Il savait qu'il était vraiment amoureux. Le problème, c'était que la dame en question ne se doutait de rien. Pire encore, il travaillait pour elle. Linnet O'Neill était la femme avec qui il rêvait de passer le reste de sa vie.

Elle était veuve depuis deux ans, et il savait qu'elle ne s'était attachée à personne depuis la disparition de Julian. Ces derniers temps, il avait remarqué que son chagrin semblait s'être apaisé. Il avait songé à l'inviter à dîner, mais n'avait encore pu s'y résoudre, et se réprimandait constamment d'être aussi peu courageux. Le fait demeurait qu'il n'osait pas franchir le pas.

Il lui devenait insupportable de travailler au magasin. La voir chaque jour tout en la désirant était trop dur à supporter. Il avait envisagé de chercher un autre emploi, mais il n'avait pas le cœur de décevoir Jack, qui serait blessé, déçu et furieux s'il quittait la maison Harte. Et aujourd'hui, avec le désastre de la semaine précédente, il était hors de question qu'il s'en aille. Sa présence était cruciale. Il voulait être là pour la protéger, s'assurer qu'elle était en sécurité. Un frisson le traversa alors qu'il songeait à l'explosion. Elle aurait si facilement pu être tuée... La vie sans elle, même si elle ne devait jamais être que sa patronne, serait un enfer. Il ferma les yeux, refoulant ces pensées moroses.

Il avait trente-huit ans. Il voulait se marier, avoir des enfants, mener une vie ordinaire, avec Linnet...

Un coup frappé à la porte l'arracha à sa rêverie.

— Entrez, dit-il en levant les yeux.

Il demeura frappé de stupeur en voyant Linnet O'Neill sur le seuil. Elle s'avança dans la pièce en souriant.

— Jack m'a demandé de venir te chercher, Simon. Il m'a dit que vous déjeuniez ensemble, et je me suis invitée. J'espère que ça ne t'ennuie pas.

Simon était déjà debout. Il contourna le bureau, se pencha vers elle et lui donna un baiser sur la joue.

— Bien sûr que non, au contraire. Où allons-nous ?

— Apparemment, Jack ne s'est pas lassé de la cuisine chinoise à Hong Kong. Il nous emmène au China Tang au Dorchester. Connie a fait une réservation.

— Ah, c'est un de mes restaurants préférés ! Viens, allons le chercher.

340

Il ouvrit la porte et une main sur son bras la guida vers les ascenseurs. Il se sentait à la fois nerveux et inexplicablement heureux.

— Il m'a dit qu'il nous retrouverait là-bas. Il est encore en train de bavarder avec M dans mon bureau. Elle déjeune avec des amis, un couple de New York, et Jack pense qu'il connaît le mari. Je crois qu'il aimerait le revoir. Prenons un taxi, veux-tu ?

Simon se contenta de hocher la tête.

— Il t'a annoncé la nouvelle, j'imagine ? Je suis sûr qu'il voulait tout vous expliquer, à M et à toi.

— C'est affreux, épouvantable, soupira Linnet alors qu'ils montaient dans l'ascenseur. Nous allons devoir adopter des mesures radicales, et sans tarder, Simon. Je suis particulièrement inquiète pour ma mère. Elle va prendre toute cette affaire à cœur, et sa santé n'est plus ce qu'elle était.

— Essaie de ne pas te faire trop de souci, Linnet. Jack a déjà un plan et moi aussi. Mais je suis d'accord sur un point : il n'y a pas de temps à perdre.

Une fois dans la rue, Simon héla un taxi, fit monter Linnet et expliqua au chauffeur qu'ils allaient au Dorchester avant de s'installer à son tour sur la banquette.

Au bout d'un moment, Simon s'éclaircit la voix, brisant le silence.

— Je crois que nous devons procurer des gardes du corps à M et à Larry...

— Oh, mais ils en ont déjà, répondit Linnet en lui lançant un regard furtif avant de se retourner vers la fenêtre.

Elle avait une conscience aiguë de sa présence, de son corps tout proche du sien, au point qu'elle en éprouvait une tension presque insupportable. A sa profonde stupéfaction, elle était tombée amoureuse de cet homme il y avait de cela plusieurs mois. Elle avait eu beau se répéter qu'il ne s'agissait que d'un désir physique, une attirance sexuelle pour ce grand blond séduisant, elle savait au fond d'elle-même que c'était bien plus que cela.

Simon Baron était un des hommes les plus intelligents qu'elle avait jamais rencontrés. Elle l'avait toujours trouvé sympathique, bien avant qu'il commence à travailler chez Harte. Elle appréciait sa compagnie. Il était agréable, attentionné, charmant, possédait le sens de l'humour. Elle savait aussi que les femmes le trouvaient irrésistible et qu'il avait de nombreuses aventures. Quelle chance avait-elle ? D'un autre côté, l'attentat avait rendu Linnet plus sensible à la laideur du monde et à l'importance du présent. Pourquoi ne pas lui faire comprendre ce qu'elle ressentait ? Qu'avait-elle à perdre ?

Le taxi fit une brusque embardée pour éviter une voiture qui freinait, et Linnet fut projetée sur le côté, manquant de peu d'atterrir sur Simon. Dans un geste réflexe, elle s'accrocha à lui.

— Oh, je suis désolée...

Elle leva les yeux vers lui, et se tut, la bouche sèche, incapable d'achever sa phrase. Il la regardait avec une telle intensité, un tel désir dans ses yeux gris-bleu qu'il n'y avait pas de méprise possible.

— Oh, Simon...

Elle se haussa vers lui et déposa un baiser sur ses lèvres. Il le lui rendit avec passion, puis la dévisagea, stupéfié par ce qui venait d'arriver.

Elle sourit.

— Il y a des mois que j'avais envie de faire ça, Simon. Et je l'ai enfin fait !

Simon plongea son regard dans ses superbes yeux verts, comprenant qu'elle partageait ses sentiments.

— Pareil pour moi, dit-il doucement. Et maintenant, j'ai envie de continuer, pas toi ?

— Oh, si.

Linnet secoua la tête.

— Je ne sais pas trop comment je vais pouvoir patienter pendant ce déjeuner avec Jack.

— Moi non plus... Mais nous n'avons pas le choix. Il y a des questions sérieuses à régler.

— Oh, mon Dieu, oui.

Linnet se redressa, mais resta blottie contre lui et lui prit la main.

— Pourrais-je te voir plus tard, Simon ? Ce soir, par exemple ? Voudrais-tu venir dîner chez moi ?

— Essaie de m'en empêcher ! Mais je dois t'avertir que mes intentions sont très sérieuses.

— Tant mieux. Et sache que les miennes le sont tout autant.

Ils étaient arrivés à l'hôtel Dorchester. Simon descendit le premier, régla la course, puis ouvrit la portière pour Linnet, lui pressant la main alors qu'ils gravissaient les marches de concert.

— Il va falloir faire attention, murmura-t-il. Jack nous connaît tous les deux très bien. Il risque de remarquer quelque chose si nous n'y prenons garde.

— Peut-être, mais quelle importance ?

40

— J'aimerais prendre un verre, déclara Linnet une fois qu'ils furent installés dans le coin salon du restaurant China Tang.

— Que voudrais-tu ? demanda Simon en posant une main sur la sienne, tout au bonheur de pouvoir la toucher.

— Une coupe de champagne rosé, s'il te plaît.

— Du champagne ? répéta-t-il en haussant un sourcil blond.

— Oui. Pour fêter quelque chose.

— Fêter quoi ?

— Notre baiser, répondit-elle en lui décochant un regard mutin. En ce qui me concerne, c'était un événement et par conséquent, il vaut la peine d'être célébré. C'est à cela que sert le champagne.

Simon éclata de rire, savourant sa présence, comme il l'avait toujours fait lorsqu'ils avaient eu l'occasion de passer des moments ensemble, avec Jack ou les parents de Linnet. Il la connaissait depuis de nombreuses années – à ses yeux depuis quasiment toujours – et elle l'avait toujours attiré. Mais elle n'avait d'yeux que pour Julian, son amour de jeunesse. Aujourd'hui, enfin, les choses avaient changé. Maintenant, elle était seule, disponible, et il était clair qu'elle éprouvait des sentiments profonds à son égard, comme lui envers elle. Désormais, c'était à lui de prendre l'initiative et de la faire sienne. Pour la vie.

Simon commanda deux coupes de champagne, puis se pencha vers Linnet et l'embrassa dans le cou.

— Il faut que j'en profite avant que Jack n'arrive, lui souffla-t-il à l'oreille.

— Oui, répondit-elle avant de redevenir grave. Nous sommes en danger, n'est-ce pas ?

— En effet. Il est crucial que nous retrouvions la trace d'Ainsley aussi vite que possible. Mais ce ne sera pas facile.

— Ces dernières années ont été si paisibles... soupira-t-elle. Maintenant, nous allons être de nouveau sur le qui-vive.

Le serveur revint avec leurs boissons et Linnet leva son verre, imitée par Simon.

— A ce baiser que j'ai attendu si longtemps de te donner.

Il lui sourit, l'enveloppant d'un regard plein d'amour.

— Il était très important pour moi aussi.

Il but une gorgée de champagne, puis reprit la parole.

— J'aimerais te poser une question avant que Jack soit là.

— Vas-y.

— Tu ne plaisantais pas quand tu as dit que tes intentions étaient sérieuses ?

Elle fronça les sourcils.

— Bien sûr que non. Pourquoi ?

— Parce que je sais ce que je ressens pour toi... Je suis sérieux.

— Je suis contente que nous éprouvions la même chose. Quels idiots nous faisons ! C'est fou de penser que nous avons des sentiments l'un pour l'autre depuis si longtemps sans rien dire !

— Nous avons perdu beaucoup de temps, Linnet.

— Mais nous le rattraperons...

Linnet s'interrompit brusquement et retira sa main.

— Voici Jack.

Une seconde plus tard, il arrivait à leur table. Il les salua tous les deux et s'assit, puis commanda à son tour une coupe de champagne.

— M a appelé James Cardigan et lui a parlé de moi. Nous nous sommes en effet croisés à Hong Kong. Elle a mentionné

notre problème et lui a demandé s'il connaissait des hackers !
Je n'en croyais pas mes oreilles !

— C'est ce que je te disais ce matin ! s'écria Simon. M a
eu la même idée que moi. Il nous sera peut-être difficile de
nous introduire dans le système informatique d'Ainsley, mais
nous pourrons certainement obtenir des informations sur lui
par l'intermédiaire de ses contacts.

— C'est ce dont j'ai discuté avec Zheng à Hong Kong.
Néanmoins, c'est plus facile à dire qu'à faire et souviens-toi
qu'il est hors de question que les Harte soient mêlés à des activités illégales.

— Mais nous pouvons peut-être contourner quelques
règles, tu ne crois pas ? suggéra Linnet. Je suis sûre qu'Emma
l'a fait, tout comme mon arrière-grand-père, Blackie O'Neill.
Et comme David Kallinski. M est prête à le faire, et moi aussi.

Jack se mit à rire.

— Les choses ont changé, dit-il fermement. Nous allons
respecter la loi. C'est compris ?

Linnet sourit et lui adressa un clin d'œil.

— Pour le moment, tout au moins, lança Simon.

Il rapprocha sa jambe de celle de Linnet, qui glissa une main
sur sa cuisse. Il la retira doucement, car il sentait le désir
monter en lui, malgré sa maîtrise de lui-même.

— Linnet, il faut que je te parle de ce que nous pouvons
entreprendre avec l'aide de Wen Li, commença Jack.

— Que veux-tu dire ? Comment peut-il nous aider ?

— Il a un petit-fils, Richie, qui est âgé d'une bonne vingtaine d'années. Il a fréquenté une école de commerce et a
passé un certain temps aux Etats-Unis. C'est un génie en
informatique, doublé d'un excellent banquier, d'après Wen Li.
Il a un talent naturel pour les chiffres. Wen Li va proposer à
Ainsley que Richie aille travailler avec lui.

— Mais pourquoi Ainsley accepterait-il Richie Zheng dans
sa société ?

— Parce que Wen Li envisage d'investir cent millions de
dollars dans un de ses projets, à condition d'avoir un représentant au sein de la compagnie. En un sens, il serait là pour

veiller sur l'investissement de Wen Li. Bien sûr il n'a pas exprimé les choses ainsi.

— Seigneur ! s'écria Linnet, sidérée. C'est une fortune !

— Naturellement, si Ainsley refuse que Richie rejoigne sa société, Wen Li n'investira pas cette somme.

— Je vois, dit Linnet lentement. Wen Li doit penser qu'il peut faire de gros profits dans cette affaire.

— C'est fort possible, mais une de ses motivations principales était de trouver le moyen de faire entrer un espion dans l'organisation d'Ainsley, la société Belvedere, qui a son siège à Hong Kong, et qui sert de couverture à toutes ses activités. Il y a aussi une autre raison, ajouta Jack. Comme je te l'ai dit tout à l'heure, Wen Li veut nous aider.

Linnet le dévisagea, incrédule.

— J'imagine la surprise de M quand je lui raconterai tout cela. Pourquoi risquerait-il tout cet argent pour nous, Jack ? Je ne comprends pas.

— Il ne prend pas réellement de risques. Wen Li sait ce qu'il fait. C'est un banquier avisé. Il ne nous reste qu'à espérer qu'Ainsley mordra à l'hameçon.

— Si nous commandions ? suggéra Simon. En fait, Jack, il vaudrait peut-être mieux que nous te laissions faire, puisque tu es un expert en cuisine cantonaise ?

Jack parcourut le menu.

— Hmm. Que diriez-vous d'une soupe au Wantan pour commencer ? Par une journée aussi froide, cela nous fera du bien, non ? Ensuite, j'adore leur crabe enveloppé dans des feuilles de laitue. Ils font aussi de délicieux petits pâtés aux crevettes... Sans oublier les rouleaux de printemps. Des préférences ?

— Comme tu voudras, Jack, répondit Linnet. J'aime tout.

La serveuse vint prendre leur commande. Profitant de l'inattention de Jack, Simon pressa la main de Linnet sous la table, et l'enveloppa d'un long regard tendre.

Paula O'Neill se regarda dans la glace, lissa le jupon de sa robe en soie bleu marine et ajusta le rang de perles à son cou, puis ajouta une paire de boucles d'oreilles. Satisfaite de son apparence, elle sourit et se détourna, songeant que, comme à son habitude, elle était vêtue d'un de ses « uniformes » : ce jour-là, une robe simple de couleur foncée.

A l'époque où elle dirigeait Harte, elle portait toujours un tailleur noir bien coupé et un chemisier blanc. Ses filles Linnet et M avaient suivi ses traces, optant pour des « uniformes » similaires pendant la journée. Contrairement à Tessa qui avait son propre style inimitable, et arborait surtout du blanc.

Ses pensées se reportèrent sur M, la plus jeune de ses filles et celle qui lui ressemblait le plus physiquement. Elle était fière d'elle, fière qu'elle se soit rendue à New York et se soit fait sa place seule, sans l'aide de sa famille. Mais après tout, c'était une des caractéristiques des Harte ! A bien des égards, M avait toujours été la plus indépendante, sûre d'elle et de ce qu'elle voulait faire de sa vie. Et dire que la nouvelle mannequin en vogue, dont la photo faisait la couverture de tous les magazines, détestait autrefois se laver les cheveux et se maquiller, préférant récurer les écuries et soigner les chevaux !

Paula s'assit à son bureau, ouvrit son agenda et parcourut la liste de ses rendez-vous du jour. Le thé avec Jack, prévu à seize heures, était le plus important de tous. Elle ne l'avait pas vu depuis plusieurs semaines et attendait sa visite avec curiosité. Venait-il simplement bavarder, la tenir au courant de certaines questions ? Ou lui faire part de mauvaises nouvelles ? Après l'attentat perpétré contre le magasin, elle penchait pour la seconde hypothèse. D'un autre côté, il revenait de Hong Kong, et peut-être souhaitait-il lui transmettre les salutations d'amis mutuels ?

Quoi qu'il en fût, elle se réjouissait de le voir. Ils étaient amis depuis plus de quarante ans. Elle fronça les sourcils à cette pensée. Où donc était passé le temps ? Il avait filé à toute allure... Si vite que cela lui paraissait impossible.

Elle avait fait la connaissance de Jack Figg lorsqu'elle avait commencé à travailler pour sa grand-mère. Emma Harte adorait le jeune Jack, et avait très vite estimé qu'il avait un potentiel remarquable. Comme d'habitude, Emma avait vu juste. Il était devenu un brillant chef de la sécurité, loyal et dévoué. Il était aussi devenu son meilleur ami, et faisait partie de la famille.

Parfois, Shane la taquinait à son sujet, laissant entendre que Jack était amoureux d'elle depuis toujours. Elle n'y prêtait aucune attention, parce qu'il n'y avait jamais eu le moindre signe suggérant que cela fût le cas. Jack ne s'était jamais conduit autrement qu'en parfait gentleman.

Paula se laissa aller en arrière sur sa chaise, songeant aux événements qui avaient ponctué les années : son mariage avec Jim, la naissance des jumeaux, Tessa et Lorne ; et puis la lente mais terrible désintégration de son couple. Ç'avait été une révélation de prendre conscience qu'elle aimait Shane O'Neill, son ami d'enfance. Par la suite, lorsque Jim et son propre père avaient été tués lors d'un accident d'avion en France, elle avait éprouvé un profond chagrin accompagné d'un sentiment de culpabilité. Mais le temps avait passé et cette tragédie avait été suivie par son mariage avec Shane. Elle avait trouvé la paix et le bonheur dans cette union, et dans la naissance de ses enfants, Patrick, Linnet, Emma et Desmond.

Elle se souvint brusquement du moment où Shane et elle s'étaient avoué à regret qu'il ne pouvait y avoir qu'une Emma dans la famille. Ils avaient compris trop tard qu'il serait difficile à l'enfant nouveau-né de porter le nom de sa célèbre arrière-grand-mère, si bien qu'Emma avait été surnommée Emsie, puis Em, et enfin M. Paula sourit avec ravissement. Qui aurait un jour cru que sa petite amoureuse des chevaux deviendrait une mannequin d'une beauté stupéfiante ? Et Larry était merveilleux. Il rendrait M heureuse.

Elle soupira, et son cœur s'emplit de tristesse lorsqu'elle pensa à Patrick... leur petit garçon adoré, venu au monde avec un handicap sévère. Il avait été un enfant doux, adorable, chéri de tous. Lorsqu'il était mort subitement, toute la famille avait été anéantie.

Oui, tant de deuils, que Shane et elle avaient partagés... La mort de son grand-père Blackie O'Neill et de sa grand-mère Emma Harte ; puis la disparition du père de Shane, Bryan, et de sa grand-tante Edwina, la première-née d'Emma Harte. C'était l'excentrique de la famille, et tout le monde la comparait à un général tout en l'adorant.

Quant aux épouvantables erreurs qu'elle avait commises en affaires... Paula se tassa un peu sur elle-même à cette pensée. Dire qu'elle avait failli perdre les magasins au profit de son cousin ! Cependant, elle avait fini par déjouer les plans de Jonathan Ainsley et triompher de lui. Grâce à Ronnie Kallinski, l'homme qu'elle appelait depuis toujours Oncle Ronnie. Dieu merci, Ainsley était désormais mort et enterré. Elle avait survécu à toutes ces embûches et était allée de l'avant.

En dépit des erreurs, des deuils et des tragédies, il y avait eu des mariages, des naissances et de nouveaux départs... Des enfants pour reprendre le flambeau, en hommage au célèbre nom des Harte... Pour diriger l'empire laissé par son aïeule.

Et il y avait eu le bonheur qu'elle avait partagé et continuait à partager avec Shane : un trésor à chérir et à savourer. Quelle chance elle avait eue de faire partie de la vie de cet homme ! Elle avait subi des coups durs, mais peu importait à présent. Elle avait eu plus de chance que la plupart des gens, et elle en était reconnaissante.

Paula se leva, sortit de sa chambre et descendit au rez-de-chaussée afin d'attendre Jack, encore songeuse.

Elle s'était parfois demandé si une malédiction pesait sur les Harte, avait toujours fini par rejeter cette idée absurde. Ils formaient une grande famille, et la vie n'avait épargné aucun d'entre eux, mais n'était-ce pas naturel ? Elle ne croyait pas aux mauvais sorts. Comme sa grand-mère, elle était trop pragmatique pour ce genre de sottises.

— Tu es venu m'annoncer que nous avons encore des ennuis, n'est-ce pas, Jack ? demanda-t-elle en voyant l'expression sombre de son ami.

— Je crains que oui, admit-il.

Ils s'étreignirent. Jack l'embrassa sur la joue, puis s'écarta légèrement pour la contempler, fouillant son visage.

— Quoi qu'il arrive, tu es toujours aussi belle.

— Merci, mon cher. Je me sens en pleine forme, bien que Linnet se fasse bien trop de souci à mon sujet. Enfin, cela part d'un bon sentiment, et je dois admettre que je suis fière de la manière dont elle gère les magasins et garde son sang-froid en toutes circonstances.

Paula s'assit sur le canapé, interrogeant Jack du regard.

— Donne-moi les mauvaises nouvelles.

Jack prit place en face d'elle.

— Il va falloir que tu sois forte, avertit-il avant d'aller droit au but. Contrairement à ce que nous pensions, Jonathan Ainsley est toujours vivant.

Inquiet pour elle, il observa sa réaction. Elle cilla, mais son visage ne trahit aucune émotion. Puis elle poussa un long soupir et lui accorda toute son attention.

— Je devine que tu ne dis pas cela sans en avoir acquis la certitude, commença-t-elle en se laissant aller contre les coussins, mais je suis tout de même curieuse. Comment l'as-tu su ?

— Par l'intermédiaire de notre vieil ami Wen Li. Il m'a contacté pour me dire qu'il avait quelque chose d'important à me révéler, quelque chose de vital, mais qu'il tenait à me parler de vive voix. C'est pourquoi je suis allé à Hong Kong la semaine dernière.

— Je vois. Et comment est-il au courant de... la résurrection d'Ainsley, pour ainsi dire ?

Jack lui raconta tout sans omettre le moindre détail, et expliqua l'idée qu'avait eue Wen Li d'introduire son petit-fils dans la société Belvedere.

— Je comprends, Jack. Si le plan de Wen Li fonctionne, nous aurons quelqu'un dans la place, un espion. Cela nous donnera au moins une idée de ce qui se passe.

— C'est exact, Paula, encore qu'Ainsley ne soit peut-être pas à Hong Kong en ce moment. Néanmoins, Richie Zheng aura accès à toutes sortes d'informations. Reste à espérer qu'Ainsley morde à l'appât.

— Oui. C'est généreux de la part de Wen Li de faire cela pour nous.

— Il le fait aussi pour lui-même, Paula. Tu sais qu'il déteste Ainsley autant que nous, et d'ailleurs, cet investissement pourrait lui rapporter très gros. Mais oui, il est très loyal. C'est un vrai ami.

— Quand Wen Li aura-t-il la réponse d'Ainsley ? Le sait-il ?

— C'est imminent, je pense. Entre-temps, il n'y a pas grand-chose que nous puissions faire. Naturellement, j'ai renforcé la sécurité autour de vous tous. Ainsley est dangereux. Et insaisissable, ajouta Jack en fronçant les sourcils. Je n'ai aucune idée de l'endroit où il est basé.

— Il ne vit pas à Hong Kong ? demanda Paula, surprise.

— Non. Il a conservé un appartement et des bureaux là-bas, mais c'est tout.

— Il est possible qu'il vive en Suisse, tu sais, étant donné qu'il a été soigné dans une clinique de Zurich.

— Je doute qu'il soit à Zurich, mais Genève est une possibilité.

Paula se pencha en avant.

— Une fois que Richie Zheng sera à même de nous obtenir des informations, que va-t-il se passer ?

— J'espère que nous serons capables d'établir avec certitude l'endroit où se trouve Ainsley et de surveiller ses faits et gestes. J'ai déjà des agents qui sont à sa recherche, Paula. Je ne veux rien laisser au hasard.

— Mais comment pourras-tu le mettre hors d'état de nuire ? Tu ne peux pas tout simplement prendre un revolver et l'abattre.

— Si je le pouvais, je le ferais. Je l'aurais fait il y a des années, tu ne l'ignores pas.

Il prit sa main dans la sienne.

— Wen Li et moi ferons en sorte qu'il ne puisse plus nous faire de mal, Paula. Je te le promets. Mais je ne peux pas te dire comment nous allons procéder parce que tout n'est pas encore finalisé. D'ailleurs, moins tu en sauras, mieux cela vaudra.

— J'ai confiance en toi, Jack.

Il esquissa un demi-sourire avant de continuer :

— Je vais insister pour que d'autres membres de la famille – certaines de tes cousines – soient protégés. Vois-tu, c'est toi et les tiens qu'il vise avant tout…

— Mais pourquoi s'obstine-t-il après tout ce temps ? s'écria-t-elle d'une voix rendue suraiguë par l'émotion.

— Quand une terrible maladie n'est pas soignée, observa Jack, elle ne s'en va pas d'elle-même. Jonathan Ainsley est un psychopathe. Son père lui-même l'a affirmé avant de mourir. Nous devons l'arrêter.

— Le plus tôt possible, Jack, je t'en prie, murmura-t-elle, tendue.

— Je ferai de mon mieux, je te le garantis. Je tiendrai la promesse que je t'ai faite, répondit Jack d'un ton rassurant.

— Merci. Je ne sais pas ce que nous ferions sans toi.

— Concernant Tessa… Tu crois que son mari s'opposera à la présence de gardes du corps ?

— J'en doute. Jean-Claude est brillant, comme tu le sais. De plus, il est considéré comme un des plus grands experts mondiaux en matière de terrorisme. Il comprendra que les gardes du corps sont une nécessité. D'ailleurs, tu vas pouvoir en parler à Tessa toi-même. Elle est à Londres pour la journée, avec Jean-Claude. Elle vient prendre le thé tout à l'heure.

Un grand sourire éclaira le visage de Jack.

— J'en suis ravi. Il y a une éternité que je ne l'ai pas vue.

Paula hésita et lui adressa un regard perçant.

— Tu as en général quelques longueurs d'avance sur nous tous, si bien que je suppose que tu as déjà pensé à la question que je vais te poser... Crois-tu qu'Ainsley soit mêlé à l'attentat contre Harte ?

— J'allais justement y venir, Paula. Oui, je suis certain qu'il est derrière tout cela. L'intoxication alimentaire de Larry sur le tournage me paraît suspecte également. Quant à l'effondrement du podium lors du défilé de mode à Paris, je ne peux pas m'empêcher de penser que c'est aussi son œuvre.

A cet instant, la porte s'ouvrit, livrant passage à Vesta, la gouvernante, qui poussait une table roulante sur laquelle se trouvait le service à thé.

— Me voici, madame O'Neill. Mlle Tessa vient d'arriver. Elle est montée se rafraîchir et sera là dans quelques minutes.

Tessa Fairley Deléon était une vraie beauté. Grande et mince, elle possédait une longue chevelure blond cendré, des yeux couleur gris argent et un teint de pêche. Son visage ovale et ses traits délicats étaient parfaits, et il émanait d'elle un indéniable charisme, peut-être en raison de son extraordinaire élégance ou de la grâce de ses gestes.

Jack la regarda entrer dans le salon, fasciné. Elle était plus splendide que jamais, d'une beauté éthérée. Il avait l'impression qu'elle touchait à peine le sol tant ses pas étaient légers.

Elle portait une robe dans les tons gris et bleu pâle, dont les plis souples enveloppaient ses superbes jambes comme une brume. Elle n'était pas belle à la manière d'une star. Tessa semblait irréelle, une créature venue d'un autre monde.

Et dire qu'il l'avait détestée par le passé...

Jack n'avait pas été le seul. A la vérité, toute la famille s'était parfois accordée pour la trouver impossible. Son père, Jim Fairley, le premier mari de Paula, appartenait à une vieille famille aristocratique du Yorkshire, et Tessa avait été une terrible snob, sans cesse à se vanter d'être issue d'une telle lignée.

Ce qui agaçait par-dessus tout les siens, c'était sa tendance à considérer les Harte avec dédain, et à leur lancer le nom de Fairley à la figure. Elle énervait prodigieusement sa mère et

Linnet en se faisant appeler la Dauphine, faisant ainsi allusion au fait qu'elle était l'aînée, et par conséquent l'héritière des magasins Harte.

Tessa était la première-née des enfants de Paula, venue au monde quelques minutes avant son frère jumeau, Lorne. Par chance, ils s'entendaient bien, et il ne lui mettait pas de bâtons dans les roues. Lorne ne s'intéressait pas à l'entreprise familiale. Il avait toujours voulu devenir un grand acteur, et il y était parvenu.

Linnet et Paula se moquaient gentiment de Tessa dans son dos, pour autant elles étaient devenues ses alliées lorsqu'elles avaient découvert que Tessa était une épouse maltraitée. Le premier mari de Tessa, Mark Longden, la battait régulièrement et elle avait fini par le quitter. Aucun des membres du clan n'avait jamais soupçonné ce qui se passait car Tessa avait réussi, pendant des années, à faire bonne figure.

Jack avait compris quel triste individu était Mark le jour où la fille de Tessa avait disparu, quelques années auparavant. Jack avait retrouvé la trace de son père et découvert que Mark lui-même avait enlevé la petite Adèle.

Durant cette épreuve épouvantable pour Tessa, il avait appris à mieux la connaître, et s'était pris d'amitié pour elle. Il admirait la force et le courage dont elle avait fait preuve, et avait été touché qu'elle lui confie combien elle était heureuse d'avoir hérité ces qualités de son indomptable arrière-grand-mère Emma Harte.

Cette période l'avait changée, et elle avait fini par devenir la femme adorable qu'elle était à présent, après avoir rencontré et épousé Jean-Claude Deléon. Le célèbre écrivain et philosophe français était de vingt ans plus âgé qu'elle, mais ils s'étaient mariés très vite et avaient eu trois enfants. Désormais, Tessa vivait en France. Elle était épanouie et bien dans sa peau.

Elle les embrassa tous les deux avec affection.

— Veux-tu que je serve le thé, maman ?

— S'il te plaît, ma chérie, répondit Paula en riant.

Tessa s'exécuta et leur présenta l'assiette de petits sand-wiches, puis se versa une tasse et s'installa près de Jack sur le canapé.

— Comment se fait-il que tu ne viennes jamais nous rendre visite à Paris ? se plaignit-elle. Cela nous ferait très plaisir.

— Je le ferai, c'est promis.

Il échangea un regard avec Paula qui hocha la tête, l'encou-rageant à poursuivre.

— A vrai dire, je songeais à aller te voir demain, mais puisque tu es ici... je n'ai plus de raison de le faire... Pour l'instant tout au moins.

— Pourquoi voulais-tu venir me voir ? demanda-t-elle, intriguée.

— Je voulais te parler d'une question importante, Tessa. D'une question très grave. Je suis désolé d'avoir à t'annoncer cela, mais en ce moment, toi, Jean-Claude et vos enfants êtes en danger.

Tessa se redressa et le dévisagea, perplexe.

— Que diable veux-tu dire ?

Jack lui raconta tout ce qu'il venait d'expliquer à Paula, tandis qu'elle écoutait avec attention.

— Nous ferons exactement ce que tu nous dis de faire, Jack, dit-elle lorsqu'il eut terminé. Je suis prête à tout pour protéger ma famille.

A cet instant, la porte s'ouvrit. Paula se retourna et vit M sur le seuil. Aussitôt, elle bondit sur ses pieds, souriant jusqu'aux oreilles.

— M ! Quelle merveilleuse surprise ! s'écria-t-elle en embrassant la plus jeune de ses filles.

— Oh, maman, tu es absolument superbe !

Puis M vit Tessa près de la cheminée et poussa un cri ravi.

— Oh ! Que fais-tu ici ? Je te croyais à Paris.

Tessa éclata de rire, rejeta en arrière sa longue chevelure et alla serrer sa sœur dans ses bras.

— Tu as grandi ou quoi ? remarqua Tessa avec un fronce-ment de sourcils avant de sourire : Non, tu me dépasses de vingt centimètres parce que tu portes des talons vertigineux, c'est ça !

— Pas du tout, protesta M en désignant ses ballerines. J'ai des chaussures plates, comme tu peux le constater. Et je ne te dépasse que de deux centimètres !

Les deux femmes se mirent à rire de bon cœur.

— Je voulais t'avertir que j'ai persuadé Lorne d'aller te rendre visite, ajouta M. Il est un peu déprimé en ce moment.

— Vraiment ? Pour quelle raison ?

— Je pense qu'il se sent très seul. Il n'a pas de petite amie.

Elle s'approcha du canapé et étreignit Jack avec chaleur.

— Comment maman a-t-elle pris la nouvelle ? souffla-t-elle à son oreille.

— Avec élégance, répondit-il. Comme toujours.

Paula vint les rejoindre au coin du feu.

— Veux-tu une tasse de thé, ma chérie ? demanda-t-elle à M. Il est encore chaud.

— Avec plaisir. Je suis vraiment contente de te voir, maman, et de voir Jack et Tessa par la même occasion. Jack t'a appris la mauvaise nouvelle ?

— En effet.

— Moi, je crois que nous devrions le faire abattre par un tueur à gages, reprit M. Et je serais prête à payer. Ainsley est trop dangereux.

Paula et Tessa la dévisagèrent avec stupeur, puis Paula se mit à rire.

— Mon chou, nous ne pouvons pas faire tuer les gens comme ça !

— Pourquoi pas ?

— Ne dis pas de bêtises, M. Nous ne sommes pas des criminels...

— Mais Ainsley, si, insista M.

Elle se tourna vers Tessa.

— J'espère que tu as accepté d'avoir des gardes du corps.

— Oui. J'ai toujours écouté les conseils de Jack, tu sais.

— Combien de temps restes-tu à Londres ?

— Seulement la journée, ma chérie. Jean-Claude venait par avion privé, et je me suis invitée pour rendre visite à maman.

— Je suis enchantée que tu l'aies fait, Tessa, commenta Paula, avant de se retourner vers M, soudain soucieuse. Que disais-tu à propos de Lorne ?

41

Linnet quitta le magasin de Knightsbridge plus tôt que d'habitude. Elle se sentait impatiente, nerveuse, voire agitée. Comme toujours, elle regagna à pied la petite mais charmante maison située à quelques rues de Harte où elle vivait depuis la mort de son mari.

Elle laissa tomber son fourre-tout dans l'entrée, se hâta vers la cuisine et alla jeter un coup d'œil dans le réfrigérateur. Elle avait vu juste : il y avait quantité de bonnes choses, y compris du saumon fumé, du pâté de campagne et de la salade. Elle remarqua aussi un gratin que sa gouvernante, Carla, avait dû préparer ce matin-là. Bref, de quoi satisfaire un homme affamé.

Linnet pivota sur ses talons et entra dans le salon afin de vérifier que tout était en ordre, puis monta dans sa chambre. Elle se changea rapidement, remplaçant le tailleur noir qu'elle portait au travail par un pantalon beige et un pull en cachemire assorti.

Comme elle se retournait, son regard s'arrêta sur la table de nuit. Le téléphone était posé à côté d'un bloc-notes dans un étui en cuir. Jusqu'à récemment, elle conservait là une photo de son défunt mari dans un cadre en argent. Puis, il y avait de cela quelques mois sa sœur Tessa était venue la voir.

« Je crois que tu devrais mettre cette photo ailleurs, Linny, ma chérie, avait-elle suggéré. Dans le salon, peut-être. »

Linnet avait fait mine de protester, mais Tessa avait levé la main, secouant la tête avec vigueur. « Écoute-moi, mon chou.

Julian est mort depuis deux ans. Il faut que tu ailles de l'avant. Ne garde pas cette photo dans ta chambre, pour l'amour du ciel. Avec un peu de chance, il y aura tôt ou tard un autre homme dans ce lit et, crois-moi, rien ne refroidit davantage que la photo d'un mari mort en train de vous regarder faire l'amour. »

A l'époque, Linnet avait lancé à Tessa un regard plein de reproche, et marmonné quelque chose à propos du manque d'hommes potentiels, mais Tessa avait fait main basse sur le cadre et l'avait entraînée à l'extérieur.

« Tu as tort, il y a quantité d'hommes disponibles, mais comment le saurais-tu ? Tu travailles constamment. Dis-moi comment tu comptes les rencontrer ? Je vais devoir faire office d'entremetteuse. Que dis-tu de ça ? »

Sur quoi, Tessa s'était mise à rire, imitée par Linnet. Conformément aux conseils de sa sœur, elle avait mis la photo de Julian dans son salon ce jour-là. Et tout en le faisant, elle avait pensé à Simon, à l'attirance qu'elle éprouvait pour lui, et soupiré, car elle le croyait hors d'atteinte.

Comme elle s'était trompée ! Elle se remémora soudain le trajet en taxi à l'heure du déjeuner, et remercia intérieurement le chauffeur d'avoir fait un écart, la projetant dans les bras de Simon. Elle s'émerveillait encore d'avoir eu l'audace de l'embrasser...

Elle sortit de la chambre et descendit au rez-de-chaussée, dans la confortable salle à manger qui donnait sur le jardin. Elle avait téléphoné à Carla dans l'après-midi pour lui demander de mettre le couvert pour deux.

Linnet regarda autour d'elle, satisfaite des tons bleus et blancs de la pièce, et des meubles antiques qui s'accordaient si bien au décor. L'achat de la maison et son aménagement l'avaient occupée après la mort de Julian, l'aidant à surmonter son chagrin.

La maison avait représenté un nouveau départ... Tout comme cette soirée à venir.

Linnet consulta la pendule placée sur le manteau de la cheminée. Dix-sept heures quarante. Encore vingt minutes à attendre l'arrivée de Simon. Elle était rentrée du magasin bien trop en avance et ne savait que faire d'elle-même.

Elle se leva, traversa la pièce, ajusta un coussin en soie sur le canapé rose foncé, gagna l'entrée, remarqua son sac et alla le ranger dans son bureau au premier étage.

Assise à sa table de travail, elle jeta un coup d'œil au courrier de la veille, le jugea sans importance, se releva et s'approcha de la fenêtre. Elle parcourut la rue du regard, puis redescendit, de plus en plus nerveuse, et même un peu effrayée.

Simon occupait toutes ses pensées. Elle se demanda tout à coup ce qu'il voudrait boire et se rendit précipitamment à la cuisine pour vérifier ce qu'il y avait dans le réfrigérateur. Une bouteille de vin blanc était au frais. Elle y ajouta du champagne rosé et de l'eau, remarquant avec surprise que ses mains tremblaient et que son cœur battait la chamade.

Tout cela à cause de Simon, un homme qu'elle connaissait depuis la nuit des temps et qu'elle voyait chaque jour au magasin. Mais c'était différent à présent, parce qu'elle l'avait embrassé dans le taxi, qu'il lui avait rendu son baiser, et qu'ils s'étaient avoué leur attirance mutuelle. Sur le chemin du retour au magasin, après le déjeuner avec Jack, il n'avait pu s'empêcher de la toucher sans arrêt. Et réciproquement. Elle brûlait de le caresser, de l'embrasser, de le serrer contre elle... de lui faire l'amour... d'être sienne.

Un coup de sonnette strident la fit tressaillir. Linnet baissa les yeux sur sa montre et constata qu'il était dix-sept heures cinquante. Il était en avance. S'efforçant au calme, elle se dirigea vers la porte d'entrée et regarda à travers le judas. C'était bien Simon.

Elle ouvrit en souriant.

— Bonsoir, dit-elle, incapable d'ajouter quoi que ce fût.

— Bonsoir, répondit-il en entrant.

Elle referma la porte et se tourna vers lui, si émue qu'il ne pouvait manquer de s'en apercevoir.

361

— Je suis désolé d'être en avance, murmura Simon, mais je... euh... j'avais hâte d'être ici, de te voir.

Adossée au battant, Linnet le contemplait, songeant qu'il était irrésistible. Il avait retiré sa cravate et semblait plus détendu dans sa chemise bleu pâle à col ouvert. Elle mourait d'envie de lui faire l'amour sans attendre. Sa bouche était plus sèche que jamais.

Il s'éclaircit la gorge, anxieux.

— Je sais, souffla-t-elle enfin. C'est la même chose pour moi. Je suis rentrée beaucoup trop tôt...

Elle fit un pas en avant, puis un second, Simon aussi. Ils se jetèrent dans les bras l'un de l'autre. La bouche de Simon écrasa la sienne, et il l'embrassa avec passion, la serrant contre lui. Elle s'accrocha à lui, ne sachant par quel miracle elle trouvait la force de rester debout. Les jambes en coton, elle tremblait de tous ses membres.

— Cet après-midi a été insupportable... murmura-t-il dans ses cheveux. J'avais tellement envie de toi...

— Moi aussi.

Elle s'écarta, le prit par la main pour le guider vers le salon et lui demanda d'une voix à peine audible s'il voulait boire quelque chose.

— Rien pour l'instant. Je veux seulement te prendre dans mes bras et t'embrasser.

Ils se laissèrent tomber sur le canapé. Elle tendit les bras vers lui et leurs lèvres se trouvèrent de nouveau. Simon lui effleura les cheveux, la joue et le cou puis glissa une main sous son pull afin de dégrafer son soutien-gorge.

Il prit son sein, le caressant avec lenteur tandis que Linnet sentait le désir la submerger. Elle voulait qu'il la touche, qu'il explore son corps, et elle mourait d'envie de le caresser tout entier, de laisser courir ses doigts sur sa peau brûlante. Elle avait les joues en feu ; une chaleur délicieuse montait en elle, au creux du ventre. Soudain, il remonta le pull et prit le globe lisse dans sa bouche, l'embrassant avec ardeur, arrachant à Linnet un cri de plaisir.

Simon se redressa brusquement.

— Trouvons un lit... Je t'en prie.

Linnet rabaissa son pull, bondit sur ses pieds et entraîna Simon dans la chambre.

Il ferma la porte et prit le visage de Linnet entre ses mains. Ses yeux étaient rivés aux siens, mais ni l'un ni l'autre ne dit mot.

Ils se dévêtirent rapidement, puis s'étendirent sur le lit sans se quitter des yeux. L'instant d'après, ils s'embrassaient de nouveau avec ferveur, dévorés par la passion. Lorsque Simon la pénétra enfin, Linnet retint son souffle, et il fit de même. Et quand il commença à aller et venir en elle en répétant son nom, elle épousa son rythme, se donnant tout entière.

Simon l'attira contre lui et remonta la couette sur eux. Pendant un long moment, ils restèrent silencieux, perdus dans leurs pensées.

— Je pourrais rester comme ça pour toujours... murmura-t-il enfin. J'ai l'impression de tenir le monde entier dans mes bras.

— C'est adorable de dire ça. Et moi j'ai l'homme de mes rêves dans mon lit.

— Peut-il y rester ?

— Ce soir ?

— Oui, ce soir, et peut-être d'autres soirs.

— Essaie seulement de partir !

Il rit, songeant qu'il avait toujours apprécié son sens de l'humour.

— Ce que je voulais dire, c'était ceci : puis-je rester toute la nuit et prendre le petit déjeuner avec toi demain ?

— Si tu y tiens vraiment, je vais réfléchir à la question, répondit-elle d'un ton mutin.

Pour toute réponse, il resserra son étreinte, enfouissant le visage contre son cou.

— La vie n'est-elle pas incroyable, Linnet ? Imagine une seconde que le chauffeur n'ait pas fait un écart pour éviter cette voiture...

— J'y pensais tout à l'heure, le coupa-t-elle en riant.

— Mais ça remonte plus loin encore, poursuivit Simon. Parce que si tu n'avais pas demandé à te joindre à Jack et moi pour déjeuner, nous ne nous serions jamais trouvés dans ce taxi.

— Je vais te faire un aveu, Simon. Je voulais déjeuner avec vous parce que je souhaitais être avec toi, tout près de toi...

— Nous avons été tout ce qu'il y a de stupides, hein ?

— Oui, mais parfois, il faut savoir attendre, Simon. Et je sais que le moment est venu pour moi de t'avoir dans ma vie.

— Je suis heureux que tu sois de cet avis. C'est pareil pour moi.

— Tu es... libre ? demanda-t-elle doucement, résistant à l'envie d'ajouter « d'être à moi ».

— J'ai rompu avec quelqu'un il y a près d'un an et il n'y a eu personne depuis... Mais je ne suis pas sûr d'être libre.

Linnet se retourna brusquement, une lueur farouche dans les yeux.

— Que veux-tu dire par là ? demanda-t-elle d'un ton sec.

— Ne fais pas cette tête ! Je veux dire que les sentiments que j'éprouve pour toi sont si forts que je ne suis pas libre, Linnet. Je ne le serai peut-être jamais plus.

Elle lui effleura le visage d'un geste tendre.

— Moi non plus, murmura-t-elle.

La gorge nouée, Linnet fixait sa photo de mariage, encadrée sur un meuble du salon. Julian et elle se faisaient face, les yeux dans les yeux, à Pennistone Royal. L'espace d'un instant, elle fut envahie par une bouffée de tristesse qu'elle refoula rapidement. Il le fallait.

Il y eut un léger bruit et elle se redressa, pivotant sur ses talons. Simon se tenait sur le seuil de la pièce, hésitant, ne voulant pas s'imposer. Elle se força à sourire.

— Simon, entre, je t'en prie, mon chéri. Je suis venue allumer quelques lampes et mon regard est tombé sur la photo.

Nous n'étions pas mariés depuis très longtemps quand il est mort. Mais nous avions grandi ensemble, tu le sais...

Elle se tut, surprise par sa propre réaction. Elle n'avait pas à s'expliquer, Simon connaissait le récit de sa vie.

Il hocha la tête, entra, la prit par le bras et la guida vers le canapé.

— Vous vous aimiez depuis l'enfance, dit-il. Je comprends ce que tu ressens, Linnet. Tout au moins, je le crois... Il est difficile de laisser cela derrière toi, en un sens.

— Tu es très intuitif, souffla-t-elle en plongeant son regard dans ses yeux bleus.

— Tu as passé la plupart de ta vie avec lui, continua Simon, et il fait partie de toi. Il aura toujours une grande place dans ton cœur, j'en suis conscient. Personne ne peut ni ne devrait effacer totalement le passé, surtout si ce passé est heureux. Les souvenirs sont importants, Linnet. Tu aimais Julian, tu étais sa femme et il est naturel que cela te semble... un peu étrange... d'être avec moi.

— Je vois ce que tu veux dire, mais curieusement non, ça ne me paraît pas étrange. Je me sens à l'aise avec toi, peut-être parce que nous nous connaissons depuis si longtemps. Et j'ai confiance en toi, Simon. Je me sens en sécurité avec toi.

— Et tu l'es, dit-il avec sincérité. Je veillerai toujours sur toi, Linnet. Je veux seulement te dire une chose : ne va pas penser que tu dois oublier tes sentiments envers Julian à cause de moi ou essayer de me les cacher. Tu as tes souvenirs et tu as le droit de les chérir. Ecoute, nous avons tous les deux plus de trente ans, et nous avons tous les deux une histoire, mais cela ne doit pas être un obstacle entre nous. Nous avons eu des expériences, toi et moi. Je n'ai pas été marié, mais j'ai eu une ou deux relations qui ont compté. Mais elles n'ont rien à voir avec... nous. Et ton mariage avec Julian non plus.

Il la dévisagea, le visage grave et empreint de sollicitude.

— Ce que j'essaie de dire, c'est que ce que nous partageons ne concerne que nous.

— Je suis d'accord avec toi, approuva Linnet. Et je voudrais que nous soyons honnêtes et francs l'un avec l'autre.

Elle se pencha vers lui, les yeux rivés aux siens.

— Je ne veux pas faire semblant devant les autres non plus, et faire comme si nous n'étions que des amis. D'ailleurs, l'opinion des autres importe peu.

Il l'attira à lui et déposa un baiser sur sa joue.

— Nous sommes d'accord, Linnet, et je veux que tu saches que c'est le plus beau jour de ma vie. Je suis tellement heureux de penser que nous allons être ensemble...

— Tu veux dire que ce n'est pas une aventure sans lendemain ? le taquina-t-elle.

— Non, certainement pas, espèce de petite coquine ! riposta-t-il. C'est une aventure qui va durer toute notre vie, voilà ce que c'est.

Elle lui adressa un sourire éblouissant.

Simon se leva, l'attira à lui et se dirigea vers la cuisine.

— Si nous allions préparer quelque chose à grignoter ? Je meurs de faim.

Linnet captura sa main dans la sienne, le forçant à s'arrêter. Il se retourna pour la dévisager, perplexe.

Elle se blottit contre lui.

— Quand tu m'as surprise en train de regarder la photo, je n'étais pas en train de faire une comparaison ni rien de ce genre... Je lui disais au revoir... Et je sais qu'il serait heureux pour moi, Simon... Julian n'aurait pas voulu que je reste seule.

Emu, Simon la prit dans ses bras et la serra étroitement contre lui, le cœur débordant d'amour.

42

James Cardigan lança à Jack un regard étrange, à la fois perplexe et curieux.

— Mais quand tu auras trouvé Ainsley, Jack, qu'envisages-tu de faire ? De le tuer ?

L'espace de quelques secondes, Jack parut pensif, puis esquissa un petit sourire.

— Je ne crois pas qu'un meurtre de sang-froid s'impose dans ce cas précis. Il y a d'autres choses que nous pouvons faire... de sang-froid.

— Voilà qui me paraît mystérieux, commenta James, les yeux braqués sur Jack. Où veux-tu en venir ?

— Avec ce que je t'ai raconté sur Ainsley la semaine dernière, tu sais maintenant ce qui le motive. Je t'ai aussi donné une liste de ses points faibles. On peut dire qu'il y en a trois : sa haine de Paula et de ses filles ; son penchant pour les femmes belles, intelligentes mais dangereuses, des femmes dont il aime se séparer avant qu'elles ne fassent qu'une bouchée de lui ; et l'argent. La fortune.

Jack se redressa sur sa chaise et planta ses yeux dans ceux de James assis de l'autre côté du bureau.

— Je vote pour l'argent.

— Dieu merci ! Je commençais à craindre d'avoir à te tirer d'une cellule infestée de vermine au bout du monde, commenta James. J'aurais dû me douter que tu avais un plan. Mais avant d'aborder le sujet, dis-moi pourquoi tu tiens tant à savoir où se trouve Ainsley.

— Je veux pouvoir surveiller ses mouvements, James. Savoir ce qu'il fait, comment il opère, qui sont ses amis, collègues, visiteurs, toute sa routine. Je veux que mes agents puissent le suivre à la trace mais crois-moi, il n'est pas question de l'éliminer. Ce ne sera pas nécessaire.

— Je suis d'accord. Cependant, si tu changeais d'avis, j'ai quelques gars très compétents qui se chargeraient du travail pour toi. Ils remplissent toujours leur contrat.

— Merci, James, mais jusqu'à preuve du contraire, nous n'avons pas besoin d'eux. En revanche, il nous faut des hackers brillants. Géniaux même. Il est possible que nous devions entrer dans ses ordinateurs dans un avenir relativement proche, et nous voulons les meilleurs types disponibles. Mes amis chinois ont peut-être des contacts.

— Pas de problème. Maintenant, passons aux bonnes nouvelles. Je crois pouvoir localiser Ainsley en ce moment précis, tout au moins dans un rayon de quelques centaines de kilomètres.

Tout en parlant, James s'était levé et avait traversé son bureau de Mount Street. Il pressa une touche au bout du mur du fond. Les panneaux en acajou coulissèrent, révélant une série d'écrans. James pointa une télécommande et tous montrèrent des images différentes : CNN, la BBC, Al Jazeera, une carte du monde illuminée, et les dernières informations des marchés financiers.

— Ainsley est actuellement en Russie, annonça James en zoomant sur ce pays. Je ne sais pas où précisément, mais mes agents à Moscou sont prêts à parier qu'il se trouve à Saint-Pétersbourg.

— Fantastique ! s'écria Jack, souriant jusqu'aux oreilles. Je savais que je pouvais compter sur toi. Tu étais un des meilleurs agents de nos services spéciaux. Comment se fait-il qu'ils t'aient laissé partir ?

— J'étais trop gourmand. Je voulais une profession plus lucrative avant de songer à me marier. Et je tenais à rester en vie pour faire les deux, rétorqua James en lui rendant son sourire. A propos, j'ai reçu quelques informations de Zurich.

Angharad Hughes, la femme d'Ainsley, y possède une villa depuis l'époque du fameux accident d'Ainsley en France. Il est évident qu'elle y a vécu pendant qu'il était hospitalisé et qu'elle l'occupe toujours. De temps à autre. Autre chose : mon agent a ajouté qu'Ainsley ne semblait guère s'intéresser à son unique enfant.

— Cela ne m'étonne pas. C'est une fille et il ne supporte pas que les femmes s'occupent de business. En revanche, je sais qu'il a un faible pour les prostituées de luxe.

Jack se leva et traversa la pièce pour aller rejoindre James devant les écrans.

— C'est un système fabuleux. Cela me fait plaisir de voir que tu as tous les gadgets dernier cri.

James acquiesça.

— J'ai repensé à mon séjour à Hong Kong, Jack, dit-il d'un ton songeur. Je dois admettre que j'ai vécu des moments extraordinaires là-bas. J'en ai adoré chaque minute ou presque. Je me souviens des soirées passées au Chinnery Bar avec Mallory Carpenter. Nous nous amusions comme des fous la plupart du temps. La vie de célibataire, hein ? Beaucoup d'eau a coulé sous les ponts depuis, mais je dois dire que tu n'as pas changé.

— Je me fais vieux.

— Non, pas vieux, plus mûr. Et un homme mûr qui a gardé la forme plaît toujours aux femmes.

Jack se mit à rire et secoua la tête.

— Tout cela ne m'intéresse plus beaucoup. Revenons à nos moutons. Je voudrais t'expliquer quelque chose concernant Richie Zheng, le petit-fils de Wen Li, que tu as rencontré avec Mallory.

— En effet.

James le regarda avec attention, intrigué par les machinations qui semblaient entourer M, sa sœur Linnet et la famille Harte en général.

— Allons nous asseoir sur le canapé, et je te raconterai tout avant que M et Linnet n'arrivent. C'est une histoire assez étrange…

Jack s'interrompit, pensif, puis reprit la parole.

— Wen Li mène une vendetta contre Jonathan Ainsley depuis des années, et son petit-fils Richie hait Ainsley. Il a hâte de se venger de lui pour ce qu'il a fait subir à sa mère...

— Elle a eu une liaison avec lui ? demanda James, surpris.

— En un sens, mais attends un peu. Ecoute-moi attentivement. Je vais te révéler par la même occasion les grandes lignes de mon plan. Souviens-toi que ces informations sont confidentielles, James. Georgie ne doit rien savoir...

— Georgie est à New York. Elle travaille sur des tableaux supplémentaires pour son exposition, se hâta d'expliquer James sans quitter Jack des yeux. Et tu dois savoir que je ne dirai rien de toute façon.

— Certes, mais il est impératif que tout ceci soit top secret, sinon ça ne marchera pas.

— Je comprends, Jack, mais tu vas avoir du fil à retordre avec M. Elle est très obstinée et elle ne lâchera pas le morceau facilement. Elle m'a dit hier qu'elle voulait se lancer à ses trousses elle-même et le faire arrêter.

— Je sais, je sais. Elle est très déterminée et très intelligente, mais je ne peux pas la laisser sillonner la planète une kalachnikov entre les mains et Linnet sur les talons. C'est moi qui dois faire en sorte d'éliminer Ainsley, ou plus précisément de le réduire à l'impuissance en ce qui les concerne. Je sais que nous pouvons réussir. Maintenant, j'ai besoin de ta promesse, James, avant de t'en dire davantage.

— Tu as ma parole d'ancien agent secret. Je n'ignore pas que la discrétion est cruciale. Comme on disait pendant la guerre, des paroles imprudentes peuvent vous coûter la vie.

— Tu as raison, et c'est en partie pourquoi tu es encore là. Bien, écoute à présent. Il y a de nombreuses années, une très belle femme est venue voir Wen Li.

James se pencha en avant, écoutant avec attention tandis que Jack Figg lui faisait un étrange récit, un des plus fascinants qu'il lui ait été donné d'entendre.

Debout devant l'immeuble où James possédait ses bureaux, Linnet et Simon attendaient M et Larry, prêts à prendre part à la réunion pour laquelle M avait tant insisté. Simon se tourna vers Linnet et lui prit le bras, l'entraînant un peu plus loin dans la rue.

— Je ne comprends toujours pas très bien, avoua-t-il. M a-t-elle l'intention d'inviter toute la famille à bord de ce yacht ?

— Pas toute la famille, non, répondit-elle. Seulement nous, si tu es d'accord. Oh, et Lorne. Elle songeait aussi à inviter Jack, et peut-être James et Georgie.

— Jack n'ira pas ! affirma aussitôt Simon en lui lançant un regard de biais. Tu l'imagines en train de faire une croisière en Méditerranée, de se détendre ? Pas moi en tout cas.

— Oh, mon chéri, oui, tu as raison sur ce point, concéda Linnet. Personnellement, je n'ai rien contre une croisière, mais je serais beaucoup moins tentée si tu ne venais pas. Ne peux-tu nous accompagner ?

— Tout dépend de Jack. S'il a besoin de moi au magasin…

— D'accord, mais s'il te donnait le feu vert, aimerais-tu venir ? Cela te plairait-il ?

— Je serais heureux d'aller n'importe où avec toi, murmura-t-il, les yeux pétillants, déposant un baiser sur sa joue.

— Non, sois sérieux. Pourrais-tu vraiment prendre plaisir à passer une semaine ou deux sur un yacht ?

Simon réfléchit un instant, puis hocha la tête.

— Une semaine, oui. Deux, je n'en suis pas sûr. D'ailleurs, Linnet, je ne suis pas certain que Jack soit d'accord avec ce projet. Je crois qu'il préfère vous savoir tout proches, afin d'être en mesure de vous protéger le cas échéant. Il est très têtu sur ce point… Et à vrai dire, je le comprends.

— Je n'en doute pas. Il s'inquiète. Il a toujours été ainsi… Il y a juste une chose, Simon. Je vais soutenir M dans son projet parce que je sais qu'elle meurt d'envie de partir avec Larry en…

— … lune de miel ! compléta-t-il avec un regard éloquent. En ce cas, pourquoi souhaite-t-elle notre compagnie ?

— Parce qu'elle est assez fine pour savoir que Jack ne leur permettra pas de partir seuls, je suppose.

— Exactement, Lin. Exactement.

Un taxi s'arrêta le long du trottoir et M en descendit, suivie de Larry. Comme à son habitude, M était vêtue avec élégance d'un ensemble pantalon bleu marine et d'un chemisier d'un blanc éclatant, ses cheveux rassemblés en queue de cheval, un vieux sac Chanel en bandoulière.

— Hé, ce Chanel n'était pas le mien ? s'exclama Linnet, feignant l'indignation en s'approchant de sa sœur cadette pour l'embrasser. Je n'aurais pas dû te le donner. Il a l'air tout neuf.

— Tu as dit que tu le détestais ! protesta M. Dis-moi, tu as une mine extraordinaire. Tu sembles radieuse !

Elle surprit le regard adorateur que Simon posait sur sa sœur et se pencha vers Linnet.

— Oh, comme c'est mignon ! Simon et toi vous êtes...

— Chut ! Et la réponse est oui, et tu peux t'abstenir de commentaires. Parce que c'est sérieux avec un S majuscule.

— Oh, Linny, ma chérie ! Génial ! Tu as, je veux dire, vous avez... ?

— Je ne veux pas en parler dans la rue alors qu'il est à côté, siffla Linnet à l'oreille de M. Mais oui, oui, oui !

Sur quoi, elle lui offrit un sourire béat.

Lorne Fairley fut le dernier à arriver à la réunion qui devait se tenir dans le bureau de James Cardigan. Lorsque tous se furent salués, Jack prit la parole.

— James a fait des progrès, annonça-t-il. Ses agents à Moscou ont déjà retrouvé la trace d'Ainsley.

Il se tourna vers James, qui vint le rejoindre au centre de la pièce, puis alluma les écrans et zooma sur Saint-Pétersbourg.

— Nous pensons qu'il est dans un rayon de cent cinquante kilomètres, et je devrais obtenir des précisions supplémentaires sous vingt-quatre heures. Mais nous savons d'ores et déjà que la Russie est sa nouvelle base et qu'il a sans doute un associé russe.

S'ensuivit une discussion concernant Ainsley. M posa plusieurs questions pertinentes, tout comme Linnet. Jack et James répondirent à mots prudents et précis, et promirent de les tenir au courant. Ensuite, Jack s'adressa à M.

— J'ai cru comprendre que tu envisageais de louer un yacht en Italie. Quand comptes-tu faire cela ?

— Dans une dizaine de jours, Jack, pour une durée de deux semaines. J'ai trouvé un yacht qui me convient. Lorne connaît très bien les îles grecques et Istanbul, et j'ai pensé que ce serait une région fantastique et plutôt sûre. Je sais ce qui t'inquiète... notre sécurité. Mais Linnet s'est dit que Simon pourrait nous accompagner, et j'aimerais que tu te joignes à nous également, Jack, ajouta-t-elle en souriant.

— C'est très gentil à toi, et peut-être que je viendrai vous rejoindre quelques jours. En as-tu parlé à tes parents ?

— Oui. Ils ont l'air d'accord, mais ils ont insisté sur le fait que la décision t'appartenait.

— Bien. Je t'appellerai.

Lorsque Jack et James furent de nouveau seuls, James ramena la conversation sur la croisière que M se proposait d'organiser.

— Je ne pense pas qu'ils soient en danger, Jack. Tu pourrais faire en sorte que le yacht soit équipé de tous les systèmes de sécurité nécessaires. D'ailleurs, la présence de Simon constitue une sécurité en soi, n'est-ce pas ?

— Oui. De toute façon, il ne laisserait pas Linnet partir sans lui. Ils sont ensemble. Ils forment un couple, je veux dire, expliqua Jack avec un grand sourire. Ce qui me fait plaisir.

James hocha la tête et lui rendit son sourire.

— Il paraît très sympa, en plus du fait que c'est un flic hors pair.

— Il l'est. M m'a donné un argument très pertinent, à savoir qu'Ainsley hésiterait sans doute à s'attaquer à une cible mouvante, en particulier une qui accoste dans un lieu différent chaque soir. Il faudrait que ce soit une condition du voyage. En pleine mer, ils seraient plus vulnérables.

Jack se leva, arpenta la pièce pendant quelques instants, puis vint se planter devant James.

— Nous sommes le lundi 7 mai. Dans une semaine, Richie Zheng devrait avoir des informations capitales à me fournir. Nous serons le 14. Je doute que nous puissions mettre Ainsley K-O d'ici là, mais je veux qu'il soit neutralisé avant la fin du mois.

— Comment diable allons-nous y parvenir ? s'interrogea James à voix haute.

— Je m'apprêtais justement à te le dire, répondit Jack.

43

M, Larry et Lorne firent une entrée fort remarquée dans le Harry's Bar, sur South Audley. On les conduisit à une table pour trois au fond de la salle, mais il était difficile d'ignorer leur présence. Larry et Lorne mesuraient tous les deux un mètre quatre-vingts et M, avec ses talons, était aussi grande qu'eux. De plus, ils étaient tous les trois extrêmement séduisants et tout aussi célèbres.

— Je vais prendre un Bellini, annonça Lorne. Ils sont absolument extra ici. Et vous ? demanda-t-il en regardant sa sœur. Je sais que tu ne bois jamais d'alcool à l'heure du déjeuner, mais fais-moi plaisir, mon chou. Prends-en un pour me tenir compagnie.

— Je vais me joindre à toi, intervint Larry. Mais promets-moi de m'arrêter après le deuxième. Ces trucs se boivent comme du jus de fruits !

M se mit à rire et hocha la tête.

— D'accord. Pourquoi pas ?

Lorne fit signe au serveur tandis que M parcourait la salle des yeux.

— Pas une âme que je connaisse. Et toi ?

— Aucun de mes amis n'est ici, répondit Larry avec un haussement d'épaules. Mais nous sommes lundi, ma chérie, et bon nombre de gens reviennent tout juste de leur week-end à la campagne.

Il marqua une pause avant de reprendre :

— Penses-tu que Jack va donner son accord pour la croisière ?

— Je l'espère. Linnet croit que oui, et avec un peu de chance James et Georgie se joindront à nous. Jack se fait du souci pour notre sécurité, tu sais. Il veut être sûr que nous ne risquons rien.

Larry reporta son attention sur Lorne.

— J'aimerais bien que nous trouvions le moyen de mettre ce maudit Ainsley hors d'état de nuire. Il est évident que c'est un type dangereux, et qu'il ne manque pas d'argent pour financer ses plans criminels.

Lorne acquiesça.

— En effet. Il est fou à lier, à mon avis. Cela dit, si Simon et James viennent, cela devrait rassurer Jack, et il ne devrait pas opposer trop de résistance. Quant à vous, vous êtes déjà sous protection rapprochée.

Il eut un petit rire et son regard alla de l'un à l'autre.

— Vous êtes devenus des stars, tous les deux.

A vrai dire, Larry et Lorne étaient déjà célèbres et amis depuis des années. Ils se sentaient encore plus proches maintenant qu'ils étaient beaux-frères. C'était vers Lorne que Larry se tournait s'il avait besoin d'une information concernant la famille. Et Jonathan Ainsley en particulier.

— Pourquoi personne n'a-t-il pu l'arrêter avant ? demanda-t-il, arquant un sourcil.

— Je suppose que Jack et ses hommes ont essayé des années durant, sans succès. Ensuite, il y a eu cet épouvantable accident de voiture voilà cinq ans, et nous avons appris qu'Ainsley était mort et enterré. Comme tu le sais, ce n'étaient que des mensonges. Personnellement, je serais ravi d'aller jusqu'en Turquie, vous pouvez donc compter sur ma présence. Si Jack est nerveux, dites-lui que nous éviterons les îles grecques. Cela devrait le tranquilliser.

M le dévisagea, les sourcils froncés.

— Comment cela ? Je ne comprends pas.

Lorne soutint son regard.

— Je crois que Jack sera d'accord à condition que tu promettes que le yacht mouille à Istanbul chaque soir et que nous ne sortions que pour faire des excursions d'une journée. Le port est très bien surveillé. En haute mer, dans les îles, un yacht est une proie facile. C'est à cela qu'il va penser.

Les cocktails venaient d'être apportés. Lorne prit son verre et porta un toast.

— A vous deux, les amoureux, et à votre lune de miel.

— Et à toi, Lorne, dit Larry.

— J'ai trouvé un yacht fantastique, Lorne ! s'écria M. Il s'appelle l'*Alouette*, et le nom m'a plu tout de suite. Il y a douze membres d'équipage et six cabines doubles. Il est très luxueux, équipé de tout ce dont nous aurons besoin pour des vacances merveilleuses. Tu peux amener ta petite amie si tu veux.

Il eut un rire sans joie.

— Je le ferais si je le pouvais, mais il n'y a pas de petite amie à l'horizon. Je suis incapable de les garder, apparemment.

Il arborait une mine abattue, mais M saisit la lueur amusée dans son regard et comprit qu'il jouait la comédie, ce qu'il faisait parfois pour détourner l'attention.

— C'est sérieux entre Linnet et Simon, M ? demanda Larry.

— Oui, dis-nous tout ! la pressa Lorne. Je meurs d'envie de savoir !

— J'en ai l'impression, d'après ce qu'elle m'a dit ce matin. Et je l'espère aussi : ce serait génial pour elle d'avoir un compagnon. Elle est si seule depuis la mort de Julian !

— Tu peux le dire.

Lorne s'empara du menu, y jeta un coup d'œil, puis regarda sa sœur.

— Mon italien est nul. Tu peux m'aider ?

— Larry, toi qui es doué pour les langues, à toi de nous dire ce qu'il y a pour déjeuner, demanda M.

Ce dernier parcourut la carte.

— Bar en croûte de sel, escalope de veau, un plat de crevettes, toutes sortes de pâtes... Si nous demandions au maître d'hôtel de nous conseiller ?

Après avoir consulté ce dernier, et commandé des asperges en entrée et du poisson en plat principal, Lorne reprit la parole.

— J'ai pas mal d'amis à Istanbul, comme tu le sais, M, parce que j'y vais depuis des années. Et l'une d'entre eux sera particulièrement utile si vous voulez visiter quelques-uns des hauts lieux touristiques.

— Qui est-ce ? demanda M, curieuse.

— Elle s'appelle Iffet et elle est professeur d'archéologie, mais elle possède aussi une agence de voyages. Elle te plaira, M. Elle est adorable et c'est un guide formidable.

— Ce sera un plaisir de la rencontrer, affirma Larry avant de changer de sujet. Au fait, ma mère veut nous inviter à dîner avec toi, Lorne.

— Comme c'est gentil de sa part. J'en serai ravi. Portia sera là ?

Larry lui lança un regard étrange.

— C'est bizarre que tu me poses cette question. Ma mère m'a dit de te dire que Portia viendra. A condition que tu sois là.

— Ha ! Ha ! s'écria M en fixant son frère. Serait-ce le début d'une belle histoire d'amour ?

— Non, déclara Lorne fermement. Mais nous nous connaissons depuis très longtemps et nous avons beaucoup d'affection l'un pour l'autre.

— Inutile de monter sur tes grands chevaux, protesta M. Je n'ai rien dit de mal !

— Hmmf ! marmonna Lorne.

Jack Figg remontait Mount Street quand son portable se mit à vibrer.

— Ici Figg.

— Salut. C'est Wharton.

— Salut ! s'écria Jack. Content de vous entendre. Quoi de neuf ?

— Vous savez que je vais hériter d'une compagnie un de ces jours ?

— Oui.

— Vous voyez dans quel domaine ?

— Oui.

— Eh bien, c'est le même genre de chose que possède notre ami. Son propre petit jouet.

— Vous avez le nom ?

— Oh oui, et l'affaire est parfaitement légale. Rien de suspect. Et tout est placé là-dedans.

— Vraiment ? Comme c'est intéressant.

— Il a un associé. Un nouvel associé, depuis deux ans.

— Qui est-ce ?

— Je vous donnerai des détails plus tard. Dans un jour ou deux. Le caviar est un de ses plats favoris.

— Je vois.

— Je fais des progrès avec les... clés, pigé ?

— Oui.

— Bon.

— J'attends votre appel.

Jack referma l'appareil.

Dans une petite rue de Hong Kong, Richie Zheng fit de même. Puis il déposa le téléphone par terre et le piétina consciencieusement avant de jeter les débris dans une poubelle. Un téléphone tout neuf, et maintenant détruit.

Aucune trace.

Assis dans le bureau de son appartement à Kensington, Jack réfléchissait. Il tressaillit en entendant la sonnerie du téléphone.

— Allô ?

— C'est Simon. Tu as cinq minutes à me consacrer, Jack ?

— Salut, Simon. Bien sûr. Que se passe-t-il ?

— Puis-je venir te voir ? Je suis tout près et il faut que je te parle.

Jack se mit à rire.

— Monte, je t'attends. Nous prendrons un verre.

— Parfait, merci. J'arrive tout de suite.

Jack jeta un coup d'œil à son ordinateur et s'apprêtait à l'éteindre quand un nom apparut sur l'écran : GRISHA LEBEDEV. D'abord perplexe, il ne put s'empêcher de sourire en voyant un mot supplémentaire s'inscrire à côté : CAVIAR. Il chercha le nom de l'expéditeur, découvrit un autre patronyme qui lui était inconnu. Il laissa échapper un petit rire. Richie Zheng lui avait évidemment fait parvenir ce message par l'intermédiaire d'un de ses *compadres,* ainsi qu'il surnommait ses camarades férus d'informatique. Jack vérifia la date. On était le 9 mai. Deux jours s'étaient écoulés depuis l'appel de Richie. Décidément, ce jeune homme était d'une efficacité remarquable.

Soudain, d'autres mots surgirent sur l'écran, BANQUE PRIVÉE BELVEDERE-MACAO, suivis d'un message : « J'ai vingt et un ans aujourd'hui. J'ai la clé de toutes les portes. Sauf une. J'ai vingt et un ans et je suis riche. »

Jack renversa la tête en arrière, riant à gorge déployée. Richie l'informait qu'il possédait vingt et un codes, mots de passe ou clés concernant tous les ordinateurs d'Ainsley au sein de la société Belvedere à Hong Kong. Une seule lui faisait défaut. Et le mot « riche » était un jeu de mots sur son propre prénom.

En haut du document s'affichait un nom d'expéditeur différent. Sans doute un autre des *compadres* de Richie. En dépit de la gravité de la situation, Jack ne put s'empêcher d'en être amusé.

Au tintement de la sonnette, il se leva et alla ouvrir pour accueillir son neveu. Il précéda Simon dans le salon tout en lui parlant des messages.

— J'ai de bonnes nouvelles, annonça-t-il. Nous savons qui est l'associé d'Ainsley. Il s'appelle Grisha Lebedev. Nous connaissons aussi le nom de la banque privée que possède

Ainsley. Remarque, je crois que cette dernière information n'aurait guère été difficile à trouver. Ainsley n'en fait pas un secret. Quoi qu'il en soit, Richie fait du bon travail.

— Je vois, murmura Simon.

A l'invitation de Jack, il prit place dans un des fauteuils.

— Comment se nomme cette banque ?

— La banque privée Belvedere-Macao, répondit Jack en se dirigeant vers le bar. Que puis-je t'offrir ?

— Une vodka avec des glaçons, s'il te plaît, répondit Simon, s'autorisant enfin à se détendre après une longue journée de travail.

Jack prépara les boissons et vint le rejoindre.

— Santé !

— Santé ! répéta Simon, hésitant légèrement à continuer. Je voulais te parler de Linnet, Jack. Je sais que cela peut te paraître étrange que nous soyons si sérieux alors que nous sommes ensemble depuis une semaine à peine...

— Elle m'a parlé un peu, Simon, le coupa Jack avec douceur. Et je ne trouve pas cela étrange du tout. Vous vous connaissez depuis très longtemps. Et voilà que miraculeusement, vous avez découvert que vous étiez amoureux l'un de l'autre.

Simon acquiesça.

— Tu sembles approuver.

— En effet. Linnet est ma préférée chez les Harte. C'est une jeune femme fantastique. Tu as bien de la chance. Et je suis heureux que cela arrive : tu es exactement l'homme qu'il lui fallait.

— Crois-tu que ses parents ne s'opposeront pas à notre relation ? Ce que je veux dire, c'est que nous avons l'intention de la rendre officielle, Jack.

— Je suis sûr que Paula et Shane t'accueilleront à bras ouverts, Simon. Après tout, ils te connaissent depuis toujours. Non, cela ne m'inquiète pas du tout. D'ailleurs, Linnet est majeure et vaccinée. Elle fera ce qu'elle veut, quoi qu'ils pensent ou disent.

Jack but une gorgée de son gin tonic avant de poursuivre :

— Je la connais depuis qu'elle est bébé. C'est elle qui ressemble le plus à son arrière-grand-mère, Emma Harte. Non seulement par son apparence, ses cheveux roux, ses yeux verts et sa beauté, mais par son caractère et sa personnalité. Par certains côtés, c'en est même troublant. Parfois, quand elle parle, j'ai l'impression d'entendre Emma. Et elle peut être aussi dure que son arrière-grand-mère. Le plus curieux, c'est qu'elle ne l'a jamais connue. Tout est dans les gènes, je suppose.

— M est très différente, n'est-ce pas ? commenta Simon. A tous points de vue, pas seulement physiquement.

— C'est vrai, mais par moments, elle me rappelle aussi Emma. C'est une vraie Harte, avec son sens des affaires et son obstination. Elle aussi peut être implacable, je te le garantis.

Jack regarda Simon un instant.

— Tu penses qu'elle tient plus des O'Neill que des Harte, c'est cela ? Mais regarde sa mère avec attention, Simon, et tu verras M dans Paula.

Simon sourit.

— Peut-être as-tu raison.

— C'est de M que tu voulais me parler ? De ce projet de croisière ? C'est une des raisons de ta visite, n'est-ce pas ?

— En effet.

Jack poussa un soupir et se cala dans son fauteuil, le regard au loin.

— J'imagine que je vais donner mon accord. Mais seulement si James Cardigan est à bord, avec les deux gardes du corps qu'il emploie pour veiller sur M et Larry. Et toi, évidemment. Je veux que tu sois là.

— Je le serai, Jack. J'ai réfléchi et je crois que nous serons en sécurité tant que nous mouillerons dans les ports.

— Vous avez intérêt à le faire, sinon je vous étripe !

— Comptes-tu nous rejoindre ?

— Tout dépend de ce qui va se passer. Il me déplaît de m'éloigner du magasin. D'un autre côté, Ainsley ne frappera pas deux fois au même endroit. En revanche, un bateau est une cible facile, tu le sais, Simon.

La voix de Jack s'éteignit. Il se racla la gorge avant de poursuivre :

— Mais même Ainsley ne serait pas assez stupide pour faire sauter un yacht dans un port truffé de policiers. Sans parler du fait qu'il y aura là d'autres yachts appartenant à ses amis et collègues du monde de la finance internationale.

— M veut que tu saches qu'elle compte se baser à Istanbul et ne pas se rendre dans les îles grecques. Elle a conscience que le yacht pourrait être vulnérable en haute mer. Alors, quel est ton verdict ?

— Je téléphonerai à M dès demain matin. Je vous donne la permission de partir... Et à la vérité, j'espère bien aller vous retrouver pour quelques jours.

Simon eut un large sourire.

— M sera aux anges.

Faire construire ce bateau avait été une des meilleures décisions de sa vie, songea Jonathan Ainsley. Elégant, rapide et sûr, le yacht était de surcroît un véritable palais flottant.

Debout sur le pont supérieur, contemplant Saint-Pétersbourg depuis la Neva, il imaginait la réception qu'il comptait donner à la fin du mois de mai. Il avait hâte d'accueillir ses amis à bord. Ce serait une soirée destinée à impressionner le monde qu'il fréquentait désormais... la haute société, le milieu du show-business, de la politique et de la finance. Lui-même était milliardaire, au sommet de sa carrière. Il était devenu l'homme qu'il avait toujours rêvé d'être : il détenait le succès, la fortune et le pouvoir. Il était intouchable.

Il s'appuya au bastingage, continuant à fixer l'île aux Lièvres sur laquelle Pierre le Grand avait fondé Saint-Pétersbourg le 27 mai 1703. La cité, avec ses édifices à couper le souffle, était splendide.

En cet instant, au coucher du soleil, alors que s'allumaient les lumières, la ville semblait magique. Lorsqu'il ne travaillait pas, il aimait y flâner, et appréciait tout particulièrement le musée de l'Ermitage. C'était là qu'il passait le plus clair de ses heures de loisir, devant les tableaux européens achetés par Catherine la Grande, empli d'admiration pour le génie et la créativité de leurs auteurs.

Saint-Pétersbourg lui offrait aussi d'autres plaisirs, notamment des femmes d'une beauté rare, prêtes à satisfaire ses nombreux caprices. C'était également l'endroit idéal pour rencontrer son associé, Grisha Lebedev, qui voyageait peu et qui appréciait le luxe de son yacht.

Le reste de l'année, celui-ci mouillait dans le port d'Istanbul, la ville préférée de Jonathan, où il avait récemment fait l'acquisition d'une adorable villa sur le Bosphore. Elle avait été rénovée par les meilleurs artisans du pays, sous la direction d'Angharad, qui s'était chargée elle-même de la décoration intérieure.

Angharad Hughes. Même si parfois elle l'irritait au plus haut point, il se félicitait de l'avoir épousée. Après tout, c'était elle qui l'avait ramené à la vie en le faisant hospitaliser dans une clinique de Zurich. Et le moment venu, elle avait fait appel aux chirurgiens esthétiques les plus renommés pour qu'ils reconstruisent son visage. S'il n'était plus le Jonathan Ainsley d'autrefois, il était toujours un homme séduisant qui plaisait aux femmes. Les cicatrices avaient entièrement disparu. C'était à Angharad qu'il devait tout cela.

Une seule chose le troublait : qu'Angharad soit incapable de lui donner un autre enfant... le fils, l'héritier tant désiré. Elisabeth ne l'intéressait guère. La petite fille de quatre ans était un bien médiocre substitut au fils dont il avait besoin et qui, un jour, hériterait de l'empire qu'il avait bâti de ses propres mains. D'ailleurs, avec ses cheveux roux et ses yeux verts, elle lui rappelait quotidiennement Emma Harte, la grand-mère tant détestée.

Les femmes du clan Harte seraient bientôt toutes mortes. Il allait s'en assurer. Jusqu'ici, ses hommes n'avaient réussi qu'à faire preuve d'une incompétence affligeante, mais l'attaque suivante verrait le succès. Sam le lui avait garanti et il tiendrait sa promesse. Sinon, il était fichu, comme Bart : un

384

autre échec. Oui, Paula et sa détestable tribu ne seraient bientôt plus qu'un mauvais souvenir.

Il s'éloigna du bastingage et descendit dans la cabine, prenant appui sur la rampe. Il se dirigea vers le salon et le bar, admirant les pièces qu'il traversait lentement, satisfait de constater qu'il boitait à peine. Il était immensément fier de son yacht, construit selon ses desiderata par une firme allemande. Long de cent vingt-cinq mètres, il comptait parmi les plus grands navires privés au monde. Il s'appelait *Janus*, en hommage au dieu des portes, du passé et de l'avenir : un nom approprié. Ne symbolisait-il pas, en effet, la renaissance de Jonathan Ainsley ?

Angharad regarda Jonathan entrer dans le bar, songeant qu'il était incroyablement séduisant ce soir-là. Il était sa création, en un sens, puisque c'était elle qui l'avait ramené à la vie. Ou tout au moins qui avait ordonné à d'autres de le faire. Elle lui avait rendu sa santé, sa beauté, sa vie. Elle lui avait offert un enfant. Mais une fille ne lui suffisait pas. Encore moins une fille aux cheveux roux et aux yeux verts, réplique miniature de Linnet O'Neill ou d'Emma Harte. Elle ne lui plaisait pas. Au contraire. Angharad savait qu'elle finirait par lui donner un fils. Il le fallait. Elle n'avait pas le choix.

Il avait beau avoir des aventures extraconjugales, il la voulait chaque soir dans son lit. Elle faisait en sorte qu'il ne se lasse pas, faisant appel à toute sa science de l'amour. Et pourtant, elle ne tombait pas enceinte. Elle était toujours déçue. Et lui aussi.

La voix de Jonathan interrompit ses réflexions.

— Vous êtes superbe, madame Ainsley. Etes-vous disponible ce soir ? Plus tard, bien sûr, après le départ de nos invités ?

Elle lui adressa un sourire aguichant.

— Je le serai. Et j'ai des cadeaux pour toi, mon chéri. Ils t'amuseront certainement.

385

Angharad se laissa glisser à bas de son tabouret et lui prépara une vodka martini avec des gestes experts. Elle était la seule à la faire exactement comme il l'aimait.

— Voilà, mon amour, murmura-t-elle en la posant sur le comptoir en marbre noir.

Il la retint alors qu'elle regagnait son tabouret. L'attirant à lui, il l'embrassa sur la bouche, puis la tint à bout de bras pour mieux la contempler.

— Cette robe est splendide sur toi. Divine, Angharad. Elle est neuve ?

— Oui. C'est une création de Chanel. Je suis contente qu'elle te plaise.

— Elle est terriblement sexy. Tu devrais en commander une autre, car je compte bien te l'arracher tout à l'heure.

Il approcha son visage du sien et murmura quelque chose au creux de son oreille, si bas qu'elle l'entendit à peine. Le connaissant comme elle le connaissait, elle devina ce qu'il avait dit. Il était excité. Ce soir peut-être, il lui donnerait un enfant...

Il leva son verre.

— A toi, ma chérie. Et à la mort des Harte !

Angharad éclata de rire.

— A la mort des Harte ! C'est nouveau, et c'est abominable, même pour toi. Porter un toast à leur mort ! Seigneur !

— Je t'en prie, ne ris pas, Angharad. Cela va arriver. Je te le jure. Mais si je meurs avant eux, tu dois me promettre de prendre la relève. Tu dois les anéantir.

Elle le regarda, bouche bée, puis l'enveloppa d'un sourire tendre.

— Tu sais que je ferai tout ce que tu voudras, Jonathan. Tout.

— Je le sais. C'est ce que j'ai toujours apprécié chez toi : le fait que tu sois prête à tout pour me satisfaire. C'est pourquoi je t'ai épousée. Et c'est pourquoi je suis toujours avec toi. Tu irais jusqu'au meurtre pour moi.

Angharad se recroquevilla intérieurement. Voilà que son obsession revenait. Elle se força à sourire et leva sa coupe de champagne, la fit tinter contre son verre.

— A notre rendez-vous de tout à l'heure.

Il se mit à rire, puis se retourna brusquement en entendant la voix tonitruante de Grisha Lebedev. Il posa les yeux sur la femme qui l'accompagnait et retint son souffle.

Au bras de Grisha se trouvait sans doute la créature la plus somptueuse qu'il ait jamais vue. Agée de dix-huit ou dix-neuf ans, blonde, élancée, avec un corps de rêve, des seins voluptueux, des jambes interminables. Il la voulait. Il fallait qu'il l'ait. Coûte que coûte. Il devait posséder cette femme.

Grisha embrassa Angharad sur la joue et échangea une poignée de main avec lui. Jonathan Ainsley la lui serra machinalement, ne pensant qu'à la fille. Il la dévorait des yeux.

L'instant d'après, il lui prit la main et s'inclina. Il la voulait. Il l'entendit vaguement qui le saluait, et Grisha qui s'écriait :

— Voici Galina. Ma fiancée.

Angharad, à qui rien n'échappait, avait vu la réaction de son mari. Bien que furieuse, elle dissimula habilement sa colère derrière un sourire.

— Venez prendre un verre. Nous devons fêter vos fiançailles.

Depuis son mariage avec Jonathan Ainsley, Angharad Hughes était devenue une hôtesse accomplie. Charmante, intelligente, elle parvint à faire de la soirée un succès pour tous.

Durant le dîner, elle occupa Grisha par sa conversation, laissant son mari monopoliser Galina. Néanmoins, elle était soucieuse. Cela n'avait rien à voir avec la fille et le désir évident de Jonathan – après tout, elle pourrait en recueillir le fruit dans le lit conjugal. Jonathan s'imaginerait qu'il faisait l'amour à la beauté russe, et accomplirait des prouesses. Avec un peu de chance, elle tomberait enceinte. Non, ce qui l'inquiétait, c'était son humeur.

387

Il entrait dans une phase psychotique qui la troublait. Il avait également mentionné une fête qu'il comptait donner à Istanbul le week-end prochain, dont elle n'avait jamais entendu parler. Que se passait-il dans sa tête ? Elle l'observait à la dérobée, prenant soin de le déranger constamment pour qu'il ne se rende pas ridicule devant Grisha. Le Russe était un associé important, qu'ils ne pouvaient se permettre de perdre. C'était aussi un homme orgueilleux qui risquait de se révéler dangereux si on l'agaçait.

Et même de devenir un ennemi impitoyable.

44

— Le dîner était délicieux, Tessa, déclara Lorne en regardant sa sœur jumelle avec affection. J'ai particulièrement apprécié les fraises des bois. Elles sont si difficiles à trouver.

Tessa sourit.

— J'ai dû chercher, en effet. Mais je suis contente que le repas t'ait plu.

— Et la compagnie, ma puce. Il est rare que nous nous voyions en tête à tête à présent.

— C'est vrai. Cela me fait très plaisir que tu aies décidé de venir passer quelques jours chez nous. J'ai toujours tant de choses à te raconter ! Ou à te demander. A propos, je me posais des questions sur Simon Baron. C'est sérieux avec Linny ?

— Très. Et je t'avoue que j'en suis très heureux, Tess. Elle a été si seule, et tu sais combien elle est têtue. Elle tient tant à son indépendance... A chaque fois que je l'ai invitée à sortir, elle partait en voyage d'affaires ou elle travaillait.

Tess se mit à rire et secoua la tête.

— J'étais pareille, avoua-t-elle d'un ton amusé. Un bourreau de travail, au magasin dès l'aube, penchée sur mon bureau ou courant ici et là, d'un rayon à l'autre. Je devais être... épouvantable.

— Non, affirma Lorne. Seulement terriblement ambitieuse et déterminée à être la Dauphine... l'héritière. Tu étais autoritaire, parfois sévère. Et dure à cuire.

— A ce point ? fit-elle, levant les yeux au ciel.

— Oui. Heureusement que je t'ai présentée à mon ami Jean-Claude Deléon. Il t'a eue par surprise, n'est-ce pas ?

Un sourire béat se dessina sur les lèvres de Tessa.

— En effet. Il a volé mon cœur en une minute, devant le Tout-Paris, alors qu'il signait des exemplaires de son livre. Il le gardera toujours, Lorne. C'est l'homme de ma vie.

— Je suis si heureux pour toi. Tu as une vie de couple fantastique. En ce qui me concerne, il semble que je n'aie guère de chance avec les femmes.

— Tu ferais mieux de te dépêcher, sinon, tu vas rester vieux garçon !

— Moi ? s'écria-t-il, faisant mine d'être horrifié avant de se mettre à rire. Je n'ai pas encore quarante ans, par conséquent j'ai encore un peu de temps devant moi pour trouver chaussure à mon pied. Tu n'as pas d'amies à me présenter ?

— J'aimerais bien, mais non. Revenons à ce qui nous préoccupe, Lorne. Tu parlais de Linny et de Simon.

— Ils sont parfaitement assortis. Elle n'aurait pas pu mieux choisir, à mon avis, affirma Lorne. Il y a trop longtemps qu'elle pleure Julian. En Simon, elle a trouvé une âme sœur.

— Il est très séduisant, dans le genre dieu grec en blond.

— Oui, et je l'ai toujours trouvé sympathique. Il est aussi intelligent, loyal et solide. En cas de crise, ce serait l'homme de la situation. Notre petite sœur est en de bonnes mains.

— Comment tout le monde a-t-il réagi à la nouvelle ?

— C'est un peu comme si on s'y attendait. Cela paraît tout naturel en un sens. Jack est tout content, nos parents aussi. J'ai même l'impression qu'il y a du soulagement dans l'air, surtout à Pennistone Royal.

— C'est merveilleux. Je suis ravie pour Linnet. Elle mérite d'avoir une vie en dehors du magasin. Ce travail est si exigeant !

— Ah ! Les paroles d'une femme comblée, qui n'aspire plus à être la Dauphine, gloussa Lorne en se levant pour aller embrasser sa sœur. Si nous allions boire un café dans la bibliothèque ?

Tessa se leva à son tour.

— Vas-y, je m'en charge, déclara-t-elle en lui faisant signe de la précéder. Je prendrais bien un cognac avec, mon chou. Tu nous en sers un ?

— Tout de suite, répondit-il en traversant l'entrée circulaire pour gagner la bibliothèque.

Il aimait beaucoup Clos-Fleuri, la charmante propriété de Jean-Claude, située dans un parc privé en lisière de la forêt de Fontainebleau. Il était souvent venu ici par le passé, longtemps avant de présenter sa sœur jumelle au célèbre écrivain avec qui il s'était lié d'amitié.

Il s'approcha de la porte-fenêtre et contempla les jardins. La nuit était magnifique : le clair de lune illuminait un ciel de velours noir, constellé d'étoiles brillantes. Une nuit romantique à souhait, si l'on était bien accompagné. Lorne s'était senti plutôt seul ces derniers temps, et il enviait le bonheur de ses sœurs.

Portia Vaughan s'imposa alors dans ses pensées. C'était une femme splendide, dont la beauté et le talent l'avaient toujours impressionné, mais elle ne lui avait jamais témoigné d'intérêt particulier. Jusqu'à maintenant. Mais s'agissait-il vraiment d'intérêt ? Certes, elle avait dit à sa mère, Pandora, qu'elle assisterait au dîner que celle-ci donnait pour M et Larry s'il venait aussi. Peut-être était-ce un début. Elle lui plaisait. A vrai dire, elle l'avait toujours attiré.

Tessa entra, chargée d'un plateau. Il le lui prit des mains et alla le déposer sur la petite table placée devant la cheminée.

— Veux-tu que j'allume le feu ? demanda Tessa. Il suffit d'y mettre une allumette. J'aurais dû m'en occuper tout à l'heure, car il fait frais dans la maison le soir, même en été, et nous ne sommes qu'au printemps.

Elle frissonna.

— Mais bien sûr, il n'y a que moi pour porter une robe aussi légère par ce temps. Voyons si le café me réchauffe.

Elle remplit une tasse, ajouta de la crème et une sucrette, et la tendit à son frère.

— Et ce cognac, mon chou ? reprit-elle en souriant.

391

— Il arrive tout de suite. A propos, à quelle heure Jean-Claude doit-il rentrer ? s'enquit-il en servant le cognac.

— Pas avant onze heures et demie, peut-être même minuit, répondit Tessa. Il devait assister à une réception suivie d'un dîner au palais de l'Elysée, et il n'est pas facile de s'esquiver lors de ce genre de soirée. C'est Hakim qui le ramènera, et Jean-Claude pourra se détendre sur le chemin du retour. D'ailleurs, il n'y aura pas de circulation à cette heure.

Elle consulta sa montre.

— Oh, il est déjà onze heures, Lorne ! Le temps file à toute allure quand on est avec son frère jumeau...

Frissonnant toujours, elle se leva, s'approcha du bureau de son mari et prit une boîte d'allumettes.

A peine enflammés, les brindilles et le papier s'embrasèrent et des flammes se mirent à danser dans l'âtre. Presque aussitôt, une déflagration assourdissante se fit entendre, tandis que l'intérieur de la cheminée s'écroulait à moitié.

Avant d'avoir eu le temps de réagir, Tessa et Lorne furent projetés en arrière par le souffle de l'explosion. Lorne heurta de la tête le coin de la table, et Tessa alla atterrir lourdement contre le pied d'un guéridon. L'un et l'autre perdirent connaissance, les bûches rougeoyantes éparpillées autour d'eux.

Le feu se propagea rapidement au tapis, puis aux rideaux, et enfin aux fauteuils recouverts de leur housse d'été. En quelques minutes, la pièce était la proie des flammes.

Ce fut Lorne qui reprit conscience le premier. Alors qu'il se relevait tant bien que mal, il s'aperçut que sa veste était en feu. Il la retira en hâte, la jeta sur le sol, courut à Tessa dont la robe en mousseline s'était embrasée. Les mains sans protection, il la déchira autant que possible, puis traîna Tessa jusque dans l'entrée, refermant la porte de la bibliothèque pour contenir l'incendie.

Quoique réticent à laisser sa sœur, il se rua vers la cuisine. Aucun des domestiques n'était en vue.

— Au feu ! Au feu !

Il remplit une casserole d'eau et retourna en courant vers Tessa, versa le contenu du récipient sur son visage, ses cheveux et ses épaules. Il remplissait une deuxième casserole quand Gérard, le gardien, apparut, enfilant une chemise d'un air effaré.

— Au feu ! cria Lorne. Faites sortir tout le monde. Et donnez-moi de l'eau !

Il aspergeait de nouveau la robe encore fumante de Tessa quand sa nièce de neuf ans surgit dans l'escalier, suivie de Christabel, la nourrice des plus jeunes.

— Maman ! Maman ! hurla Adèle en dévalant les marches pour se précipiter vers sa mère inerte.

— Chut, Adèle ! ordonna Lorne. Tais-toi. Tout ira bien. Remonte au premier et va réveiller les petits. Allez, va. Et vous aussi, Christabel. Ne restez pas là bouche bée !

Elles obéirent tandis que Gérard accourait, une casserole pleine d'eau à la main.

— J'ai appelé une ambulance et la police. Ils arrivent tout de suite !

La gorge nouée, Lorne s'agenouilla à côté de sa sœur. Ses cheveux et un côté de son visage étaient brûlés. Il souleva doucement sa main. Le pouls était lent mais régulier. Soudain, Tessa se mit à gémir, cilla, s'immobilisa de nouveau.

Se forçant à maîtriser sa peur, Lorne leva les yeux vers Gérard.

— Soyez gentil de monter. Vérifiez que les enfants…

Il s'interrompit en voyant ses quatre neveux qui descendaient l'escalier derrière Christabel. Adèle fermait la marche, blême et terrifiée.

Lorne alla à leur rencontre et les guida vers la porte, tâchant de leur bloquer la vue de leur mère pour leur éviter un choc trop violent.

— Allez attendre papa, leur dit-il, faisant signe à Christabel.

Comme Adèle hésitait, il ajouta d'un ton plus doux :

— Il faut que tu sois courageuse, ma chérie. Pour ta maman. Tu es la plus grande, alors, je t'en prie, va avec tes petites sœurs et François. Occupe-toi de Chloé et de Constance.

— Oui, oncle Lorne, mais…

— Pas de mais. Va, ma chérie. Fais ce que je te dis.

Une des jumelles de trois ans échappa à Christabel et se rua vers lui. Il reconnut Chloé, bien qu'il eût parfois du mal à les distinguer.

— Oh, maman, pauvre maman.

Avant qu'il ait pu la retenir, l'enfant s'approcha de Tessa, lui tapotant la main. Lorne la prit dans ses bras et alla la confier à Christabel avant de rejoindre sa sœur.

Entre-temps, Solange, l'épouse de Gérard, avait apporté deux extincteurs. Gérard et elle ouvrirent précautionneusement la porte de la petite bibliothèque. Tous deux aspergèrent les lieux depuis le seuil, couvrant de mousse le tapis et les rideaux. Après avoir recommandé à Solange d'être prudente, Gérard repartit vers la cuisine. Quelques secondes plus tard, il était de retour, portant deux grands seaux d'eau qu'ils jetèrent sur le feu.

Mari et femme continuèrent à faire la navette, résolus à empêcher le sinistre de s'étendre.

Agenouillé sur le sol à côté de Tessa, Lorne essayait de déterminer la gravité de ses brûlures. C'était difficile à dire, mais il avait l'impression que c'étaient ses jambes qui avaient le plus souffert. La robe en mousseline lui arrivait aux chevilles ; l'ourlet avait pris feu en premier. Il ferma les yeux et les rouvrit brusquement en l'entendant gémir. Elle avait les paupières closes et ne bougeait pas. Il ne pouvait rien faire hormis attendre. Il était hors de question de tenter de la déplacer. C'était bien trop dangereux.

Lorne se sentait glacé. Des frissons le parcouraient des pieds à la tête. Ses mains lui faisaient mal. Il les regarda, réalisa d'un coup qu'elles étaient sévèrement brûlées. Pourtant il avait eu de la chance…

Des bruits s'élevèrent au-dehors, et Lorne se redressa difficilement, envahi par la nausée et le vertige. Deux ambulances venaient de s'immobiliser devant la maison, suivies de deux camions de pompiers et de trois voitures de police. Derrière tous ces véhicules arrivait la Jaguar de Jean-Claude.

Pompiers et ambulanciers entrèrent aussitôt en action. Après avoir pris une profonde inspiration, Lorne descendit les marches afin d'expliquer le drame à son beau-frère. Ce fut seulement à cet instant qu'il comprit pourquoi il avait insisté pour que tout le monde sorte de la maison. Quelque part, dans un recoin de son cerveau, était gravé le nom de Jonathan Ainsley. Il avait redouté que d'autres engins explosifs n'aient été placés ailleurs. Il devait informer Jean-Claude immédiatement, lui faire part de ses soupçons.

Lorne sentit ses jambes se dérober sous lui alors qu'il atteignait son beau-frère. Il perdit connaissance avant d'avoir pu prononcer un mot.

Ce fut Gérard qui relata les faits à son employeur. Il n'avait jamais entendu parler de Jonathan Ainsley, et n'en parla donc pas, mais Jean-Claude, en revanche, pensa immédiatement à lui. Ce dément était-il responsable de l'explosion ? Il décida aussitôt de demander à la police de fouiller le Clos-Fleuri de fond en comble. Mais d'abord, il devait rejoindre sa femme blessée, et ses enfants...

Il se rua vers la vieille demeure, le cœur battant à se rompre, l'estomac noué par l'angoisse. Une bouffée de soulagement le submergea lorsqu'il aperçut ses enfants sains et saufs. Il leur adressa un signe et continua à courir vers Tessa, son épouse adorée, priant pour qu'elle soit en vie.

Les ambulanciers, qui venaient juste d'arriver, s'écartèrent pour lui laisser la place. Il se laissa tomber à genoux à côté de Tessa et lui prit la main, murmurant son nom. Pour finir, elle ouvrit les yeux, tenta de dire quelque chose, n'y parvint pas, et les referma.

Tremblant, bouleversé, Jean-Claude leva la tête vers un des secouristes, le suppliant du regard. Sa bouche était si sèche qu'il pouvait à peine parler.

— Elle... ?

L'homme lui coupa la parole.

— Nous allons la transporter immédiatement à l'hôpital américain.

Jean-Claude insista pour que tout le monde aille à Paris, y compris Gérard et Solange. Il voulait que le Clos-Fleuri soit passé au crible par la police avant de s'y installer de nouveau. Hakim conduisit la voiture familiale tandis que Gérard le suivait dans sa Renault. Jean-Claude avait décidé d'attendre que Tessa soit prise en charge à l'hôpital avant d'avertir sa famille. Dans l'ambulance, près de sa femme, il pria en silence, et de tout son cœur, pour qu'elle survive. Et pour que son beau-frère, Lorne, se rétablisse au plus vite.

Les Harte s'envolèrent pour Paris le lendemain.

Le samedi matin à l'aube, Paula et Shane O'Neill, Desmond, leur fils cadet, M et Larry, Linnet et Simon ainsi que Jack Figg montèrent à bord d'un jet privé appartenant à O'Neill Hotels International qui les attendait à l'aéroport de Stansted.

Quand ils eurent tous pris place et que l'appareil eut décollé, Shane s'adressa à eux tous.

— Tessa va s'en sortir, affirma-t-il pour la seconde fois. Je veux que vous le sachiez. J'ai reçu plusieurs appels de Jean-Claude, et les médecins sont optimistes. Quant à Lorne, j'ai de bonnes nouvelles. Il a subi un traumatisme crânien et il souffre de brûlures aux mains et aux chevilles mais il va beaucoup mieux. Tessa et Lorne vont survivre, et ils bénéficieront des meilleurs soins possible.

— Mais... et le visage de Tessa ? demanda Desmond en fixant son père. Je croyais que tu avais dit qu'elle était gravement brûlée.

Agé de vingt et un ans, il avait toujours été très proche de sa demi-sœur et il était très ému.

— Elle sera aussi belle qu'avant, Des, promis. Je ne te mentirais pas. Jean-Claude affirme qu'on fait des miracles en matière de chirurgie esthétique de nos jours.

— C'est l'œuvre de ce monstre d'Ainsley, intervint M à voix basse, avant de se tourner vers Jack et sa mère toute pâle. Vous ne croyez pas ?

Paula ne put qu'acquiescer.

— Si, certainement, répondit Jack. C'est tout à fait son genre. Nous allons le neutraliser, M. Je te le promets.

Il adressa à Paula un sourire rassurant et elle hocha la tête. Voyant combien elle était inquiète, Linnet prit sa main dans la sienne.

— J'ai hâte d'être à l'hôpital, murmura Linnet, mais papa a raison, maman. Tessa va se rétablir très vite, tu verras. C'est une battante.

— C'est une Harte ! s'exclama M. Et nous ne nous laisserons abattre par personne, surtout pas par ce...

— ... salaud, acheva sa mère.

Shane dévisagea sa fille cadette.

— J'espère que tu as annulé la croisière, M ?

— Oui. J'ai laissé un message sur le répondeur en expliquant que j'étais contrainte de reporter notre voyage en septembre. L'agence n'était pas ouverte quand nous avons quitté l'appartement ce matin. Je rappellerai plus tard, après avoir vu Tessa. De toute façon, j'avais versé des arrhes, donc je suppose que l'annulation ne les ennuie pas.

— C'est bien, commenta Shane en souriant à sa fille. Tu ne peux pas t'exposer ainsi au danger.

Desmond regarda M.

— Pourrai-je entrer avec toi quand tu iras voir Tessa ?

— Bien sûr, Des. Essaie de ne pas te faire de souci. Elle va se rétablir.

— Son visage, répéta son jeune frère d'une voix étranglée. Son beau visage.

M refoula les larmes qui lui picotaient les yeux.

Loin de là, à Saint-Pétersbourg, Jonathan Ainsley était debout sur le pont supérieur du *Janus*, le regard rivé à la mer, un téléphone portable pressé contre son oreille.

— Allô ? dit-il, bien qu'il sût exactement qui parlait.

C'était l'appareil qu'il gardait pour son principal homme de main. Personne d'autre n'avait le numéro. Celui-là était réservé à Sam Herbert Samson.

— Patron ? C'est moi. J'appelle de Paris.

— Tu as de bonnes nouvelles pour moi, Sam ?

— Et comment ! La fête s'est déroulée comme prévu. Celle qui devait avoir lieu dans la bibliothèque.

— Excellent. Bravo.

La main de Sam se crispa sur le téléphone. Cette voix cultivée, aristocratique, l'avait toujours intimidé. Il se demandait à présent comment annoncer la suite. Il prit une profonde inspiration et se jeta enfin à l'eau.

— Il me faudra faire quelques vérifications, patron. Malheureusement, j'ai dû partir tôt. J'y retourne à présent. Je vous rappellerai dans la journée.

— Très bien, Sam. Fais ce que tu as à faire. J'ai totalement confiance en toi. Je sais que tu es méticuleux. Je sais que tu ne vas pas devenir un nouveau Bart et te retrouver au chômage. Tu loges à l'endroit habituel ?

— Oui, patron, répondit Sam, la bouche sèche de nervosité.

— Tant mieux. Appelle-moi dès que tu auras le résultat final de la fête.

— Promis, patron.

Sam referma son téléphone. Le patron avait déjà coupé la communication sans ajouter un mot. C'était sa façon de faire. Il fourra l'appareil dans sa poche, encore perturbé par la mention de Bart. Il détestait que le patron y fasse allusion. Bart était mort depuis un certain temps déjà, dans des circonstances mystérieuses.

Quelques jours plus tard, le 15 mai, Richie Zheng atterrit à l'aéroport de Heathrow. Après avoir passé la douane, il se hâta vers la sortie et aperçut immédiatement le chauffeur. Ce dernier portait un panneau sur lequel était inscrit le mot *Crésus*. Richie sourit, amusé par l'esprit créatif de Jack.

— L'hôtel Grosvenor, indiqua-t-il une fois dans la voiture.

— Très bien, monsieur, répondit le chauffeur, qui semblait déjà au courant.

Le trajet dura près d'une heure. A la réception, Richie se présenta comme Richard Thomas Sutton, le nom qui figurait sur son passeport canadien, parfaitement légal.

On lui montra sa suite, où il défit ses bagages et se rafraîchit le visage. Puis il parcourut la chambre du regard, sortit ses deux ordinateurs portables de son fourre-tout et les glissa dans un sac en toile renforcée. Après quoi, il empocha la clé et descendit par l'ascenseur. En traversant l'accueil, il jeta un coup d'œil autour de lui mais ne vit personne de sa connaissance.

Il marcha à un bon rythme vers Mount Street et Cardigan International, savourant l'air frais de cette belle matinée de printemps.

Jack Figg l'y attendait. Il s'acquitta des présentations, et les trois hommes prirent place dans le bureau personnel de James.

— Vous avez réussi à tout faire en Suisse ? s'enquit Jack, alors même qu'il connaissait déjà la réponse.

Il avait une entière confiance en ce jeune homme brillant, efficace et dévoué. Tout comme en son grand-père, Zheng Wen Li.

— Oui, Jack. Tout s'est déroulé sans encombre. J'ai les mots de passe, le code secret de Jonathan Ainsley, son numéro personnel d'identification et le code de sécurité de son ordinateur personnel à la banque.

— Expliquez-nous de nouveau ce que vous comptez faire, Richie.

— Maintenant que j'ai toutes ces informations en ma possession, je peux transférer de l'argent n'importe où dans le monde.

— Autrement dit, vous avez désormais la mainmise sur la fortune d'Ainsley, remarqua James.

— C'est exact. Je contrôle également l'argent de mon grand-père, les cent millions qu'il a investis dans la compagnie d'Ainsley, ainsi que l'investissement de Grisha Lebedev dans la banque privée Belvedere-Macao.

Cette fois, la stupéfaction de James était manifeste.

— Comment diable êtes-vous arrivé à faire cela ?

— Personnellement, je n'ai rien fait. Mais comme Jack le sait, j'emploie actuellement six hackers, les plus brillants au monde. Ils sont entrés dans les ordinateurs de Lebedev et ont obtenu les mots de passe et codes nécessaires.

— Qui sont-ils ? s'enquit James avec curiosité. Et où opèrent-ils ?

— Je ne peux pas vous dire leurs noms. C'est confidentiel, et de toute manière, il est inutile que vous le sachiez. Ils sont basés un peu partout... Il y en a un en Angleterre, un autre à Macao, un à Stockholm, deux en Allemagne, un autre enfin en Islande. Bref, ils sont éparpillés.

— Et en quoi consiste votre plan ? dit Jack.

— Je vais vous l'expliquer, mais seulement dans ses grandes lignes, Jack. Il serait trop compliqué d'entrer dans les détails. Et vous n'êtes pas un expert en informatique, n'est-ce pas ?

Jack eut un sourire de regret.

— Non, en effet.

— Très bien. Voici donc comment nous allons procéder, reprit Richie. Lors de votre réunion avec mon grand-père, vous avez conclu que le meilleur moyen de mettre Ainsley hors d'état de nuire était de viser sa fortune. C'est ce qui a donné à Wen Li l'idée de se servir de moi. Il a très habilement agité une carotte sous les yeux d'Ainsley : un investissement d'importance dans sa banque, à condition que je sois embauché à Belvedere pour apprendre les ficelles du métier avant d'hériter moi-même de la banque de mon grand-père.

— Je m'en souviens très bien, murmura Jack en se tournant vers James. Ainsley a mordu à l'appât. A mon avis, il a vu en Richie un futur associé et il a saisi sa chance, comme toujours.

— Apparemment, il n'avait guère le choix, intervint Richie. Au cours de ces dernières années, depuis qu'il s'est rétabli des interventions qu'il a subies, il a pris des risques insensés avec son argent. A certains égards, il s'est mis dans une position vulnérable.

— Que voulez-vous dire ? demanda James, intrigué.

— Il a dépensé une somme colossale pour s'offrir un des yachts les plus grands au monde, par pure vanité. Jusqu'ici il n'a pas encore puisé dans l'argent de mon grand-père, mais il a utilisé une partie des fonds placés par Lebedev. Maintenant, et c'est le point crucial, Lebedev se méfie. Il ne va pas tarder à poser des questions gênantes, d'autant plus qu'il est agacé parce que Ainsley fait les yeux doux à sa nouvelle conquête, une certaine Galina. La situation est explosive, et c'est pourquoi je tiens à agir le plus vite possible.

— Vous avez vraiment des sources incroyables, commenta Jack en souriant. Expliquez-moi une chose, tout de même. Comment savez-vous que Lebedev a une dent contre Ainsley ?

— J'ai un agent au sein de la société de Lebedev. Une source de premier ordre. Un ancien camarade d'école.

— Aux Etats-Unis ? s'enquit Jack.

— Non, au Canada. A Toronto. J'ai toute confiance en lui.

— Très bien, Richie. Résumez-moi ce qui va se passer au cours des prochains jours.

— Je vais commencer à sortir des fonds des comptes personnels d'Ainsley à Belvedere. Enfin, pas moi personnellement. Un de mes hackers va s'en charger. L'argent sera déposé sous un faux nom dans une banque ayant pignon sur rue. Il sera ensuite transféré sous quarante-huit heures maximum sur un autre compte factice quelque part ailleurs. Chaque compte sera fermé après l'opération. Lorsque l'argent aura été déplacé trois fois, il sera déposé en Suisse, sur des comptes spéciaux.

— Numérotés, j'imagine ?

— Tout à fait.

— Si je comprends bien, l'argent d'Ainsley va en quelque sorte se volatiliser ? commenta James.

— Exactement, répondit Richie, avant de s'adresser à Jack de nouveau. Hier à Zurich, j'ai ouvert trois comptes numérotés à l'aide de trois faux passeports canadiens que quelqu'un s'est procurés pour moi sur le marché noir. Je suis certain qu'on ne peut pas retrouver ma trace.

Il fouilla dans la poche intérieure de sa veste et en tira une enveloppe.

— Voici le nom des banques et les numéros des comptes, Jack. Comme vous en êtes convenus avec mon grand-père lors de votre visite à Hong Kong, la fortune personnelle d'Ainsley sera répartie entre diverses associations caritatives. A vous de décider lesquelles avec mon grand-père. Autrement dit, le moment venu, Wen Li et vous redistribuerez cet argent d'une manière discrète et efficace par le biais de ces associations.

— Parfait, Richie.

— Bien entendu, je vais rendre à grand-père son investissement, avec les intérêts. Il m'a promis de me donner de quoi payer les hackers, dit-il avant d'ajouter avec un sourire : Même si, au fond, ils font cela pour le plaisir. C'est le goût du risque qui les motive avant tout.

— Il y a tout de même une chose qui m'intrigue, déclara James. Comment avez-vous pu infiltrer si vite un espion dans la société de Lebedev ?

— Je n'ai rien fait, James. La chance seule nous a souri… Ç'a été une de ces extraordinaires coïncidences que la vie nous réserve parfois. Je me suis souvenu qu'un de mes anciens copains d'école travaillait pour un oligarque russe. J'ai fait quelques recherches par curiosité, et je me suis aperçu qu'il faisait partie du groupe Lebedev. Qui plus est, il quitte la société cette semaine car son contrat est arrivé à expiration. Il est en route pour des vacances bien méritées à Bali, de sorte qu'il ne pourra être soupçonné de rien.

James sourit, imité par Jack.

— Bonne chance, Richie, dit ce dernier avec chaleur. Vous avez fait un travail fantastique. Votre grand-père sera très fier de vous, j'en suis sûr.

— Je l'espère. Il hait Ainsley. Il le juge responsable du déclin et de la mort de mon père. Rien n'a meilleur goût que la vengeance, Jack. Rien.

— C'est vrai. Et on dit que c'est un plat qui se mange froid, commenta ce dernier avec humour.

— Ah, Jack ! Une dernière chose ! s'écria Richie. Mon grand-père et vous serez les seuls à connaître les numéros de ces comptes. J'imagine que vous savez que le numéro suffit pour retirer l'argent. Il n'y a pas besoin de pièce d'identité.

— C'est ce que je pensais, répondit Jack, mais merci de me le confirmer. Et maintenant, si nous allions déjeuner ? A propos, Richie, qu'allez-vous faire maintenant ? Comptez-vous mener l'opération depuis Londres ?

— Non, Jack. Je pars pour Istanbul. J'ai un hacker génial là-bas qui va m'aider à tout mettre en branle. Et puis, Istanbul est pratique pour moi. C'est seulement à quatre heures et demie de vol de Hong Kong. Mon grand-père s'ennuie quand je ne suis pas là et je voudrais rentrer le plus tôt possible.

45

Grisha Lebedev, riche et puissant oligarque, était sur le balcon de sa suite au Ciragan Palace Hotel Kempinski à Istanbul. Son regard se posa sur les magnifiques jardins fleuris, puis la plage sur le Bosphore, avant de s'arrêter sur le yacht de Jonathan Ainsley, le *Janus*, qui mouillait là.

Par ce splendide après-midi de mai, il avait passé les dernières heures à maudire le nom de l'Anglais, à l'abreuver de toutes les injures de son répertoire.

Grand et séduisant, Lebedev approchait de la cinquantaine et était suffisamment intelligent pour savoir que les sommes qu'il avait investies dans la banque d'Ainsley, et qui s'étaient mystérieusement volatilisées, ne pourraient jamais être récupérées. La banque d'affaires Belvedere-Macao était en passe d'avoir de gros ennuis, et son instinct lui disait qu'elle n'échapperait pas à la faillite. Le propriétaire de cette banque, auquel il avait confié une bonne partie de sa fortune acquise dans l'industrie pétrolière, avait fait preuve d'une négligence coupable. Ou plutôt, c'était un voleur, un vulgaire escroc, et lui, Gregori Lebedev, allait prendre sa revanche.

Il se retourna en entendant s'ouvrir la porte de la chambre, et un léger sourire se dessina sur ses lèvres à la vue de Galina.

— As-tu trouvé ce que tu voulais ? demanda-t-il.

A en juger par son expression radieuse et les nombreux sacs – Chanel, Vuitton, Escada et autres – qu'elle portait, la réponse ne faisait pas de doute. La dépense importait peu. Galina pouvait avoir tout ce qu'elle désirait.

— Oui, Grisha. J'ai trouvé une robe très sexy.

— Je veux la voir sur toi, dit-il d'une voix rauque de désir en traversant la pièce pour l'embrasser.

Elle laissa tomber ses sacs et lui rendit son baiser, puis l'entraîna dans la chambre, l'attirant vers le lit.

Il la lâcha un instant pour baisser les stores, puis repoussa les couvertures et déboutonna sa chemise.

Galina retira sa robe moulante en riant, puis son slip et son soutien-gorge et s'avança vers lui sur des talons vertigineux.

— Comment me trouves-tu, chéri ?

Déjà étendu, il rit à son tour, les yeux pétillants d'excitation.

— Belle à croquer, répondit-il en lui faisant signe d'approcher.

Quelques secondes plus tard, elle le rejoignait sur le lit. Il roula sur lui-même et prit la pointe d'un sein dans sa bouche.

— Quand j'ai accepté ce poste, murmura-t-elle, je n'avais jamais imaginé que j'aurais une pareille prime.

Il leva la tête vers elle.

— Quelle prime ? demanda-t-il d'une voix tendue.

— Oh, Grisha, ne fais pas l'innocent avec moi, répondit-elle, les yeux pleins de gaieté. Toi. Tu es la grosse prime. Faire l'amour avec toi tout le temps, voilà la prime. Et moi qui pensais que je ne serais qu'un de tes gardes du corps.

— C'est ta mission, c'est vrai. Alors, garde mon corps...

Tout en parlant, il l'installa à califourchon sur lui.

— Prends-le, prends mon corps, mon petit garde du corps.

Galina l'embrassa. Elle voulait qu'il se taise, qu'il se laisse conquérir par sa beauté et ses talents. En quelques minutes, c'était chose faite, et il gémissait de plaisir. Soudain, il roula sur lui-même et se mit à lui faire l'amour comme elle l'aimait, les amenant tous les deux rapidement à l'extase.

Il se laissa aller contre elle avec un soupir de bien-être.

— Galina, que m'as-tu fait ? Jamais je ne me suis senti aussi bien avec une femme. Tu es si sensuelle... Jamais je ne me lasserai de toi. Tu es à moi, n'est-ce pas ?

— Oui, je suis à toi. Je ne laisserai aucune autre femme s'approcher de toi. Jamais. Dis-le-moi, Grisha. Dis-moi que tu m'aimes et que tu es à moi pour toujours.

— Je le suis, affirma-t-il. Je suis à toi et je t'aime. Et ce corps est à toi.

Tout en prononçant ces paroles, il se rendit compte qu'il ne parlait pas seulement pour lui faire plaisir mais qu'il disait la vérité. Tout à coup, la tâche qu'il était sur le point d'exiger d'elle lui déplut profondément. Il se dégagea sans un mot et se redressa contre les oreillers.

— Quand tu es venue travailler pour moi comme garde du corps, dit-il au bout d'un moment, tu savais que tu devrais peut-être tuer quelqu'un pour me sauver la vie, non ?

Elle ne put qu'acquiescer, interloquée par ce brusque changement d'humeur et la gravité de sa voix.

— Oui, Grisha, répondit-elle enfin. Et je te protégerai. Avec mon revolver et avec mon corps. Je prendrais une balle à ta place s'il le fallait.

— Bien. Ecoute-moi attentivement. Tout à l'heure, je t'ai dit que je voulais que tu ailles voir Ainsley et que tu le séduises pour lui soutirer des informations. Mais j'ai changé d'avis.

— Tu ne veux pas que j'aille à son *yali* ?

— Si. Je veux que tu ailles dans sa villa. Mais je ne veux pas que tu sois trop appétissante. Et il n'est pas question que tu couches avec lui. Tu es mienne, tu m'appartiens et je t'aime. Et je vais t'épouser. Mais tu dois faire quelque chose pour moi, d'abord.

— Je ferai n'importe quoi, Grisha, promit-elle, comblée par ses paroles.

Elle s'agenouilla près de lui et lui caressa le visage, ce beau visage qu'elle avait aimé dès le premier regard.

— Il m'a volé une grosse somme d'argent. Notre argent, Galina. Je ne le récupérerai jamais. Ce type est un voleur et sa banque est en train de couler. C'est une question de jours. Il faut que je me venge.

— Que veux-tu que je fasse, mon amour ?

Il planta son regard dans ses yeux couleur de miel et effleura sa joue délicate, émerveillé par l'amour que lui portait cette jeune femme de dix-neuf ans.

— Elimine-le, dit-il à voix basse.

Jonathan Ainsley avait du mal à croire en sa chance.

Le coup de téléphone de Galina l'avait pris par surprise. Certes, il lui avait donné le numéro de son téléphone portable avant son départ de Saint-Pétersbourg, mais il ne s'était pas vraiment attendu à ce qu'elle l'appelle. Elle semblait être sous la coupe de Lebedev, qui ne la quittait pas d'une semelle. Il avait donc été stupéfait d'apprendre qu'elle passait le week-end à Istanbul avec Grisha et qu'elle voulait le voir.

Seul.

Galina avait insisté pour le retrouver ici, à la villa. Sous prétexte que monter à bord du yacht la rendait trop nerveuse. Elle ne voulait pas prendre le risque de croiser sa femme. En un sens, c'était compréhensible, si bien qu'il avait accepté un rendez-vous dans le *yali* qu'il avait acheté sur la rive du Bosphore. Enfin, pas dans la villa elle-même. Il lui avait dit d'arriver par la petite jetée au coin de la résidence principale et d'emprunter l'allée qui menait au pavillon d'été, près de la roseraie. Elle lui avait murmuré quelques paroles suggestives au téléphone avant de promettre d'être là à dix-huit heures.

Ayant échappé à Angharad sous prétexte qu'il devait rencontrer un de ses associés de Hong Kong, il était venu à la villa et s'était changé, optant pour une chemise et un pantalon en coton.

A présent, dans le salon du pavillon, les yeux rivés à la fenêtre qui donnait sur la mer, il contemplait Galina qui remontait l'allée. Il sourit. Enfin, il allait posséder cette exquise créature. Il se demanda si elle pensait à lui à cet instant.

Ce n'était pas le cas. Galina pensait à l'homme qu'elle aimait de tout son cœur, le seul à l'avoir traitée avec respect et gentillesse, l'homme qui lui avait redonné sa dignité. Grisha

Lebedev. Durant toute son enfance et son adolescence, elle avait été victime de violences physiques et sexuelles. Elle n'avait connu des hommes que la brutalité.

La voyant devenir plus belle chaque jour, ses sœurs aînées s'étaient cotisées pour lui payer des cours d'autodéfense. Elle n'avait pas tardé à devenir un as du tir, une athlète accomplie, et avait obtenu une ceinture noire de karaté. Lorsqu'elle avait vu Grisha Lebedev lors d'une soirée, à dix-sept ans, elle avait eu le coup de foudre. A dix-huit ans, elle était enfin parvenue à décrocher un emploi auprès de lui en qualité de garde du corps. Etre près de lui avait donné un sens à sa vie.

Durant un voyage à Londres, six mois plus tôt, Grisha, morose, déprimé, avait fini par lui avouer qu'il était toujours affecté par la disparition de sa fiancée, morte trois ans auparavant dans un accident de voiture. Galina avait usé de tous ses charmes pour le séduire. Par la suite, il ne l'avait plus jamais quittée. Et il était tout son univers.

Après qu'elle eut passé l'après-midi au lit avec l'homme qu'elle adorait, la perspective de flirter avec Jonathan lui répugnait. Cependant, elle s'exécuterait, quoi qu'il lui en coûte, avant de faire ce pour quoi elle avait été entraînée.

Ainsley ouvrit la porte, un grand sourire aux lèvres. Il baissa les yeux sur sa montre.

— Six heures pile, Galina. Vous êtes ponctuelle.

— C'est une habitude chez moi. Bonsoir, Jonathan.

— Bonsoir, Galina, répondit-il poliment, s'effaçant pour la laisser entrer.

Elle jeta un coup d'œil dans le salon, blanc et crème, enregistrant les détails : le seau à champagne sur la table basse, le téléphone fixe, le portable. Rien d'anormal. Par une porte entrebâillée, elle apercevait la chambre.

Elle se tourna vers lui.

— Y a-t-il une salle de bains où je pourrais me rafraîchir, Jonny ? Je peux vous appeler Jonny, n'est-ce pas ? C'est tellement plus intime...

Il sourit jusqu'aux oreilles.

— J'aime l'idée d'être intime avec toi, Galina. Nous allons être très intimes ce soir, n'est-ce pas ?

— Oh, oui, répondit-elle d'une voix sexy, avant de poursuivre : Tu as de la musique ? J'adore la musique, c'est si romantique. Si tu mettais un CD, et que tu débouchais le champagne ? Où est la salle de bains ?

— Par ici, ma chère, répondit-il en indiquant une porte à gauche du salon.

— Je reviens tout de suite, murmura-t-elle.

Une fois à la porte, elle se retourna et évalua la distance entre le canapé et la table basse. Dans la salle de bains, elle sortit le revolver de la poche de son pantalon, releva le cran de sécurité et remit l'arme à sa place. Elle regarda dans le miroir, prenant soin de ne toucher à rien, et attendit. Au bout d'un moment, Céline Dion se mit à chanter, et Galina entendit le tintement des glaçons dans le seau à champagne.

Un mouchoir en papier à la main, elle ouvrit doucement la porte, essuya la poignée extérieure et glissa le mouchoir dans sa poche avant de sortir. Elle traversa le salon sur la pointe des pieds, rejoignit le canapé blanc, juste derrière Jonathan. Occupé à défaire le muselet de la bouteille, il ne l'avait pas entendue approcher. La voix de Céline Dion emplissait la pièce.

Galina sortit le revolver, visa la nuque et tira. Elle atteignit sa cible avec précision.

Jonathan Ainsley poussa un cri étranglé et bascula en avant sur la table basse. Un coup d'œil suffit à Galina pour constater qu'il était mort. Mais pour s'en assurer, elle fit feu à nouveau, dans la tempe cette fois, puis remit l'arme dans sa poche et sortit du pavillon, se servant du mouchoir pour ouvrir et refermer la porte.

Ensuite, elle descendit calmement l'allée sans un regard en arrière, monta sur la jetée et se blottit dans les bras de Lebedev qui l'attendait. Il l'aida à prendre place dans l'embarcation amarrée tout près et la suivit, adressant un signe de tête à Boris, un autre de ses gardes du corps. Aussitôt, celui-ci mit le moteur en route. Le hors-bord s'élança, filant sur le Bosphore en direction du Ciragan Palace.

Lebedev avait passé un bras autour de Galina et la serrait contre lui.

— Tu as suivi mes instructions ? demanda-t-il enfin.

— Oui. Il est mort. Deux balles dans la tête.

— Où est le revolver, Galina ?

Elle le lui tendit.

— Tu as les mouchoirs ?

— Oui. Les voici.

Il essuya l'arme, puis la jeta dans le Bosphore. Relevant les yeux vers elle, il comprit à son expression que son geste avait été inutile et sourit.

— L'habitude, commenta-t-il en haussant les épaules.

Elle hocha la tête : Grisha avait été membre du KGB pendant des années avant de devenir un magnat du pétrole.

— Tout est prêt, reprit-il. Nous irons à l'aéroport aussitôt après avoir récupéré les bagages. Mon avion nous attend. Nous serons à Moscou ce soir. J'ai tout organisé pour que notre mariage ait lieu demain, et lundi, nous partons pour New York.

Stupéfaite mais rayonnante, elle leva vers lui un regard empli d'adoration.

— New York ? Pourquoi New York ?

— Tu m'as dit que tu voulais passer ta lune de miel là-bas, Galina. Tu as tenu le revolver, je tiens à te faire plaisir, dit-il en l'embrassant. Tu es en sécurité, maintenant. Tu seras toujours en sécurité avec moi.

A l'autre bout d'Istanbul, dans un confortable appartement non loin du Grand Bazar, Patrick Dalton, un des agents de Figg International, dormait à poings fermés. Ce fut son épouse Fatima qui répondit au téléphone.

— Allô ? chuchota-t-elle, désireuse de ne pas réveiller Patrick.

— Ima, c'est moi, Ismet, répondit son frère. Passe-moi Patrick. C'est urgent.

Elle ne discuta pas et entreprit de secouer son mari avant de lui tendre l'appareil.

— C'est Ismet. Il dit que c'est urgent.

Patrick prit le téléphone et marmonna un salut.

— Qu'est-ce qui se passe, Ismet ?

— Il y a eu un meurtre. L'Anglais dont tu m'as parlé hier.

Patrick se redressa brusquement, bien réveillé à présent.

— Jonathan Ainsley ? Il est mort ?

— Tué de deux balles dans la tête. Tu ferais mieux de venir au QG de la police. Tout de suite. Je te donnerai les détails. La presse internationale va se jeter sur l'affaire en moins de temps qu'il n'en faut pour le dire.

— Je serai là dans une demi-heure.

Patrick raccrocha et sauta à bas du lit.

— Rendors-toi, conseilla-t-il à sa femme. Il n'est que quatre heures du matin. Je vais au QG. Ce type auquel Jack s'inté-ressait est mort. Tu sais, celui qui possédait ce yacht gigan-tesque sur le Bosphore. Assassiné, on dirait.

Jack Figg ne dormait jamais qu'à demi. Lorsque son télé-phone se mit à sonner, tôt le dimanche matin, il tendit auto-matiquement la main vers l'appareil avec un coup d'œil au cadran du réveil. Cinq heures.

Surpris, il ne put s'empêcher de répondre d'un ton irrité :

— Allô ?

— Jack, ici Pat Dalton. Désolé de t'appeler à l'aube mais j'ai des nouvelles extraordinaires.

— A une heure pareille, ça vaudrait mieux pour toi !

— Jonathan Ainsley est mort.

— Quoi ?

Jack se leva vivement et se dirigea vers le petit bureau, l'appareil coincé contre l'épaule.

— Tu en es sûr, Pat ? demanda-t-il en s'asseyant. C'est ce qu'on m'a dit il y a cinq ans, et ce n'était pas vrai. A mon grand chagrin, d'ailleurs.

— Tu peux le croire cette fois. J'ai vu le corps de mes propres yeux. Tu te souviens peut-être que mon beau-frère Ismet est inspecteur dans la police turque. Il m'a téléphoné à quatre heures pour m'avertir. Curieusement, nous avions déjeuné ensemble hier et je lui avais justement demandé de me prévenir s'il entendait des rumeurs au sujet d'Ainsley, n'importe lesquelles. Comme je te l'ai dit, il est arrivé à bord de son yacht la semaine dernière. Ismet était de service quand le corps a été découvert...

— Où était-il ? le coupa Jack.

— Dans son *yali* sur le Bosphore. Ismet s'est aussitôt rendu sur place avec plusieurs hommes. Le corps d'Ainsley était affaissé sur une petite table dans le salon. Apparemment, il y avait du sang partout. Le légiste a déclaré qu'il était mort sur le coup, vers dix-huit heures hier soir.

— Qui l'a trouvé ?

— Sa femme, Angharad. Elle s'inquiétait qu'il ne soit pas rentré, si bien qu'elle s'est rendue à la villa avec le chef steward.

— Je suppose que ton beau-frère l'a interrogée ?

— Longuement. D'après lui, elle ne figure pas parmi les suspects. Divers membres du personnel ont confirmé qu'elle avait passé toute la journée et le début de soirée à bord.

— Penses-tu que ce soit l'œuvre d'un tueur à gages ?

— C'est l'hypothèse la plus vraisemblable, Jack, affirma Patrick. L'assassin n'a rien laissé. Aucun indice, aucune empreinte. C'est du travail de pro.

— Tu as raison. Il ne sera jamais arrêté. Et le personnel de la villa ? Personne n'a rien vu ?

— Il n'y a qu'un gardien et un jardinier. Ni l'un ni l'autre n'ont rien vu ; à vrai dire, ils n'ont appris qu'à la dernière minute son arrivée. Il est allé saluer le gardien et lui a expliqué qu'il avait rendez-vous dans le pavillon d'été. Il a dit très clairement qu'il ne voulait pas être dérangé.

— Sa femme sait pourquoi il était allé à terre ?

— Selon elle, il devait rencontrer un de ses associés de Hong Kong. C'est tout ce qu'elle sait. Et c'est tout ce que je sais.

— Je vois. Tiens-moi au courant s'il y a du nouveau, Pat. J'aurai mon portable sur moi. Et merci de m'avoir prévenu si vite.

Il marqua une brève pause.

— Ce salaud a eu ce qu'il méritait.

46

A onze heures du matin, Jack Figg était assis dans le salon de Linnet, en compagnie de Larry, Simon et James Cardigan. M et Linnet étaient dans la cuisine, en train de préparer du café.

Jack les avait rassemblés pour leur relater les événements de la nuit. Par ailleurs, il avait appelé Paula et Shane à Paris afin de leur annoncer la nouvelle. Ils étaient restés avec Desmond au chevet de Lorne et de Tessa à l'hôpital américain. L'un et l'autre allaient mieux, au grand soulagement de tous.

— A propos, James, je tiens à te remercier pour ton aide. Tu as été brillant, le félicita Jack. Sinon, je voulais aussi vous dire que j'ai téléphoné à Richie tout à l'heure. Je m'attendais à le joindre à Istanbul, mais il était déjà rentré à Hong Kong. Je lui ai parlé, ainsi qu'à Wen Li. Ils ont tous les deux été stupéfaits. Ils ne s'attendaient pas à un assassinat. Ils ne cherchaient qu'à le mettre sur la paille, mais ils sont aussi soulagés que nous.

James hocha la tête et regarda Simon.

— Et je parie que tu es libéré d'un grand fardeau, n'est-ce pas ?

— Et comment ! Il n'est jamais facile de veiller à la sécurité de quelqu'un, mais quand il s'agit d'une personne que l'on aime, c'est encore plus compliqué, répondit Simon.

A cet instant, M et Linnet entrèrent, apportant le café.

— Je dois dire que j'ai encore du mal à absorber la nouvelle, intervint Larry. C'est un choc, d'une certaine façon.

— Je sais, admit Jack. Ç'a été une grosse surprise pour nous tous.

Il but une gorgée de café, puis leur donna tous les détails qu'il connaissait, répondant aux questions de son mieux.

— En tout cas, conclut-il, vous pouvez être sûrs qu'il est bien mort, cette fois. Patrick a vu le corps à la morgue.

— Je t'avais bien dit que nous devions engager un tueur, commenta M en le fixant. J'avais raison. De toute évidence, quelqu'un d'autre s'en est chargé.

— Tu avais raison, en effet, concéda Jack. D'après les éléments que nous avons, ou plutôt que nous n'avons pas, il semble bien qu'il s'agisse d'un assassinat sur commande.

— Et Angharad n'aurait rien à y voir ? questionna Linnet en lançant à Jack un regard intrigué.

M ne laissa pas à ce dernier le temps de répondre.

— Il est bien possible que si ! Je veux dire, elle ne vaut pas mieux que lui. Peut-être qu'elle a persuadé un amant de descendre son mari !

— Que dis-tu de ce scénario ? fit Linnet en se retournant vers Jack.

— Pas mal, mais je n'y crois pas, répondit-il. Je pense qu'Ainsley a été tué pour des questions d'argent, et par un de ses associés.

— Je ne veux pas changer de sujet, Jack, reprit M, mais il y a quelque chose que je ne comprends pas très bien. Pourquoi ton vieil ami Wen Li et son petit-fils tenaient-ils tant à nous aider ?

— Je vais vous l'expliquer, dit Jack avec un sourire. Aussi clairement que je le peux. Il y a de nombreuses années, l'épouse de Zheng Wen Li est restée paralysée après une chute dans un escalier. Il était encore jeune et a pris une maîtresse. Plus tard, celle-ci a donné naissance à un enfant, mais malheureusement, elle est morte peu après. Wen Li a confié son fils à son cousin préféré, Chiu Wan Chin, un riche banquier qui a élevé cet enfant comme le sien.

— Chiu... répéta Linnet, songeuse. Je connais ce nom, Jack.

415

— Tu as sans doute entendu ta mère parler de lui, répondit-il. Encore un peu d'attention et vous comprendrez tout. Wen Li s'est toujours intéressé à son fils, mais ce dernier l'a beaucoup déçu à la mort de Chiu Wan Chin, dans les années quatre-vingt-dix. Devenu adulte, il avait succédé à son père adoptif à la tête de sa banque et s'était associé à Jonathan Ainsley.

— Après que maman avait mis Ainsley au ban de la famille ! s'exclama Linnet, alors que les souvenirs lui revenaient.

— C'est exact. Tony Chiu, le fils biologique de Wen Li, s'est avéré un escroc. Il a trempé dans des affaires de trafic de drogue et de blanchiment d'argent, et grâce à Paula, il a fini par être mis en prison à Hong Kong. Jonathan Ainsley, en revanche, a réussi à échapper à la justice. Tony Chiu a payé pour lui.

Jack se cala dans son fauteuil et poursuivit son récit :

— Jonathan Ainsley était marié à une très belle Anglaise qu'il avait rencontrée à Hong Kong, Arabella Sutton. Il a été fou de joie en apprenant qu'elle était enceinte, mais Arabella a mis au monde un bébé eurasien. L'enfant n'était pas d'Ainsley. Richie Zheng, car c'est de lui qu'il s'agit, est le fils d'Arabella Sutton et de Tony Chiu.

— Quelle histoire ! s'écria Linnet. Maman ne m'avait rien dit de tout cela !

— Elle n'en savait rien, Linny. Je n'ai appris la vérité que lors de ma dernière visite à Hong Kong. Quand Wen Li a su que Jonathan Ainsley était vivant, il a été fou de rage. Voyez-vous, Wen Li le rendait responsable de la déchéance de Tony. Il était convaincu qu'Ainsley avait corrompu son fils. Et qu'il s'était débrouillé pour lui faire endosser le blâme à sa place.

— Pourquoi Ainsley n'est-il jamais allé en prison ? s'enquit M avec curiosité. S'il était le complice de Tony Chiu, il aurait dû être condamné aussi.

— Oui mais il a réussi à s'en tirer. Tony a contacté Wen Li pendant qu'il était derrière les barreaux et lui a avoué qu'il savait depuis un certain temps qu'il était son fils biologique.

Apparemment, Chiu Wan Chin le lui avait révélé avant de mourir.

— Je parie que Tony voulait que Wen Li sache qu'il avait un petit-fils quelque part, déclara M avec conviction. Et j'imagine qu'il était furieux de la manière dont Ainsley avait traité Arabella et son bébé.

— En effet, répondit Jack. Le problème, c'est que Tony ignorait où était Arabella.

— En ce cas, comment Wen Li a-t-il retrouvé la trace de Richie ?

— Juste avant de mourir du cancer en prison, Tony a reçu une lettre d'Arabella Sutton, dans laquelle elle lui disait qu'elle était partie à Toronto avec un certain Christopher Swanson et qu'elle l'avait épousé. C'est comme ça que Wen Li a retrouvé son petit-fils. Il lui a rendu visite plusieurs fois et ils se sont pris d'affection l'un pour l'autre. Quand Richie avait dix ans, Arabella est morte, et Wen Li est allé le chercher à Toronto. Son beau-père était déjà décédé à cette époque. Richard Thomas Sutton est devenu Richie Zheng et il est allé vivre à Hong Kong avec son grand-père biologique.

— Et voilà, conclut M, sans quitter Jack des yeux. Mais pourquoi était-il de notre côté ?

— Parce qu'il jugeait Ainsley responsable de la mort prématurée de sa mère. Après qu'il l'avait mise à la porte, elle a vécu dans la misère avec Richie. Il se peut même qu'elle en ait été réduite à la prostitution pour survivre. Richie ne l'a jamais oublié.

— Je comprends qu'il l'ait haï, murmura M. Et je suis heureuse qu'il nous ait aidés.

— Oui. Nous avions besoin de garder l'œil sur Ainsley, de surveiller ses faits et gestes. Nous espérions qu'il était mêlé à des activités illégales que nous pourrions dénoncer à la police – fraude, escroquerie, blanchiment d'argent –, quelque chose dans ce genre...

— Mais il a été assassiné, dit M. Nous n'avons plus besoin de faire quoi que ce soit, n'est-ce pas ? Tout est fini.

— Et bien fini, M. Ainsley est mort. Il ne peut pas ressusciter une seconde fois.

— A moins que... ?

M avait parlé d'une voix si faussement grave, si mélodramatique, que tous éclatèrent de rire, évacuant la tension ambiante.

— Au diable le café ! s'écria Jack. Buvons plutôt du champagne !

— Du rosé, alors ! ajouta M en se levant pour aller étreindre sa sœur avec affection et l'entraîner dans une gigue avant de s'arrêter brusquement. Linnet, Simon et toi devriez vous fiancer sur-le-champ ! Ce serait génial, non ?

— Je ne demande pas mieux ! repartit aussitôt Simon en décochant un sourire éclatant à Linnet. Allons, ma chérie, dis oui devant tous ces témoins.

— Ce serait merveilleux, Simon. Oui, oui et encore oui !

Le champagne fut servi et l'on porta un toast à l'heureux couple. M invita tout le monde à déjeuner au Dorchester, puis s'empressa d'aller téléphoner pour réserver tandis que ses compagnons bavardaient dans le salon en dégustant leur champagne. Le soulagement était intense. Ils n'auraient plus jamais besoin de regarder par-dessus leur épaule...

James attira discrètement Jack à l'écart.

— Richie n'a rien dit de plus concernant le plan ?

Jack hocha presque imperceptiblement la tête.

— Si, bien sûr. Il a tout lancé vendredi. Sa première décision a été de retransférer la somme investie par son grand-père sur le compte de ce dernier. Les cent millions sont donc retournés à Hong Kong.

— Quand quelqu'un a-t-il pu se rendre compte qu'il se passait quelque chose d'anormal ?

— Difficile à dire. Richie avait choisi d'opérer un vendredi soir et durant le week-end pour plus de discrétion. Cependant, un individu qui aurait constamment surveillé son écran d'ordinateur aurait pu remarquer une anomalie tôt le samedi.

— Un Russe soupçonneux, par exemple ?

— Par exemple, murmura Jack.

Il se tourna à demi, regardant M et Linnet assises au coin du feu. En les voyant rire, heureuses et détendues, il se sentit le cœur léger. Elles n'étaient plus en danger. Pour elles, le cauchemar était enfin terminé. Leur peur s'était évanouie. Pour toujours.

Comme si elles avaient senti son regard sur elles, elles lui adressèrent chacune un grand sourire affectueux. Il le leur rendit, songeant qu'elles étaient les filles qu'il n'avait jamais eues. Dieu merci, il avait réussi à les protéger. Rien d'autre ne comptait à ses yeux.

Il reporta son attention sur James, toujours à côté de lui.

— Ce sujet est définitivement clos. C'est d'accord ?

— C'est d'accord.

A cet instant, M s'avança vers eux, suivie de Linnet. Jack comprit à son expression qu'elle avait des questions.

Avant même qu'elle ait ouvert la bouche, il l'enveloppa d'un regard complice.

— J'y répondrai, M, si je peux.

Elle sourit.

— Simple curiosité, mais que va-t-il advenir de la banque d'Ainsley, à présent qu'il est mort ? Qui va lui succéder ?

Comme il restait silencieux, elle haussa les épaules.

— J'imagine que tu n'en sais rien. Linnet et moi nous disions qu'Angharad allait peut-être prendre les rênes. C'est une femme ambitieuse, et je suis sûre qu'elle serait prête à saisir sa chance.

— Je suis de ton avis, répondit enfin Jack, mais dans le cas présent, elle ne pourra rien faire. Tout au moins pas en ce qui concerne la banque d'affaires Belvedere-Macao.

— Pourquoi pas ? s'enquit Linnet en le dévisageant avec attention, certaine qu'il en savait plus long qu'il ne voulait le dire.

— Il n'y a plus de banque Belvedere-Macao, avoua-t-il à regret. Elle a cessé ses activités.

— Comment est-ce possible ? demanda M, abasourdie. Il avait beaucoup d'investisseurs, non ? En plus du grand-père de Richie ? Et des associés ?

— Oui, et à l'heure qu'il est ils le maudissent, crois-moi. S'il n'était pas déjà mort, ils seraient en train de demander sa tête, je peux te l'assurer. La banque n'existe plus parce que tout l'argent a disparu sans laisser de traces. Il ne reste plus un sou.

— Comment une telle somme d'argent peut-elle se volatiliser ainsi ? remarqua Linnet.

— Du piratage informatique ! s'écria M, sûre d'elle. L'argent a été déplacé par transfert électronique, c'est cela ? Au cours de ces derniers jours. Mais oui !

Jack eut un demi-sourire.

— C'est Richie Zheng et Wen Li, poursuivit-elle avec excitation. Tu viens de dire qu'ils ont été surpris par l'assassinat d'Ainsley, qu'ils ne cherchaient qu'à le mettre sur la paille. C'est exactement ce qu'ils ont fait : ils l'ont ruiné, lui et sa banque, en employant des hackers.

Triomphante, elle décocha à Jack un sourire espiègle.

— Tu as deviné juste, M. Le plan conçu par Wen Li et Richie était imparable. Comme tu le sais, Richie est un as de l'informatique et il connaît pas mal de hackers un peu partout. Ils ont commencé à faire des transferts vendredi. L'argent a transité par divers comptes dans trois banques, et chacun des comptes a été fermé après.

— Quelle brillante idée ! s'exclama M, ses yeux noirs rivés à ceux de Jack. Mais où se trouve l'argent maintenant ? D'après toi, il y avait des centaines de millions de dollars dans la banque d'Ainsley.

— Tout est dans une banque suisse, répondit-il à voix basse.

— Sur un compte numéroté ? demanda Linnet en fronçant les sourcils.

— Nous n'avions pas d'autre choix, répliqua Jack.

— Va-t-il être rendu aux investisseurs ? dit encore Linnet d'un ton lourd de désapprobation.

— Non. Ce sont tous des escrocs et des criminels, comme Ainsley... Cet argent a été mal acquis. Ils n'en reverront pas un sou.

M secoua la tête.

— Que va-t-il devenir, en ce cas ? Il ne peut rester indéfiniment dans une banque suisse, si ?

— Rien ne s'y opposerait, mais dans quelques jours, une partie de cette somme sera remise à une nouvelle association caritative, fondée par divers donateurs anonymes qui souhaitent venir en aide aux enfants défavorisés du monde entier. D'ici à quelques mois, des dons importants seront versés à différentes organisations qui travaillent dans ce sens. L'association caritative sera supervisée par Wen Li. Avec mon aide, ajouta-t-il en souriant.

— Oh, c'est fantastique ! s'écria Linnet, radieuse.

— Oui. C'est merveilleux que cet argent mal acquis serve à aider des enfants en danger, renchérit M en regardant tour à tour Jack, James et sa sœur. Car quoi de plus important que de protéger des enfants ?

47

C'était un bonheur que d'être de retour à Pennistone Royal, de flâner dans les jardins qu'elle aimait tant. Des souvenirs d'enfance lui revinrent, tous liés à ce parc créé par sa mère. Elle y venait autrefois, munie de son petit plantoir, afin de lui servir d'assistante, de l'aider à creuser un trou où enfouir des oignons.

Certains jours, à la fin de l'été et au début de l'automne, lorsqu'il faisait un temps magnifique, sa mère la prenait par la main et l'entraînait au-dehors en disant : « Viens, Em, allons profiter de cette journée d'été indien. » Et M était fière d'avoir été choisie.

Par cette matinée ensoleillée, alors qu'elle cheminait dans les allées, M leva la tête et retint son souffle. On était au mois d'août, la bruyère était en fleur et la lande ressemblait à une mer mauve qui se détachait sur l'horizon bleu pâle.

Elle s'avança vers la Promenade des Rhododendrons conçue et plantée par sa mère pour Emma Harte bien des années plus tôt, songeant à son mari, heureuse qu'il soit tombé amoureux de cette vieille demeure si chère à son cœur. Elle se réjouissait que Larry en ait vu la beauté et apprécie son caractère unique.

Un instant plus tard, elle l'entendit qui l'appelait. Elle se retourna vers la maison et le vit qui se hâtait dans l'allée, lui faisant signe.

Elle s'arrêta et l'attendit.

— Ferme les yeux et retourne-toi, ordonna-t-elle quand il l'eut rejointe.

— Pourquoi ? demanda-t-il avec un sourire éclatant.

— Fais ce que je te demande, s'il te plaît. C'est une surprise.

— Bon.

Il obtempéra.

— Je vais voir quelque chose de spécial, c'est ça ?

— Exactement. Tu vas voir la mer.

— Parce que nous sommes sur une plage ? Voyons cela.

Il ouvrit les yeux et laissa échapper une exclamation stupéfaite.

— La lande ! La bruyère ! Tu avais raison : c'est spectaculaire. Une mer mauve. C'est extraordinaire. Mais pourquoi n'ai-je rien remarqué hier ?

— Parce que nous étions de l'autre côté de la maison et que cette vue est en partie bouchée. J'avais oublié que la bruyère fleurit en août et j'ai été aussi surprise que toi en voyant la lande. La lande de Grany, comme on l'appelait, parce qu'elle l'aimait tant. C'est là qu'elle avait passé toute son enfance, pas à Pennistone Royal, mais à Fairley, non loin d'ici.

Larry hocha la tête.

— Tu as déjà mentionné Fairley. Mais tu ne m'as pas dit quand ton arrière-grand-mère a acheté cette magnifique maison.

— C'était en 1933, et apparemment, elle était dans un triste état à l'époque, mais Grany a eu le coup de foudre. Elle l'a fait restaurer et l'a décorée elle-même. Ma mère n'a quasiment rien changé. Elle se contente de remplacer les tissus usés et de faire les travaux d'entretien nécessaires. Et elle a essayé d'être aussi fidèle que possible au goût de Grany. Surtout avec le salon du premier étage, où nous avons pris un verre hier soir.

— C'est une pièce splendide. Comme toute la maison, d'ailleurs. Elle est imposante sans être prétentieuse, et on s'y sent bien.

— Je suis contente que tu sois de cet avis, parce que j'adore cet endroit. C'est là que j'ai grandi, et mes parents espèrent que nous y viendrons aussi souvent que possible. Tu voudras bien, n'est-ce pas ? Quand nous serons à Londres et que nous en aurons le temps ?

— Bien sûr. Où tu iras, j'irai, mon amour. D'ailleurs, j'aime énormément cette maison. Je n'étais jamais venu dans le Yorkshire, mais je crois que c'est une région qui me convient à merveille, exactement comme toi, ma petite fille du Yorkshire.

Tournant le dos à la lande, ils se dirigèrent vers la Promenade des Rhododendrons. Ils gravirent la colline, puis redescendirent de l'autre côté et continuèrent en direction du village de Pennistone Royal. Un chemin assez large y conduisait, bordé de part et d'autre d'arbres majestueux à travers lesquels filtraient les rayons du soleil.

— Passons par là ! s'écria soudain Larry en lui prenant la main, l'entraînant dans les bois à droite de l'allée.

M se figea. Sans en avoir conscience, elle les avait amenés à l'endroit précis où, en mars de l'année précédente, elle avait été accostée par deux hommes dans une camionnette. Une seule pensée s'imposa à elle : fuir, s'éloigner de ce lieu.

— Non, Larry, rétorqua-t-elle sèchement. Je ne veux pas ! En fait, je veux rentrer. Tout de suite !

Elle le tira par le bras et il la dévisagea, à la fois surpris et perplexe.

— Que se passe-t-il ? Tu es toute pâle.

— Rien. Je suis fatiguée, c'est tout, et je veux rentrer à la maison. D'ailleurs, il se fait tard. Maman n'aime pas qu'on soit en retard pour déjeuner, sans parler de Margaret, qui est capable de faire une crise au moindre prétexte. Elle a toujours peur que le repas ne soit gâché.

— Mais j'avais envie de jeter un coup d'œil au village ! protesta Larry. Allons, M, fais un effort. J'aperçois une clairière et tu as dit tout à l'heure que le village était de l'autre côté.

— Je ne veux pas entrer là-dedans !

Elle tenta de l'entraîner. Comme il résistait, elle lâcha sa main et le foudroya du regard. En un instant, tout lui revint en mémoire, chaque minute de ce jour où un homme nommé

Bart l'avait violée, à deux pas de là. Elle éclata en sanglots et se détourna.

Aussitôt, Larry se précipita vers elle pour la prendre dans ses bras.

— Qu'y a-t-il, ma chérie ? Pourquoi pleures-tu ? Dis-le-moi, M, je t'en prie. Tu sais que tu peux tout me dire, après les épreuves que nous avons traversées ensemble. Cet endroit te rappelle de mauvais souvenirs ? Pourquoi es-tu si effrayée, si bouleversée ?

Elle leva la tête vers lui et lut la tendresse dans ses yeux d'un bleu cristallin. Elle se cramponna à lui, tandis que les larmes roulaient sur ses joues.

Larry la serra étroitement contre lui sans mot dire, s'efforçant de la réconforter. Enfin, après avoir pris plusieurs profondes inspirations, elle se mit à parler. Et lui raconta tout... Au bout de vingt minutes, elle se tut enfin, prit un mouchoir dans sa poche et s'essuya les yeux.

Larry attendit qu'elle se soit apaisée, puis prit sa main dans la sienne. Ils rentrèrent à pas lents à la maison. Il la connaissait bien, la comprenait intimement. Lorsqu'il la sentit plus calme, il se tourna vers elle.

— Tu aurais dû m'en parler, ma chérie, dit-il avec douceur. Je crois que ça t'aurait fait du bien, tu sais.

— Je le sais à présent, mais quand nous nous sommes rencontrés, c'était encore trop frais dans ma mémoire. Et il y a autre chose. J'avais enfoui cela au plus profond de moi. Je l'appelais la Mauvaise Chose, et je ne voulais pas qu'elle sorte. Et je l'ai surmontée. Tu m'as aidée, Larry. Ton amour et ta tendresse m'ont guérie.

— J'en suis heureux...

Il hésita un instant.

— Est-ce pour cette raison que tu étais si pleine d'appréhension le premier soir, quand je t'ai emmenée au Refuge ? Quand je t'ai embrassée et que tu as reculé ?

M acquiesça.

— Oui. Le lendemain, j'ai compris que je risquais de t'éloigner de moi, c'est pourquoi j'ai inventé cette histoire de petit ami violent. Je ne voulais pas que tu saches... pour le viol.

— Je comprends. Mais je suis là maintenant, et je ne quitterai jamais. Tu es en sécurité avec moi, M. Quand tu t'en sentiras capable, peut-être devrais-tu aller consulter quelqu'un... un psychologue... Cela pourrait t'aider.

— Je sais. J'y penserai.

Elle se tourna vers lui.

— Larry... Ecoute-moi. Seuls Linnet et Jack sont au courant. Je t'en prie, ne leur en parle pas. Et à personne d'autre non plus. C'est notre secret.

— Ne t'inquiète pas, dit-il en passant un bras autour de ses épaules afin de l'attirer contre lui. Une seule chose compte pour moi, ma chérie : te protéger et t'aimer.

Debout à la fenêtre du salon du premier étage, Paula contemplait la lande. La lande de Grany, que celle-ci avait aimée avec passion, en toute saison, année après année. Elle avait hérité de l'amour de sa grand-mère pour cet austère paysage du Nord et s'était souvent promenée dans ces collines, comme Emma l'avait fait tout au long de sa vie.

L'idée d'une promenade la tentait, justement, alors qu'elle admirait les tapis de bruyère, d'un mauve intense sous le ciel immaculé.

Cependant, elle n'avait pas le temps de s'accorder ce luxe aujourd'hui, songea-t-elle en baissant les yeux sur sa montre. Il était presque quatre heures de l'après-midi et toute la famille n'allait pas tarder à se joindre à elle pour le thé, selon la tradition instaurée par Emma soixante-quatorze ans auparavant, lorsqu'elle avait acheté Pennistone Royal pour en faire sa demeure.

Paula sourit. En dépit de tous les changements survenus au cours des années, la tradition avait perduré. A quatre heures, on prenait le thé dans le salon du premier étage. C'était une constante dans sa vie, et elle s'en félicitait.

Elle s'attarda encore un instant à la fenêtre, ses pensées tournées vers Jack. Il avait tant fait pour elle ! Et c'était lui encore qui les avait libérés de la menace que représentait son cousin, fût-ce indirectement. Jonathan Ainsley avait toujours été son ennemi. Enfin, il n'était plus ! Il avait cessé d'être un danger pour les siens et elle s'en réjouissait. Par chance, il n'y avait pas d'autre mouton noir dans la famille…

Elle s'approcha de la cheminée et leva les yeux vers le portrait d'Emma Harte. Il avait été réalisé alors qu'elle avait une quarantaine d'années. Elle était splendide dans sa robe blanche, arborant son célèbre collier d'émeraudes. Sa grand-mère avait très tôt percé Jonathan à jour. Paula se souvenait distinctement d'une conversation qu'elle avait eue avec celle-ci lors du baptême des jumeaux à l'église de Fairley. Sa grand-mère l'avait avertie alors, lui enjoignant de ne jamais faire confiance à son cousin. Comme elle avait eu raison ! Mais ce cauchemar était terminé. Ses filles étaient en sécurité désormais.

Un petit soupir lui échappa. La vie était si fragile… Un rien pouvait la briser. Heureusement, ils étaient tous indemnes. Tessa allait mieux. Elle se remettait peu à peu de ses brûlures, recouvrant lentement sa beauté après avoir subi diverses greffes et bénéficié des meilleurs soins possible en matière de chirurgie plastique.

Son frère jumeau, Lorne, était aussi séduisant qu'avant. Il avait rapidement guéri de ses brûlures superficielles aux mains. Il croquait la vie à pleines dents, savourant chaque instant. Paula en était soulagée, tout comme elle se réjouissait pour Tessa.

Elle parcourut la pièce des yeux. Le salon était resté le même depuis qu'Emma l'avait décoré, avec ses murs jaune pâle, son mobilier antique et ses rideaux à fleurs. Elle avait même retrouvé le tapis d'origine, un temps remisé au grenier. Ses tons pastel se détachaient sur le plancher sombre. Quant au trumeau en chêne, il attirait aussitôt le regard. En face du tableau représentant Emma était accroché le célèbre paysage de Turner qu'Emma avait tant aimé. Sur le dernier mur, Paula avait mis le portrait de son grand-père, Paul McGill.

Elle n'avait apporté aucun changement, car à ses yeux ce salon était parfait. Elle regarda avec approbation les bouquets de fleurs que Linnet avait disposés ici et là.

Linnet. Savoir que sa fille avait retrouvé le bonheur l'emplissait de joie. Simon et elle étaient fiancés et s'étaient lancés dans les préparatifs du mariage. Ils envisageaient une cérémonie toute simple, dans l'église de Pennistone Royal, la veille de Noël.

— Nous avons survécu, Grany, souffla-t-elle en regardant le portrait. Les Harte ont tenu bon.

La porte s'ouvrit, livrant passage à M.

— Tu parles toute seule, maman ? plaisanta-t-elle. Attention, c'est mauvais signe !

— Je ne parlais pas toute seule ! répondit Paula. Je m'adressais à ton arrière-grand-mère.

— Cela m'arrive souvent, intervint Linnet qui venait d'entrer à son tour. Surtout au magasin, quand les choses ne vont pas comme je le voudrais.

Tessa, qui boitait encore un peu, arriva et se joignit à leurs rires. Paula la regarda avec attention, songeant à l'épreuve qu'elle avait subie. Ses traits étaient encore tirés par endroits, mais ses magnifiques cheveux avaient repoussé et encadraient son visage d'un halo de lumière, dissimulant les cicatrices d'un côté. Une fois de plus, Paula remercia silencieusement le ciel qu'elle n'ait pas été défigurée. Sa fille en aurait été anéantie.

Une minute plus tard, Margaret apparut, poussant une table roulante.

— Franchement, Paula, vous êtes si nombreux aujourd'hui qu'il aurait fallu prendre le thé dans la salle à manger.

— Pas question ! répliqua-t-elle aussitôt, d'un ton un peu vif que compensait son sourire. Le thé à quatre heures au salon est une tradition Harte.

— Une tradition qui doit être respectée, renchérit M en pressant la main de sa mère avec affection. C'est merveilleux d'être à la maison, ajouta-t-elle. Toi, papa et Pennistone Royal m'avez tant manqué ! Et mon cher Gypo...

— Je suis ravie que tu sois enfin de retour, Emsie. Et je veux te redire combien je suis fière de toi et de la manière dont tu as réussi. Ton rêve s'est réalisé.

Tessa vint s'asseoir à côté de sa petite sœur.

— Moi aussi, je suis fière de toi. Et de toi, Linnet, ma chérie. Vous vous êtes surpassées toutes les deux. Et je vous remercie de l'amour que vous m'avez donné, de vous être occupées de moi, et d'être venues à Paris si souvent. Vous êtes les meilleures sœurs au monde.

Les yeux verts de Linnet allèrent de l'une à l'autre, puis elle se tourna vers le portrait d'Emma Harte, la femme à qui elle ressemblait tant.

— Que penses-tu de nous, Grany ? Tu n'es pas contente de voir que nous tenons toutes de toi, chacune à sa manière ?

Ce fut Paula qui lui répondit.

— Elle serait fière aussi, je le sais. Grany me disait toujours que le secret de la vie est de tenir bon. Vous avez tenu bon, toutes les trois... Et fini par triompher, parce que vous êtes des vraies Harte.

ÉPILOGUE

Septembre 2007

Assise devant sa coiffeuse, dans la chambre de leur appartement de Beekman Place, M apportait les dernières touches à son maquillage. Là, jugea-t-elle en se regardant dans la glace. Une moitié d'Audrey. Ce serait son look pour ce soir.

Elle sourit et se laissa aller contre le dossier de sa chaise, les yeux tournés vers la vue qui s'étendait sous sa fenêtre : l'East River et Long Island au-delà. Elle se réjouissait de passer quelques mois avec Larry avant de regagner Paris en décembre afin de préparer les collections printemps-été et les défilés de janvier.

Ses pensées se reportèrent sur l'entretien qu'elle avait eu la veille avec le Dr Melissa Glendenning, une psychiatre spécialisée dans le traitement des victimes de viol. M l'avait tout de suite trouvée sympathique et avait pris rendez-vous pour une nouvelle séance la semaine suivante. Elle avait promis à Larry de consulter quelqu'un dès son retour à New York et elle se félicitait d'avoir enfin franchi le pas. Et lui aussi.

— Tu es prête, ma chérie ? demanda son mari depuis le seuil.

Elle tressaillit et se redressa brusquement.

— Oui, donne-moi cinq minutes.

Tout en parlant, elle s'était levée et se dirigeait vers la penderie. Elle prit sa robe noire préférée et la lui montra.

— J'avais pensé mettre celle-là, Larry. Je la portais le soir où je t'ai rencontré, celui où Georgie a retrouvé James. C'est un porte-bonheur, tu ne crois pas ?

— Oui, mais dépêche-toi, mon chou. Nous sommes en retard.

— Tu veux bien remonter ma fermeture éclair ? murmura-t-elle, retirant son peignoir pour enfiler la robe.

Une fois le vêtement ajusté, elle choisit de grosses boucles d'oreilles, prit un petit sac noir et une étole en cachemire et rejoignit Larry.

Il l'attendait dans le couloir, plus séduisant que jamais, vêtu d'une chemise bleue qui soulignait la couleur de ses yeux. Il lui sourit, hochant la tête pour signifier son approbation.

Dehors, la voiture et les gardes du corps les attendaient. Larry fit monter M et donna à Craig l'adresse de la galerie à Chelsea.

— Flûte, nous allons être en retard, constata-t-il. Dire que nous attendons ce moment depuis des mois !

M se blottit contre lui et passa le bras sous le sien.

— Ne t'inquiète pas, ce n'est pas grave. C'est une exposition, après tout. Nous ne sommes pas obligés d'arriver à l'heure pile.

— Comment se fait-il que tu parviennes toujours à trouver les mots qu'il faut ? remarqua-t-il avec un sourire.

— Je ne sais pas, mais c'est tant mieux, dit-elle doucement en se rapprochant encore. Tu n'es pas trop triste que nous ayons finalement dû annuler notre croisière sur le Bosphore ?

— Pas du tout.

— Mais nous n'avons pas eu notre lune de miel ! protesta-t-elle.

— Etre avec toi est une lune de miel permanente, mon amour, répondit-il en lui souriant de nouveau. Et nous pourrons toujours faire une croisière l'année prochaine, tu sais.

Elle lui rendit son sourire et lui pressa la main, se laissant aller contre le siège. Ils se turent, chacun perdu dans ses pensées.

Dès l'instant où ils arrivèrent à la Gresham Art Gallery à Chelsea, les flashes se mirent à crépiter, les photographes se bousculant autour d'eux. Stuart leur fraya un chemin à travers la foule et les fit entrer dans la galerie, restant à leurs côtés, comme toujours. Ils étaient le « couple de l'année », adulé du public et de la presse, ce qui présentait un risque potentiel pour leur sécurité. Larry appelait cela le prix de la célébrité.

Lorsqu'ils pénétrèrent dans la salle, le silence se fit et tous les regards convergèrent sur eux. Georgie, tout sourire, se hâta dans leur direction, suivie de James, puis de Dax. Une fois les embrassades finies, M prit la main de Georgie.

— Je suis désolée que nous soyons en retard. La circulation était épouvantable. J'espère que mon tableau favori n'a pas été vendu ?

— Non, la rassura son amie. Viens voir. Il est bien mieux maintenant qu'il a été encadré.

— Il était déjà fantastique, répondit M, heureuse du succès de Georgie.

Les cinq amis se dirigèrent vers l'endroit où était accrochée la peinture préférée de M, imités par d'autres invités. Larry arrêta un serveur au passage et chacun accepta une coupe de champagne.

— Félicitations, Georgie, dit-il. L'exposition va être un triomphe.

Georgie se contenta de sourire et glissa le bras sous celui de M.

— J'espère que Larry a raison, souffla-t-elle.

— Bien sûr qu'il a raison, affirma M avant de se tourner vers Dax. Et toi, que vas-tu faire maintenant que tu as terminé ton premier film ?

— En tourner un autre ! répondit-il en souriant. Nous avons réussi, M, n'est-ce pas ? Et maintenant, c'est le tour de Georgie. Elle va devenir la nouvelle star du monde artistique.

— Aucun doute là-dessus, déclara M.

Puis son regard se porta sur Larry, qui la contemplait. Leurs yeux se rencontrèrent, se soudèrent, et ils s'avancèrent l'un vers l'autre. Lui seul comptait, songea M. Elle ne voulait que lui. Rien d'autre n'avait vraiment d'importance.

Il était toute sa vie, comme elle était toute sa vie.

Pour toujours.

Remerciements

De nombreuses personnes participent à la rédaction d'un livre et je voudrais remercier ici certaines d'entre elles, car j'ai le plaisir de travailler avec des collaborateurs exceptionnels.

J'aimerais remercier mon équipe chez HarperCollins à Londres, notamment Lynne Drew, directrice de la publication, pour son enthousiasme, ses idées et son attitude toujours positive ; Claire Bord et Victoria Hughes-Williams pour leur soutien sans faille ; et Susan Opie, ma nouvelle éditrice, pour son excellent travail. Je souhaite aussi remercier mon éditrice américaine, Jennifer Enderlin chez St Martin's Press à New York, pour son dévouement, ses idées et l'aide qu'elle m'apporte sans compter. Merci également à tous les éditeurs et concepteurs qui, de part et d'autre de l'Atlantique, participent à la création de mes livres et leur donnent leur caractère si personnel.

Merci à Lonnie Ostrow, chez Bradford Enterprises, un génie en informatique qui m'a aidée dans mes recherches et fourni des informations précieuses en la matière. A Liz Ferris, de Liz Ferris Word Processing, qui parvient toujours à fournir des manuscrits impeccables de mes romans dans des délais très courts.

Un auteur est souvent isolé durant de longues périodes, mais j'ai la chance d'avoir un merveilleux réseau d'amies qui sont toujours là pour moi, qui m'aident, m'encouragent et me chouchoutent lorsque j'écris. Elles se reconnaîtront, et je voudrais leur dire ma gratitude et mon affection.

Enfin, je n'aurais pu écrire aucun de mes livres sans le soutien, l'affection et les encouragements de mon mari, Robert Bradford, qui a toujours cru en moi et a su me donner l'espace nécessaire pour écrire. Ma reconnaissance et mon amour à mon Bob si patient, un homme pour toutes les saisons.

Composition et mise en pages : FACOMPO, LISIEUX

Achevé d'imprimer au Canada
sur les presses de Imprimerie Lebonfon Inc.